KNAUR

Von Steffi Hochfellner sind bereits folgende Titel bei Knaur Kreativ erschienen:

- → Hund, Katze, Maus
- → Steffis wunderbare Tierwelt
- → Die Katzenwerkstatt

Steffi Hochfellner

Komme, was Wolle

Roman

KNAUR

Besuchen Sie uns im Internet:
www.knaur.de

FSC
www.fsc.org
MIX
Papier aus verantwortungsvollen Quellen
FSC® C014496

Originalausgabe April 2019
Knaur Taschenbuch

Ein Imprint der Verlagsgruppe Droemer Knaur GmbH & Co. KG, München

Redaktion: Gisela Klemt
Covergestaltung: ZERO Werbeagentur, München
Coverabbildung: © FinePic / shutterstock.com
Satz: Nadine Clemens, München
Druck und Bindung: GGP Media GmbH, Pößneck
ISBN 978-3-426-52374-2

2 4 5 3 1

Für alle, die davon träumen, sich mal über Nacht im Wollgeschäft einschließen zu lassen.
Für alle, die sich zum Geburtstag einen Akkuschrauber mit Wumms wünschen.
Für alle, die mindestens fünf Sorten Klebstoff ihr Eigen nennen.

Und ganz besonders für Petra.

Kapitel 1

Süßer Kuchenduft zog aus der Küche, suchte sich seinen Weg durch die verwinkelte kleine Wohnung, drang durch Flur und Türritzen und legte sich schließlich schmeichelnd wie eine Decke auf die junge Frau, die auf der Wohnzimmercouch schlief. Das Bild wirkte friedlich, doch dies war ein Trugschluss. Mit ganzer Kraft umklammerte die Frau ein arg abgeliebtes Stoffeselchen, und ihre halblangen Haare, dunkelbraun und gelockt, waren völlig zerwühlt. Sie schlief offenbar unruhig.

Jetzt zog die Frau die Nase kraus, roch den Duft des Gebäcks. Ein kleines Lächeln breitete sich auf ihrem Gesicht aus, ihre Züge entspannten sich …

… bis sie plötzlich wie von der Tarantel gestochen aufsprang. Das Eselchen flog in hohem Bogen zur einen Seite, die Decke, in die sie sich gekuschelt hatte, zur anderen und räumte dabei eine Schüssel mit Äpfeln vom Couchtisch. Die Äpfel kullerten über den alten türkischen Kelim und suchten sich Verstecke unter Kommoden und hinter an den Wänden lehnenden Bildern, doch die junge Frau hatte keinen Blick für die Flüchtigen.

Auf Socken schlitterte sie über die Flurdielen und stolperte fast in die Küche, denn in den Kuchenduft mischte sich jetzt schon eine brandige Note. Sich zwei Topflappen zu schnappen, den Ofen aufzureißen, das Blech mit den Cupcakes aus dem Ofen zu ziehen und auf die Küchenplatte zu knallen war nur eine Sache von Sekunden.

Franzi inspizierte die Küchlein und stellte erleichtert fest, dass sich der Schaden in Grenzen hielt und mit ordentlich Zuckerguss kaschieren lassen würde.

Sie streckte sich gähnend. Es roch wieder wunderbar in ihrer gemütlichen kleinen Küche, die für sie eigentlich ein Rückzugsort war, ein Ort, zu dem die Welt mit ihren Problemen keinen Zutritt hatte. Doch heute wollte sich das Glücksgefühl, das sie sonst beim Backen empfand, nicht einstellen, denn die Party, zu der sie ihre Cupcakes mitbringen würde, war eine Abschiedsparty. Mit einem halbherzigen Lachen versuchte sie, die Traurigkeit, die sie umschlich wie ein samtpfotiger Puma, auf Abstand zu halten. Um sich abzulenken, durchwühlte sie Schränke und Schubladen und förderte nach und nach einen stattlichen Vorrat an bunten Schätzen zutage: pastellfarbige Nonpareille, Rollfondant in Rosenrot und Buttergelb, Marzipan und Zuckerherzen. Sie arrangierte alles auf dem Küchentisch und begann, Lebensmittelfarbe in das Marzipan zu kneten. Bald war der Tisch mit bunten Blumen und Schmetterlingen, Käfern und vielem mehr übersät. Franzi rührte Zuckerguss an, färbte ihn mit ein paar Tropfen grüner Farbe und überzog damit die mittlerweile erkalteten Kuchen.

Die Dekoration der Cupcakes forderte so viel Konzentration, dass sie darüber ihren Kummer vergaß. Behutsam stellte sie schließlich die bunten Kunstwerke in eine Schachtel. So nebeneinander platziert, bildeten die Törtchen eine fröhlich-bunte Frühlingswiese, die Tanjas Gäste mit Sicherheit entzücken würde. Franzi runzelte die Stirn, dann klappte sie seufzend den Deckel der Kuchenschachtel zu.

Auf dem Tisch stand noch ein letzter undekorierter Kuchen.

Franzi starrte ihn wie hypnotisiert an, und plötzlich hatte sie einen Kloß im Hals. Eine Träne kullerte ihre Wange hinunter, dann eine zweite. Sie wischte sie fort und zog das Törtchen zu sich heran. Behutsam bohrte sie ein Loch in die Decke und höhlte es aus. Dann kramte sie eine kleine Schmuckschachtel aus ihrer Handtasche. Vorsichtig ließ sie die filigrane Silberkette mit dem runden Anhänger durch ihre Hand in die Kuchenhöhle gleiten. Mit Tränen in den Augen verzierte sie nun auch das letzte Törtchen, rot und rosa, mit Herzen, Herzen, Herzen, bis wirklich keines mehr Platz fand.

Drei Stunden später klingelte Franzi, bewaffnet mit ihrer Tortenschachtel, an der Tür ihrer besten Freundin Tanja. Als sie das fröhliche Stimmengewirr in der Wohnung hörte, hätte sie am liebsten auf dem Absatz kehrtgemacht. Sie wusste einfach nicht, ob sie einer lauten Party gewachsen war, doch bevor sie die Flucht ergreifen konnte, wurde die Tür aufgerissen. Tanja begrüßte Franzi mit einer stürmischen Umarmung und zerrte sie durch den leeren Flur ins Wohnzimmer.

Mehrere Pärchen saßen in der leeren Wohnung auf Klappstühlen um einen Tapeziertisch, der sich unter Salaten und Quiches, einem großen Suppentopf, Sekt- und Weinflaschen, Papptellern und Plastikbechern bog. Auch hier wurde Franzi enthusiastisch begrüßt. Tanjas Mann Maximilian gab ihr einen Kuss auf die Stirn und öffnete dann neugierig Franzis Mitbringsel. Ihre Kuchenkreationen waren im Freundeskreis legendär. Schnell suchte sich jeder Gast einen Cupcake aus.

»Du hast dich selbst übertroffen!« Geli drehte bewundernd ein grün glasiertes Törtchen in der Hand, auf dem ein Marzipangrashüpfer zwischen Zuckermargeriten thronte. »Essen kann man die jedenfalls nicht. Viel zu schade.«

»Ach was.« Gelis Freund Tobias biss genüsslich in seinen Cupcake, wobei er gnadenlos einen Marzipankäfer halbierte.

»Du Rohling«, sagte Tanja lachend und knuffte ihn in die Seite. Dann umarmte sie Franzi erneut. »Du wirst mir so fehlen«, flüsterte sie.

»Du mir auch.« Franzi war schon wieder den Tränen nahe, schluckte sie aber tapfer hinunter. Um sich nicht zu verraten, wand sie sich aus Tanjas Armen, beugte sich zu ihrer Tasche hinab und kramte ein kleines Päckchen hervor. Mit beiden Händen überreichte sie es Tanja.

»Ich habe noch etwas für dich. Aber pack es erst im Flugzeug aus.« Sie lachte. »Beiß vorsichtig hinein. Sehr vorsichtig.«

Tanja zog die Augenbrauen hoch. »Kuchen *surprise?*«

»Hm.«

»Ach, Franzi! Was werde ich nur ohne dich machen?«

Franzi sah zu Boden. Die Frage war wohl eher, was sie ohne Tanja machen sollte. Ohne ihre beste, ihre allerbeste Freundin, mit der sie fast ihr ganzes bisheriges vierunddreißigjähriges Leben geteilt hatte. Ohne Tanja, die schon in wenigen Tagen mit ihrem zugegebenermaßen wundervollen frisch Angetrauten in ein Flugzeug nach Singapur steigen würde, wo auf Maximilian ein hoch dotierter Job wartete.

Sie blickte sich um. Die Leere der Wohnung hatte etwas Beklemmendes. Mindestens drei Jahre würden Tanja und Maximilian fort sein. Es lohnte nicht, die Wohnung zu halten, weshalb sie ihre gesamte Habe eingelagert hatten.

»Nun guck nicht so traurig. Singapur ist nicht aus der Welt. Du kommst uns bestimmt bald besuchen.«

»Bestimmt«, krächzte Franzi. »Ganz sicher.«

Franzi genoss die Party im Freundeskreis trotz ihres Kummers am Ende doch. Ein Toast nach dem anderen wurde auf die Auswanderer ausgesprochen und getrunken, bis alle beschwipst waren. Tanja behielt den Überblick, und bevor die Stimmung ins Wehmütige kippte, schob sie alle aus der Wohnungstür. Alle bis auf Franzi. Während Maximilian schon das ehemalige Wohnzimmer aufräumte, standen Franzi und Tanja im Flur und sahen sich lange schweigend an.

»In ein paar Jahren sind wir wieder zurück«, sagte Tanja schließlich mit belegter Stimme. »Zwischen uns ändert sich gar nichts.«

Franzi schüttelte den Kopf. Tanja riss die Augen auf, dann verstand sie. Wortlos fielen sich die Freundinnen in die Arme. Sie würden sich immer lieb haben. Sich vertrauen.

Aber sie wussten beide, dass es nie mehr so sein würde wie früher.

❀

Eine knappe Woche später kam Franzi abends erschöpft nach Hause und stieß die Wohnungstür mit dem Fuß hinter sich zu, während sie gleichzeitig mit dem Ellbogen den Lichtschalter betätigte. Sanftes, von einem auf dem Flohmarkt gekauften Stofflampenschirm gedämpftes Licht umfing sie, und sie stieß einen erleichterten Seufzer aus. Als letzte Patientin vor dem Wochenende hatte sie eine alte Dame dazu bewegen müssen, sich nach einem Sturz wieder auf die eigenen Füße zu stellen. Ein schwieriges Unterfangen, denn die bezaubernde Dame mit den Silberlöckchen hatte sich offensichtlich in ihrem ganzen Leben nie viel zugetraut. Eigentlich, dachte Franzi, brauchte diese Dame nicht nur eine Physio-, sondern auch eine Psychotherapeutin, die ihr Selbstbewusstsein aufbaute. Es war ein anstrengender Tag gewesen, und zu allem Überfluss hatte Franzis Chefin Margret ihr eröffnet, dass sie sich in absehbarer Zeit zur Ruhe setzen würde. Sie suche bereits nach jemandem, der die Praxis übernehmen wolle, hatte sie gesagt und Franzi dabei fragend angesehen.

Franzi verstaute ihre Einkäufe in der Küche und schnappte sich das Vogelfutter. Der Balkon war eingeschneit, ihr Vogelhäuschen hatte eine weiße Kappe. Selbst im winterlichen Dämmerlicht waren überall zierliche Spuren von Vogelfüßchen zu erkennen, und auf dem Ast im nächsten Baum saßen eine Amsel und eine Meise in trauter Eintracht und beobachteten aufmerksam ihr Tun. Sie winkte den Vögeln zu, die sich davon keineswegs irritieren ließen. Kein Wunder, dachte Franzi mit einem Anflug von Stolz. Bei ihr bekamen die Vögel nicht nur das beste Futter, sondern sie hatten auch das schönste Häuschen weit und breit. Es war ein einfaches Teil aus dem Baumarkt, das sie jedoch in frischen Farben bemalt und mit Holzperlen und Quasten verziert hatte.

Nachdem sie Futter nachgeschüttet und einen neuen Meisenknödel aufgehängt hatte, ging sie zurück ins Wohnzimmer, wo die Heizung bollerte. Kaum hatte sie die Balkontür hinter sich zugezogen, hüpften die Meise und die Amsel schon auf dem Vogelhäuschen herum. Franzi verengte die Augen. Hatte sie es sich nur eingebildet, oder blickten die Vögel sie direkt an, als wollten sie sich bedanken? Wer wusste schon, was in diesen Köpfchen vor sich ging?

Sie bemerkte das Blinken des Anrufbeantworters, und Freude durchzuckte sie. Tanja? Es konnte gar nicht anders sein, die Freundin war schließlich schon seit vierundzwanzig Stunden in Singapur. Franzi beschloss, die Vorfreude noch ein wenig zu verlängern, und kochte sich erst einen Tee, bevor sie die Nachricht abhörte.

Während sie darauf wartete, dass der altmodische Wasserkessel zu pfeifen begann, dachte sie über Margrets unausgesprochenes Angebot nach. Abgesehen davon, dass sie kaum Ersparnisse besaß, machte ihr die Vorstellung, eine Praxis zu leiten, Angst. Sie war eine gute Physiotherapeutin und hatte vor einem Jahr auch eine Zusatzausbildung zur Osteopathin mit Bravour abgeschlossen, aber ob ihr das ganze Drum und Dran lag, das zur Selbstständigkeit gehörte, bezweifelte sie. Buchhaltung? Puh. Andererseits spürte sie, dass sie irgendetwas unternehmen musste. Ihr Leben war zum Stillstand gekommen – mit vierunddreißig! War die Übernahme der Praxis vielleicht die Lösung? Oder war die Praxis eher ein Teil des Problems? Franzi liebte ihren Beruf, aber sie lebte nicht für ihn. Ihr war klar, dass sie sich genau darauf einlassen musste, sollte sie sich selbstständig machen.

Nachdenklich goss sie sich einen Tee ein und nahm ihn mit ins Wohnzimmer, um zu hören, was Tanja zu berichten hatte. Leider würde sie die Freundin erst am Morgen zurückrufen können, um die Neuigkeiten zu besprechen, denn in Singapur herrschte jetzt tiefe Nacht.

Voller Freude drückte sie die Abhörtaste.

»Guten Tag, Frau Wolff, hier spricht Frau Müller von der Anwalts- und Notariatskanzlei Weinold & Leipold. In der Erbschaftsangelegenheit Ihrer verstorbenen Tante Gerlinde Oberlechner habe ich am kommenden Montag um 10 Uhr 30 einen Termin für Sie reserviert. Bitte benachrichtigen Sie mich, sollte Ihnen die Zeit nicht passen, damit wir einen neuen Termin absprechen können. Unsere Nummer ist …«

Franzi hätte beinahe vor Überraschung die Teetasse fallen lassen. Ein Missverständnis? Sie spielte die Nachricht ein zweites Mal ab, nur um festzustellen, dass zweifellos sie gemeint war. Dabei hatte sie die Tante, nein, *Groß*tante, eigentlich gar nicht gekannt – wenn sie ehrlich war, hatte sie seit Jahren nicht mehr an sie gedacht. Und nun war sie gestorben und hatte ihre Großnichte sogar in ihrem Testament bedacht? Seltsam. Sehr seltsam. Franzi beschloss, einen langen Spaziergang durchs winterliche Nürnberg zu machen, um Ordnung in ihre Gedanken zu bringen.

Am Montag stand sie mit klopfendem Herzen um 9:15 Uhr vor dem Büro des Notars. Sie hatte, nachdem sie die Nachricht verdaut hatte, ihre Mutter auf Teneriffa angerufen, um zu erfahren, warum sie nicht über Tante Gerlindes Ableben informiert worden war. Franzis Mutter war genauso erstaunt gewesen, aber dann stellte sich heraus, dass sie durchaus eine Mitteilung bekommen hatte, die aber in einem Stapel ungeöffneter Post lag.

»Warum öffnest du deine Post nicht?«

»Klaus und ich waren auf Gomera wandern, Liebes. Zwei Wochen. Es war toll.«

Ja, und Klaus ist toll, dachte Franzi, und die Kanaren sind toll, und das Wetter ist toll, und warum kommst du uns nicht –

»– endlich besuchen? Du brauchst mal Tapetenwechsel.«

»Weil …« Franzi stockte. Sie wusste selbst nicht, warum sie nicht schon längst nach Teneriffa geflogen war. Oder doch? Lag es an Klaus, dessentwegen ihre Mutter vor zwei Jahren Knall auf Fall den Vater verlassen hatte und in Klaus' Häuschen auf die Insel gezogen war? Klaus, den Franzi nicht so toll fand, und schon gar nicht so toll wie ihren Vater.

Sie beendete das Gespräch und rief daraufhin ihren Vater an. Er bestätigte, dass er Tante Gerlinde, die Schwester seiner Mutter, tatsächlich unter die Erde gebracht hatte. Franzi zu benachrichtigen hatte er nicht für nötig erachtet, sie habe Gerlinde ja ohnehin seit zwanzig Jahren nicht gesehen, sagte er. Franzi seufzte innerlich. Sosehr sie ihren Vater auch liebte, manchmal war seine bestimmende Art zum Verrücktwerden. Sie hätte schon gern selbst entschieden, ob sie zur Beerdigung gehen wollte oder nicht. Dann hörte sie ein Frauenlachen im Hintergrund, und diesmal war es ihr Vater, der das Gespräch hastig beendete. Perplex starrte Franzi auf den Hörer. Aha. Ihr Papa war also auch wieder liiert. Und sie kein bisschen schlauer in Bezug auf die Frage, was Tante Gerlinde ihr vermacht hatte. Aber was viel interessanter war: warum? Warum ausgerechnet ihr?

Der Notar begrüßte sie mit einem einnehmenden Lächeln. Überrascht drückte Franzi die ihr entgegengestreckte Hand. In ihrer Vorstellung waren Notare alt und distinguiert, saßen in dunkel getäfelten Büros und rauchten Zigarren. Nun, dieser hier war höchstens vierzig, charmant und vor allem: Er war weiblich. Moderne, helle Möbel, eine exotische Pflanze mit spektakulären Blüten sowie zahllose Bücher schafften eine behagliche Atmosphäre, zu der die sympathische Unordnung ihren Teil beitrug.

»Setzen Sie sich doch, Frau Wolff. Was halten Sie von grünem Tee direkt aus China?«

Franzi lächelte. »Besser geht's nicht.«

»Das erzählen Sie mal meiner wunderbaren Assistentin. Sie lebt von Kaffee«, sagte sie und stand auf. »Entschuldigen Sie mich bitte kurz. Die Zubereitung kann ich Frau Müller unmöglich überlassen.« Weg war sie.

Verdutzt sah Franzi ihr nach. Sie lernte gerade, dass Klischees dem echten Leben nur selten standhielten.

Der Tee schmeckte köstlich. Franzi hielt sich an der heißen Tasse fest, während Frau Leipold den Inhalt der vor ihr liegenden Papiere zusammenfasste. Gerlinde Oberlechner hatte keine eigenen Kinder, ihre Eltern und ihre Schwester, also Franzis Großmutter, lebten nicht mehr, somit gab es niemanden, dem ein Pflichtteil zufiel. Gerlinde konnte ihr Vermögen vermachen, wem sie wollte. Und das sei eben sie, ihre Großnichte Franziska Wolff, schloss Frau Leipold.

»Sagten Sie ›Vermögen‹?«

Frau Leipold warf einen kurzen Blick auf die Papiere, dann zuckte sie mit den Schultern. »Na ja, ein bescheidenes Vermögen. Etwas über 65 000 Euro.«

Franzi schnappte angesichts der enormen Zahl unwillkürlich nach Luft. »Für mich ist das sehr viel Geld, Frau Leipold.«

»Entschuldigen Sie. Aber etwa die Hälfte des Geldes ist ohnehin weg, wenn Sie das Erbe annehmen, denn sowohl für das Barvermögen als auch für das Haus müssen Sie Erbschaftssteuer zahlen.«

»Haus?« Franzi verschluckte sich am Tee und stellte die Tasse ab.

»Ja, ein Haus. Komplett abbezahlt, in einer mir unbekannten Kleinstadt irgendwo im Norden von Niedersachsen.«

»Ich kenne es«, flüsterte Franzi, mehr zu sich selbst als zu Frau Leipold. Die Erinnerung kam zurück. Ihr Vater hatte sich geirrt, es war nicht zwanzig, sondern sogar dreiundzwanzig Jahre her, seit sie Tante Gerlinde zum letzten Mal gesehen hatte. Franzi war elf gewesen, als sie mit ihren Eltern in den Urlaub an die Nordsee fuhr. Sie hatte aufgeregt auf dem Rücksitz herumgezappelt, denn bald würde sie zum ersten Mal in ihrem Leben das Meer sehen! Die Fahrt aus dem tiefen Süden Deutschlands in den Norden hatte sich endlos gezogen, aber vor dem Meer stand noch ein Besuch bei ebenjener Tante Gerlinde an, die Franzi bisher nur wenige Male bei Familienfeiern gesehen hatte. Undeutlich erinnerte sie sich an eine kleine Stadt mit hübschen Friesenhäusern, und in einem dieser Häuser hatte die Tante im oberen Stockwerk gelebt, während sie im Erdgeschoss einen Kurzwarenladen betrieb. Franzi musste unwillkürlich lächeln, als die Bilder des Ladens aus den Tiefen ihres Gedächtnisses nach oben gespült wurden. Es war ein herrlicher, sonniger Sommertag gewesen, und all die bunten Stoffe und Bänder, die Wollknäuel und glitzernden Knöpfe hatten geleuchtet. Ein seltsamer Zauber hatte über allem gelegen. Obwohl Franzi die Unterbrechung der Fahrt zuerst überhaupt nicht gutgeheißen hatte, wollte sie schließlich gar nicht mehr fort von dem Zauberhaus und der Tante. Tante Gerlinde … war sie dick gewesen oder dünn? Groß oder klein? Sie wusste es nicht mehr, konnte sich nur an ihr lustiges Lachen erinnern. Was ja so ziemlich das Wichtigste war, oder nicht?

»Frau Wolff?«

Die Stimme der Notarin holte sie in das Büro zurück. »Entschuldigung. Ich habe gerade eine Zeitreise weit zurück in meine Kindheit gemacht.«

»Es muss eine schöne Reise gewesen sein. Sie sahen glücklich aus. Wollen Sie das Erbe annehmen?« Frau Leipold hob die Hände. »Sie haben natürlich Bedenkzeit.«

»Spricht etwas dagegen?«

»Ich weiß nicht, in welchem Zustand sich das Haus befindet«, sagte die Notarin. »Vielleicht wartet eine böse Überraschung auf Sie«, fügte sie zögernd hinzu.

Franzi ließ sich die Worte durch den Kopf gehen. Das Risiko hielt sich in Grenzen; wenn ihr das Haus nicht gefiel, konnte sie es schließlich verkaufen. Hatte sie nicht in den letzten Tagen immer wieder gegrübelt, in welche Richtung sie ihr Leben lenken sollte? Hier lag die Antwort, nur eine Unterschrift entfernt. Tante Gerlinde muss meine Nöte geahnt haben, dachte sie. Danke, liebe Tante. Dabei habe ich dich nie wieder besucht.

Sie straffte sich. »Frau Leipold, ich nehme das Erbe an.«

»Sie machen es bestimmt richtig. Sollte trotzdem etwas schieflaufen, können Sie sich jederzeit an mich wenden.« Sie machte eine Kunstpause. »Allerdings ist da noch etwas.«

Misstrauisch geworden, zog Franzi die Augenbrauen hoch. Die Notarin blieb ihr eine Erklärung schuldig, schien sich das Lachen aber nur schwer verbeißen zu können. Stattdessen verschwand sie durch eine Verbindungstür, die Franzi bisher nicht bemerkt hatte. Nach kaum einer Minute ging die Tür wieder auf. Frau Leipold machte lockende Geräusche. Neugierig reckte Franzi den Hals.

»Darf ich vorstellen?« Die Notarin deutete eine Verbeugung an. »Das ist euer neues Frauchen. Und das«, sagte sie mit einem breiten Grinsen an Franzi gewandt, »sind Janis und Jim.«

Franzi blieb der Mund offen stehen. Durch die Tür watschelten eine Ente und ein Erpel.

»Du hast was?« Selbst aus zwölftausend Kilometer Entfernung war Tanjas Stimme anzuhören, dass sie am Geisteszustand ihrer Freundin zweifelte. Nach über einer Woche Funkstille hatte sie sich endlich gemeldet; es hatte irgendwelche Probleme mit dem Telefonanschluss gegeben. Überhaupt schien alles recht problematisch zu sein, angefangen bei der Hitze, dem ungewohnten Essen und den undurchsichtigen Chinesen bis hin zu den seltsamen Verhaltensweisen der anderen Auswanderer im Klub. Franzi hatte sich Tanjas Bericht mehr oder weniger kommentarlos angehört – was sollte sie auch dazu sagen? Die Welt, mit der Tanja sich auseinandersetzen musste, war ihr vollkommen fremd. Nachdem die Freundin sich alles von der Seele geredet hatte, holte sie tief Luft und fragte, wie es Franzi ging.

»Ich habe ein Haus geerbt«, antwortete sie. »Und zwei Enten.«

»Du hast was?«

»Ein Haus geerbt.«

»Ich meine den zweiten Teil.«

»Die Enten?«, fragte Franzi, während sie mit dem Fuß nach dem Badewannenhahn angelte, um heißes Wasser nachzulassen.

»Allerdings.«

»Nun ja.« Sie sah zur Toilette hinüber. Janis und Jim hockten auf dem Deckel und warfen ihr vorwurfsvolle Blicke zu. Die Enten und sie hatten sich schnell aneinander gewöhnt, lediglich über die Benutzung der Wanne herrschte Uneinigkeit. Janis und Jim hatten versucht, Franzi beim Baden Gesellschaft zu leisten, aber weder das heiße Wasser noch der Badeschaum waren nach ihrem Geschmack. Jetzt versuchten sie, ihr neues Frauchen durch konsequentes Anstarren dazu zu bewegen, die Wanne zu räumen und mit klarem, kaltem Wasser zu füllen. Bisher hatte Franzi die stärkeren Nerven bewiesen, aber die Enten übten sich in Geduld.

Der von der Notarin engagierte Verwalter in Westersum hatte die beiden Vögel halb verhungert in dem Haus vorgefunden, und da sie offensichtlich zu zahm für ein Leben in der Wildnis waren und er weder Zeit noch Lust hatte, sich um ihr Wohlergehen zu kümmern, hatte er sie kurzerhand per Flugzeug nach Nürnberg geschickt. Natürlich ohne das Einverständnis von Frau Leipold einzuholen. Die hatte nicht schlecht gestaunt, als ihr das Entenpaar ins Büro gewatschelt kam, sich aber mit dem ihr eigenen Pragmatismus der ungewöhnlichen Herausforderung gestellt und über Entenhaltung in Wohnungen schlaugemacht. Ihr neues Wissen sowie das bereits gekaufte Entenspezialfutter hatte sie dann an Franzi weitergegeben, die dafür sehr dankbar war. Janis und Jim hatten ihre Odyssee gut überstanden, aber bei Tante Gerlinde fand sich bestimmt eine angemessenere Umgebung, vielleicht gab es sogar einen Ententeich voller Artgenossen.

Übermütig schnippte Franzi ein wenig Schaum in Richtung der Vögel. Janis quakte ungehalten.

»O Gott, war das tatsächlich ein Quaken?«

»Jep.«

»Ich dachte, du machst einen Scherz«, stöhnte Tanja. »Was sagt dein Vermieter?«

»Er ist nicht amüsiert. Ich habe schon gekündigt.«

Tanja blieb die Luft weg. Sie brauchte einige Sekunden, bis sie sich einigermaßen gefangen hatte. »Lass mich kurz zusammenfassen«, sagte sie schließlich. »Du hast ein Haus und zwei Enten geerbt, und du hast deine Wohnung gekündigt. Ich schließe daraus, dass ein Umzug bevorsteht.«

»Richtig, Watson.«

»Gibt es noch mehr, das ich wissen sollte? Überhaupt, wo steht dieses ominöse Haus eigentlich?«

»In Westersum, einer Kleinstadt in Ostfriesland. Ich werde im Frühling übersiedeln, nachdem Margret die Praxis geschlossen hat.«

»Respekt.« Tanjas Verblüffung amüsierte Franzi. Es kam selten genug vor, dass sie ihre Freundin sprachlos machen konnte. »Was willst du dort tun?«

»Ich weiß es noch nicht. Vielleicht eröffne ich eine Praxis, vielleicht führe ich den Kurzwarenladen fort. Die Notarin sagte, Tante Gerlinde habe ihn bis zu ihrem Tod betrieben. Da sie keine Schulden hatte, wird der Laden wohl gelaufen sein.«

»Hm. An die Vorstellung, dass du Ladenbesitzerin bist, muss ich mich erst gewöhnen.« Kurz herrschte Schweigen, dann hörte Franzi das für Tanja so typische glucksende Kichern. »Das ist großartig«, sagte die Freundin fröhlich. »Es wurde auch Zeit, dass du mal was Verrücktes machst.«

»Findest du?«

»Allerdings. Du warst auf dem besten Weg zu versauern.«

Franzi schluckte. Natürlich hatte sie Zweifel gehabt, und nicht zu knapp, doch mit einem einzigen Satz hatte Tanja sie beiseitegefegt. Das Leben war spannend, wenn man es nur zuließ. Sie lachte so laut und befreit heraus, dass Jim vor Schreck vom Klodeckel fiel.

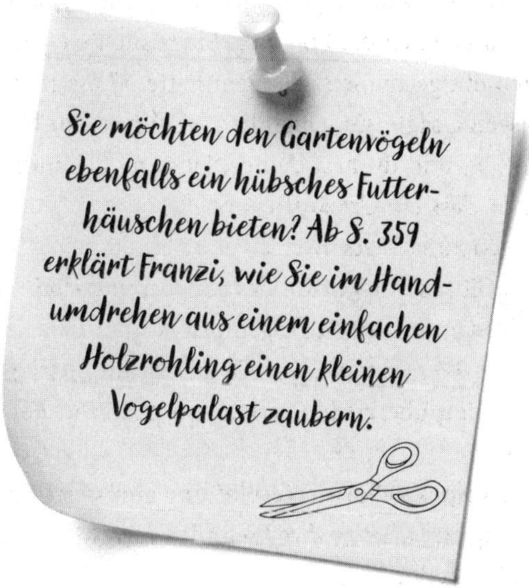

Kapitel 2

Neun Wochen später, an einem kühlen Tag Mitte März, ratterte Franzi in ihrem vollgepackten alten Passat Kombi, der auf den Namen Leopold hörte, gen Norden. Sie ließ Nürnberg ohne Wehmut hinter sich. Wirklich wohlgefühlt hatte sie sich dort nie; sie war einfach keine Stadtpflanze. Natürlich tat es ihr leid, dass sie ihre Freunde nun nicht mehr spontan sehen konnte, aber alle hatten versprochen, sie bald zu besuchen. Die Aussicht, Urlaub an der Nordsee zu machen, war für Süddeutsche unwiderstehlich.

Franzi trödelte, mied die Autobahnen und ließ sich stattdessen über Landstraßen durch das aus dem Winterschlaf erwachende Deutschland treiben. Sie hatte es nicht eilig, und Janis und Jim hatten auch nichts gegen das Autofahren einzuwenden. Unbeeindruckt vom Gerumpel, schliefen sie selig mit unters Gefieder gesteckten Köpfen. Franzi warf einen Blick zur Rückbank, wo die Entenkiste eingezwängt zwischen Koffern und Taschen stand. Ob sie ahnten, dass es nach Hause ging?

Irgendwo in der Nähe von Kassel stieg sie in einem hübschen Landgasthof ab, in dem auch Janis und Jim willkommen waren. Nach einem üppigen Abendbrot fiel sie ins Bett und schlief sofort ein. Schon um sieben Uhr am nächsten Morgen war sie wieder unterwegs und erreichte Westersum gegen Mittag. Am Anfang der Mühlenstraße, in der ihr neues Haus lag, fand sie einen Parkplatz. Janis und Jim wurden unruhig. Franzi ließ sie aus dem Wagen. Die Enten schüttelten sich, sahen sich um, und noch bevor Franzi das Auto abgeschlossen hatte, watschelten sie zielstrebig die Straße hinunter. Franzi hatte ihre liebe Mühe, die beiden einzuholen; kaum nahm sie ihre Umgebung wahr. Laut quakend strebten Janis und Jim nach ein paar Minuten auf ein eher kleines Haus zu. Sie flatterten aufgeregt mit den Flügeln und postierten sich schließlich vor der geschlossenen Ladentür.

Franzi blieb in der Mitte der Straße stehen, unfähig, sich zu rühren. Fassungslos starrte sie auf das Haus. Das sollte es sein? Sie blinzelte. Hatten die Enten sich geirrt? Aber nein, da war das Ladenschild, verblasst und kaum leserlich baumelte das bemalte Holzbrett an einem schmiedeeisernen Galgen: *Gerlindes Wunderkiste.*

Eine Wunderkiste war es tatsächlich. Eine charmante und ziemlich heruntergekommene Wunderkiste. Die Farbe blätterte von den ehemals weiß gestrichenen Fächern des Fachwerks ab, und auch die eigentlich hübschen Sprossenfenster benötigten dringend einen Anstrich. In der Vorderfront befanden sich zwei Türen; eine führte vermutlich in den Laden, die andere, an der ein vertrockneter Blumenkranz hing, in die Wohnung.

Kahle Clematiszweige umrankten das Gebäude. Und bewahrten es damit wahrscheinlich vorm Einsturz, dachte Franzi mit sinkendem Herzen, während sie das an einigen Stellen bemooste Dach betrachtete. Sie verstand nichts von Reetdächern, hatte aber die Befürchtung, dass Moos zwar malerisch, dem Haus aber nicht zuträglich war. Dafür besaß es eine halbrunde, von einem Reetpelz beschützte Dachgaube, die ihr zuzuzwinkern schien. Bevor Franzi wusste, was sie tat, hatte sie schon die Hand gehoben und zu dem Fenster hochgewinkt. Eine Erinnerung schoss durch ihren Kopf; dort oben hatte sie schon mal gestanden, in einer hübschen, blau und weiß gekachelten Küche mit altmodischen Möbeln und Armaturen. Ob die Küche noch immer so aussah?

Seufzend ging sie die letzten Schritte auf das Haus zu und ließ sich auf der Bank nieder, die zwischen den beiden Türen stand und prompt ein gequältes Knarzen von sich gab. Franzi musste erst ihren Mut sammeln, bevor sie das Haus betrat. Neugierig inspizierte sie die Nachbarschaft.

Die Mühlenstraße lag am Rande der Altstadt und wirkte ein wenig vernachlässigt. Die Häuser entlang der mit Kopfsteinen gepflasterten Straße bildeten kein einheitliches Bild, sondern bestanden aus einem Sammelsurium von unterschiedlichen Stilen. Gerlindes Haus gehörte zu den ältesten; Franzi konnte von ihrem Platz aus nur noch zwei weitere Fachwerkhäuser erspähen, eines davon in ähnlich schlechtem Zustand wie die *Wunderkiste*. Einige Häuser waren aus dem für Ostfriesland typischen roten Backstein erbaut, wieder andere stammten aus den 1960ern oder 1970ern, mit hässlichen Verkleidungen und großen Ladenfenstern, die selbst aus der Entfernung talentlos dekoriert wirkten. Die Mühlenstraße war definitiv nicht der Prachtboulevard von Westersum, auch wenn sich in fast jedem Haus ein Geschäft befand.

Franzi erhob sich. Einen gewissen Charme besaß die Straße trotzdem. Es musste ja nicht immer alles auf Hochglanz poliert sein. Ihr Blick blieb an einem riesigen SUV hängen, der schräg gegenüber parkte. Die Autos störten allerdings kolossal, verdeckten sogar die Schaufenster. Alle Geschäfte waren geschlossen, die Straße war menschenleer, dafür zog der Geruch von Sonntagsbraten durch die Luft. Westersum war also nicht evakuiert worden. Am morgigen Montag würde es hier bestimmt ganz anders aussehen, dachte sie hoffnungsfroh.

Im nächsten Moment zog eine Bewegung Franzis Aufmerksamkeit auf sich. Aus einer Seitengasse tauchte eine bunt gefleckte Katze auf und witterte aufmerksam in alle Richtungen. Dann hob sie den Kopf, ihre Ohren zuckten, ehe sie sich in Bewegung setzte und direkt auf Janis und Jim zusprintete. Franzi stieß einen Schreckensruf aus. Die Katze schaute irritiert auf, rannte aber trotzdem weiter. Mit einem Satz stürzte sie sich auf die Enten. Franzi machte eine hektische Bewegung, bereit, Janis und Jim zu verteidigen, dann blieb sie wie angewurzelt stehen. Sie traute ihren Augen nicht: Laut quakend begrüßten ihre Schützlinge die Katze, die ihrerseits ihre Nase am Gefieder der Vögel rieb. Alle drei waren offensichtlich ziemlich aus dem Häuschen über das unerwartete Wiedersehen.

Leise in sich hineinlachend, überließ Franzi die Tiere ihrer Freude und schlenderte hinüber zum *Herrenausstatter Hinrichsen*. Ein kurzer Blick in das bisher von dem Monster-SUV verdeckte Schaufenster belehrte sie, dass man in Westersum für modische Experimente nicht zu haben war. Dann drehte sie sich um und nahm die Häuserzeile auf ihrer Seite in Augenschein.

Links von *Gerlindes Wunderkiste* befand sich ein Fachwerkhaus, nicht unähnlich ihrem eigenen, aber in einem wesentlich besseren Zustand, das einen Friseursalon namens *Haarige Zeiten* beherbergte. Die beiden Häuser lagen etwa drei Meter von der Straße zurückgesetzt, die Flächen vor den Häusern waren mit alten Kopfsteinen gepflastert. Zur Rechten stand ein kombiniertes Laden- und Wohnhaus aus den Fünfzigern. Allerdings schien der Miederwarenladen, auf den die verblichenen Buchstabenschatten an der Hauswand hinwiesen, wohl schon vor vielen Jahren aufgegeben worden zu sein; das Schaufenster gähnte leer und dunkel. Franzi schauderte. Plötzlich hatte sie das unangenehme Gefühl, beobachtet zu werden, und tatsächlich wurde einen Augenblick später im oberen Stock eine Gardine zugezogen. Sie lachte unsicher, um die Beklemmung loszuwerden. Daran war nun wirklich nichts Ungewöhnliches. Ihre neuen Nachbarn hatten zufällig gesehen, wie sie das Haus anstarrte, und ihrerseits zurückgestarrt. Trotzdem, das Haus gefiel ihr ganz und gar nicht.

Während sie noch hinübersah, stahl sich ein Sonnenstrahl durch die wattige Wolkendecke und tauchte die Mühlenstraße in goldenes Licht. Es gelang der Sonne zwar nicht, das ehemalige Miederwarengeschäft schöner zu machen, aber die düstere Atmosphäre war schlagartig verschwunden. *Gerlindes Wunderkiste* und *Haarige Zeiten* wirkten sogar heimelig und einladend. Jetzt bemerkte sie auch, dass der Friseur als Einziger seinen Laden herausgeputzt hatte. Seine Kunstfertigkeit mit der Schere bewies er mit zwei Buchsbäumen, die in die Form von springenden Fischen geschnitten waren und, in großen Kübeln stehend, den Eingang flankierten. Das Ladenschild war ähnlich wie das der *Wunderkiste* handgemalt, und über dem Eingang baumelte ein bezauberndes Mobile aus Treibholz, geschnitzten Holzfischen, Strandgut und Muscheln. Franzi schüttelte unwillkürlich ihre Locken. Ihr siebter Sinn sagte ihr, dass man jemandem, der so viel Sinn für Schönes hatte, auch seine Haare anvertrauen durfte. Der Friseursalon zeigte ihr außerdem, wie viel Potenzial in ihrem eigenen Haus steckte. Sie musste nur die Ärmel hochkrempeln.

Beschwingt überquerte sie erneut die Straße. Die Enten blickten ihr erwartungsvoll entgegen und watschelten, kaum stand die Haustür eine Handbreit auf, ins Innere. Die Katze folgte wie der Blitz. Nun habe ich schon drei Mitbewohner, dachte Franzi. Ob noch mehr Überraschungen warteten? Ein Pferd im Flur? Eine Kuh im Schlafzimmer? Sie stieß die Haustür weit auf und trat in die dämmrige Diele. Rechts befand sich eine Tür, wahrscheinlich der direkte Zugang zum Laden, am Ende eine steile Treppe. Gerade noch erhaschte sie einen Blick auf den Katzenschwanz auf dem oberen Treppenabsatz. Janis und Jim schnatterten aufgeregt. Sie suchte den Lichtschalter, fand ihn nicht und tastete sich vorsichtig ins obere Stockwerk. Dort schloss sie die Tür auf und betrat die Wohnung im Kielwasser der Tiere, die zielstrebig in den Raum gleich rechts vom Eingang abbogen. Franzi spähte hinein. Natürlich, es handelte sich um die Küche.

Es hatte sich nichts verändert – oder zumindest nur so wenig, dass sie es nicht wahrnahm. Noch immer zierten wunderschöne Kacheln mit handgemalten blau-weißen Friesland-Motiven die Wände, das Mobiliar wirkte abgenutzt, aber handfest. Eine altmodische Küchenanrichte, der lediglich ein wenig Farbe fehlte, nahm die rechte Wand ein, während an der gegenüberliegenden Seite ein Herd und eine Spüle auf eine Köchin warteten. Auf einem langen Bord überm Herd standen Kochbücher, Backschüsseln und allerlei hübsche Dosen, darunter baumelte an Haken alles vom Teigschaber über einen Fleischklopfer bis hin zum Schaumlöffel. Franzi öffnete die Anrichte. Handgetöpfertes und ein Sammelsurium von unterschiedlichen Porzellantellern und Tassen stapelten sich in dem Aufsatz, während sich im Unterbau blitzblanke, hochmoderne Töpfe und Pfannen fanden. Ein Stabmixer, ein Granitmörser und einige interessante Küchengeräte mehr ließen darauf schließen, dass Tante Gerlinde eine engagierte Köchin gewesen war.

Unter dem aus der Dachschräge ragenden Erkerfenster standen ein weißer Tisch und zwei ebenfalls weiß gestrichene Küchenstühle. Die Fensterbank war von Töpfen mit vertrockneten Kräutern okkupiert. Franzi schluckte. Alles hier atmete noch die Anwesenheit der Tante, die sie im Grunde gar nicht gekannt hatte. Einmal mehr fragte sie sich, warum Tante Gerlinde ausgerechnet sie als Erbin gewählt hatte, doch diese Frage würde wohl unbeantwortet bleiben; auch die Notarin hatte dazu nichts sagen können.

Franzi verließ hastig die Küche, bevor sie allzu rührselig wurde, und warf nur kurze Blicke in die anderen Zimmer. Es ging schnell, das Haus war klein: Sie entdeckte ein Schlafzimmer, eine heimelige gute Stube, ein winziges Duschbad und, zu ihrer besonderen Freude, im größten Zimmer ein Schneideratelier, komplett ausgestattet mit einem riesigen Zuschneidetisch, einer Nähmaschine und hellem Arbeitslicht. Der Kniestock unter der Dachschräge – alle Zimmer im oberen Stockwerk hatten Schrägen – war mit Regalen ausgebaut, in denen einige Stoffballen lagen. Es roch ein wenig muffig.

Franzi ging zum Gaubenfenster, um frische Luft hereinzulassen. Entzückt realisierte sie, dass zum Haus ein Garten gehörte. Er war natürlich völlig verwildert, aber da konnte sie Abhilfe schaffen. Als sie sich aus dem Fenster lehnte, entdeckte sie dicht an der Hauswand eine alte, verbeulte Badewanne. Zumindest das Rätsel, warum Janis und Jim sofort um die Funktion einer Badewanne gewusst hatten, als sie in Franzis Stadtwohnung eingezogen waren, war gelöst.

Den Rest des Tages verbrachte Franzi mit Putzen und Einräumen. Sie hatte ihren Kombi dafür direkt vors Haus gefahren und in zweiter Reihe geparkt. Niemand störte sich daran, dass sie die Hälfte der Straße blockierte, während sie ihre Sachen zur *Wunderkiste* trug. Tatsächlich kamen nur wenige Autos vorbei; Westersum wirkte nach wie vor wie ausgestorben.

Franzi fütterte Janis und Jim mit ihrem Spezialfutter und gab der Katze mangels Alternative eine Scheibe Wurst aus ihrem Reiseproviant. Die Katze schien damit zufrieden und leckte sich das Mäulchen.

Nachdem sie alles ins Haus geräumt hatte und Leopold wieder auf einem legalen Parkplatz stand, fühlte Franzi sich hundemüde. Sie kramte Zahnbürste, Zahnpasta und Pyjama aus einer Sporttasche, machte sich in dem winzigen Bad bettfertig und schlurfte ins Schlafzimmer. Als das Licht aufflackerte, musste sie laut auflachen. Vom frisch bezogenen Bett aus – sie hatte ihr eigenes selbst gebatiktes Bettzeug mitgebracht – blinzelten Janis, Jim und die Katze ihr träge entgegen. Noch immer lachend, quetschte sie sich neben ihre protestierenden Hausgenossen. Angst vor Einsamkeit brauche ich jedenfalls nicht zu haben, dachte sie. Dann fiel ihr siedend heiß etwas ein. Schnell zog sie sich wieder an, eilte durch die menschenleere Straße zu Leopold und schnappte sich das Stoffeselchen, das während der ganzen Fahrt auf der Beifahrerablage gethront hatte. Liebevoll drückte sie es an sich. Ihre Großmutter hatte es ihr zur Einschulung genäht, und seitdem begleitete sie das mittlerweile stark abgewetzte Kuscheltier überallhin und wachte nachts über ihren Schlaf. Franzi hatte schon als Kind ihr Herz an Esel verloren. Abgesehen von ihrem hübschen Äußeren mochte sie ihre Bockigkeit. Vielleicht, weil sie selbst so gar nicht widerspenstig war.

Zurück im Schlafzimmer, stellte sie ihrem Kleintier-Zoo das Eselchen vor. »Wehe, ihr tut ihm etwas«, sagte sie. Die Tiere lauschten so aufmerksam, dass es Franzi ein wenig mulmig wurde. Als ob sie jedes Wort verstanden hätten. Schnell löschte sie das Licht und war Sekunden später eingeschlafen.

♡

Der Tag war noch nicht richtig angebrochen, als Franzi am nächsten Morgen aufwachte. Sie reckte sich, knipste die Nachttischlampe an und fischte nach dem Wecker. Erstaunt stellte sie fest, dass es erst kurz vor sechs war, sie sich aber trotzdem frisch und unternehmungslustig fühlte. Seltsam. Vor acht Uhr morgens und drei Tassen Tee war sie normalerweise kaum ansprechbar. Sie machte das Licht wieder aus und kuschelte sich unter die Decke, aber der Schlaf wollte nicht mehr kommen. Dafür rangelten die Katze und die Enten um den Platz auf ihrem Bauch.

»Guten Morgen«, murmelte sie. »Habt ihr Hunger?« Seufzend schob sie Janis von ihrem Körper und schwang die Beine aus dem Bett. Dann würde der Tag heute eben früher beginnen. Es gab schließlich genug zu tun.

Wenig später saß sie mit einem frisch gebrühten grünen Tee in der Küche und genoss die zum Fenster hereinwehende kühle Luft, aus der sie einen Hauch von Salz herausschnuppern konnte. Das Meer war nur fünfzehn Kilometer entfernt. Weit im Osten färbte sich der Himmel rosa, durchsetzt von dunkelblauen Wolkenschlieren. Langsam wurde es heller, und die hoch am Himmel schwebenden Schäfchenwolken erstrahlten golden. Vor dem in allen Pastelltönen gestrichenen Himmel hob sich die Silhouette von Westersum ab: der gedrungene Kirchturm, die ineinandergeschachtelten Hausdächer und, ganz hinten am Ortsausgang, sogar Windmühlenflügel. Ein Vogelschwarm erhob sich und drehte eine Ehrenrunde über der kleinen Stadt, bevor es die Tiere nach Norden zur Küste zog.

Franzi atmete tief durch. Die ganze Szenerie war so friedlich, so idyllisch, dass es an Kitsch grenzte. Aber wer bestimmte eigentlich, was Kitsch war und was nicht? Und überhaupt, was war eigentlich so schlimm an Kitsch? Franzi schüttelte unbewusst den Kopf, ein Lächeln stahl sich auf ihr Gesicht. Es war lange her, dass sie sich in ihrer Haut so wohlgefühlt hatte.

Helles Klappern zog ihre Aufmerksamkeit vom Himmel zur Erde hinunter. Ein Mann radelte durch die noch schlummernde

Straße. In seinem Fahrradkorb lag eine prall gefüllte Papiertüte: Weggla! Franzi beugte sich aus dem Fenster. Ganz am Ende der Straße, auf der Seite, die sie noch nicht erkundet hatte, leuchtete es einladend. Das war sicherlich die Bäckerei. Wie auf Kommando meldete sich ihr Frühstückshunger. Schnell streifte sie eine Strickjacke über die Bluse und schlüpfte in ihre Sneakers. Mit der Katze im Kielwasser sprang sie die Treppe hinunter und folgte dem verheißungsvoll durch die Straße wabernden süß-warmen Duft von Gebäck und Brot. Drei Minuten später stand sie in einer kurzen Schlange vorm Bäckertresen.

»Sind Sie die neue Besitzerin von Gerlindes Haus?«

Franzi schaute überrascht auf, als sie den Namen ihrer Tante hörte. Sie hatte gar nicht bemerkt, dass sie an der Reihe war, zu tief war sie in die Betrachtung der Auslage versunken gewesen. Backwaren waren nicht gleich Backwaren; es gab eine Menge überaus lecker aussehende Stücke, die sie aus dem Süden nicht kannte. Andere wiederum fehlten. Köichla zum Beispiel.

»Ja …«, stotterte sie, »äh, grüß Gott.«

Die Frau hinterm Tresen musterte sie interessiert. Franzi hielt ihrem Blick stand. Die andere mochte Mitte fünfzig sein und hatte eine überaus sportliche Figur. Überhaupt wirkte sie sehr flott. Ein Namensschild wies sie als Frau Oltmanns aus, wobei Franzi sich fragte, wozu dieses Schild gut sein sollte. Mit Sicherheit kannte jedermann die Bäckerin. Und umgekehrt.

»Sie kommen aus Bayern«, stellte Frau Oltmanns fest. Franzi zuckte zusammen. War das jetzt gut oder schlecht?

»Eigentlich aus Franken«, antwortete sie. Sie bemerkte, dass die Menschen in der Schlange hinter ihr die Ohren spitzten. »Woran haben Sie gemerkt, dass ich zu Tante Gerlinde gehöre?«

»Bob«, sagte Frau Oltmanns.

»Bob?«

»Bob Dylan. Er steht direkt neben Ihnen und wartet darauf, dass etwas herunterfällt.«

Verwirrt drehte Franzi sich um. Der Mann hinter ihr wies nach unten. Die Katze blickte erwartungsvoll zu ihr hoch.

»Die Katze ist ein Kater?«, fragte Franzi. »Ich dachte, die Dreifarbigen sind grundsätzlich Katzen.«

Eine Frau weiter hinten in der Schlange meldete sich zu Wort: »Meistens sind es Katzen, hin und wieder gibt es jedoch ein Männchen. Bob ist ein Glückskater.«

»Wir haben ihn in den letzten Monaten durchgefüttert«, erklärte Frau Oltmanns, »er geht überall ein und aus.«

»Danke …« Franzi war um Worte verlegen. »Wie kann ich das wiedergutmachen?«

»Unsinn«, schnitt Frau Oltmanns ihr das Wort ab. »Sie wussten doch nichts von seiner Existenz. Übernehmen Sie ihn denn jetzt?«

Franzi nickte.

»Gut.« Sie hob die Stimme. »Alle mal herhören! Bob wird ab jetzt nur noch von Frau … Frau …«

»Wolff«, soufflierte Franzi. »Franziska Wolff.«

»Danke. Also, Bob wird nur noch von Frau Wolff gefüttert. Sonst verlieren wir den Überblick, und er wird fett.«

»Aye, Sir«, ertönte eine Stimme von hinten. Der Laden hatte sich mittlerweile gut gefüllt. Ein junger Mann lächelte Franzi aufmunternd zu, wohl der mit dem seemännischen Ausruf. Die anderen taxierten sie neugierig, mit ernsten, distanzierten Mienen. Franzi fühlte sich wie auf dem Präsentierteller. Daran würde sie sich wohl gewöhnen müssen; auch wenn sie sich Mühe gab, Hochdeutsch zu sprechen, verriet die fränkische Färbung ihrer Aussprache mit dem rollenden »R« sie sofort als Fremde. Sie lächelte in die Runde – ohne nennenswerten Effekt. Verunsichert wandte sie sich wieder zum Tresen.

»Nachdem das geklärt ist, sollte ich mich wohl endlich um mein Frühstück kümmern«, murmelte sie. »Ich nehme ein Weggla und ein Bambergerla.«

Frau Oltmanns sah etwas hilflos aus. »Unter Weggla kann ich mir gerade noch etwas vorstellen, aber was ist ein Bambergerla?«

Franzi zeigte auf das, was sie für ein Bambergerla hielt. »Ein Hörnchen?«, fragte sie kleinlaut.

»Ah! Sagen Sie es doch gleich!« Frau Oltmanns versenkte die Stücke in eine Tüte, nahm das Geld entgegen und verabschiedete sich mit einem Augenzwinkern. »Lassen Sie sich Ihr erstes Ostfriesen-Frühstück schmecken. Bis morgen.«

Franzi stand schon in der Tür, als ihr noch etwas einfiel. Sie ging zurück zum Tresen.

»Frau Oltmanns«, sagte sie und wies auf Bob. »Das ist also Bob Dylan. Gehe ich recht in der Annahme, dass ich mein Haus zusätzlich mit Janis Joplin und Jim Morrison teile?«

Die Bäckerin nickte lachend. »Gerlinde war eine ziemliche Marke«, sagte sie. »Als sie nach Westersum kam, war sie ein richtiger Hippie. Eigentlich ist sie das auch immer geblieben.«

Die Tante ein Hippie? Schau mal einer an, dachte Franzi. Als sie den Laden verlassen wollte, verstellte eine sauertöpfische, ziemlich hagere alte Dame ihr den Ausgang. »Noch ein Bazi«, zischte sie, als Franzi sich an ihr vorbeiquetschte. »Das hat uns gerade noch gefehlt.« Franzi starrte sie sprachlos an. Auch wenn die Bäckerin offensichtlich nichts gegen sie hatte, einfach würde es nicht werden, hier Fuß zu fassen.

Sie verspeiste ihr Frühstück in der Küche, in die jetzt die Morgensonne schien. Das vermeintliche Bambergerla schmeckte ganz anders als die Hörnchen zu Hause, war aber lecker. Im Handumdrehen hatte sie es verputzt und stand auf. Der Dämpfer, den die Sauertöpfische ihrer Laune verpasst hatte, war verflogen, und ihr

Tatendrang vom frühen Morgen meldete sich zurück: Es wurde Zeit, sich das Haus gründlich anzusehen.

Am Vormittag ihres zweiten Tages in Westersum hatte Franzi alle Räume, den Garten und den Schuppen gründlich inspiziert. Den Laden hatte sie immer nur kurz betreten, weil sie angesichts des Durcheinanders jedes Mal zurückgeschreckt war. Nun aber musste sie sich endlich einen Überblick verschaffen. Entschlossen trat sie ein und verbrachte die nächsten zwei Stunden damit, das Chaos zu sichten. Knopfrollen lagen überall herum, wo sie nicht hingehörten, Stoffballen mit unmodernen Mustern stapelten sich unordentlich an den Wänden, die Displays mit den Reißverschlüssen und Garnen waren fast leer; viele Farben fehlten. Auch die Wollregale wirkten zerfleddert. Alles erschien ihr trostlos und abgenutzt. Tante Gerlinde hatte aufgrund ihrer Krankheit offensichtlich kaum noch Energie in das Geschäft gesteckt. Franzi schaute sich ratlos um. Es gab nichts, was Kunden zum Stöbern und Verweilen einlud. Wer sich in *Gerlindes Wunderkiste* verirrte, wusste wahrscheinlich ganz genau, was er brauchte, und ergriff danach eilends die Flucht.

Franzi strich über einen Regalboden. Staubflocken regneten herab. Hier musste dringend geputzt werden. Geputzt, aufgeräumt, gestrichen. Langsam schritt sie von Regal zu Regal, öffnete alle Schubladen, schaute in alle Schränke und Kisten. Den Laden wiederzubeleben war vermutlich möglich. Zusätzlich zu ihren eigenen Ersparnissen war von Tante Gerlindes Barschaft nach der Zahlung der Erbschaftssteuer noch genug übrig geblieben, um das Warensortiment ein wenig aufzupeppen und die dringendsten Renovierungsarbeiten vorzunehmen. Vorausgesetzt, sie machte alles selbst. Aber wollte sie das? Konnte sie es überhaupt? Sie war nicht ungeschickt, aber ihre Expertise beschränkte sich mehr auf Kunsthandwerk als auf handfeste Maler-, Tischler- und Maurerarbeiten. Hinzu kam, dass sie hier in Norddeutschland niemanden kannte, den sie um Hilfe bitten konnte. Sie stieß einen Seufzer aus. Es war ein schöner Traum, aber, wie so viele Träume, leider undurchführbar.

Es war Zeit, sich der Realität zu stellen. Mit dem Laden würde es nichts werden. Da wäre es schon besser, ihn aufzugeben und eine Physiotherapie-Praxis zu eröffnen. So etwas wurde überall gebraucht – vorausgesetzt, dass es in Westersum nicht schon eine Praxis gab. Was allerdings wahrscheinlich war.

Während sie noch grübelte, ertönte das über der Ladentür angebrachte Glöckchen. Franzi sah auf. Ein großer, schlanker Mann betrat den Laden und blieb dann stehen, darauf wartend, dass sich seine Augen an das schlechte Licht im Inneren gewöhnten. Er hatte Franzi noch nicht entdeckt, sodass sie ihn ausgiebig mustern konnte. Der Mann mochte um die vierzig sein, wirkte sportlich und trug einen gut sitzenden Anzug. Unter einem Arm klemmte eine seriös aussehende Ledertasche, die wahrscheinlich einen Laptop und Akten beherbergte. Ein dynamischer Geschäftsmann, der die *Wunderkiste* mit Sicherheit noch nie von innen gesehen hatte, sondern von seiner Frau dazu verdonnert worden war, auf dem Heimweg einen Reißverschluss in Dunkelblau von zwölf Zentimeter Länge zu besorgen.

Franzi trat auf ihn zu. »Kann ich Ihnen helfen?«

Der Mann zuckte kaum merklich zusammen, dann breitete sich ein einnehmendes Lächeln auf seinem Gesicht aus. Franzi fand ihn spontan sympathisch, trotz seines Geschäftsmann-Outfits. »Möglicherweise«, sagte er.

»Sehr gern. Welcher Bereich interessiert Sie denn? Wenn meine

Menschenkenntnis mich nicht täuscht, haben Sie es nicht so mit der Nähmaschine. Lassen Sie mich raten, Sie –«

»Also, ich wollte eigentlich –«

»Nein, warten Sie!« Franzi unterbrach ihn mit einem mühsam unterdrückten Grinsen. Eigentlich war sie eher zurückhaltend, aber der schicke Mann wirkte in ihrer altbackenen Hausfrauenhöhle so fehl am Platz wie Fred Astaire auf einem Mittelalterfest. Sie musste ihn einfach ein wenig hochnehmen. »Ich hab's: Sie sind ein Häkler. Topflappen? Wir führen Baumwollgarn in vielen schönen Farben und natürlich auch die passenden Häkelnadeln.«

Dem Mann verschlug es die Sprache. Verblüfft starrte er sie an. Franzi unterbrach ihren Redefluss und fühlte sich plötzlich albern und überaus unprofessionell. Wenn sie schon den ersten Kunden verprellte, dann sollte sie den Gedanken an einen eigenen Laden definitiv fallen lassen. »Entschuldigen Sie«, sagte sie zerknirscht. »Ich wollte mich nicht über Sie lustig machen. Es ist nur so« – sie zuckte hilflos die Achseln – »Sie sehen einfach nicht so aus wie jemand, der Kurzwaren kauft. Außer vielleicht einen Reißverschluss«, fügte sie hinzu.

Der Mann fing sich wieder, sein Lächeln kehrte zurück. »Es gibt keinen Grund für eine Entschuldigung«, sagte er aufgeräumt. »Sie haben tatsächlich ins Schwarze getroffen. Ich häkle leidenschaftlich gern. Als nächste Arbeit schwebt mir eine Spitzendecke in Fliedertönen vor. Haben Sie diese Farbe vorrätig?«

Jetzt fehlten Franzi die Worte. Verblüfft wandte sie sich zu dem geplünderten Wollregal um. *Flieder?* Der Mann häkelte violette *Spitzendeckchen?*

Ein glucksendes Geräusch ließ sie herumfahren. Der ungewöhnliche Kunde konnte nicht mehr an sich halten und lachte laut heraus. »Gleichstand«, sagte er und prustete erneut los. Franzi stimmte mit ein.

»Also ein Reißverschluss«, sagte sie, als sie sich beide wieder beruhigt hatten. »Welche Farbe und Länge?«

»Lila«, antwortete er, »und außerdem würde ich gern etwas mit Ihnen besprechen.« Er streckte ihr die Hand entgegen. »Sönke Lauberg.«

Überrumpelt ergriff Franzi sie. Er zuckte leicht. »Sie haben einen festen Händedruck.«

»Ich bin Physiotherapeutin und Osteopathin, und manchmal massiere ich auch. Dazu braucht man Kraft.«

»Interessant. Aber ich irre mich doch nicht – Sie sind die neue Besitzerin dieses Hauses, oder?«

Sie nickte. »Franziska Wolff«, stellte sie sich vor. »Gerlinde Oberlechners Großnichte.«

»Gut. Also, wie sieht es aus? Können Sie ein wenig Zeit für mich erübrigen? Oder wollen wir einen Termin ausmachen?«

»Worum geht es überhaupt?«

»Ich interessiere mich für Ihr Haus.« Er blickte sich um. »Wirklich gemütlich ist es hier nicht. Was halten Sie davon, wenn ich Sie in das Café am Marktplatz einlade und Ihnen meinen Vorschlag unterbreite? Es sind nur ein paar Schritte, und der Kuchen dort ist ausgezeichnet. Ich warte auch gern, bis der Andrang abgeklungen ist.«

»Andrang?« Franzi seufzte angesichts des leeren Ladens.

»Jetzt bitte ich um Entschuldigung, das war nicht nett.«

»Ach, Sie haben ja recht. Die Kundschaft steht sich nicht gerade gegenseitig auf den Füßen. Ein Stück Kuchen ist genau das, was ich jetzt brauche, außerdem wüsste ich gern, warum Sie sich für die *Wunderkiste* interessieren«, sagte Franzi und ging zur Ladentür.

Als sie nach draußen trat, blies ihr ein unerwartet heftiger Wind ins Gesicht. Die Sonne war hinter grauen Wolken verschwunden, es regnete leicht.

»Bitte warten Sie einen Moment.« Ohne Herrn Laubergs Antwort abzuwarten, durchquerte sie den Laden, stieß die Seitentür auf, die ihn mit der Diele vom Wohnungseingang verband, und hastete die Treppe hinauf.

»Was ist das?«, fragte Herr Lauberg stirnrunzelnd, als sie wieder herunterkam.

»Na, ein Schirm«, sagte sie, trat nach draußen und öffnete ihn. »Es regnet schließlich.«

Er sah sie befremdet an. »Das ist doch nur erhöhte Luftfeuchtigkeit. Aber kommen Sie.«

Das Café lag tatsächlich nur wenige Hundert Meter entfernt, aber der Weg dorthin führte Franzi mit nur drei Abbiegungen vom Rande der Altstadt zum Altstadtkern und in eine andere Welt. Je dichter sie zum Rathaus und der Kirche kamen, desto hübscher erstrahlten die Häuser in saniertem Glanz.

Viele der aus den roten Ziegeln gebauten Häuser waren mit üppig geschwungenen Barockgiebeln verziert; die Fensterrahmen leuchteten in strahlendem Weiß. Es gab Boutiquen, eine Buchhandlung und diverse Souvenirshops, die darauf schließen ließen, dass Westersum in den Sommermonaten ein beliebtes Ferienziel war. Franzi hätte gern einen genaueren Blick in die ansprechenden Schaufenster und Auslagen geworfen, aber der Kampf mit ihrem Schirm, der bei dem herrschenden Wind ein erstaunliches Temperament entwickelte, forderte den Großteil ihrer Aufmerksamkeit. Erleichtert faltete sie ihn zusammen, als Herr Lauberg zielstrebig auf ein weiß gestrichenes Haus am Marktplatz zustrebte: das Café *Up'n Tass Tee,* wie ein sorgfältig handgemaltes Schild verriet.

Herr Lauberg hielt Franzi höflich die Tür auf. Sie schüttelte ihren Schirm aus, suchte vergeblich einen Schirmständer und nahm ihn dann tropfend mit zum Tisch.

Neugierig sah sie sich um. Der niedrige Raum entsprach bis ins Detail der süddeutschen Vorstellung eines ostfriesischen Cafés: weißes Mobiliar, weiße Tischdecken mit blauer Stickerei, das Geschirr blau-weiß gemustert, dazu Holzmöwen und Salzstreuer in Leuchtturmform. Die Wände waren ebenfalls weiß getüncht, und vor den Butzenfenstern hingen adrett geraffte, hellblau-weiß gestreifte Gardinen. Franzi fand es überaus behaglich, eine Behaglichkeit, zu der der verführerische Kuchenduft noch beitrug.

Eine Kellnerin trat an ihren Tisch. Lauberg bestellte zweimal Ostfriesentee und Nusstorte, für die das Café berühmt war.

»Des is fei schee.«

»Wie bitte?«

»Es ist schön hier. Gemütlich«, erklärte Franzi. »So sagt man in Nürnberg.«

»Ah! Hätte ich mir gleich denken können.«

»Es wird noch echte Kommunikationsprobleme geben, schätze ich. Mein erstes Waterloo habe ich gestern erlebt, als ich in der Bäckerei nach einem Bambergerla fragte. Und Köichla scheinen hier leider unbekannt zu sein.«

»Davon habe ich tatsächlich noch nie gehört.«

»Dann vermute ich, dass ich auch keine Sauren Zipfel oder Schäuferla bekomme, oder?«, fragte Franzi schelmisch. Sie erkannte sich selbst kaum wieder. Flirtete sie etwa mit dem Mann?

»Ich kenne nur Nürnberger Rostbratwürstchen.« Der Schalk sprang aus seinen Augen, deren helles Blau in einem interessanten Kontrast zu den dunkelbraunen Haaren stand. Sie musste schon wieder lachen, und er stimmte ein.

»Das heißt Broudwerschd, und man bestellt drei im Weggla. Und Schäuferla – na, das ist Schweineschulter mit Kümmel und Biersoße, natürlich mit dem Schulterknochen noch daran, und dazu gibt's Gniedla.«

»Gniedla?«

»Klöße.«

Ihr leichtes Geplänkel wurde von der Kellnerin unterbrochen, die Kuchen und Teekanne auf dem Tisch arrangierte. Franzi schenkte sich gerade ein, als Lauberg einen lauten Ruf ausstieß.

Erschrocken zuckte sie zurück; rötlicher Tee schwappte auf das weiße Tischtuch. »Habe ich etwas falsch gemacht?«

»Allerdings!« Bevor sie ihn daran hindern konnte, kippte Lauberg den Tee zurück in die Kanne, platzierte mit einer Zange zwei riesige Zuckerkristalle in ihre Tasse und schenkte erneut ein. »So geht das«, murmelte er und löffelte zu allem Überfluss auch noch Sahne dazu.

Franzi starrte entgeistert auf das aufsteigende Sahnewölkchen. »Ich mag keine gesüßten Getränke«, protestierte sie, »und Sahne im Tee schon gar nicht.«

»So gehört es sich aber.«

»Aber diese gigantischen Zuckerwürfel –«

»Das sind Kluntjes, keine Zuckerwürfel«, belehrte er sie, nahm die Tasse und hielt sie neben ihr Ohr. »Lauschen Sie mal.«

Franzi kam sich mit der Tasse am Ohr ziemlich blöd vor, aber dann hörte sie tatsächlich ein leises Knistern. Faszinierend. Sie nahm einen ersten Schluck.

»Allmächd, ist der stark!«

»So, wie er sein muss. Schmeckt er Ihnen?«

»Na ja.«

Herr Lauberg lachte. »Dann werden Sie wohl nach anderen Souvenirs Ausschau halten müssen, sobald Sie hier alles geregelt haben und nach Bayern zurückkehren.«

»Nach Franken, um genau zu sein«, korrigierte sie, »aber ich fahre nicht zurück.«

Lauberg zog erstaunt die Augenbrauen hoch. »Nicht?«

»Nein, ich habe dort alles aufgegeben. Der Umzugswagen kommt morgen Nachmittag. Ich bleibe.«

Lauberg setzte seine Tasse mit einem lauten Klirren auf der Untertasse ab. »Sie bleiben?«, fragte er ungläubig. Franzi war von der heftigen Reaktion überrascht, seine Enttäuschung stand ihm deutlich ins Gesicht geschrieben.

»Allerdings. Ich habe meine Zelte in Nürnberg abgebrochen, eine Rückfahrkarte besitze ich nicht«, antwortete sie leichthin, obwohl ihr die Zuversicht unter seinem abwägenden Blick gerade abhandenkam. Verunsichert runzelte sie die Stirn. »Spricht etwas dagegen?«

»Hm. Es ist jedenfalls ein mutiger Schritt. Ihnen als Bayerin, Entschuldigung, Fränkin, dürfte es schwerfallen, hier Fuß zu fassen. Sind Sie denn ganz sicher?«

»Was heißt sicher? Ich habe mich spontan entschieden, und nun werde ich sehen, was passiert. Einfach wird's nicht, das ist mir klar, vor allem wegen des Hauses. Es ist nicht gerade im besten Zustand.«

»Das ist es allerdings nicht. Die Sanierung dürfte Unsummen verschlingen, ganz abgesehen von der Sicherheit. Das Dach sackt ja schon durch.«

»Sicherheit?«, fragte Franzi alarmiert. »Meinen Sie etwa, das Dach kann über mir zusammenkrachen?«

»So schlimm wird es wohl nicht sein, aber …« Der Satz blieb unvollendet und unheilschwanger im Raum stehen.

Franzi rutschte das Herz in die Hose. Unsummen? Kaputtes Dach? Das hörte sich nicht gut an. Gar nicht gut.

Doch plötzlich regte sich Misstrauen in ihr. »Woher wissen Sie das eigentlich? Und überhaupt, woher wussten Sie, dass ich in Westersum bin? Ich bin vor kaum zweiundsiebzig Stunden angekommen.«

»Ich hatte keine Ahnung. Aber da ich ohnehin in Westersum zu tun hatte, habe ich auf gut Glück nachgesehen, ob jemand zu Hause ist. Irgendwann musste der neue Besitzer ja kommen.« Er lächelte entschuldigend. »Ich glaube, ich sollte endlich die Karten auf den Tisch legen«, sagte er dann. »Ich weiß vom Zustand Ihres Hauses, weil ich daran interessiert bin, es zu kaufen. Die Firma, für die ich arbeite, ist auf die Sanierung alter Häuser spezialisiert. Wenn es wieder in Schuss ist, wird es zum Verkauf angeboten.«

»Das hört sich nach einer guten Investition an«, sagte Franzi schnippisch. »Bringt bestimmt eine hohe Rendite.«

Lauberg nickte.

»Und was hindert mich dann daran, Ihr Geschäftsmodell zu übernehmen?«

Lauberg hob beschwichtigend die Hände. »Ich will Ihnen nicht zu nahe treten, aber« – er zögerte kurz – »ich vermute, dass Ihnen dazu die Mittel fehlen.«

Franzi winkte versöhnlich ab. »Es geht Sie zwar nichts an, aber Ihre Annahme kommt der Wahrheit recht nahe. Ich verfüge nur über begrenzte Mittel, eine Dachreparatur käme mir mehr als ungelegen.« Sie unterbrach sich, weil ihr ein anderer Gedanke durch den Kopf schoss. »Warum haben Sie das Angebot eigentlich nicht meiner Tante unterbreitet?«

»Das habe ich getan, aber sie wollte nicht verkaufen, wofür ich natürlich Verständnis hatte. Ihre Tante hat mehr als ihr halbes Leben in dem Haus gelebt und hing sehr daran. Ehrlich gesagt hatte ich gehofft, dass ihr Erbe beziehungsweise ihre Erbin nicht diese emotionale Bindung verspürt und das Haus als das sieht, was es ist: charmant, alt und sehr pflegeintensiv. Um es auf den Punkt zu bringen: Da müssen Profis ran.«

Franzi wurde erneut bang zumute. Zwar hatte die erste Sichtung des Hauses ihr klargemacht, dass viel zu tun sein würde, aber

Laubergs Einschätzung machte jede Hoffnung zunichte, dass sie es allein schaffen könnte. Sie dachte an das Hochgefühl, mit dem sie vor wenigen Tagen in Nürnberg aufgebrochen war, voller Freude auf einen Neuanfang. Und jetzt das. Unwillkürlich stieß sie einen tiefen Seufzer aus.

Lauberg hatte ihn gehört. Er räusperte sich. »Wie gesagt, das Kaufangebot steht«, sagte er leise.

»Und wie viel wären Sie bereit zu zahlen?«

Er machte ein feierliches Gesicht. »140 000 Euro.«

Franzi liebt Farbe, sie hat sogar alte weiße Bettwäsche mit Abbindebatik bunt gefärbt. Wie modern das aussehen kann, beweisen die Kissenhüllen, für die es ab S. 362 eine Anleitung gibt. Die beschriebene Abbindetechnik lässt sich natürlich auch für Bettwäsche, Tischdecken und vieles mehr anwenden.

Kapitel 3

So viel Geld! Seit Stunden wälzte Franzi sich schlaflos im Bett, sehr zum Unmut der Enten, die sich beleidigt aus dem Schlafzimmer zurückgezogen hatten. Laubergs Angebot ging ihr nicht aus dem Kopf, die Summe lag weit über dem Verkehrswert des Hauses, den sie wegen der Erbschaftssteuer kannte. Klar, in Nürnberg hätte man dafür kaum eine Einzimmerwohnung am Stadtrand kaufen können, aber Westersum war plattes Land, und die Firma, für die Lauberg arbeitete, würde eine Menge investieren müssen, bevor sie das Haus weiterverkaufen konnte. Sie trug ein enormes Risiko, aber das war nun wirklich nicht ihr, Franzis, Problem. Eine Baufirma war nicht die Heilsarmee; die Verantwortlichen würden sich schon genau ausgerechnet haben, was es ihnen brachte.

Sie befand sich in einem Dilemma. Franzi mochte die *Wunderkiste* mit all ihren Mängeln und erkannte das dem Haus innewohnende Potenzial. Nichtsdestotrotz hatte sie in kürzester Zeit feststellen müssen, dass sie sich mit dem Projekt höchstwahrscheinlich übernehmen würde. Ein Scheitern war vorprogrammiert, denn ihr fehlten ausreichende finanzielle Mittel, um auch wirklich große Reparaturen stemmen zu können, ihr fehlten zudem spezielles handwerkliches Können und ein stabiles Freundesnetz vor

Ort. Wie sie es auch drehte und wendete, es war vernünftig, das Haus zu verkaufen und mit dem Geld ein etwas weniger ambitioniertes Projekt in Angriff zu nehmen, eines, mit dem sie sich auskannte. Eine eigene kleine Physiotherapie-Praxis in einem pflegeleichten Neubau zum Beispiel. Ob in Westersum, Nürnberg oder Taka-Tuka-Land – Rückenschmerzen plagten die Menschheit überall. Vielleicht hatte sie Margrets Angebot voreilig abgelehnt, aber das war nun nicht mehr zu ändern.

Und doch ging es ihr nicht gut mit der Entscheidung. Sie war nie eine Kämpfernatur gewesen, aber diesmal war sie kurz davor, ihren persönlichen Negativrekord aufzustellen: Sie gab auf, bevor sie überhaupt angefangen hatte. Ihre Freunde und die Familie würden sie wahrscheinlich zu dem Entschluss beglückwünschen und mit Freuden wieder in Nürnberg willkommen heißen; außer Tanja hatte ohnehin niemand das Ostfriesland-Abenteuer für eine gute Idee gehalten. Trotzdem war es eine fürchterliche Niederlage.

Während sie ins Dunkel starrte, kehrten die Bilder aus der Kindheit zurück, Bilder vom Zauberladen. Franzi hatte ein schlechtes Gewissen ihrer Tante gegenüber. Bestimmt hatte sie der Großnichte das Haus in der Hoffnung vermacht, dass sie den Laden weiterführte, und nun erwies sie sich dieses Erbes als nicht würdig.

Seufzend tastete Franzi nach dem Schalter der Nachttischlampe und setzte sich auf. Bob wurde wach. Franzi kraulte ihn unterm Kinn, was er, wie sie bereits herausgefunden hatte, sehr mochte. Sein Schnurren beruhigte sie ein wenig. »Ach, Bob. Jetzt wirst du dich wohl endgültig nach einer neuen Bleibe umsehen müssen. Wenn die Handwerker kommen, wird es hier alles andere als gemütlich sein.« Platschende Schritte signalisierten ihr, dass Janis und Jim, angelockt vom Licht, ins Schlafzimmer zurückwatschelten. Sie flatterten aufs Bett, bauten sich vor Franzi auf und sahen ihr direkt ins Gesicht. Ein Schauder überlief sie, unbehaglich blickte sie zur Seite. Bildete sie es sich nur ein, oder hatten die Enten missmutige Mienen aufgesetzt? Konnten Enten Gedanken lesen? Sie schüttelte den Kopf und scheuchte die beiden vom Bett.

»Das müsst ihr euch abgewöhnen. Wenn ihr euch so schlecht benehmt, finde ich nie ein neues Zuhause für euch.« Wenn überhaupt, dachte sie. Wer will schon ein verzogenes Entenpaar? Aber was, wenn sie sie behielt? In Begleitung von zwei Enten würde sie in Nürnberg keine neue Wohnung finden.

Sie musste irgendwann doch noch eingeschlafen sein, denn als sie aufwachte, war es fast Mittag. Franzi fühlte sich zerschlagen. Frustriert streckte sie ihrem verquollenen Spiegelbild die Zunge heraus. Zu mehr als einer Katzenwäsche hatte sie keine Lust. Schnell schlüpfte sie in bequeme Sachen und brühte sich erst mal einen Tee. Einen grünen, nicht das ostfriesische Teufelsgebräu. Trübsinnig starrte sie aus dem Fenster und strich Bob, der es sich auf ihrem Schoß gemütlich gemacht hatte, mechanisch übers Fell. Der anhaltende Nieselregen tat nichts, um ihre Stimmung zu heben.

Ein lautes Rufen unterbrach ihre düsteren Gedanken.

»Hallooooo! Ist jemand da? Franziska?«

Franziska? Jemand in Westersum kannte ihren Namen? Auch Bob spitzte die Ohren, sprang auf den Boden und flitzte durch die Küchentür. Sie hörte seine trappelnden Schritte auf der Holztreppe, als er nach unten fegte. Neugierig öffnete sie das Küchenfenster und beugte sich hinaus.

Vor ihrer Haustür standen drei Menschen in bunten Allwetterjacken, die Kapuzen tief ins Gesicht gezogen. Einer der drei klopfte an die Tür, und wieder wurde sie gerufen. Offensichtlich misstrauten die Leute der Klingel. Oder sie wussten etwas, das Franzi noch nicht wusste, dass nämlich die Klingel kaputt war.

»Ich komme ja schon!«

Drei Gesichter hoben sich synchron in ihre Richtung. Franzi registrierte, dass es sich um zwei alte Damen und einen altersmäßig zu ihnen passenden Herrn handelte. Sie winkte kurz und lief dann nach unten, um ihnen zu öffnen.

»Moin! Du musst Franziska sein.«

Bevor Franzi wusste, wie ihr geschah, wurde sie von den Senioren regelrecht überrollt. Sie schienen sich auszukennen, traten fröhlich schwatzend in den Flur, entledigten sich unaufgefordert ihrer Jacken und strahlten sie an.

»Und? Wie gefällt dir das Haus?«, fragte die fülligere der beiden Damen. Sie hatte sich zwar schon vorgestellt, aber Franzi hatte bei dem Geschnatter kaum etwas mitbekommen. Erna? Elsa?

»Lass das Mädchen doch erst mal Luft holen, Edda!« Das war der alte Herr.

Edda also, dachte Franzi, ich lag gar nicht so schlecht. Mit erhobenen Händen bat sie um Ruhe.

»Um Ihre erste Frage zu beantworten: Ja, ich bin Franziska. Antwort Nummer zwei: Das Haus gefällt mir. Falls Sie weitere Fragen gestellt haben, dann sind sie mir leider entgangen. Aber ich wüsste auch gern etwas: Wer sind Sie eigentlich?«

Ein betretenes Schweigen senkte sich über die Gruppe. Die drei tauschten ratlose Blicke.

»Hat Gerlinde dir denn nicht von uns berichtet?«, fragte die dünne Dame schließlich kleinlaut.

»Tante Gerlinde hat mir überhaupt nichts berichtet.«

»Aber sie wollte dir doch schreiben, auch über uns!«

»Dann hat sie es sich wohl anders überlegt. Ich habe jedenfalls keinen Brief bekommen. Vielleicht verraten Sie mir einfach, wer

Sie sind. Ehrlich gesagt, ich habe Ihre Namen gerade nicht richtig mitbekommen.« Erschrocken bemerkte Franzi, wie abweisend sie sich anhörte. »Aber kommen Sie doch einfach mit nach oben«, fügte sie einlenkend hinzu. »Ich koche uns einen frischen Tee.«

»Puh, was ist denn das für eine Plöör?«

»Renate!«

»Is' doch wahr. Das ist doch kein Tee! Da kann man ja zum Tassengrund gucken.«

»Re-na-te!« Edda wandte sich entschuldigend zu Franzi, die sich das Lachen verbeißen musste. Die drei, die sich mittlerweile als Gerlindes beste Freunde Renate, Edda und Norbert vorgestellt hatten, waren ein gut eingespieltes Team. Ständig fielen sie sich gegenseitig ins Wort, verbesserten und ermahnten sich, doch niemand schien sich auf den Schlips getreten zu fühlen. Franzi verspürte einen Stich. Mit Tanja pflegte sie einen ähnlichen Umgangston: rau, aber herzlich.

Während der Zubereitung des Tees, ebenjenes sauteuren japanischen Senchas, der von Renate gerade zur Plörre degradiert worden war, hatte Franzi bereits erfahren, dass die drei gemeinsam mit Gerlinde das unzertrennliche und stadtbekannte »Kleeblatt« gebildet hatten, dass sie sich seit Jahrzehnten kannten und dass sie schon so manche Krise gemeinsam durchgestanden hatten.

»Bis auf die letzte«, hatte Renate gesagt. Dabei waren ihr Tränen in die Augen getreten. Sie hatte sich aber schnell gefangen und ergänzt, dass sie nun eben nur noch dreiblättrig seien, was ja immer noch ein Kleeblatt ergeben würde. Wenn auch ein weniger glückliches.

»Riechen tut er aber ganz anständig«, sagte Renate jetzt und erschnupperte das aufsteigende Teearoma. Sie nahm einen Schluck. »Das ist eher was für Feinschmecker, schätze ich. Wenn wir das nächste Mal kommen, braue ich uns einen ordentlichen Ostfriesentee. Den werden wir auch brauchen, wenn wir hier Ordnung schaffen.«

Oha, dachte Franzi, dem muss ich gleich einen Riegel vorschieben. »Das brauchen Sie nicht, denn –«, setzte sie an, wurde aber sofort unterbrochen.

»Jetzt hör endlich mit dem Sie auf!«, sagte Norbert. »Als der Älteste im Bunde biete ich dir hochoffiziell das Du an. Widerrede zwecklos. Es wäre ja noch schöner, wenn Gerlindes Großnichte uns siezt, während wir sie quasi schon adoptiert haben.«

»Jawoll!«, bekräftigte Edda. »Es ist schon schlimm genug, dass wir dir am Sonntag keinen anständigen Empfang bieten konnten, aber erstens wussten wir ja gar nicht, wann du kommst, und zweitens mussten wir auf die Demo.«

Franzi verschluckte sich fast. »Demo? Ihr wart auf einer Demonstration?«

»Ja sicher. Die Greenpeace-Aktion gegen Schleppnetzfischerei. Irgendjemand muss doch die Ozeane retten. War eine tolle Sache. Wir haben in Bremerhaven einen Fischtrawler mit Schlauchbooten am Auslaufen gehindert. Na ja, zumindest für zwei Tage, dann bekam das Schiff Polizeischutz. Es ist eine Schande.«

»Ihr habt eins von diesen Riesenschiffen lahmgelegt? Mit *Schlauchbooten?*« Franzi stand der Mund offen. Renate, Edda und Norbert wirkten zwar ziemlich rüstig, aber sie hatten die siebzig trotzdem schon lange hinter sich gelassen. Es bereitete ihr Schwierigkeiten, sich insbesondere die füllige Edda in einem Schlauchboot vorzustellen.

»Edda übertreibt mal wieder«, sagte Norbert. »In den Booten waren die jungen Leute, und wir haben uns mit einigen anderen am Kai versammelt und Schilder in die Kameras gehalten. Gebracht hat es leider nichts. Das Fabrikschiff ist ja trotzdem raus.«

»Ich hab's doch gleich gesagt«, grummelte Renate. »Wir hätten uns irgendwo an den Pott ketten sollen, wie früher in Gorleben an die Schienen. *Das* wäre ein gefundenes Fressen für die Presse gewesen. Ich sehe die Schlagzeilen vor mir: TOLLKÜHNE TATTERGREISE GEGEN FIESE FISCHMAFIA! Oder, seriöser: MUTIGE SENIOREN STELLEN SICH DER ÜBERMÄCHTIGEN FISCHFANGFLOTTE ENTGEGEN. Gerlinde wäre auch dafür gewesen.«

»Ist ja gut, Renate. Du hast recht und gibst einen aus. Und jetzt Themawechsel, wir sind schließlich hier, um Franziska unsere Hilfe anzubieten und mit ihr zu besprechen, wie wir vorgehen, um den Laden wieder flottzukriegen.«

Wie auf Befehl wandten sich alle drei mit erwartungsvollen Mienen zu Franzi. Sie fühlte sich scheußlich. Gerlindes Freunde stellten überhaupt nicht infrage, ob sie Haus und Geschäft übernehmen würde. Sie hatten gedanklich schon die Ärmel hochgekrempelt, um ihr im Rahmen ihrer Möglichkeiten zur Hand zu gehen. Es war besser, sie gleich von dem Kaufvertrag in Kenntnis zu setzen, damit die Enttäuschung nicht zu groß wurde.

»Ich muss euch etwas sagen«, begann sie, wurde diesmal aber von lautem Hupen unterbrochen.

Edda, die direkt am Fenster saß, spähte hinaus. »Ein Umzugswagen der Firma Kübelbeck. Das ist ja mal ein komischer Name.«

»Wieso? Der Name ist doch völlig normal«, widersprach Franzi. »Der Wagen ist übrigens für mich.«

»Prima! Dann können wir ja loslegen.«

»So weit kommt's noch. Raus mit euch! In dem Wagen sitzen mindestens drei stämmige Männer, denen werdet ihr nicht im Weg stehen.«

Drei Stunden später hatten die Möbelpacker Franzis gesamtes Hab und Gut ausgeladen und im Haus verteilt. Besonders viel war es nicht, aber trotzdem trugen jetzt einige Kleinmöbel und eine sperrige Stehlampe zum ohnehin vorhandenen Chaos im Laden bei. Dort war auch ihr geliebtes Sofa gelandet; bevor Franzi oben nicht Platz geschaffen hatte, würde es hier mit den anderen Sachen zwischenparken. Bob hatte es schon entdeckt und sich gemütlich darauf eingerichtet.

Nachdem Franzi die Möbelpacker mit einem ordentlichen Trinkgeld verabschiedet hatte, suchte sie nach ihren Wasch- und Kosmetiksachen. Eine halbe Stunde später fand sie die Kiste im Badezimmer. Das war mal wieder typisch für sie: Auf das Naheliegendste kam sie zuletzt. Sie hatte die Kiste beschriftet, und die Umzugsleute hatten sie genau dorthin gepackt, wohin sie gehörte. Nach kurzem Wühlen fand sie ihre Peelingseife. Franzi war vor einigen Jahren dazu übergegangen, ihre Seife und Kosmetik selbst herzustellen, und hatte es tatsächlich geschafft, Plastikverpackungen weitgehend aus ihrem Badezimmer zu verbannen. Sie schnupperte an der nach Vanille und Bergamotte duftenden Seife, und sofort stellte sich ein wohliges Gefühl ein. Sie hatte lange mit verschiedenen Parfümzusätzen experimentiert, bis es ihr gelungen war, die für sie perfekte Mischung zu finden. Insgeheim nannte sie den Duft *Eau de Franzí*. Mit Akzent auf dem i. Die Peelingkörner in dem Seifenblock bestanden aus schnödem Kaffeesatz, den sie, als Teetrinkerin, bei ihren Freunden einsammelte. Die hatten sich erst lustig gemacht, aber mittlerweile standen Franzis Seifen und Cremes auch bei ihnen hoch im Kurs.

Frisch geduscht kuschelte sie sich schließlich hundemüde unter ihre Bettdecke, allerdings hatte sie vorher noch Janis, Jim und Bob aus dem Schlafzimmer scheuchen müssen. Sie zog die Decke bis zum Kinn.

Was für ein Tag! Franzi dachte an Lauberg und das Kleeblatt, aber glücklicherweise schlief sie ein, bevor sie wieder ins Grübeln kam. Sie schlief so tief, dass sie weder den Kater noch die Enten bemerkte, die einer nach dem anderen das Bett zurückeroberten.

Nach dem Frühstück am nächsten Morgen ging Franzi in den Laden und setzte sich hinter den Kassentisch, von dem aus sie das Durcheinander gut überblicken konnte. Bob schlich hinter ihr in den Raum, schnupperte an den Kisten und machte es sich schließlich auf dem Sofa gemütlich, wo er umgehend damit begann, sich ausgiebig zu putzen. Interessanterweise gelang es ihm dabei, laut zu schnurren.

»Wenigstens du bist mit dir im Reinen«, sagte Franzi. Sie selbst war es ganz und gar nicht. Angesichts der Kistenstapel wusste sie nicht, was sie tun sollte. Auspacken? Lohnte es sich überhaupt? Sie dachte an Renate, Edda und Norbert, an die Herzlichkeit und Lebenslust der alten Leute. Das waren Menschen, auf die man sich verlassen konnte – auf die *Franzi* sich verlassen konnte. Sie hatten es ihr deutlich zu verstehen gegeben. Es würde nicht leicht werden, ihnen den Verkauf des Hauses zu beichten.

Seufzend kippelte sie mit dem Stuhl nach hinten gegen die Wand. Sie mochte das Haus wirklich gern. Falsch: Sie hatte sich auf den ersten Blick – der ja eigentlich ein zweiter war, rechnete man ihren Besuch in der Kindheit dazu – in die *Wunderkiste* verliebt. Möglicherweise bildete sie es sich aber nur ein, weil ihr Blick für die Realität von den nostalgischen Erinnerungen vernebelt war. Das hätte zu ihr gepasst.

Seufzend nahm sie Sönke Laubergs Visitenkarte aus der Tasche und legte sie vor sich auf den Tisch. Unschlüssig schob sie sie hin und her, bis sie schließlich in die leicht offen stehende Schublade des Tisches rutschte. Franzi zog die Schublade auf, um sie wieder herauszufischen. Wie zu erwarten, herrschte auch hier ein wüstes Chaos aus Gummibändern, Quittungsblöcken, geöffneten und ungeöffneten Briefen, Bleistiftstummeln und vielem mehr. Überrascht entdeckte sie einen Briefumschlag, auf dem in einer ausdrucksvollen Handschrift ihr Name stand. Er war bereits zugeklebt und frankiert, allerdings fehlte die Adresse. Das musste der Brief sein, von dem das Kleeblatt gesprochen hatte! Ihre Tante hatte ihn tatsächlich geschrieben, aber nie abgeschickt. Franzi vermutete, dass Tante Gerlinde ihre Adresse nicht gekannt hatte und noch herausfinden wollte. Irgendetwas war ihr dazwischengekommen. Sie schluckte. Es war offensichtlich, was die Tante davon abgehalten hatte …

Franzi stützte die Ellbogen auf und vergrub ihr Gesicht in den Händen. Vor ihr lag wahrscheinlich die Antwort auf die Frage, warum ausgerechnet sie als Erbin eingesetzt worden war. Trotzdem scheute sie sich, den Brief zu öffnen, der ihrer verstorbenen Tante eine Stimme geben würde.

Es dauerte eine Weile, bis sie genügend Mut gefasst hatte. Ihr Herz klopfte schneller, als sie den Briefbogen aus dem Umschlag nahm und entfaltete.

Liebe Franzi,
wenn du dies liest, bin ich wahrscheinlich schon umgezogen, ob in den Himmel oder in die Hölle, wird sich noch herausstellen. Eins vorweg: Ich hatte ein tolles Leben, auch der Krebs hat mir diese Gewissheit nicht nehmen können. Es gibt also keinen Grund für dich, meinetwegen traurig zu sein – wenn du dich überhaupt noch an mich erinnerst.
Ich wiederum erinnere mich sehr gut an das kleine Mädchen, das damals mit leuchtenden Augen durch mein Geschäft und mein Haus gestreift ist. Ich habe den Laden, der vorher ganz

schnöde Kurzwaren & Wolle *hieß, übrigens direkt nach dem Besuch von dir und deinen Eltern in* Gerlindes Wunderkiste *umgetauft.*

In den nächsten Tagen oder Wochen wirst du von einem Nürnberger Notariat kontaktiert werden, denn ich habe mich entschieden, dir meinen gesamten Besitz zu vermachen. Kinder habe ich ja nicht; dein Vater ist mein nächster Verwandter. Sollte er wider Erwarten auf seinen Pflichtteil bestehen (wenn er darauf überhaupt ein Anrecht habt, so genau kenne ich mich mit Erbschaftsangelegenheiten nicht aus), tritt ihn in meinem Namen kräftig in den Hintern und sage ihm, dass ich ihn heimsuchen werde. Du kannst das Erbe bedenkenlos annehmen, denn das Haus ist schuldenfrei. Mir ist bewusst, dass viel Geld und Energie hineingesteckt werden müssen, und ich hoffe, meine Ersparnisse helfen dir über das Gröbste hinweg, zumindest so lange, bis sich das Geschäft wieder selbst trägt. Du wirst Hilfe brauchen. Wende dich bitte vertrauensvoll an meine Freunde Renate, Edda und Norbert. Sie kennen alles und jeden in Westersum und stehen dir mit Rat und Tat zur Seite. Die Telefonnummern findest du unten.

Ich weiß durch deinen Facebook-Account, dass dich das Nähen, Stricken und Basteln nie losgelassen hat, und wer, wenn nicht du, ist besser geeignet, meine alte Bude wieder in eine Wunderkiste zu verwandeln?

Franzi ließ verdutzt den Brief sinken. Ihre Tante war über Facebook mit ihr befreundet gewesen? Warum hatte sie sich nie zu erkennen gegeben? Oder war sie selbst einfach zu blind gewesen? Bei 234 Freunden verlor man schnell den Überblick. So viel zu den sozialen Medien, dachte sie resigniert. Sehr sozial sind die nicht. Sie las weiter.

Ich ahne, was du jetzt denkst: Wozu die Geheimniskrämerei? Hätte die olle Tante nicht einfach eine PN schicken können? Ich wollte es nicht, Franzi. Als ich dich bei Facebook entdeckte, wusste ich bereits, dass ich krank bin. Ich habe natürlich überlegt, dich anzurufen, aber es erschien mir falsch. Wir kannten uns ja eigentlich nicht, und es wäre mir unangenehm gewesen, dich mit meinen Sorgen und, nennen wir es ruhig beim Namen, meinem Sterben zu belasten.
Ich glaube fest an dich, aber ich möchte dich auch nicht unter Druck setzen: Sollte es dir in Westersum nicht gefallen oder solltest du andere Pläne haben, dann verkaufe den ganzen Plunder und verprasse das Geld. Für eine Weltreise zum Beispiel. Das habe ich auch mal gemacht, in jungen Jahren. Eine großartige Sache.
Liebes, ich werde jetzt aufhören, es geht mir nicht so gut. Ich muss auch noch deine Adresse herausfinden und den Brief zur Post bringen. In wenigen Stunden werde ich abgeholt, eine Operation steht an. Die Ärzte sind zuversichtlich, aber ich, ehrlich gesagt, bin es nicht. Das macht aber nichts. Ich habe mein Leben genossen.
Ich wünsche dir viel, viel Glück,
deine Tante Gerlinde

Mit Tränen in den Augen ließ Franzi den Brief sinken. Ihre Großtante musste eine starke Frau gewesen sein. Sie bedauerte sehr, sie nie richtig kennengelernt zu haben.

Eine Stunde später kämpfte Franzi auf der Deichkrone zwischen Neuharlingersiel und Bensersiel gegen einen kräftigen Westwind an. Nach der Lektüre von Gerlindes Brief brauchte sie dringend frische Luft, und so hatte sie Leopold geholt und war zum Meer gefahren. Der Wind hatte sie überrascht, und sie hätte ihn als Sturm bezeichnet, wären nicht alle anderen Spaziergänger völlig unbeeindruckt davon gewesen. Hier wertete man das wohl als sanfte Brise. Sie setzte sich auf eine der in regelmäßigen Abständen auf dem Deich stehenden Bänke und blickte über das Meer. Das Wasser war dunkel und kabbelig, wirkte fast bedrohlich. Trotzdem ging eine Faszination von der kalten See aus, der sich Franzi nicht entziehen konnte. Hier oben im Norden spürte man die Elemente viel unmittelbarer als im lieblichen Süden, und das gefiel ihr. Warum war sie eigentlich nie wieder hergekommen? Ihre Erinnerungen an den Sommerurlaub damals als Kind, ihr erster und einziger Nordseeaufenthalt, waren immer sehr lebendig geblieben. Oft hatte sie sich vorgenommen, noch mal hierherzufahren, aber es war nie etwas daraus geworden. Interessanterweise erging es vielen ihrer Freunde ebenso. Da flog man nach Marokko und nach Thailand und nach Costa Rica, aber die Nordsee blieb ein unerfüllter Traum. Seltsam.

Franzi lehnte sich zurück und atmete die salzige Luft tief ein. Es tat wirklich gut, hier zu sitzen, auch wenn sie viel zu dünn angezogen war. Sie musste sich unbedingt eine von diesen kreischend bunten Kapuzenjacken besorgen, die hier jeder trug.

Halt. Brauchte sie die Jacke wirklich? Sie wollte doch ihre Zelte bald wieder abbrechen. Oder etwa nicht? Franzi seufzte unwillkürlich. Sie war sich ihrer Sache gar nicht mehr sicher. Gerlindes Worte hallten in ihr nach. *Wer, wenn nicht du, ist besser geeignet, meine alte Bude wieder in eine* Wunderkiste *zu verwandeln?* In ihrem Kopf begann es zu rattern. Hatte die Tante vielleicht doch den richtigen Riecher gehabt, sie als Erbin einzusetzen? Es wäre in der Tat wunderbar, den Zauberladen ihrer Kindheit wieder aufleben zu lassen, Farbe, Licht und Leben zurückzuholen. Durch die Erbschaft, kombiniert mit ihren eigenen Ersparnissen, war sie zumindest für das nächste Jahr finanziell unabhängig, und was das Dach anbelangte, würde sie erst mal einen Kostenvoranschlag einholen, bevor sie Nägel mit Köpfen machte. Wenn es nicht klappte, nun, dann konnte sie den Plunder, wie Tante Gerlinde es genannt hatte, immer noch verkaufen. Sie würde jedenfalls kein allzu großes Risiko eingehen.

Eine Möwe, wohl in der vagen Hoffnung, der einsamen Frau auf der Bank etwas Essbares stibitzen zu können, schoss kreischend auf Franzi zu. Erschrocken fuhr sie aus ihrer Grübelei auf und verfolgte beeindruckt die eleganten Flugmanöver des Vogels. Er schien regelrecht Spaß an den heftigen Böen zu haben. Adrenalinjunkie, dachte Franzi amüsiert. Mit einem Mal fühlte sie sich voller Leben und Tatendrang. Der Wind hatte die Kraft besessen, ihre Sorgen davonzublasen.

Bevor sie es sich anders überlegen konnte, kramte sie Laubergs Visitenkarte aus dem Portemonnaie und tippte entschlossen seine Nummer in ihr Handy ein. Er meldete sich nach dem dritten Klingeln.

»Sönke Lauberg, guten Tag.«

»Herr Lauberg, hier spricht Franziska Wolff. Ich hatte Ihnen doch versprochen, mich nach einer Bedenkzeit bei Ihnen zu melden.«

»Frau Wolff! Ich freue mich sehr, von Ihnen zu hören. Der Vertrag ist bereits vorbereitet, ich komme gern morgen bei Ihnen vorbei, dann können wir alles noch einmal durchgehen.«

Uff. Der war sich seiner Sache aber sicher. »Nun, ich habe mich entschieden«, sagte sie fest. »Ich verkaufe nicht.«

»Wie bitte?« Franzi hatte Lauberg offensichtlich aus dem Konzept gebracht.

»Herr Lauberg, es tut mir wirklich leid, Sie enttäuschen zu müssen, aber ich habe beschlossen, den Laden fortzuführen.«

»Das Haus könnte Sie ruinieren.« Er klang ehrlich besorgt. »Haben Sie sich das wirklich gut überlegt?«

»Nein, das habe ich nicht. Aber aus eigener Erfahrung weiß ich, dass die Zukunft ohnehin nur bedingt planbar ist. Ich werde mich jetzt in das Abenteuer Haussanierung und Geschäftsführung eines Ladens stürzen und hoffen, mir keine blutige Nase zu holen. Sollte es nicht klappen, können Sie mir ja ein neues Angebot machen«, fügte sie lachend hinzu.

Er lachte ebenfalls, allerdings klang es etwas bemüht. »Das muss ich erst mal verdauen«, murmelte er.

»Ach, es ist doch nur dies eine Haus. Sie haben bestimmt eine Menge Projekte am Start.«

»Hm.« Es entstand eine längere Pause. Schließlich schien er sich gefangen zu haben. »Dann gebe ich mich geschlagen.« Wieder zögerte er. »Frau Wolff, bitte verstehen Sie mich nicht falsch, aber dürfte ich Sie vielleicht in naher Zukunft mal zum Essen ausführen?«

»Wie bitte?«

»Essen. Im Restaurant. Das sind Häuser, in die man sich zwecks Nahrungsaufnahme und guter Gespräche begibt. Haben Sie so etwas in Franken nicht?«

»Essen?«, fragte sie verdattert. Erneut ertönte sein Lachen, diesmal unverfälscht und überaus ansteckend. Franzi merkte endlich, dass er sie auf die Schippe nahm. »Nein, Herr Lauberg, in Franken kennen wir so etwas nicht. Aber ich würde mich über die neue Erfahrung sehr freuen.«

Und das tat sie tatsächlich, wie sie sich eingestehen musste.

Sönke Lauberg mit seinen wasserblauen Augen hatte bei ihrem ersten Treffen ordentlich Eindruck auf sie gemacht. Sie führten ihr Geplänkel noch eine Weile fort, machten einen Termin aus, dann entschuldigte er sich, weil die Arbeit rief.

Gut gelaunt schlenderte Franzi zum Wagen zurück. Jetzt blies der Wind von hinten und trieb sie regelrecht vor sich her, was sie als gutes Omen wertete. Sie hatte im wahrsten Sinne des Wortes Rückenwind. Kurz bevor der Weg den Deich hinunter zum Parkplatz führte, kam sie an einer Schafherde vorbei. Die dick in ihre eigene Wolle verpackten Viecher brachten sie auf eine Idee. Vielleicht gab es in der Umgebung von Westersum eine Handspinnerei! Handgesponnene und -gefärbte Wolle war bei den Strickerinnen neuerdings heiß begehrt. Ob sich so etwas auch hier oben verkaufen ließe? Wahrscheinlich nicht an die Einheimischen, aber was war mit den Touristen? Würden es genug Urlauber sein? Konnte ein Lädchen sie überhaupt ernähren, sie und ihren Zoo? Während die Schafe sie misstrauisch beäugten, unschlüssig, ob sie ihrer Neugier nachgeben und zum Zaun kommen oder doch besser die Flucht ergreifen sollten, ratterten die Gedanken in Franzis Kopf immer schneller. Allein von den Touristen konnte sie bestimmt nicht leben, aber eine gute Mischung aus hochwertigem Kunsthandwerk, edlen Garnen, pfiffigen Stoffen mit modernen Designs sowie Kurzwaren für den täglichen Bedarf würde sowohl Einheimische als auch Ferienausflügler in ihren Laden locken. Urlaub an der Nordsee bedeutete, Regentage einzuplanen, und bestimmt vertrieben sich viele Frauen und der ein oder andere Mann die Tage nicht nur mit Lesen, sondern auch mit Handarbeit. Vielleicht sollte sie gleich ganze Wollpakete anbieten, mit Anleitung, Nadeln und allem Drum und Dran. Eine Bekannte in Nürnberg schrieb Strickanleitungen, die konnte sie bestimmt ins Boot holen.

Vor Franzis innerem Auge verwandelte sich die staubige, vollgeräumte *Wunderkiste* in einen hübschen hellen Raum mit ansprechend präsentierter Wolle und Stoffen, in den Regalen geschmackvolle, handgearbeitete Dinge, und natürlich voller gut gelaunter und vor allem kauflustiger Kundschaft. Es war ein schönes Bild. Natürlich gab es viel, das gegen einen Laden sprach, aber auch einiges dafür. Wenn sie es nicht ausprobierte, würde sie sich wohl ewig darüber ärgern. Wie hatte Tanja mal gesagt? *Lieber mit Vollgas gegen die Wand als gar nicht erst losfahren.* Das war doch mal ein Motto!

Franzi konnte es plötzlich nicht mehr abwarten, zurückzufahren. Sie musste sich unbedingt Notizen machen, sobald sie zu Hause war.

Sie stutzte. Zu Hause?

Unwillkürlich begann sie zu lachen. Sie legte den Kopf in den Nacken und stieß einen übermütigen Schrei aus, der umgehend von den Möwen beantwortet wurde, während die Schafe zu Tode erschrocken auseinanderstoben.

Zu Hause, jawohl!

Und ein Date hatte sie auch schon.

Auf dem Rückweg nach Westersum drehte sie trotz des kühlen Wetters das Fenster herunter und das Radio voll auf. Es gab eine plattdeutsche Sendung, von der sie zwar nicht das Geringste verstand, aber sie gefiel ihr trotzdem. Vielleicht gab es in der hiesigen Volkshochschule Plattdeutsch-Kurse. Das würde sich, vermengt mit ihrem fränkischen Akzent, bestimmt grandios anhören. Gut gelaunt schmetterte sie den Schwarzbunten am Straßenrand ein »Moin!« entgegen; wenigstens den allgemeinen Gruß beherrschte sie schon. Das Hornvieh sah ihr unbeeindruckt nach und dachte sich bestimmt seinen Teil.

Kurz darauf kündigte sich Westersum mit einem hässlichen

Gewerbegebiet an. Franzi verringerte kopfschüttelnd ihr Tempo. Wie in jeder deutschen Kleinstadt fanden sich in den gesichtslosen Fertigbauhallen auch hier der obligatorische Schuhladen, eine Tischlerei, Aldi und Lidl, eine Tankstelle mit angeschlossener Kfz-Werkstatt, ein Billigladen mit vom Laster gefallenen Sachen, ein Möbelladen, ein Fitnessstudio und ein Baumarkt.

Baumarkt? Abrupt trat Franzi auf die Bremse und erntete ein wütendes Hupen von dem Fahrer hinter ihr. Sie streckte die Hand aus dem Autofenster und winkte entschuldigend, während sie mit der rechten Hand das Lenkrad herumriss, um auf einen Parkplatz zu biegen. Ein Bummel durch den örtlichen Baumarkt war genau das Richtige, ihren Entschluss zu feiern. Außerdem konnte sie gleich ein paar Blumen vom dazugehörigen Gartencenter mitnehmen, um den Eingangsbereich der *Wunderkiste* ein wenig aufzupeppen.

Ihr dröhnte der Kopf. Über eine Stunde war sie bereits durch die Gänge gestreift, hatte ratlos eine rote Bohrmaschine mit einer grünen verglichen, die Anschaffung einer Stichsäge erwogen, festgestellt, dass sich in einem Knarrenkasten keine Handfeuerwaffen, sondern Schraubenschlüssel befanden, und stand nun völlig überfordert vor dem Regal mit den Klebstoffen. Da gab es welche für Plastik, für Holz, für Styropor, Zweikomponentenkleber, Metallkleber, Sekundenkleber, es war zum Verzweifeln.

»Kann ik di watt helpen?«

Franzi schreckte aus ihren Betrachtungen auf. Ein ziemlich großer blonder Mann in einer dunkelgrünen Jacke mit dem Baumarktlogo war neben sie getreten. Ein Schild wies ihn als J. Coordes aus.

»Grüß Gott«, sagte sie. »Ich meine, Moin. Ich habe Sie leider nicht verstanden.«

Der Mann stutzte kurz. »Ich fragte, ob ich Ihnen helfen kann. Sie kommen aus Bayern?«

»Aus Franken«, korrigierte sie automatisch.

»Gehört das nicht zu Bayern?«

»Nein. Also ja, eigentlich schon. Es ist kompliziert.« Sie wies auf das Regal mit den Klebstoffen. »Wenn auch nicht so kompliziert wie das hier.«

»Was brauchen Sie denn?«

»UHU! Eine ganz normale Tube für alles. So etwas scheint es nicht mehr zu geben.«

Der Mann wandte sich dem Regal zu. Es beruhigte Franzi, dass er zunehmend unsicherer wurde, während er es Fach für Fach durchsuchte. Schließlich fand er eine kleine gelbe Tube. »Hüten Sie sie, es war die letzte«, sagte er ernst.

Nach einer weiteren Stunde in der Wunderwelt der Spanplatten und Kanthölzer, der Dichtungspasten, Lichtschalter, Steckdosen, Leuchtmittel, Schraubendreher, Nägel, Flansche und Klodeckel stellte Franzi einige Topfblumen, ein kleines Gartenwerkzeug-Set, Blumenerde, Dünger und ihre Klebstofftube aufs Band. Ihr war feierlich zumute, als sie die Quittung für die Steuerabrechnung in ihr Portemonnaie steckte. Es ging tatsächlich los.

Zurück in der Mühlenstraße, setzte sie sich als Erstes an den Küchentisch und notierte die ihr auf dem Deich gekommenen Ideen. Da sich das Wetter verschlechtert hatte, beschloss sie, es sich in der Küche gemütlich zu machen und ihren Gedanken freien Lauf zu lassen, und das ging erfahrungsgemäß am besten beim Stricken. Wolle war schließlich genug im Haus. Sie hatte bereits eine Idee, was sie machen wollte, vielleicht wäre das sogar schon das erste Strickpaket!

Nach einigem Suchen fand sie schöne Wolle in Blau, Rot und Weiß sowie passende Stricknadeln. Eine Mütze sollte es werden, ihre ganz persönliche Interpretation der klassischen Seemannsmütze, mit der nicht nur sie, sondern auch ihre künftigen Kundinnen die Ohren vor dem rauen Nordseewind schützen konnten. Franzi hatte länger nicht gestrickt, aber nach einigem Herumprobieren und der Erkenntnis, dass es ohne Maschenprobe nicht hinhaute, nahm die Mütze schnell Gestalt an. Gegen Mitternacht legte sie hundemüde, aber zufrieden das kurz vor der Vollendung stehende Strickstück beiseite. Ihr Notizbuch hatte sie Seite um Seite mit Ideen und Anmerkungen gefüllt, die sie in den nächsten Tagen im Kopf hin und her schieben und auf ihre Umsetzbarkeit abklopfen würde.

Der neue Tag begrüßte Franzi mit blauem Himmel und Schäfchenwolken. Sie verbrachte den Vormittag damit, das Haus und den Gartenschuppen nach bepflanzbaren Gefäßen zu durchsuchen. Neben Blumentöpfen in allen möglichen Größen, Formen und Farben fand sie auch eine Zinkwanne, schleppte alles vors Haus und topfte ihre gestrige Blumenbeute ein. Am frühen Nachmittag hatte auch die letzte Hyazinthe ihren Platz gefunden. Franzi streckte ihren schmerzenden Rücken und betrachtete kritisch ihr Werk. Kein Topf passte zum anderen, aber es sah trotzdem toll aus.

Das fand offensichtlich nicht nur sie. Der Friseur von nebenan, der schon den ganzen Tag über in jeder Arbeitspause neugierig ihr Tun verfolgt hatte, kam herübergeschlendert, zwei Gläser in der Hand und eine Flasche Sekt unterm Arm.

»Das sieht aber schön aus«, bemerkte er anerkennend, entkorkte die Flasche, goss schwungvoll die beiden Gläser voll und reichte Franzi eines. »Ich denke, jetzt ist der richtige Zeitpunkt, auf gute Nachbarschaft anzustoßen. Ich bin Jan.«

»Franzi«, sagte sie, »vielen Dank. Ich habe ein schlechtes Gewissen. Eigentlich hätte ich ja mit dem Sekt zu dir kommen und mich vorstellen sollen.«

»Dumm Tüüch. Du musstest doch erst mal ankommen, da stehen die Nachbarn ziemlich weit unten auf der Liste.«

Bevor Franzi ihn daran hindern konnte, ließ er sich auf der Bank vor ihrer Tür nieder und streckte die Beine aus.

»Das hätte auch schiefgehen können«, sagte sie. »Die Bank ist kurz vorm Zusammenkrachen.«

»Nö, die hält. Gerlinde und ich haben hier oft gesessen, die Abendsonne genossen und den neuesten Tratsch ausgetauscht.« Er hob das Glas. »Auf Gerlinde«, sagte er wehmütig, dann klopfte er auf den Platz neben sich. »Komm, setz dich. Du siehst auch aus, als hättest du es im Kreuz.«

Sie ließ sich vorsichtig nieder. Die Bank knarzte unheilvoll. Franzi wagte kaum zu atmen. »Morgen besorge ich Werkzeug und Nägel. Und Schmirgelpapier und Farbe.«

»Du meinst es also ernst mit dem Renovieren?«

»Ja. Ich habe ein paar Tage hin und her überlegt, aber jetzt weiß ich, dass ich es versuchen muss.«

»Das freut mich. Gerlinde hat es sich sehr gewünscht.«

»Du warst mit meiner Tante befreundet?«

»Befreundet? Ich habe nie darüber nachgedacht, aber ja, es war wohl eine Freundschaft, auch wenn Gerlinde fünfunddreißig Jahre älter war als ich. Sie hat mich trotzdem immer genommen, wie ich bin. Wir haben uns gegenseitig viel geholfen. Ich habe ihr die Haare gemacht, sie hat mir Schneidertipps gegeben.«

»Du kannst schneidern?« Franzi musterte den Friseur. Erst jetzt fiel ihr auf, dass Jan sehr sorgfältig gekleidet war – und recht ausgefallen. Die pinkfarbenen Nadelstreifen seiner Hose harmonierten hervorragend mit seinem Hemd, dessen auffälliges Muster ebenfalls Akzente in Pink und Rosa aufwies. Seine schicken

Schuhe wirkten teuer. In der Großstadt wäre er wahrscheinlich nicht weiter beachtet worden, aber hier auf dem Land?

»Hast du deine Garderobe selbst genäht?«

Er nickte. »Gefällt sie dir?«

»Sehr. Sie ist ein bisschen, nun ja, ausgefallen. Zumindest für Westersum«, fügte sie hinzu.

»Och, die Westersumer sind gar nicht so hinterwäldlerisch, wie du denkst«, erwiderte er aufgeräumt. »Natürlich gibt es Ausnahmen.« Er wies mit dem Kinn zum *Herrenausstatter Hinrichsen* auf der gegenüberliegenden Straßenseite. »Dort fühlt man sich dem Schick der Fünfzigerjahre verpflichtet.«

Wie aufs Stichwort öffnete sich die Ladentür. Eine sehr dünne Frau in den Siebzigern trat mit einem ungefähr zwanzig Jahre jüngeren Mann auf die Straße. Unangenehm überrascht erkannte Franzi die Frau wieder, die ihr bei ihrem ersten Bäckereibesuch so feindselig gegenübergetreten war. Sie spürte einen Stich. Das war nicht gut. Gar nicht gut. Sie nahm sich fest vor, so schnell wie möglich ihre Vorstellungsrunde bei den Nachbarn nachzuholen, um etwaige Unstimmigkeiten aus der Welt zu räumen.

»Moin, Frau Hinrichsen! Moin, Peter!« Franzi erschrak, als Jan aufsprang und die Nachbarin quer über die Straße laut grüßte. »Ist es nicht ein wunderschöner Tag? Da kann man doch nur beschwingt und fröhlich sein!«

Frau Hinrichsen starrte ihn an. Ihre sauertöpfische Miene hellte sich nicht um ein Lux auf. Ohne Jan zu antworten, drehte sie sich abrupt um und verschwand wieder in ihrem Laden, während der Mann, den ihr Nachbar Peter genannt hatte, ihnen nur einen kurzen Blick zuwarf und dann mit hängenden Schultern davonschlurfte.

»Dann eben nicht«, sagte Jan. Er grinste von einem Ohr zum anderen.

»Gehe ich recht in der Annahme, dass diese Dame ein Problem mit dir hat?«

»Sie *hat* kein Problem, sie *ist* ein Problem. Ich glaube, außer ihrem Sohn Peter gibt es niemanden, der sie mag. Und selbst da bin ich mir nicht sicher. Mit Gerlinde hat sie einen regelrechten Kleinkrieg ausgetragen, weil sie vermutete, dass Gerlinde vor dreißig Jahren ihren Mann verführt hat.«

»Oh. Ist an der Geschichte etwas dran?«

Jan hob die Schultern. »Das soll sich zugetragen haben, als ich noch in der Grundschule war. Die Gerüchteküche weiß zwar, dass Gerlinde zu ihrer Zeit ein echter Feger war, aber der Langweiler Hinrichsen? Der hätte überhaupt nicht in ihr Beuteschema gepasst.«

Franzi seufzte. »Dann kann ich nur hoffen, dass ich nicht in Sippenhaft genommen werde.«

»Ich würde keine Wette darauf annehmen. Die olle Hinrichsen ist nachtragend wie ein Elefant.«

»Na toll.«

Jan schenkte ihnen nach. »Lass dich nicht einschüchtern. Erzähl mir lieber ein paar Dööntjes aus deinem Leben.«

»Dööntjes?«

»Na, lüttje Geschichtchen«, sagte er und ließ sich wieder auf die Bank fallen.

Es kam, wie es kommen musste. Mit einem finalen Ächzen gab das klapprige Möbel nach und brach an mehreren Stellen gleichzeitig auseinander. Franzi und Jan krachten unsanft auf den Boden. Wie durch ein Wunder hielten beide noch ihre vollen Sektgläser in der Hand.

Franzi fing sich als Erste. »Ich sage jetzt nicht, dass ich dich gewarnt habe. Prost!«, bemerkte sie trocken und nahm einen großen Schluck. Jan sah so verdutzt aus, dass sie anfing zu kichern.

Sie blieben noch einen Moment in den Trümmern sitzen und tranken ihren Sekt aus, bevor sie sich aufrappelten und den Schaden begutachteten.

»Die ist hin«, sagte Jan zerknirscht.

»Unwiderruflich.«

»Tut mir leid. Hast du dir wehgetan?«

»Alles in Ordnung. Und du?«

»Ich bin auch okay. Dafür hast du einen bei mir gut.« Er musterte sie aufmerksam. »Wie wär's mit einem Haarschnitt? Der wäre ohnehin nötig«, ergänzte er augenzwinkernd.

»Frechheit. Meine Frisur ist toll.« Sie fuhr sich durch die Locken, dann lachte sie. »Ich lasse dich nur an meine Haare, wenn ich mir beizeiten mal deinen Rücken ansehen darf.«

»Wie bitte?«

»Na, du hast es doch im Kreuz, zumindest sagtest du das vorhin. Und ich bin Physiotherapeutin und Osteopathin. Ich möchte mich revanchieren.«

»Wow. Das ist ja toll! Eine Osteopathin. Gleich nebenan! Davon träumt jeder Friseur, das kannst du mir glauben.« Er hielt ihr die Hand entgegen. »Abgemacht.«

Franzi schlug ein.

Bremsenquietschen, gefolgt von lautem Hupen, zerriss den Nachmittag. Wie von Furien gehetzt raste Bob zwischen zwei parkenden Autos auf sie zu und verkroch sich hinter den Banktrümmern.

Franzi rannte auf die Straße und wetterte dem davonfahrenden Autofahrer hinterher. Erst als sie wieder neben Jan stand, bemerkte sie ihr Zittern. Der Schreck war ihr in die Glieder gefahren.

»Der hätte beinahe Bob überfahren!«

Jan war ebenfalls blass geworden. »Die fahren alle viel zu schnell hier durch. Aber die lieben Stadtväter wollen ja von einer

Verkehrsberuhigung oder, Gott bewahre, einer Fußgängerzone nichts wissen«, sagte er frustriert. »Bis mal was Schlimmes passiert.«

Sie verabschiedeten sich bald voneinander. Als Franzi zurück ins Haus ging, nahm sie Bob mit hinein. Sie vergrub ihre Nase in seinem Fell. »Pass bloß auf dich auf. Auch Glückskater können Pech haben«, murmelte sie. Bob begann zu schnurren.

Wenn eine Nürnbergerin eine Seemannsmütze entwirft, dann kommt mit Sicherheit ein ungewöhnliches Accessoire dabei heraus. Wer sich ebenfalls mit einer Seemannsmütze im Franzi-Stil gegen frische Brisen wappnen möchte, findet die Anleitung ab S. 368.

Kapitel 4

Die nächste Woche verging wie im Flug. Franzi räumte und putzte, und pünktlich zum ersten April hatte sie alle Kisten ausgepackt und die Wohnung im Obergeschoss so weit hergerichtet, dass sie sich darin wohlfühlte. Gerlindes Möbel erwiesen sich zum größten Teil als echte Schätzchen; genau wie Franzi hatte die Tante ein Faible für alles Haltbare und Schlichte gehabt. Herausgekommen war ein Sammelsurium unterschiedlichster Stilrichtungen; es gab alles – vom rustikalen Bauernschrank bis hin zu einem sensationell erhaltenen Tütenstuhl von Verner Panton aus den späten Fünfzigern, der wahrscheinlich ein Vermögen wert war. Sofern es sich nicht um einen Nachbau handelte. Als eingefleischte Flohmarktgängerin hatte Franzi sich im Laufe der Zeit einiges Wissen über die Stilrichtungen der letzten Jahrzehnte angeeignet und wusste, dass viele der Klassiker neu aufgelegt worden waren. Auch sie besaß ein paar ausgefallene Sachen, die sich wunderbar in das Gesamtbild einfügten.

Fürs Erste war sie zufrieden. Im Laufe der nächsten Monate würde sie sich ein Zimmer nach dem anderen vorknöpfen; da mussten alte Tapeten runter, die Fenster- und Türrahmen abgeschliffen und neu lackiert, Lichtschalter ausgetauscht und allerlei Dinge mehr erledigt werden, aber das konnte noch warten. Ihr

Rückzugsort im Obergeschoss war einigermaßen wohnlich, nun würde sie den Laden in Angriff nehmen. Sie hatte bereits einen Gewerbeschein beantragt, um überhaupt verkaufen zu dürfen, aber bevor sie damit starten konnte, hieß es entrümpeln, renovieren, neues Mobiliar kaufen oder, noch besser, selbst machen und das Warenangebot festlegen.

Um sich zu disziplinieren, hatte sie sich einen groben Zeitplan aufgestellt: Bis Ende Mai, in zwei Monaten, wollte sie zumindest so weit sein, den normalen Verkauf mit den noch vorhandenen Kurzwaren wieder aufnehmen zu können, und im Sommer sollte eine große offizielle Eröffnungsfeier stattfinden. Bis dahin mussten nicht nur das Lädchen und der Außenbereich in neuem Glanz erstrahlen, sondern sich auch Kunsthandwerker finden, die ihre Sachen bei ihr in Kommission verkaufen würden. Nun, das würde sich alles zurechtruckeln. Franzi war guten Mutes.

Ihren Vorsatz, sich endlich offiziell bei den anderen Anwohnern der Mühlenstraße vorzustellen, hatte sie ebenfalls inzwischen ausgeführt. Mit liebevoll verpackten selbst gemachten Pralinen hatte sie etwa zwei Dutzend ihrer nächsten Nachbarn aufgesucht. Die meisten freuten sich über die nette Geste und hießen sie willkommen, wenn auch oftmals recht verhalten. Franzi spürte, dass sie in einer festgefügten Gemeinschaft die Fremde war und sich bewähren musste, und fragte sich, wie es Gerlinde wohl anfangs ergangen war. Dann dachte sie an ihr heimisches Franken. Ein Auswäddicher aus Ostfriesland hätte es dort auf dem Land auch nicht leicht.

Frau Oltmanns von der Bäckerei wiederum freute sich aufrichtig, obwohl die Pralinen eigentlich nach Athen getragene Eulen waren, dachte Franzi, als sie die Süßigkeiten über die Kuchentheke reichte. Doch die Bäckerin schien das gar nicht so zu sehen und kam sogar um ihre Theke herum, um Franzi an sich zu drücken. Dann holte sie ihren Mann aus der Backstube und stellte ihn vor. Das nette Paar tröstete Franzi über die unverhohlene Feindseligkeit der ollen Hinrichsen und die Tatsache hinweg, dass ihre direkten Nachbarn zur Rechten mit ihr Katz und Maus spielten. Die Mayers, dies war zumindest der Name auf dem Klingelschild, machten ihr nicht auf. Zuerst hatte Franzi noch an Zufall geglaubt und deshalb immer wieder einen Blick aus dem Fenster geworfen. Als sie eine ältere Frau auf das Haus hatte zugehen sehen, war sie sofort aufgesprungen, hatte sich das für die Mayers bestimmte Päckchen geschnappt, war nach drüben gelaufen – und abgeblitzt. Wie schon am Tag ihrer Ankunft hatte sie das unangenehme Gefühl, dass hinter den fest zugezogenen Stores jemand stand und sie beobachtete. Es rührte sich allerdings nichts, auch nicht bei ihren nächsten beiden Versuchen. Schließlich gab sie auf. Zur Nachfolgerin von Dschingis Khan, die mit Sturmleitern die Festung respektive das Einfamilienhaus eroberte, fühlte sie sich nicht berufen. Also verputzte sie die für die Mayers bestimmten Pralinen gemeinsam mit Jan. Der zierte sich zwar erst, der schlanken Linie wegen, aber mit einem Fläschchen Prosecco, das die beiden zur Einweihungsfeier der neuen, von Jan gestifteten Bank köpften, schmeckten sie ihm dann doch.

Überhaupt Jan. Einen besseren Nachbarn hätte sie sich nicht wünschen können. Er hatte es sich angewöhnt, nach Feierabend noch kurz bei ihr hereinzuschneien und sie an dem Klatsch teilhaben zu lassen, den er als der angesagteste Friseur des Städtchens natürlich zu hören bekam. Er nahm seine Funktion als Kleinstadt-Postillon durchaus ernst. Langsam, aber sicher erschloss sich Franzi dadurch das Westersumer Wer-mit-wem-und-wer-gegen-wen, Informationen, die sich gegebenenfalls als hilfreich erweisen konnten. Jan war ein talentierter Erzähler; Franzi hätte sich kringeln können über seine affektierten Parodien der Bürgermeistergattin und anderer Mitglieder der Hautevolee von Westersum.

Heute würde sie Jan allerdings nicht sehen, es war schließlich Sonntag. Im Gegensatz zu ihr wohnte er nicht über seinem Laden, sondern in einem Dorf irgendwo zwischen Westersum und Aurich. Franzi hatte sich den Wecker nicht gestellt und genoss es, langsam aufzuwachen, während sie dem schnurrenden Bob übers weiche Fell strich. Er hatte sich gefügt und nicht auf seine übliche Fütterung um sieben Uhr morgens bestanden. Möglicherweise war Bob besonders schlau und wusste, was ein Sonntag ist. Oder er wollte es nicht riskieren, vor die Tür gesetzt zu werden, denn draußen regnete es Bindfäden.

Ein Geräusch ließ Franzi und den Kater die Ohren spitzen. So leise wie möglich schlug sie die Decke zurück und schlich zur Küche. Mit einem Satz sprang sie hinein.

»Erwischt!«

Janis und Jim, die es sich auf dem Küchentisch gemütlich gemacht hatten, erhoben sich laut quakend und stoben Richtung Treppe davon. Aus den Federn, die sie dabei vor Aufregung verloren, könnte man ein Kissen stopfen, dachte Franzi grinsend. Es war schon erstaunlich mit den Tieren. Sie wussten ganz genau, was sie durften und was nicht. Was sie allerdings nicht davon abhielt, es heimlich zu tun. Verbotenes schien auf sie eine ebenso magische Anziehungskraft auszuüben wie auf Menschen.

Franzi gähnte ausgiebig, dann setzte sie Teewasser auf und füllte endlich auch Bobs Napf, während der Kater ihr maunzend um die nackten Beine strich.

Angesichts des Regens verzichtete Franzi auf den Gang zur Bäckerei und bereitete sich stattdessen ein Müsli mit frischem Obst zu. Während sie ihr Sonntagsfrühstück genoss, beschloss sie, heute nicht zu arbeiten und stattdessen nur das zu tun, worauf sie Lust hatte, ehe dann am Abend ihr Date mit Sönke Lauberg anstand. Sie räumte den Tisch ab und holte Gerlindes Kochkladde, die sie beim Aufräumen gefunden hatte. Neugierig blätterte sie durch die Sammlung von handschriftlichen Notizen und herausgerissenen Seiten aus Zeitschriften und Kochbüchern. Die Tante hatte offensichtlich einen internationalen Geschmack gehabt. Neben alten fränkischen und ostfriesischen Rezepten fand Franzi auch Angaben für die Zubereitung einer malaysischen Nudelsuppe, eines Nyonya Currys, was auch immer das sein mochte, indischer und vietnamesischer Spezialitäten und vielem mehr, das Franzi völlig unbekannt war. An den Fettflecken und eingerissenen Kanten der losen Blätter erkannte sie, dass Gerlinde die Rezepte nicht nur gesammelt, sondern auch zubereitet hatte.

Nachdenklich verteilte sie einige der Zettel auf dem Tisch. Diese Rezepte erzählten viel über ihre Tante, bestimmt würde sie ihr näherkommen, wenn sie all diese Gerichte nachkochte. Franzis ohnehin gute Laune hob sich noch ein Stück. Gleich am nächsten Sonntag, zu Ostern, wenn das Rentner-Kleeblatt und Jan zu Besuch kamen, würde sie damit beginnen.

Aber was sollte sie kochen? Es waren so viele Rezepte, dass sie sich nie würde entscheiden können. Es half nur das Zufallsprinzip. Franzi schloss die Augen und wählte aufs Geratewohl zwei Zettel. Was immer darauf stand, würde auf der Ostertafel landen. Neugierig betrachtete sie die Rezepte. Thailändischer Rindfleischsalat und updröcht Bohnen, ein traditioneller ostfriesischer Eintopf. Einen Michelin-Stern würde sie mit der Zusammenstellung nicht bekommen, spannend war sie allemal.

Eine Idee formte sich in ihrem Kopf. Beim Einräumen des Bücherschranks war ihr das große, handgefertigte Notizbuch mit Ledereinband in die Hände gefallen, das sie vor zwei Jahren auf einem Kunsthandwerkermarkt gekauft hatte, ohne zu wissen, womit sie es füllen wollte. Nun hatte es seine Bestimmung gefunden: In diesem Buch würden Gerlindes Lieblingsrezepte, aber auch ihre eigenen, angemessen aufbewahrt werden.

Franzi schnappte sich ihre Bastelkiste, stellte das Radio in der Küche an, um die morgendliche Sendung auf Plattdeutsch nicht zu verpassen, und begann mit der Arbeit. Zwei Stunden später betrachtete sie ihr Werk. Zwar hatte sie nur zwei Rezepte fertiggestellt, aber die konnten sich sehen lassen. Die ersten Seiten waren natürlich dem thailändischen Salat und dem Bohneneintopf gewidmet. Sie hatte sich entschlossen, für jedes Rezept eine Doppelseite zu reservieren, sodass ausreichend Platz für Verpackungsschnipsel der asiatischen Lebensmittel sowie Fotos blieb, die sie nicht nur von den fertigen Gerichten machen wollte, sondern auch von den Freunden, die sie bekochte. Gerlindes handschriftliche Notizen des Bohneneintopfs hatte sie eingeklebt, das andere Rezept abgeschrieben und alles mit kleinen Illustrationen versehen. Es würde eine Ewigkeit dauern, alle Rezepte auf diese Weise zu würdigen, aber genau das faszinierte sie. Das Buch würde ein Eigenleben entwickeln und im Laufe der Zeit immer schöner und vor allem persönlicher werden. Zufrieden klappte sie es zu und verstaute die Rezepte wieder in Gerlindes Kladde. Die Lust am Basteln war ihr aber noch nicht vergangen. Sie hatte eine Idee zur Verwertung all der verschossenen Wolle unten im Laden, die ohnehin keine Käufer mehr finden würde.

Später am Nachmittag beschloss sie zu baden, sehr zum Missvergnügen der Enten, die gemütlich in der Wanne herumdümpelten. Es wurde wirklich Zeit, die alte Wanne im Garten zu füllen und die Tiere vor die Tür zu setzen, dachte Franzi, hatte aber gleichzeitig den Verdacht, dass Janis und Jim viel zu verhätschelt waren, um Gefallen am Leben im Freien zu finden. Sie hob die protestierenden Tiere heraus, ließ das Wasser ab und beseitigte die Entenkleckse, eine Tätigkeit, die ihr bereits in Fleisch und Blut übergegangen war. Leider nahmen sich Janis und Jim kein Beispiel am stubenreinen Bob, sondern kleckten, wo sie gingen und standen. Nach dem Baden verwendete Franzi einigen Aufwand auf ihre Locken und schminkte sich sogar, wenn auch sehr dezent. Der Kleiderschrank stellte sie vor eine Herausforderung. Sie hätte sich gern für das Date ein bisschen hübsch gemacht, aber draußen stürmte und regnete es nach wie vor – definitiv kein Wetter für Schühchen und Kleidchen. Sie entschied sich schließlich für eine Mischung aus Pragmatismus und Schick: oben eine Bluse aus einer der hippen Gostenhofer Boutiquen, unten Jeans und derbe, regenfeste Schuhe. Am Tisch sitzend, sah man die Schuhe ohnehin nicht.

Sie war kaum fertig angezogen, als es unten klopfte. Franzi sah auf die Uhr. Lauberg war auf die Minute pünktlich. Konnte er sich nicht verspäten wie jeder andere auch? Schnell schlüpfte sie in eine Strickjacke, zog die Wetterjacke über, stülpte sich die neue selbst gestrickte Mütze auf den Kopf und schnappte sich ihre Handtasche und den Regenschirm.

Lauberg fuhr Porsche. Eigentlich hätte sie es sich denken können, aber sie zögerte doch kurz, als sie das zugegebenermaßen schicke Auto sah. Porsches waren für sie der Inbegriff von Yuppietum, und Yuppies konnte sie nicht ausstehen. Eigentlich. Aber war Lauberg überhaupt ein Yuppie? Bei ihrem ersten Treffen hatte er einen Anzug angehabt, und sie hatte vermutet, dass das auch heute der Fall sein würde, aber Pustekuchen: Sie gingen im Partnerlook. Auch Lauberg trug Jeans, regenfeste Schuhe und den obligatorischen Windbreaker, seiner war allerdings in dezentem Hellgrau, während Franzi sich passend zur Mütze für ein knalliges Rot entschieden hatte. Galant hielt er ihr die Tür auf. Franzi hatte etwas Schwierigkeiten beim Einsteigen und wusste nicht so recht, wohin mit dem Schirm. Porschefahrer wurden allem Anschein nach nicht nass.

»Den brauchen Sie doch nicht«, sagte Lauberg kopfschüttelnd. Er klappte die Tür zu und brachte den Schirm zurück zum Haus, wo er ihn einfach auf die Bank legte.

»Und wenn den jemand klaut?«

»Hier klaut keiner Schirme. Viel zu windig«, sagte er nur. »Und wenn doch, dann schenke ich Ihnen einen neuen.«

Franzi fügte sich. Es war nicht so, dass in Westersum niemand Schirme benutzte, aber vielleicht waren das nur Touristen, die es auch nicht besser wussten?

Eine halbe Stunde später parkte Lauberg vor einem beeindruckend großen Bauernhaus mit tiefgezogenem Dach.

»Das ist ein Gulfhaus«, erklärte er, »ein traditionelles Bauernhaus, groß genug, um nicht nur den Menschen und dem Vieh Platz zu bieten, sondern auch, um Getreide einzulagern. Perfekt geeignet für ein Restaurant. Der *Peerstall* ist eins der besten«, fügte er hinzu, »aber nun kommen Sie.«

Franzi stieg aus dem Wagen und wäre fast umgefallen, so heftig blies der Wind; die flachen Äcker stellten ihm nichts entgegen. Lauberg fasste sie unterm Arm, Seite an Seite rannten sie zur Eingangstür, um nicht komplett nass zu werden.

»Puh«, sagte Franzi, als sie sich aus ihrer Jacke schälte, »was für ein Sturm!«

»Sturm?« Er war ehrlich erstaunt.

Sie winkte ab. »Ach, vergessen Sie's.«

Lauberg hatte einen Tisch reserviert und führte sie zu ihrem Platz. Franzi ließ den Blick durch den großen Raum schweifen. Das Haus war gekonnt saniert worden. Die alte Baustruktur mit ihren Balken und Fachwerkwänden war erhalten geblieben und stellte den perfekten Rahmen zum rustikalen und wahrscheinlich antiken Mobiliar dar. Weiße Tischdecken, elegantes Geschirr und schwere Silberleuchter bildeten dazu einen stilvollen Kontrast. Es duftete köstlich nach würzigen Gerichten und altem Holz. Fast alle Tische waren besetzt. Erleichtert stellte Franzi fest, dass so gut wie alle Gäste leger, um nicht zu sagen pragmatisch gekleidet waren. Sie fühlte sich sofort wohl.

»Gefällt es Ihnen?«

»Sehr sogar. Es trifft genau meinen Geschmack. Wenn das Essen nur annähernd so gut ist wie die Einrichtung, ist es ein Volltreffer.«

»Es ist sogar besser. Möchten Sie selbst wählen, oder soll ich für uns aussuchen?«

Franzi blickte unschlüssig auf das ledergebundene Menü, das der Kellner ihr präsentierte. Sie hatte keine Ahnung, was die Küche zu bieten hatte, warum also nicht Lauberg die Entscheidung überlassen?

»Überraschen Sie mich.«

»Sehr gern.« Er schien die Karte auswendig zu kennen und gab die Bestellung auf, ohne auch nur einen Blick hineingeworfen zu haben.

»Und was wünschen Sie zu trinken?«

»Zwei frisch gezapfte Krummhörner Pilsener, bitte.«

»Bier?« Franzi glaubte, sich verhört zu haben.

»Sie können natürlich auch Wein bestellen, aber vertrauen Sie mir. Das Bier stammt aus einer kleinen Brauerei hier um die Ecke und ist richtig gut. Es passt prima zu unserem Essen.«

Franzi nickte verblüfft. Er überraschte sie tatsächlich. Der Anzug vom ersten Tag und der Porsche waren offensichtlich seiner Arbeit geschuldet, bei der er seriös auftreten musste. Verstohlen musterte sie ihr Gegenüber. Eine Verkleidung, dachte sie, und heute sehe ich den echten Sönke Lauberg. Er trug einen dünnen Strickpullover mit Ringeln in zwei dezenten Blautönen, der ihm zusammen mit dem vom Wind zerzausten dunklen Haar und dem gepflegten Dreitagebart etwas Verwegenes verlieh. Ein moderner Pirat. Franzi spürte ein leichtes Kribbeln im Bauch. Was sie sah, gefiel ihr gut. Sehr gut sogar.

»Habe ich eine Nudel im Gesicht?« Seine hellblauen Augen blitzten.

Ertappt. Sie spürte, dass sie rot wurde. Er bemerkte es und wechselte taktvoll das Thema.

Es wurde ein ausgesprochen lustiger Abend. Lauberg unterhielt Franzi mit Anekdoten aus der Region, die er als gebürtiger Ostfriese sehr gut kannte. Sie stellte ihm tausend Fragen und berichtete im Gegenzug über die Eigentümlichkeiten aus ihrer Heimat. Das Essen, das Lauberg als moderne Interpretation der ostfriesischen Küche mit Anleihen aus dem Rest der Welt bezeichnete, war in der Tat sehr lecker. Das Bier erklärte Franzi umgehend zu ihrem Lieblingsbier. Da er noch fahren musste, schwenkte Lauberg nach dem zweiten Glas bedauernd auf Mineralwasser um, doch der Stimmung tat es keinen Abbruch. Glücklicherweise erwähnte er das Kaufangebot für das Haus mit keinem Wort. Zu Franzis Erleichterung hatte er ihre Absage sportlich genommen.

Je weiter der Abend voranschritt, desto stärker fühlte sie sich zu dem attraktiven Mann hingezogen. Als sich einmal zufällig ihre Hände beim Griff zur Pfeffermühle trafen, sprühten Funken. Lange sahen sie sich in die Augen, bis Franzi sich irritiert abwandte. Was war bloß los? Unsicher trank sie noch einen Schluck Bier, während Lauberg nonchalant das verlegene Schweigen mit einer haarsträubenden Geschichte über Strandräuber und Strandkörbe brach, die Franzi letztendlich Lachtränen in die Augen trieb.

Sie war leicht beschwipst, als sie gegen Mitternacht den Gasthof verließen. Überrascht legte sie den Kopf in den Nacken. Es hatte aufgehört zu regnen, auch der Wind hatte sich gelegt. Am tiefschwarzen Himmel strahlten unzählige Sterne. »Wie schön.«

Lauberg stellte sich neben sie. Schweigend betrachteten sie die Milchstraße. »Wenn jetzt noch eine Sternschnuppe fallen würde«, murmelte er.

Franzis Herz pochte. Lauberg stand so dicht neben ihr, dass sie nur die Hand nach seiner auszustrecken brauchte. Sollte sie? Oder lieber nicht? Sie hielt sich für schüchtern, aber der Schwips gab ihr Mut. Jetzt oder nie!

In diesem Moment tönte ein gequälter Schrei über die Felder, gefolgt von einem zweiten, womöglich noch entsetzlicheren Laut. Ihre Nackenhaare stellten sich auf.

»O Gott, da wird jemand ermordet!«

Lauberg blieb ruhig. »Nö«, sagte er, »das war ein Esel. Zwei Esel. Zehn Esel. Hören Sie genau hin.«

Sie lauschte. Tatsächlich, es waren Esel. Sehr viele Esel, die sich ebenso lautstark wie misstönend unterhielten.

»Auweia. Wer soll denn bei dem Lärm schlafen? Das gefällt den Nachbarn bestimmt nicht.«

»Darauf können Sie Gift nehmen.«

Eine halbe Stunde später parkte Lauberg in zweiter Reihe vor Franzis Haus. Galant hielt er ihr die Autotür auf.

»Es war ein wunderbarer Abend«, sagte er, eine Verbeugung andeutend.

»Das fand ich auch.« Franzi wusste nicht so recht, was sie tun sollte. Ihm zum Abschied die Hand reichen? Eine Gegeneinladung aussprechen? Die Schüchternheit hatte wieder von ihr Besitz ergriffen. Unschlüssig blickte sie an Lauberg vorbei zu ihrem von einer Straßenlaterne schwach beleuchteten Haus – und schrie unwillkürlich auf.

Er fuhr herum, um zu sehen, was sie so erschreckt hatte.

»Mein Gott, wer macht denn so etwas!«, stöhnte er.

Fassungslos standen die beiden vor der Verwüstung. Jemand hatte alle Blumen abgeschnitten. Überall lagen abgeknickte Blüten verstreut, einige Blumentöpfe waren sogar zerbrochen. Auf der schönen neuen Bank prangte ein kunstloses karminrotes Graffiti: BAZI VERSCHWINDE! Der Schirm, der seltsamerweise noch an seinem Platz lag, war ebenfalls angesprüht worden.

»Was für eine Gemeinheit.« Lauberg trat zum Haus und bückte sich nach einer geköpften Hyazinthe. Er hob sie auf und legte sie auf die Bank. Gemein, dachte Franzi, genau das war es. Wer, um Himmels willen, hasste sie so sehr, dass er ihr das antat? Die olle Hinrichsen? Aber würde die alte Frau tatsächlich so weit gehen? Und wenn sie ihren Sohn beauftragt hatte? Franzi seufzte. Die beiden bei einer Nacht-und-Nebel-Aktion wie dieser zu sehen überstieg ihr Vorstellungsvermögen, auch wenn das Wort »Bazi« durchaus zum Wortschatz der Alten gehörte.

Zögernd trat Franzi neben Lauberg und klaubte ebenfalls ein paar Blumen zusammen. Sie konnte ihre Tränen nicht länger unterdrücken. Sönke Lauberg nahm sie tröstend in den Arm, und schon brachen die Dämme. Franzi heulte Rotz und Wasser.

Als sie sich wieder einigermaßen beruhigt hatte, löste sie sich peinlich berührt aus seiner Umarmung.

»Entschuldigung«, schniefte sie.

»Dafür gibt es keinen Grund. Geht es dir jetzt besser?«

Franzi nickte und versuchte sich an einem Lächeln. »Vielen Dank für deine Schulter«, sagte sie, ihn ebenfalls duzend. Es fühlte sich richtig an, trotzdem war sie verlegen und begann aufzuräumen.

Gemeinsam sammelten sie die Blumen ein und häuften sie neben die Tür. Bob, der von einem nächtlichen Ausflug zurückkehrte, sprang auf die Bank und beobachtete interessiert ihr Tun.

Dann verabschiedete sich Sönke. Franzi sah ihm nach, bis die Rücklichter seines Angeberautos um die Ecke verschwanden. Sie hatten keine neue Verabredung ausgemacht. Ob er sich bald melden würde?

Bedauernd warf sie einen letzten Blick auf die traurigen Opfer der hiesigen Vandalen, hob Bob auf den Arm und ging ins Haus. Mehr denn je vermittelte ihr die behagliche Wohnung ein Gefühl der Geborgenheit. Sie drückte den Glückskater an sich. »Von diesen feigen Schmierfinken lasse ich mich bestimmt nicht vertreiben«, flüsterte sie in sein spitzes Katzenöhrchen. »Versprochen!«

Am nächsten Morgen wurde Franzi durch lautes Klappern und Hupen vor ihrem Haus geweckt. Ein Blick zum Wecker zeigte ihr, dass sie verschlafen hatte, es war schon fast halb zehn. Sie gähnte. Am Abend zuvor war es ziemlich spät geworden; so etwas war sie gar nicht mehr gewohnt. Aber es war wirklich schön gewesen und Lauberg ein interessanter und ausgesprochen ansehnlicher Gesprächspartner.

Lauberg!

Franzi setzte sich abrupt auf, als ihr die Erinnerung an den Ausgang des letzten Abends durch den Kopf schoss. Sie warf die Bettdecke zur Seite, ohne zu merken, dass sie Janis und Jim, die schon wieder illegal auf der freien Betthälfte übernachtet hatten, darunter begrub, hechtete in die Küche, riss das Fenster auf und sah perplex auf das Geschehen vor ihrem Haus. Ein Lieferwagen, auf dessen Seite das Logo einer Gärtnerei prangte, blockierte die Straße zur Hälfte. Zu beiden Seiten stauten sich Autos, weil das Reißverschlusssystem, mit dem sie an dem Lieferwagen vorbeifahren mussten, ständig hakte. Daher also das Hupen, das sich in ihre Träume geschlichen hatte. Ohne auf die wütenden Autofahrer zu achten, bepflanzten zwei Gärtner in aller Seelenruhe die intakten Blumentöpfe. Franzi eilte zurück ins Schlafzimmer, befreite die aufgeregt schnatternden Enten aus dem Deckenkuddelmuddel, schlüpfte hastig in ihre Kleidung, band das ungekämmte Haar zum Pferdeschwanz, sprang die Treppe hinunter und zur Haustür hinaus.

»Halt! Stopp! Was machen Sie da?«

Die beiden Gärtner, ein älterer und ein ganz junger, wahrscheinlich der Lehrling, richteten sich auf. Der Ältere musterte Franzi interessiert.

»Wornoh süt dat denn utt?«

»Sie pflanzen Blumen«, sagte Franzi irritiert.

Der Mann drehte sich zu seinem Lehrling. »Se lett sük nix wiesmachen«, befand er und wandte sich wieder den Blumen zu.

»Aber wer hat Sie beauftragt?«

»De Chef.«

»Und wer hat den Chef beauftragt?«

»Weet ik nich. Dor moten Se de Chef frogen.«

»Was ist denn hier los?«

Mittlerweile hatte sich auch Jan, der gerade seinen Salon aufschließen wollte, zu ihnen gesellt. Franzi erzählte ihm von dem Vandalismus, den sie nach ihrer Rückkehr gestern Abend bemerkt hatte, während die beiden Gärtner unbeirrt Stiefmütterchen und weiße Narzissen zu einem hübschen Arrangement zusammenstellten. Zu guter Letzt schleppte der Azubi einen riesigen eingetopften Rosenstrauch heran, der Franzi in Entzücken versetzte, obwohl er noch gar nicht blühte. Der Gärtner verwickelte Jan in ein kurzes Gespräch in rasantem Platt, von dem Franzi kaum ein Wort verstand, und empfahl sich schließlich.

»Was hat er gesagt?«

»Pflegehinweise«, sagte Jan, »und dass du besser auf die neuen Blumen aufpassen sollst. Außerdem sei deine Bluse falsch geknöpft«, schloss er grinsend. Dann wurde er wieder ernst. »Aber jetzt mal Butter bei die Fische: Wer heckt denn einen so blödsinnigen Plan aus und köpft erst deine Blumen, um dir dann für viel Geld neue liefern zu lassen?«

»Du meinst, es war ein und dieselbe Person?«

»Du nicht?«

Franzi hatte Sönke hinter der Blumenlieferung vermutet, war sich dessen nach Jans Bemerkung aber nicht mehr sicher. Zwar duzten sie sich jetzt, und Sönke hatte sie sogar in den Arm genommen, aber das war den Umständen geschuldet gewesen.

Jan unterbrach ihr Grübeln. »Mit wem warst du gestern Abend eigentlich unterwegs?«, fragte er neugierig.

»Mit –«

Franzi stoppte. Aus einem Grund, der ihr selbst nicht klar war, widerstrebte es ihr, Jan, und damit ganz Westersum, zu erzählen, dass sie sich privat mit dem Mann von der Baufirma traf. Ihre Intuition sagte ihr, dass Jan dies nicht gutheißen würde, ebenso wenig wie das Rentner-Kleeblatt. »Mit einer Bekannten«, sagte sie vage.

»Eine *Bekannte?*«

»Was dagegen?«

»Nun sei doch nicht so schnippisch. Dann eben mit einer Bekannten.« Er grinste vielsagend. »Und jetzt holst du bitte Schwämme und Scheuerseife, damit wir diesen Mist von der Bank schrubben können.«

Pünktlich zu Ostern hatte der ostfriesische Wettergott ein Einsehen und fegte sämtliche Wolken vom Himmel. Franzi hatte bereits in den Tagen zuvor neben dem Rümpeln, Räumen und Putzen alle Vorbereitungen für ihren Osterbrunch getroffen, sodass sie entspannt in den Sonntag starten konnte. Ihr erster Gang führte sie zum Küchenfenster. Mit einem bangen Gefühl stieß sie es auf und beugte sich vor. Erleichtert stellte sie fest, dass ihr Feind nach wie vor Ruhe gab; die Blumen blühten dank ihrer Pflege prächtig, und auch die Bank sah noch so aus wie tags zuvor. Leider hatten Jan und sie es nicht geschafft, die Schmiererei komplett zu entfernen, sodass vorerst ein in Pastellfarben gestreifter Stoff aus dem Vorrat im Laden die gehässige Aufforderung verdeckte, bevor Franzi Zeit fand, die Bank neu zu streichen. Immerhin passte der Stoff wunderbar zu den fröhlich-bunten Pompon-Eiern, die sie aus der unverkäuflichen Wolle gewickelt hatte und die nun ihren noch nicht blühenden Rosenbusch schmückten.

Die nächsten zwei Stunden verbrachte sie mit letzten Vorbereitungen, bis es um elf Uhr an der Haustür klopfte. Ein wenig aufgeregt lief sie nach unten, um Renate, Edda, Norbert und Jan hereinzulassen. Zum ersten Mal, seit sie nach Ostfriesland übergesiedelt war, war sie Gastgeberin. Ein echter Meilenstein. Sie hatte nicht damit gerechnet, schon nach so kurzer Zeit genügend Menschen für eine kleine Gesellschaft kennenzulernen.

Übermütig riss sie die Haustür auf. »Herzlich willkommen!«

Alle redeten durcheinander, Franzi wurde umarmt, und von Renate gab es sogar Küsschen rechts und links. Edda drückte ihr einen riesigen Strauß Tulpen in den Arm. Nachdem alle ihre Regenjacken abgelegt hatten – man wisse ja nie, meinte Norbert –, stiegen sie nach oben in die Wohnung. Franzi führte sie in die Schneiderwerkstatt. Voller Freude beobachtete sie ihre neuen Freunde, die beim Anblick des herausgeputzten Zimmers in begeisterte Rufe ausbrachen. Franzi lächelte in sich hinein. Die Mühe hatte sich gelohnt, wobei Mühe eigentlich das falsche Wort war. Es hatte ihr große Freude bereitet, die Pompon-Hasen und -Küken zu basteln, die überall auf dem Tisch herumhoppelten. Selbst bemalte Eier steckten unter Eierwärmern, die sie vor einigen Jahren gehäkelt hatte; auch die im klassischen Kartoffeldruck verzierten Stoffservietten stammten aus ihrer Osterkiste. Das zum größten Teil handgetöpferte Geschirr bestand aus einem bunten Sammelsurium aus Franzis und Gerlindes Beständen. Zusätzlich hatte sie überall Blütenblätter verstreut und Frühlingsblumen in Wassergläsern dekoriert.

Franzi schenkte jedem ein Glas Sekt ein, und sie stießen an.

»Hast du gekocht?«, fragte Renate. »Es riecht sehr interessant. Nach Bohnen.« Schnüffelnd zog sie die Nase kraus. »Aber das andere kann ich nicht erraten.«

»Lasst euch überraschen. Apropos Überraschung: Ihr müsst euch das Essen verdienen. Der Osterhase war da und hat ein paar Sachen versteckt.«

»Wir sollen Ostereier suchen? Das habe ich seit sechzig Jahren nicht mehr gemacht«, sagte Norbert.

Franzi lachte. »Dann wird es aber Zeit.«

»Wo sollen wir anfangen?«

»Der Hase hat es mir nicht verraten. Er war im ganzen Haus unterwegs.«

Die vier sahen sich unschlüssig an, dann schwärmten sie aus. Bald erklang Gelächter aus allen Zimmern. Renate fand als Erste ihr Nest und brachte es zu Franzi, die sich in der Küche um den Tulpenstrauß kümmerte, Edda und Jan folgten kurz darauf. Fröhlich verglichen sie den Inhalt ihrer Grasnester. Edda stippte einen Finger in ein kleines, mit einer Creme gefülltes Glas. »Hast du die angerührt?«

Franzi nickte. »Ich habe vor einigen Jahren damit begonnen. Zum einen wollte ich wissen, womit ich mich wasche und eincreme, und zum anderen spare ich damit enorm viel Verpackungsmüll.«

»Daran habe ich noch nie gedacht«, bemerkte Jan und schnupperte an seiner Seife. »Sag mal, wäre das nicht etwas für meinen Laden? Hast du schon mal Shampoo selbst gemacht?«

»Aber ja, und es ist super. Ich bringe dir morgen etwas von meinem Vorrat zum Probieren.« Prüfend zupfte sie an dem Tulpenstrauß, der eine neue Heimat in einem umfunktionierten Zinkeimer gefunden hatte. Es gab keine Vase, die groß genug gewesen wäre. Zufrieden mit dem Ergebnis stellte sie den Eimer auf den Küchentisch. »Meinst du, deine Kundinnen würden darauf anspringen?«

»Keine Ahnung. Aber einen Versuch wär's wert.« Jan sah sich um. »Wo ist eigentlich Norbert?«

»Der sucht natürlich immer noch«, stellte Edda pikiert fest. »Bei uns bin immer ich diejenige, die verlegte Brillen, Fernsehzeitschriften, Handys und was weiß ich noch wiederfindet.«

In diesem Moment rief Norbert von unten, sie sollten alle in den Laden kommen. Er klang amüsiert. Neugierig folgte die kleine Gesellschaft seiner Aufforderung. Franzi wunderte sich, als sie Norbert bei den Stoffregalen sah. Sein Nest wartete hinterm Wohnzimmersofa auf ihn, nicht hier. Was hatte er gefunden? Norbert winkte sie heran und zeigte ins untere Regal. Angesichts des aus kleinen Ästen, Stofffetzen und Wolle gefertigten Nests riss Franzi erstaunt die Augen auf. Darin lagen neun zartgrüne Eier.

»Woher kommt das denn?«, fragte sie verwirrt. »Ich habe es jedenfalls nicht hier versteckt.«

Norbert kicherte. »Das glaube ich dir aufs Wort. Der Osterhase war es übrigens auch nicht.«

In diesem Moment ertönte von der Tür her ein leises Patschen. Franzi prustete los: Janis! Es waren Janis' Eier! Und da kam sie auch schon angewatschelt, begrüßte die entzückten Menschen mit einem kurzen Aufschütteln des Gefieders und ließ sich leise quakend auf ihrem Gelege nieder. Franzi kraulte ihr das Köpfchen und ließ rasch die letzten Tage Revue passieren. Tatsächlich hatte sie die Enten nur beim Füttern gesehen und, was sie hätte stutzig machen müssen, sie hatten nicht versucht, in ihrem Bett zu schlafen.

»Oh, Janis, das ist wirklich wunderbar! Aber gleich neun auf einmal? Ich werde eine zweite Badewanne anschaffen müssen.«

Es wurde ein wunderschöner Tag. Das Kleeblatt, Franzi und Jan fühlten sich bereits als Enteneltern und überlegten, wie sie den Garten für die Küken umgestalten konnten. In einer Entenkolonie hätte das Geschnatter nicht lustiger sein können.

»Es hilft alles nichts, ein Teich muss her«, beschied Norbert schließlich.

»Mit Seerosen!« Edda war Feuer und Flamme.

»Eine schöne Idee«, sagte Franzi, »aber ganz ehrlich, das wird zu teuer. Es wird schon schwierig genug, all die Reparaturen und die Umbauten im Laden zu finanzieren. Habt ihr euch die Fenster genauer angesehen? Gerade das vordere ist ziemlich morsch. Und am Dach muss wohl auch etwas gemacht werden. Ganz davon abgesehen, dass ich irgendwann auch Ware ordern muss, die ich verkaufen kann. Ich habe keine Ahnung, ob ich überhaupt kreditwürdig bin.«

»Wir helfen dir, wo wir können«, sagte Edda. »Aber ein Fenster zu ersetzen übersteigt wohl die Fähigkeiten von uns allen.«

Schweigen senkte sich über die Runde.

»Ach, alles zu seiner Zeit«, beschied Franzi schließlich. »Heute lasse ich mir die Petersilie nicht von Geldsorgen verhageln.« Sie erhob sich. »Wie steht es mit eurem Hunger?«

Das Essen war ein voller Erfolg, auch wenn der scharfe thailändische Rindfleischsalat allen einschließlich Franzi die Tränen in die Augen trieb. Dafür wurde ihr ostfriesischer Bohneneintopf über den grünen Klee gelobt. Edda war neugierig, wo sie die dafür notwendigen getrockneten Bohnen aufgetrieben hatte.

»Frau Oltmanns von der Bäckerei«, verriet Franzi. »Sie war ganz aufgeregt, als ich ihr sagte, ich wolle mich daran versuchen, und hat ihren Vorrat geplündert.«

Alle nickten. Frau Oltmanns war beliebt.

»Sie ist jedenfalls nicht so ein Sturkopp wie manch andere hier«, stellte Jan fest.

»Das kannst du laut sagen. Hast du denn mittlerweile herausgefunden, wer deine Blumen abgemäht hat, Franzi?«, fragte Edda.

»Nein.«

»Du solltest trotzdem Anzeige gegen unbekannt erstatten.«

»Lieber nicht. Ich will nicht unnötig Wind machen. Seitdem ist ja auch nichts mehr vorgefallen.«

»Hoffentlich bleibt das so«, murmelte Norbert. »Das war wirklich eine Sauerei. Aber da fällt mir etwas ein: Hat sich eigentlich schon jemand bei dir gemeldet, der das Haus kaufen will? Gerlinde hatte erzählt, dass ihr im letzten Jahr ein schnöseliger Typ aus Oldenburg auf die Pelle gerückt ist, aber sie hat ihn abblitzen lassen.«

Franzi zuckte zusammen. Schnöseliger Typ? Meinte er etwa Sönke? Schon wollte sie ansetzen und von ihm erzählen, schüttelte dann aber verneinend den Kopf. Sie mochte sich heute nicht rechtfertigen; außerdem war das Kaufangebot vom Tisch, wozu also die anderen beunruhigen? Ja, sie hatten geflirtet, aber ob daraus je mehr wurde? Franzi hatte keine Ahnung. Bei ihrem letzten Telefonat, wenige Tage nach dem Besuch im *Peerstall* und dem Blumenmassaker, hatten sie zwar ein neues Treffen verabredet, aber Lauberg – Sönke – war ziemlich kurz angebunden gewesen. Franzi hatte vermutet, dass ein Kollege in der Nähe stand und lauschte, ein bisschen verletzt hatte es sie aber doch. Sei's drum.

»Würdest du denn verkaufen wollen?«, fragte Edda vorsichtig.

»Nein. Ich will es wenigstens versuchen. Aufgeben kann ich immer noch.«

Edda stieß einen hörbaren Seufzer aus. »Da bin ich aber froh! Du bist Gerlinde ganz schön ähnlich. Deine Tante war genauso zupackend wie du.«

Zupackend? Diese Eigenschaft hatte bisher noch niemand mit Franzi in Verbindung gebracht. Sie fühlte sich geschmeichelt. Vielleicht hatte sie bisher einfach noch nicht die richtige Aufgabe gefunden, um mal richtig loszulegen.

»Das war übrigens das Stichwort«, sagte sie. »Ich habe in den letzten zwei Wochen einige Ideen für den Laden gesammelt und würde gern eure Meinung dazu hören. Habt ihr Lust?«

»Aber hallo!« Norbert rieb sich erwartungsvoll die Hände.

Sie räusperte sich und blickte in die Runde. Plötzlich war sie nervös. Was, wenn die anderen ihre Ideen für undurchführbar hielten und sich alles als Luftschloss erwies? Erst zögernd, dann mit immer größerer Begeisterung erzählte sie von ihrem Plan, im Sommer einen Laden zu eröffnen, der für die Westersumer und die Touristen gleichermaßen attraktiv war.

»Die Leute, die heute stricken, nähen und basteln, suchen nach dem Besonderen und achten auf Qualität«, erklärte sie. »Sie bestellen zwar auch im Internet, aber trotzdem ist es viel schöner, Wolle und Stoffe vor Ort zu vergleichen, Farbkombinationen auszuprobieren und vor allem anzufassen, um sich von der Qualität zu überzeugen.«

»Und was willst du verkaufen?«

»Mir schwebt ein eher kleines, aber feines Sortiment vor. Stoffe aus deutschen Manufakturen, Wolle von glücklichen Schafen. Dazu der passende Kleinkram, Nadeln, Reißverschlüsse und so. Die Touristen möchte ich mit Kunsthandwerk aus der Region in den Laden locken. Geschmackvolle Souvenirs, keine Plastik-Leuchttürme und Möwen in Schneekugeln made in China.«

»Die gehen aber gut«, warf Edda ein.

»Leider. Das Zeug ist scheußlich.« Renate zog die Stirn kraus. »Mit Ostfriesland hat das jedenfalls nichts zu tun. Ich finde Franzis Vorschläge gut. Allerdings: Kunsthandwerk ist teuer, und du musst in Vorlage gehen.«

»Muss ich nicht. Einen Teil würde ich selbst machen, aber das wird schon aus Zeitmangel nicht allzu viel sein. Den Rest nehme ich in Kommission. Oder ich vermiete Regalmeter, die von den Kunsthandwerkern bestückt werden.«

»Interessante Idee.«

»Und machbar. Ich habe so etwas schon in Berlin gesehen. Läuft super.«

»Wir sind aber nicht in Berlin, sondern in Westersum«, grummelte Norbert, »du kennst die hiesigen Querköppe nicht.«

Norberts Einspruch entfachte eine hitzige Diskussion über die Tragfähigkeit von Franzis Plan, aber im Großen und Ganzen waren sich alle einig, dass das Konzept Hand und Fuß hatte.

Eine Stunde später schwirrte Franzi der Kopf. Befeuert von einer weiteren Flasche Sekt waren die Ideen geradezu gesprudelt, einer war dem anderen ins Wort gefallen, und sie hatte Mühe gehabt, mit dem Aufschreiben hinterherzukommen. Schließlich hob sie die Hände und bat um eine Auszeit. Sie musste das Ganze erst mal sortieren und sacken lassen, bevor es weiterging. Gut gelaunt verabschiedeten sich ihre Gäste wenig später.

Als alle schon vor der Tür standen, kam Edda noch einmal zurück und nahm Franzi in den Arm. »Du schaffst das«, flüsterte sie ihr ins Ohr, »wir glauben an dich.«

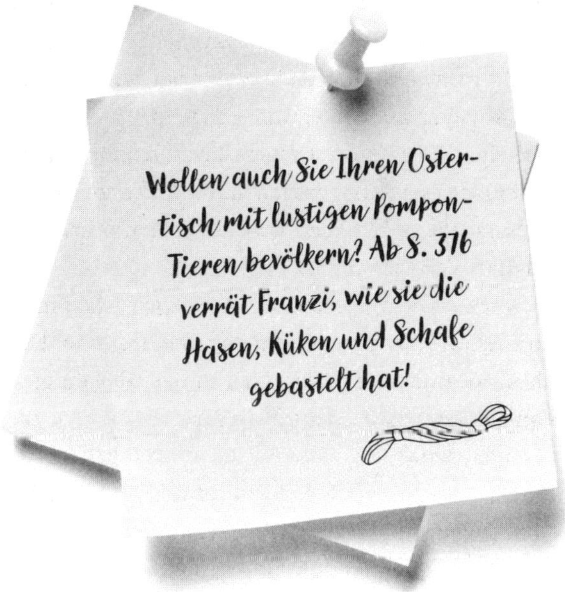

Kapitel 5

In der Woche nach Ostern machte Franzi ernst. Der Laden stellte eine größere Herausforderung dar, als sie gedacht hatte, und sie kam nur langsam voran. Immerhin schaffte sie es, die herumliegenden Waren zu sortieren und fürs Erste in Kisten zu verpacken. Am Freitag war das Erdgeschoss so weit aufgeräumt, dass sie einen Aufriss machen konnte. Zufrieden faltete sie den Zettel mit der Zeichnung zusammen und startete eine weitere Expedition zum Baumarkt, der ihr in den letzten Tagen zur zweiten Heimat geworden war; es fehlte ihr so ziemlich an allem, und eine ihrer ersten Anschaffungen war eine Sackkarre gewesen, die sie bereits innig liebte und auf den Namen Karl-Heinz getauft hatte. Selbstverständlich mit Bindestrich.

Sie hatte die Halle kaum betreten, als der große blonde Mann, der sie bei ihrem ersten Besuch am Klebstoffregal beraten und ihr auch die letzten Male mit Rat und Tat zur Seite gestanden hatte, zielstrebig auf sie zusteuerte.

»Moin«, sagte er knapp und sah sie fragend an. Franzi hatte eine Weile gebraucht, um zu begreifen, dass Herr J. Coordes kein Mann der großen Worte war.

»Moin«, gab sie zurück. Die korrekte Aussprache dieser Silbe gelang ihr mittlerweile ziemlich gut, wie sie stolz feststellte. Es kam ihr entgegen, dass in »Moin« kein »r« vorkam. Sie holte die großformatige Zeichnung aus der Tasche, entfaltete sie und reichte sie Herrn Coordes.

»Dies ist der Aufriss meines Ladens. Ich brauche neue Regale, um darin Wolle und Stoffe zu lagern.«

Er betrachtete die Zeichnung. »Fertige Regale? Oder wollen Sie sie selbst bauen?«

»Wenn ich das wüsste! Vom Tischlern habe ich keine Ahnung, aber fertige Regale sind teuer.«

»Sie könnten Kellerregale nehmen. Oder IKEA. Das machen viele.«

»Ich weiß. Aber das sieht dann eben auch aus wie Keller oder IKEA. Ich hätte gern etwas, das nicht jeder hat. Außerdem müssen die Regale für die Stoffrollen sehr tief sein.«

»Hm.«

Franzi wartete geduldig. Auch das hatte sie bereits über ihn gelernt: Er überlegte gründlich, bevor er den Mund aufmachte.

»Sie haben doch den Laden von der alten Dame aus Bayern übernommen, oder?«

»Stimmt.« Alte Dame aus Bayern? Gerlinde war schon nach Ostfriesland gekommen, als Herr J. Coordes noch nicht auf der Welt gewesen war. Vermutlich würde auch sie ihr Leben lang »die Bayerin« bleiben. Daran würde sie nichts ändern können, aber vielleicht schaffte sie es wenigstens, die Bezeichnung in »die Fränkin« umzuwandeln.

»Wie sieht es in dem Laden denn momentan aus? Ich war noch nie dort«, fügte er in einem Anfall von Redseligkeit hinzu, »hab's nicht so mit Stricken und Häkeln.« Zum ersten Mal sah sie ihn lächeln. Es stand ihm.

»Es ist ein ziemliches Gerümpel«, gab Franzi zu, »nichts passt zum anderen, das meiste ist kaputt und lässt sich wahrscheinlich nicht mehr reparieren. Und es ist zu dunkel. Ein Beleuchtungssystem brauche ich auf jeden Fall. Dafür möchte ich aber einen Elektriker engagieren.«

Wieder entstand eine Pause.

»Ich mache Ihnen einen Vorschlag, Frau …?«

»Wolff«, sagte sie. »Franzi Wolff.«

Er nickte. »Wolff. Schöner Name.« Er ist heute wirklich kommunikativ, dachte sie belustigt und wartete auf seinen Vorschlag. Der kam nach einigem Zögern.

»Frau Wolff, was halten Sie davon, wenn ich mir die Sache nach Feierabend mal ansehe? Verstehen Sie mich nicht falsch, die Zeichnung ist sehr gut, aber es gibt viele Unwägbarkeiten. Es ist ja ein altes Haus, und die sind oft krumm und schief.« Überwältigt von seinem eigenen Redefluss verstummte er und sah Franzi verlegen an. »Was halten Sie davon?«, wiederholte er schließlich.

»Sehr viel, Herr Coordes! Aber wie soll ich das je wiedergutmachen? Sie opfern Ihre Freizeit für mich.«

»Nicht der Rede wert«, brummte er, »also abgemacht.«

Sie verabredeten sich für den kommenden Montag. Franzi verließ den Baumarkt, ohne eine einzige Schraube gekauft zu haben. Jetzt war Herr Coordes am Zug.

♡

Etwas beklommen betrat sie wenig später den Friedhof von Westersum. Er lag etwas außerhalb des Städtchens, ein friedlicher Ort mit uralten, den Hauptweg säumenden Eichen, einer kleinen Kapelle aus rotem Backstein und vielen alten Gräbern mit von Moos und Efeu überwucherten schiefen Steinen. Sie rief sich Eddas Beschreibung in Erinnerung und fand Gerlindes Ruhestätte nach kurzem Suchen. Das Kleeblatt hatte bereits für einen Stein gesorgt, einen schönen Findling. Franzi hockte sich daneben und fuhr mit dem Finger die frisch eingemeißelten Buchstaben nach: Gerlinde Oberlechner. Zwischen all den Lührsens, Riekens und Jannssens wirkte ihr Nachname beinahe fehl am Platz. Aber eben nur beinahe. Gerlinde hatte sich in den gut vierzig Jahren, die sie in Westersum verbracht hatte, ihren Platz in der Gemeinde erkämpft, und Franzi gedachte, es ebenfalls zu schaffen.

»Ich werde deine Hilfe brauchen«, murmelte sie, »vielleicht kannst du mal im Traum vorbeischauen und mir ein paar Ratschläge geben, wie ich mit den hiesigen Sturköppen umgehen soll?«

In diesem Moment öffnete sich ein Loch zwischen den dicken weißen Wolken. Sonnenstrahlen stahlen sich durch das frische Laub der Bäume und sprenkelten den Stein und den Rosenstrauch, der direkt davor gepflanzt worden war. Franzi musste lächeln. War das ein Zeichen der Zustimmung? Sie hob den Kopf zur Sonne und genoss für einen Moment die Wärme auf ihrer Haut. Fast schien es ihr, als würde die Tante, die sie nie wirklich kennengelernt hatte, ihr mit zarten Fingern über die Wangen streicheln. Ermutigt wandte sie sich den Blumen zu, die sie aus der Gartenabteilung des Baumarkts mitgenommen hatte, und verteilte sie probehalber auf dem Grab. Nach einigem Hin- und Herrücken war alles zu ihrer Zufriedenheit, gelbe und orangefarbene Tagetes boten den Rahmen für ein Meer von gelben Stiefmütterchen und Primeln. Ihr war bewusst, dass einige der Pflanzen einem erneuten Frost nicht standhalten würden, immerhin standen die Eisheiligen noch bevor, aber darauf wollte sie jetzt keine Rücksicht nehmen, sondern Gerlinde schon jetzt eine Freude bescheren. Im Sommer würde sie einen ordentlichen Plan machen, damit Gerlindes Grab zu jeder Jahreszeit hübsch aussah.

Es dauerte eine Weile, bis Franzi alle Blumen eingegraben und gewässert hatte. Als sie zu guter Letzt einige Primeln um die Rose pflanzen wollte, stutzte sie. An einem der unteren Äste des noch blütenlosen Strauchs, gleich hinter einem Schild, das die Pflanze als eine gelb blühende Lichtkönigin Lucia auswies, steckte ein silbern schimmernder Ring. Franzi hatte ihn nur bemerkt, weil sie kniete, so gut war er durch die Rosenblätter verdeckt. Sie bog den Strauch vorsichtig auseinander und betrachtete das Schmuckstück aus der Nähe. Es stellte eine geschuppte Schlange dar, vielleicht auch einen Drachen, in einem ungewöhnlichen, ganz und gar nicht europäisch anmutenden Design. Der Ring war nicht geschlossen und ließ sich aufbiegen, was erklärte, wie er auf den Ast gekommen war. Noch hatte er genügend Spiel, aber über die Jahre würde der Ring in den Strauch einwachsen, mit ihm eins werden.

Franzi ließ die Rosenäste wieder zurückschnappen. Wer ihn wohl dort angesteckt hatte? Ein Ring war etwas Besonderes, man verschenkte ihn nicht leichtfertig. Das Kleeblatt? Höchstwahrscheinlich. Sie grub die letzten Blumen ein, dann erhob sie sich und streckte den Rücken durch. Es war kein Wunder, dass sie in der Physiopraxis neben all den Schreibtischhengsten nicht wenige Gärtner als Kunden gehabt hatte.

Gerlindes Grab sah schön aus. Franzi zückte ihr Smartphone und machte ein Foto, um es dem Kleeblatt später beim Teetrinken, zu dem Renate geladen hatte, zu zeigen, dann sammelte sie ihre Sachen zusammen und schlenderte zum Ausgang.

»Das ist ganz wunderbar!« Renate konnte den Blick nicht von dem Foto abwenden. »Du hast wirklich ein Händchen für alles Schöne. Ich wäre nie auf die Idee gekommen, nur gelbe und orangefarbene Blumen auszuwählen. Woher wusstest du, dass Gelb Gerlindes Lieblingsfarbe war?«

»Ich wusste es nicht. Es war Intuition – und die Tatsache, dass es im Gartencenter fast nur gelbe Blumen gab«, sagte Franzi. »Ihr habt euch bei dem Rosenstrauch ja auch Gedanken gemacht. Gelbe Rosen sind eher ungewöhnlich.«

Renate sah verdutzt auf. »Ich dachte, *du* hast den Strauch gepflanzt. Ich war es jedenfalls nicht.« Fragend sah sie in die Runde. Edda und Norbert verneinten, sie hatten mit der Rose ebenfalls nichts zu tun.

Das Handy ging noch einmal von Hand zu Hand, aber auch bei erneuter Betrachtung des Fotos hatte niemand eine Idee, wer den schönen Strauch gepflanzt haben konnte. Franzi überlegte kurz, den Ring zu erwähnen, ließ es dann aber sein. Sie hatte das Gefühl, dass es Gerlinde nicht recht gewesen wäre. Wer auch immer der geheimnisvolle Rosengärtner war, ging sie und offensichtlich auch das Kleeblatt nichts an.

Edda reichte ihr das Smartphone zurück. »Seltsam«, sagte sie und zuckte die Achseln, »seltsam und schön. Offensichtlich gibt es noch mehr Menschen in Westersum, denen Gerlinde am Herzen gelegen hatte.«

Das Gespräch wandte sich schnell anderen Themen zu, hauptsächlich der neuen Ladeneinrichtung, dem Sortiment und der Finanzierung. Das Kleeblatt war begeistert, als Franzi ihnen von Herrn Coordes' Hilfsangebot berichtete. Sie kannten ihn, natürlich, und hielten große Stücke auf ihn.

»Hat nicht seine Schwester die Tischlerei von ihrem Vater übernommen?«, fragte Edda.

»Genau. Eine wirklich patente junge Frau.«

Die Unterhaltung driftete in Westersumer Klatsch ab. Renate goss frischen Tee ein, doch Franzi hielt ihre Hand über die Tasse. »Für mich nicht.«

»Franzi! Wie willst du jemals eine Ostfriesin werden, wenn du keinen Ostfriesentee trinkst? Unser Blut besteht zu mindestens fünfzig Prozent daraus. Übrigens«, ergänzte sie, »wenn du keinen

Tee mehr möchtest, lässt du als Zeichen deinen Löffel in der leeren Tasse. Tust du es nicht, schenken wir dir ewig nach.«

»Ich werd's mir merken«, versprach Franzi, »für Ausländer ist das Gebräu in großen Mengen nämlich tödlich. Ich fürchte, mit meiner Verwandlung wird es nichts. Jedenfalls nicht so bald.«

Am nächsten Tag, einem Samstag, schien die Sonne strahlend vom Himmel – genau das richtige Wetter für die Landpartie, zu der Sönke Lauberg sie bei ihrem letzten Telefonat eingeladen hatte. Während Franzi ihre Schuhe zuschnürte, spürte sie ein leichtes Unbehagen – zu unpersönlich war er am Telefon gewesen, auch wenn ihre Kollege-hört-mit-Theorie mit großer Wahrscheinlichkeit ins Schwarze traf. Was sollte sie tun, wenn er auch heute die Distanz wahrte? Sie erhob sich und warf einen prüfenden Blick in den Flurspiegel. Leider hatte ihr Spiegelbild keine Antwort parat. Sie mochte Sönke, das war unbestreitbar, aber ihr Seelenheil hing, Gott sei Dank, nicht von seinen Launen ab. Sie verbot sich das Grübeln, fuhr sich ein letztes Mal durch die Locken und lief die Treppe hinunter.

Er fuhr gerade vor und begrüßte Franzi mit einem breiten Lächeln. Siehst du, dachte sie, da hast du dir ganz umsonst den Kopf zermartert. Bestens gelaunt stieg sie zu ihm ins Auto. Er war nicht mit dem Porsche gekommen, sondern mit einem unauffälligen Kleinwagen, der seine besten Tage hinter sich hatte. Das Auto passte viel besser zu ihm. Zu ihr sowieso.

»Was ist denn mit deinem Porsche passiert?«

»Das ist nicht meiner. Gehört dem Chef und ist auf die Firma angemeldet. Also ein Dienstwagen, um genau zu sein. Ich finde ihn unseriös, aber das interessiert den Chef nicht. Obwohl ich zugeben muss, dass es manchmal Spaß macht, ihn zu fahren.« Er lächelte entwaffnend. »Ich bin auch nur ein Mann.«

Und was für einer, dachte Franzi aufgeräumt. »Wohin fahren wir?«

»Überraschung.«

Wenig später erreichten sie einen kleinen Ort namens Dornum. Sönke parkte den Wagen kurz hinter dem Ortseingangsschild in einer Seitengasse. Einige Touristen hatten bereits den Weg nach Ostfriesland gefunden und bummelten zufrieden durch die Gassen mit ihren gepflegten Backsteinhäusern. Sönke bat Franzi, die Augen zu schließen, und führte sie um eine Ecke.

»Du darfst wieder gucken.«

Sie gehorchte und blieb verblüfft stehen: Mit einem Schloss hatte sie in diesem winzigen Städtchen nicht gerechnet. Flankiert von zwei Steinlöwen, lud eine Brücke, die über einen stattlichen Burggraben führte, die Besucher zum Besuch des schneeweißen Gebäudes mit seinen goldgelben Sprossenfenstern ein.

»Das ist das Wasserschloss Norderburg. Es wurde im siebzehnten Jahrhundert von Haro Joachim von Closter im barocken Stil ausgebaut«, dozierte Sönke. »Davor stand hier die Norderburg, die bereits drei Jahrhunderte früher von dem Häuptling Hicko Kankena errichtet wurde.«

»So etwas weißt du?«

»Häuser und Bauen sind mein Geschäft«, sagte Sönke, »ich muss allerdings gestehen, dass ich es heute Morgen noch schnell auswendig gelernt habe, um dich zu beeindrucken.«

»Schuft!« Sie boxte ihn auf den Arm. »Dieser Name. Hicks?«

»Hicko. Häuptling Hicko Kankena.«

»Hört sich indianisch an. Müssen wir die Geschichte umschreiben, weil ihr Ostfriesen von Westen nach Osten übers Meer gerudert seid?«

»Übers Meer sind wir tatsächlich gekommen, allerdings aus dem Norden. Aber das ist verdammt lange her. Genau wie meine Schulzeit, als ich das alles gelernt habe.«

»Hast du dich nicht vorbereitet? Damit hättest du mich wirklich beeindruckt.«

»Ich habe den Wink verstanden. Im Schloss soll es übrigens einen tollen Rittersaal geben. Ich habe ihn auch noch nie besucht und dachte, wir bilden uns. Da du dich entschlossen hast, Ostfriesin zu werden, kann es nicht schaden, wenn du etwas über unsere Geschichte lernst. Mir übrigens auch nicht«, fügte er schelmisch hinzu.

Zu ihrem Bedauern mussten sie jedoch feststellen, dass das Schloss eine Schule beherbergte und der Rittersaal nur im Rahmen einer Ortsführung besichtigt werden konnte. Sie ließen sich davon aber nicht die Laune verderben; das Schloss lief ihnen ja nicht davon. Stattdessen holten sie das Auto und fuhren die wenigen Kilometer zum Dornumersiel, kauften am Hafen ein paar Fischbrötchen und gingen zum kleinen Strand des Ortes. Leider war niemand aufzutreiben, von dem sie einen der Strandkörbe hätten mieten können; wahrscheinlich lohnte sich das Geschäft so früh im Jahr noch nicht, das Wetter war viel zu unbeständig für Badegäste und Sonnenhungrige. Tatsächlich wehte trotz des Sonnenscheins eine steife Brise. Sie setzten sich in den Windschatten eines der Strandkörbe und verputzten ihre Brötchen. Wie schon zuvor war Franzi von den Kapriolen der Möwen begeistert.

»Halt dein Brötchen gut fest«, warnte Sönke, als einer der Vögel auf dem benachbarten Strandkorb landete und sie interessiert beäugte. »Du wärst nicht das erste Opfer eines Mundraubs.« Kaum hatte er es gesagt, schoss eine Möwe aus der anderen Richtung heran, riss ihm sein Brötchen aus der Hand und flog in rasantem Tempo davon.

Franzi prustete los. »Entschuldige, du schaust gerade etwas, nun, deppert aus der Wäsche.« Wieder schüttelte sie ein Lachanfall. Sönke trug es mit Fassung.

»Das war nur zur Anschauung«, sagte er mit gespieltem Ernst und hob mahnend den Zeigefinger. »Wie du siehst, ist der Norden voller gefährlicher Raubtiere.«

Als sie sich wieder beruhigt hatte, zeigte Franzi aufs Meer. Die Luft war so klar, dass die der Küste vorgelagerten Nordseeinseln zum Greifen nah erschienen.

»Welche Inseln sind das?«

»Rechts liegt Langeoog, links Baltrum. Warst du schon mal drüben?«

»Auf Spiekeroog, aber das ist über zwanzig Jahre her. Ich war noch ein Kind.«

»Dann sollten wir das bald auffrischen. Die Inseln sind ganz anders als das Festland. Hier gibt's ja kaum Strand, nur Deiche. Was meinst du? Am besten über Nacht, dann hat man mehr davon.«

Seine Begeisterung war ansteckend, doch Franzi zögerte. Obwohl sie die Zeit mit Sönke genoss und sich durchaus vorstellen konnte, dass mehr aus ihrem Flirt – und ein Flirt war es ganz eindeutig – wurde, flüsterte eine innere Stimme ihr zu, das Ganze lieber ruhig anzugehen.

»Das ist eine gute Idee«, sagte sie verhalten, »vielleicht im Sommer, wenn man baden kann.«

Falls er enttäuscht war, ließ er es sich nicht anmerken. »Abgemacht. Bis dahin haben wir bestimmt schon die ganze Gegend um Westersum erkundet und können uns aufs Meer wagen.«

»Danke«, sagte sie schlicht.

»Ich weiß zwar nicht, wofür, aber gern geschehen.«

Sie machten noch eine lange Wanderung auf dem Deich und ließen sich ordentlich durchpusten. Franzi beglückwünschte sich erneut zum Kauf der winddichten Jacke, und auch ihre selbst gestrickte Mütze leistete gute Dienste. Da machte es auch nichts, dass Sönke, der ganz auf eine Kopfbedeckung verzichtete, sie deswegen aufzog. Die »Südländer« seien einfach zu empfindlich für das raue Nordseeklima, behauptete er.

»Ha! Dafür geht bei euch die Welt unter, wenn zwei Zentimeter Schnee liegen.«

»Gleichstand«, bestätigte er nach kurzem Überlegen. »Mit Schnee können wir tatsächlich nicht umgehen.«

Aus einem Impuls heraus stülpte Franzi ihm ihre Mütze auf. Er war so überrascht, dass er ganz vergaß, sich dagegen zu wehren.

»Hm. Schön warm.«

»Sag ich doch. Soll ich dir auch eine stricken?«

»Untersteh dich. Ein echter Ostfriese trägt nur dunkelblaue Mützen. Wenn überhaupt.« Er zog die Pudelmütze wieder vom Kopf und setzte sie nun seinerseits Franzi auf. Bedächtig schob er sie zurecht und zupfte eine Locke hervor. »Dir steht sie«, murmelte er und sah ihr dabei in die Augen. »Du siehst damit sehr hübsch aus.«

Franzi hielt seinem Blick stand. »Vielen Dank für das Kompliment.«

Er wollte etwas sagen, wurde aber von zwei Hunden unterbrochen, die sich kläffend und mit schleppenden Leinen über den Deichkronenweg jagten, verfolgt von ihren weitaus langsameren, dafür laut schreienden und wild gestikulierenden Besitzern. Sönke reagierte blitzschnell und trat auf eine der Leinen. Der Hund wurde in vollem Lauf zurückgerissen und blieb erst einmal irritiert auf seinem Allerwertesten hocken. Als der andere Hund merkte, dass sein Kumpel nicht mehr hinter ihm herstürmte, kehrte er um und ließ sich anstandslos von Franzi einfangen. Mittlerweile waren auch die Besitzer herangekommen und bedankten sich überschwänglich, bevor sie erleichtert von dannen zogen –

zum Schutz des Deiches wurde der Leinenzwang sehr ernst genommen. Franzi und Sönke folgten ihnen in einigem Abstand. Was auch immer Sönke hatte erwidern wollen, es blieb ungesagt.

Am Nachmittag kehrten sie in einem romantisch an einem Kanal gelegenen Melkhus ein, wo es zu Franzis Erleichterung nicht nur Ostfriesentee gab. Sie bestellten Kaffee und Kuchen, und dann fuhren sie über schmale, gewundene Nebenstraßen zurück nach Westersum. Franzi staunte einmal mehr darüber, wie flach das Land war. Natürlich hatte sie gewusst, dass Ostfriesland das sprichwörtliche »platte Land« war, aber die Weite der Landschaft faszinierte sie immer wieder aufs Neue.

Der Frühling hatte endgültig Einzug gehalten, zartes Grün zeigte sich an den Bäumen und Sträuchern, die als Windbrüche die Felder begrenzten und die Kanäle säumten. Auf den sattgrünen, von malerisch schiefen Weidezäunen eingefassten Wiesen standen die Schwarzbunten und käuten gemütlich wieder, dazwischen leuchteten gelb einige Rapsfelder. Am Horizont erhob sich eine alte Windmühle, flankiert von den allgegenwärtigen modernen Windrädern, die mittlerweile zu Ostfriesland gehörten wie das Watt und die dem Meer abgetrotzten Salzwiesen.

»Halt an!«

Vor Schreck riss Sönke das Steuer herum, fing den Wagen aber gleich wieder ein und trat auf die Bremse. »Was ist? Habe ich etwas überfahren?« Er war kreidebleich.

»Schau mal, da sind Esel!« Franzi war schon aus dem Auto gesprungen, bevor er seinem Ärger über ihr unbedachtes Kreischen Luft machen konnte. Sie lief ein Stück die Straße hinunter, bis sie eine gute Möglichkeit fand, über den Straßengraben zu hüpfen, und stellte sich an den Weidezaun. Sehnsüchtig blickte sie zu einer etwa fünfzig Meter entfernten Eselgruppe. Mit lauten Rufen machte sie die Tiere auf sich aufmerksam, schon zuckten die ersten Ohren, große graue Köpfe wandten sich ihr zu. Eine besonders neugierige Eseldame, wahrscheinlich die Leitstute, setzte sich in Bewegung, weitere folgten ihr. Sie reihten sich am Zaun auf und beäugten Franzi aus dicht bewimperten, freundlichen Augen. Die Neugierige machte auch diesmal den Anfang, beschnupperte sie und ließ sich schließlich die weiche Nase streicheln. Jetzt drängten auch die anderen heran.

Sönke trat neben sie.

»Sind die nicht süß?«

»Esel halt«, antwortete er einsilbig. Er hielt respektvollen Abstand zu den Tieren und schien sich in seiner Haut nicht wohlzufühlen.

»Hast du etwa Angst?«, fragte sie neckend.

»Blödsinn.«

»Dann versuch's auch mal. Sie mögen Streicheleinheiten.«

Er überhörte ihre Aufforderung und sah sich nervös um. Achselzuckend wandte sich Franzi wieder den Eseln zu und widmete sich einem besonders zutraulichen Tier, das sich mit Wohlbehagen die Ohren kraulen ließ.

Franzi hätte ewig dort stehen bleiben können, aber plötzlich ging ein Ruck durch die Eselleiber. Verschreckt stoben sie auseinander. Vom anderen Ende der Koppel, dort, wo sie an ein großes Gehöft grenzte, ertönte tiefes Hundegebell. Schon rannte ein riesiger tiefschwarzer Hund heran, mit großem Abstand gefolgt von einem Mann, der mit einem Stock herumfuchtelte. Franzi winkte dem Mann freundlich zu, er reagierte, indem er den Stock hob. Der Hund hatte sie mittlerweile erreicht und knurrte Furcht einflößend mit gefletschten Zähnen. Franzi klopfte das Herz bis zum Hals, unwillkürlich wich sie zurück. Das riesige Tier hatte offensichtlich den Auftrag, die Esel zu verteidigen. Sie wollte gerade den Rückzug antreten, als sie sich eines Besseren besann. Sie stand außerhalb der

Koppel, also nicht auf seinem Territorium. Franzi war auf dem Land groß geworden und kannte sich mit Hunden aus. Flucht war keine Option. Der Hund durfte gar nicht erst auf die Idee kommen, dass sie Angst haben könnte. Sie blieb also stehen, machte sich sogar noch größer und redete auf ihn ein, leise, aber bestimmt.

Irritiert verstummte er und fixierte sie mit gespitzten Ohren und blanken Augen. Franzi musste grinsen. Ein so großer und massiger Hund verbreitete wahrscheinlich Angst und Schrecken unter den Menschen und war es nicht gewohnt, dass ihm jemand standhielt. Sie sprach weiter zu ihm. Zaghaft begann er, mit dem Schwanz zu wedeln.

»Geht doch«, murmelte sie und ging in die Hocke.

Ein Fehler! Im Bruchteil einer Sekunde reagierte der Hund und sprang mit einem gewaltigen Satz über den Zaun. Bevor sie sich zur Flucht wenden konnte, war er bei ihr und – nichts geschah. Er setzte sich vor sie und schaute sie an, der Schwanz wischte über das Gras, von Feindseligkeit keine Spur. Franzi, die vor Schreck die Luft angehalten hatte, streckte vorsichtig die Hand aus. Er beschnüffelte sie, dann legte er sich hin, sie immer noch beobachtend. Sie nahm all ihren Mut zusammen und tätschelte den mächtigen Kopf. Er ließ es sich gefallen. Die Erleichterung rollte wie eine Welle durch ihren Körper. Das hätte auch schiefgehen können.

Ein Pfiff ließ den Hund aufhorchen. Wie der Blitz sprang er zurück über den Zaun und gesellte sich zu dem Mann mit dem Stock, der inzwischen ebenfalls die Koppel überquert hatte. Franzi erhob sich und begrüßte den Mann mit ihrem schönsten Ostfriesen-Moin.

Er starrte sie unbeeindruckt an. Franzi starrte taktlos zurück, sie konnte gar nicht anders. Noch nie in ihrem Leben hatte sie einen so verwegen aussehenden Mann gesehen. Er war alt, bestimmt schon über achtzig, mit einem stark zerfurchten Gesicht. Die weißen Haare, nicht mehr ganz dicht, aber doch genug, um den ganzen Schädel zu bedecken, hatte er offenbar selbst geschnitten, so unregelmäßig umwehten sie seinen Kopf. Was der Hund in der Hundewelt, das war er bei den Menschen: riesig und bullig, aber nicht dick. Gekleidet war er wie ein Bauer, mit grünem Arbeitsoverall, einer zerschlissenen Jacke in unbestimmter Farbe und olivgrünen Gummistiefeln. Das orangefarbene Bandana wiederum, das er sich lässig um den Hals geknotet hatte, wirkte eher seemännisch. Wäre Klaus Störtebeker nicht in relativ jungen Jahren einen Kopf kürzer gemacht worden, hätte Franzi vermutet, vor ihr stünde der leibhaftige, wenn auch in die Jahre gekommene Pirat. Sein Stock tat ein Übriges. Es war nämlich in Wahrheit gar kein Stock, sondern ein Gewehr. Und mit dem zielte er jetzt auf das zwanzig Meter entfernt parkende Auto.

»Hau off!«, blaffte er. »Und nimm dien Schnösel mit!«

Schnösel? Den Begriff kannte sie vom Rentner-Kleeblatt. Franzi hatte Sönke ganz vergessen. Erst jetzt realisierte sie, dass er schon eine ganze Weile nicht mehr an ihrer Seite war, ganz zu schweigen von der Tatsache, dass er auch keine Anstalten gemacht hatte, ihr beizustehen, als der Hund herangefegt kam. Stattdessen hatte er sich in sein Auto geflüchtet und sogar die Scheiben hochgefahren. Feigling, dachte sie amüsiert und ärgerlich zugleich. Das schmiere ich dir auch in zehn Jahren noch aufs Brot!

Der alte Pirat lehnte mittlerweile lässig auf seinem Gewehr und beobachtete mit gerunzelter Stirn den Hund, der fröhlich schwanzwedelnd am Zaun stand und Franzi regelrecht anzugrinsen schien. Wow, dachte sie, ich habe einen Freund gewonnen. Mal sehen, ob es bei dem Alten auch klappt.

»Ich wünsche Ihnen auch einen tollen Tag«, sagte sie, bemüht darum, nicht allzu ironisch zu klingen, »sind das alles Ihre Esel?«

Er hielt es nicht für nötig, ihr zu antworten, sondern wies lediglich mit einer herrischen Kopfbewegung zum Auto.

»Dann eben nicht.« Mit einem seemännischen Salut, oder zumindest etwas, was sie dafür hielt, verabschiedete sie sich und ließ ihn einfach stehen. Beim Auto angekommen, drehte sie sich noch einmal um. Herr und Hund hatten bereits den Rückweg über die Koppel angetreten. Der Hund sprang übermütig um den Mann herum und bekam ein Leckerli. Auch die Esel, die jetzt hinter dem Piraten herliefen, bedachte er mit liebevollen Klapsen und Mohrrüben aus den Tiefen seiner Jackentaschen. Das ist einer, der Menschen nicht ausstehen kann und sich lieber mit Tieren umgibt, dachte Franzi. Na ja, warum auch nicht. Menschen können verdammt kompliziert sein.

Wie zum Beispiel Sönke, der verstört in seinem Auto hockte und misstrauisch den Abzug des Alten verfolgte. Sie klopfte gegen die Scheibe.

»Erde an Ufo. Die Klingonen sind abgerückt, du kannst deinen Raumgleiter entriegeln und mich reinlassen.«

Sönke öffnete die Verriegelung, und sie glitt neben ihn.

»Kennst du den?«

Er schüttelte den Kopf, ein wenig zu nachdrücklich. Franzi schloss daraus, dass er den alten Mann sehr wohl kannte, aber als sie nachbohrte, wurde er ärgerlich und machte ihr Vorhaltungen darüber, dass sie ihn so erschreckt hatte und sie beinahe im Graben gelandet waren. Den Rest der Rückfahrt verbrachten sie schweigend. Die Laus, die ihm über die Leber gelaufen war, musste eine beträchtliche Größe gehabt haben.

Franzi kümmerte sich nicht mehr um Sönkes Befindlichkeiten. Sollte er doch schmollen.

Am Sonntag beschloss Franzi, sich endlich dem Basteln und Experimentieren zu widmen. Wenn sie tatsächlich Kunsthandwerk anbieten wollte, musste sie anfangen, selbst etwas herzustellen. Als erstes Projekt wollte sie Seife einfilzen. Das sah hübsch aus, war praktisch und ließ sich bestimmt gut verkaufen. Und, ein nicht unwichtiger Punkt, es ging schnell. Behauptete jedenfalls Lena, von der sie die Idee hatte.

Franzi stellte Seifenstücke, eine Schüssel mit Seifenlauge und buntes Wollvlies auf der Küchenarbeitsplatte bereit und machte sich mit Feuereifer an die Arbeit. Ihr Eifer bekam jedoch bald einen gehörigen Dämpfer. Fluchend pfefferte sie den pampigen Wollbrei, der sich unter ihren Händen gebildet hatte, ins Spülbecken. Bob, der auf der Arbeitsplatte sitzend schon eine Weile interessiert ihr seltsames Tun verfolgte, sah seine Chance gekommen. Schnell angelte er den Filzball aus der Spüle, ließ ihn aber sofort wieder fallen, als er merkte, wie nass das vermeintliche Spielzeug war. Angewidert sprang er auf den Boden und verließ beleidigt die Küche.

Franzi war bisher davon überzeugt gewesen, dass ihr beim Handarbeiten und Basteln aller Art so schnell niemand etwas vormachte, aber heute wurde ihr klar, dass sie sich hoffnungslos überschätzt hatte. Die Sache ging ihr einfach nicht von der Hand. Dabei hatte Lena, eine Grundschullehrerin, ihr hoch und heilig versichert, Nassfilzen sei ganz einfach. Diese Behauptung hatte sie damit untermauert, es sei jedes Mal ein Riesenspaß, mit den Erstklässlern zu filzen.

Riesenspaß? Ha! Das Ganze entwickelte sich gerade zu ihrem persönlichen Bastelfiasko. Aber Franzi wäre nicht Franzi gewesen, wenn sie so schnell aufgegeben hätte. Ein weiteres Mal studierte sie Lenas Notizen und machte sich ans Werk. Noch hatte sie genug Seifenstücke und Filzwolle, um damit eine komplette

Fußballmannschaft nach einem Matsch- und Regenspiel sauber zu schrubben.

Drei Stunden und sieben Seifenstücke später war sie schon zufriedener, zum Schluss hatte die Arbeit sogar Spaß gemacht. Die Seifen waren weit davon entfernt, perfekt zu sein, aber mit etwas Übung würde es immer besser gelingen. Ihr erstes Verkaufsprodukt war fertig!

⚓

Herr Coordes vom Baumarkt hielt Wort. Montagabend um Punkt halb sieben stand er vor ihrer Tür, im Schlepptau eine burschikose junge Frau mit sehr kurzen semmelblonden Haaren, die ihm frappierend ähnelte. Damit hatte es sich aber auch schon in Bezug auf Gemeinsamkeit, denn während Herr Coordes wie üblich kaum die Zähne auseinanderbekam, drängelte sich die Frau an ihm vorbei, streckte Franzi ihre Hand entgegen und schüttelte sie enthusiastisch.

»Moin, ich bin Rieke«, stellte sie sich vor, »die Zwillingsschwester von dem da.« Sie zeigte lässig mit dem Daumen über die Schulter. »Der da« nahm keinen Anstoß an ihrer Wortwahl, schien im Gegenteil sogar froh, dass seine Schwester ihm das Reden abnahm. »Ich hoffe, es ist in Ordnung, dass ich mitgekommen bin, war doch neugierig auf die Neue in Westersum und habe die Gelegenheit beim Schopf ergriffen. Hier, der ist für später, du kannst ja schon mal Tee aufsetzen.« Sie drückte Franzi ein in Papier eingeschlagenes Kuchenpaket in die Hand und ließ unternehmungslustig die Knöchel knacken. Als Franzi die kurz geschnittenen Fingernägel und die vielen Kratzer auf Riekes Händen bemerkte, fiel ihr eine Bemerkung von Edda ein.

»Du bist die Tischlerin.«

»Zimmerin, nicht Tischlerin. Tischlerarbeiten kann ich aber auch. Magst du uns nicht gleich den Laden zeigen? Dann kommen wir schneller zum Kuchen.«

Rieke war mitreißend wie ein Wirbelsturm. Wenn sie ihre Arbeit mit derselben Energie anging, konnte sie sich vor Aufträgen wahrscheinlich nicht retten. Franzi stellte das Kuchenpaket auf der Treppe ab und stieß die Tür zum Laden auf. Sie blieb stets angelehnt, damit Enten und Kater kommen und gehen konnten, wie es ihnen beliebte. Der Laden verfügte zudem über eine Hintertür mit einer Katzenklappe, sodass die Tiere auch in den Garten spazieren konnten. Unwillkürlich seufzte Franzi. Den rückwärtigen Garten mit seiner alten Rotbuche und dem Brombeergehölz, das einem Dornröschenschloss zur Ehre gereicht hätte, hatte sie bisher ignoriert. Er würde sie für viele Monate in Atem halten. Nun ja, das war nachrangig. Erst mal musste der Laden in Schuss gebracht werden. Sie schaltete das Licht ein.

»*Voilà.*«

Die Geschwister ließen sich Zeit. In aller Ruhe inspizierten sie die alte Einrichtung, die Fenster und Türen, scannten die Wände mit einem Spezialgerät nach Feuchtigkeit ab und untersuchten den Fußboden auf morsche Stellen. Rieke vermaß den Raum, während ihr Bruder alles notierte. Die beiden waren ein gut eingespieltes Team und unterhielten sich knapp und präzise in einem Fachchinesisch, von dem Franzi kaum etwas verstand. Die Professionalität der Geschwister Coordes wirkte beruhigend auf sie; das Schicksal schien es gut mit ihr zu meinen, da es die beiden zu ihr geschickt hatte.

»Huch, was ist das denn?« Riekes Stimme erklang aus dem hinteren Bereich. »Franziska, weißt du eigentlich, dass hier eine Ente brütet?«

»Ja, die gehört zur Hausgemeinschaft. Hier ist übrigens der

stolze zukünftige Vater.« Jim kam gerade zur Tür herein und watschelte zielstrebig zu Janis, um sie gegebenenfalls zu verteidigen. Nachdem er festgestellt hatte, dass von den neuen Menschen keine Gefahr drohte, entschwand er durch die Klappe in den Garten, nicht ohne vorher einen ordentlichen Klecks auf Riekes Schuh gesetzt zu haben. Sie nahm es gelassen und wischte ihn am Bein ihrer Arbeitshose ab.

»Bei dir herrscht ja Betrieb«, stellte sie fest. »Aber jetzt zu Kuchen und Tee, dabei können wir dir erste Vorschläge machen.«

Als Franzi in den Flur trat, ertappte sie Bob dabei, wie er gerade die Sahne von einem Stück Torte abschleckte. Fetzen des Kuchenpapiers wirbelten auf, als er die Flucht ergriff und wie der geölte Blitz zwischen Herrn Coordes' Beinen hindurchraste. Rieke konnte ausweichen und bekam einen Lachanfall, während Bob das allgemeine Kuddelmuddel nutzte und durch die Katzenklappe nach draußen verschwand.

»Hoffentlich bekommt's dir nicht«, schimpfte Franzi ihm nach. Betrübt betrachtete sie den zermatschten Kuchenhaufen. »Schade drum.«

Rieke, noch immer von Lachen geschüttelt, sah das anders: »Den kann man noch retten. Wir kratzen einfach die obere Schicht ab.«

Gesagt, getan. Wenig später saßen sie in der Küche, aßen den wieder hergerichteten Kuchen und tranken grünen Tee, von dem Rieke behauptete, er schmecke wie eingeschlafene Füße. Zu Franzis Entsetzen drohte sie an, beim nächsten Mal eine ordentliche Friesenmischung zu spendieren. Natürlich ließ Rieke nicht zu, dass Franzi und ihr Bruder sich siezten, und so erfuhr sie, dass das J. für Joost stand, ein beliebter Jungenname in Ostfriesland. Er strahlte, als Franzi ihn zum ersten Mal beim Vornamen nannte.

Nachdem sie den Kuchen verputzt hatten, resümierten die Geschwister das Ergebnis ihrer Begutachtung, die im Großen und Ganzen positiv ausgefallen war: Die Fachwerkbalken und der Fußboden waren in gutem Zustand, die Wände trocken. Franzi wiederum wusste aus Gerlindes Unterlagen, dass auch die Heizung relativ neu war, von dieser Seite drohte also auch keine Gefahr.

Einzig das vordere Fenster war morsch. Rieke schlug vor, ein größeres Fenster maßgeschneidert zwischen die Balken zu bauen, damit die Leute besser in den Laden sehen konnten. Der Rest bestand aus Schönheitsreparaturen wie dem Abschleifen und Lackieren der intakten Fenster und des Bodens sowie dem Abschlagen des Wandputzes, um das Fachwerk auch innen zur Geltung zu bringen.

»Kann ich das denn allein bewerkstelligen?«, fragte Franzi verzagt.

»Nö, aber mithilfe meiner Jungs. Die kommen am Donnerstag aus Polen zurück, weil wir demnächst mit einem großen Auftrag in Dornum starten, eine Komplettsanierung. Die haben bestimmt Lust, auch deinen Laden zu machen.«

»Aber das ist doch Schwarz…«

Rieke fiel ihr ins Wort. »Tadadada. Das werden blütenweiße Wände.« Sie grinste entwaffnend. Franzi gab sich geschlagen. Über den legalen Status der Arbeiter konnte sie sich Gedanken machen, wenn es so weit war.

»Das Schlimmste wird das Dach sein«, sagte sie, »man sagte mir, es sei marode.«

»*Man* sagte dir?« Rieke zog die Augenbrauen hoch. »War *man* zufällig ein Kaufinteressent?«

Franzi nickte.

»Hab ich mir gedacht. Von außen sieht dein Dach nämlich völlig in Ordnung aus. Ist es denn undicht?«

»Ich habe zumindest bisher nichts bemerkt.«

Rieke kramte eine Taschenlampe aus ihrem Werkzeugkoffer und kletterte über die Luke im Schneiderzimmer auf den Dachboden, um sich selbst ein Bild zu machen.

Nach einigem Rumoren kam sie wieder in die Küche zurück. »Fledermäuse«, konstatierte sie, während sie sich staubige Spinnweben vom Pullover zupfte, »und Spinnen, massenhaft Spinnen. Ansonsten kann ich dir versichern, dass das Dach stabil ist. Was das Reet anbelangt, schicke ich dir mal den Hinnerk vorbei, der kennt sich besser aus als ich.«

»Aber warum hat der Kaufinteressent mir dann gesagt, es sei sanierungsbedürftig?«

»Na, warum wohl?«

Bei Franzi fiel der Groschen immer noch nicht.

Rieke rieb Daumen, Zeige- und Mittelfinger aneinander, das universale Zeichen für Geld. »Weil er dich über den Tisch ziehen wollte. Darum.«

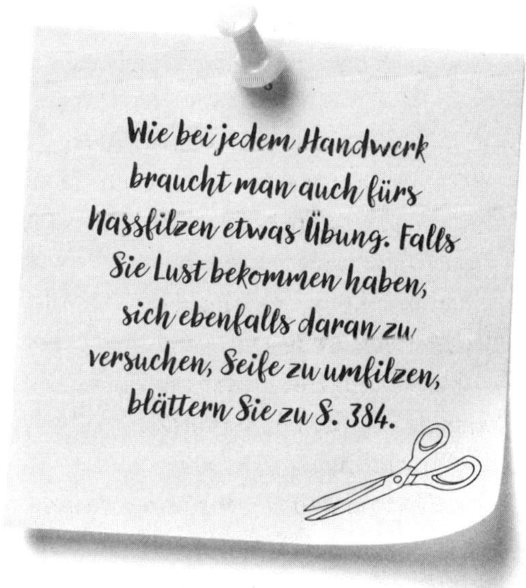

Kapitel 6

Besagter Hinnerk kam gleich am nächsten Tag, grüßte freundlich, aber wortkarg, legte seine lange Leiter an und turnte eine Stunde auf Franzis Dach herum.

»Dor is nix kött«, beschied er, als er wieder herunterkam. »Dat hollt.«

Als Hinnerk kurz darauf wieder weg war, setzte sich Franzi nachdenklich auf die Bank vor der Tür. Wenn sie Hinnerks Platt richtig deutete, war ihr Dach in Schuss, allerdings hatte er angeboten, das Moos im Sommer fachgerecht zu entfernen, bevor das Reet Schaden nehmen konnte. Teuer würde es nicht werden, da die vermoosten Stellen klein seien. Hatte Sönke, der das als Baufachmann eigentlich wissen musste, tatsächlich versucht, sie über den Tisch zu ziehen? Sie konnte es sich nur schwer vorstellen, andererseits war der Schmu bekanntermaßen überall im Baugewerbe zu Hause. Entschlossen zog sie ihr Smartphone hervor. Bevor sie sich den Kopf zerbrach, konnte sie Sönke auch gleich zur Rede stellen. Wer weiß, wie er gelaunt war; seit ihr Dornum-Ausflug vor gut einer Woche in einer Verstimmung geendet hatte, herrschte Funkstille. Sie war ein paarmal versucht gewesen, ihn anzurufen, hatte es dann aber doch gelassen. Wenn Männer ihre Trotzphase hatten, ließ man sie besser in Ruhe.

Er meldete sich in geschäftsmäßigem Ton. Es war Dienstag, wahrscheinlich saß er im Büro. Franzi konfrontierte ihn umgehend mit den neuen Erkenntnissen bezüglich des zufriedenstellenden Gesamtzustands ihres Hauses.

»Und jetzt frage ich mich, warum du mir weisgemacht hast, das Haus müsse grundsaniert werden«, schloss sie angriffslustig.

Sönke fand erst mal keine Worte. Franzi wartete geduldig. Er räusperte sich. »Ich habe wohl ein bisschen übertrieben«, sagte er schließlich.

»Ein bisschen?«

»Na ja, ein bisschen mehr vielleicht.«

»Du wolltest mich betrügen!«

»Das ist ein zu hartes Wort. Es hätte dir ja freigestanden, eigene Gutachter hinzuzuziehen. Das ist doch völlig normales Geschäftsgebaren«, verteidigte er sich lahm. »Ich hätte dich bestimmt nicht zur Unterschrift gezwungen.«

»Aber eingeschüchtert hast du mich schon«, sagte Franzi vorwurfsvoll.

»Du warst ja nur eine potenzielle Geschäftspartnerin. Da hab ich es eben versucht.« Er klang zerknirscht.

»Ehrenhaft war es trotzdem nicht«, sagte Franzi streng. Sie war froh, dass er sie nicht sehen konnte. Ihr zufriedenes Grinsen hätte ihm bestimmt nicht gefallen. »Du weißt doch, Ehrlichkeit währt am längsten. Auch bei potenziellen Geschäftspartnern.«

»Ich bessere mich, versprochen.«

Sie nahm ihm das Versprechen ab. Wie viel es in Bezug auf seine anderen Kunden taugte, stand in den Sternen, aber immerhin konnte sie ihm zugutehalten, dass er seinen unlauteren Übervorteilungsversuch schon nach ihrer ersten Begegnung aufgegeben hatte. Und irgendwie hatte er ja auch recht, wer sich ohne zweites Gutachten auf einen derartigen Handel einließ, hatte selbst Schuld.

Der Immobilienmarkt war nun mal das sprichwörtliche Haifischbecken, sie konnte froh sein, ihre Füße rechtzeitig aus dem Wasser gezogen zu haben. Also Schwamm drüber, dachte Franzi und schlug einen leichteren Ton an. Sie wechselten noch ein paar Worte, verabredeten sich für den kommenden Montag zum Essen und beendeten dann das Gespräch, weil Sönke zu einer Besprechung eilen musste.

Franzi erhob sich und ging zurück ins Haus. Sie hatte nur noch zwei Tage Zeit, bis Riekes Jungs eintrafen, und musste bis dahin auch das an den Laden grenzende Zimmer, das Gerlinde als Lager genutzt hatte, weitestgehend aufräumen. So viel wie möglich wollte sie in der Wohnung stapeln, und was sich nicht hinaufschleppen ließ, musste in Folie verpackt werden. Durch ihre Arbeit als Physiotherapeutin war Franzi körperliche Beanspruchung gewohnt, die Anstrengung machte ihr nichts aus.

Gegen Abend stellte sie sich unter die Dusche, zog sich bequeme Sachen an und ging zu Jan hinüber. Er war noch mit einer letzten Kundin beschäftigt und bedeutete ihr, zu warten.

Franzi schnappte sich eine Illustrierte, legte sie aber bald wieder beiseite und beobachtete Jan und seine Kundin. Die beiden unterhielten sich angeregt, während er virtuos Schere und Fön handhabte. Endlich war die Frisur fertig, und die Kundin betrachtete sich kritisch im Spiegel. Der blonde Pagenschnitt saß perfekt und passte zu der Frau, trotzdem gefiel er Franzi nicht. Die Endvierzigerin war teuer und ein bisschen langweilig gekleidet, trug dezentes Make-up und strahlte ungeheure Arroganz aus. Franzis Anwesenheit nahm sie überhaupt nicht zur Kenntnis, stattdessen prüfte sie die Frisur, verlangte noch einige Korrekturen, die Jan umgehend vornahm, und war endlich zufrieden. Sie zahlte mit Kreditkarte, einer goldenen, dann rauschte sie zur Tür hinaus, ohne Franzi auch nur eines Blickes zu würdigen.

Jan setzte sich neben sie auf das plüschige Sofa, das er anstelle von Stühlen für die wartenden Kundinnen aufgestellt hatte. Dabei verzog er schmerzhaft das Gesicht.

»Der Rücken?«

»Es ist wirklich ein Kreuz«, stöhnte er.

»Jetzt bin ich ja da. Wer war das eben?«

»Frau Müller-Murschelknautz höchstpersönlich. Die Gattin unseres geliebten Bürgermeisters.«

»*Murschelknautz?*«

»Zumindest originell.«

»Und unverwechselbar«, bemerkte Franzi, »mit einem Doppelnamen wie diesem kann man Ministerin werden.«

»Mir reicht es, dass sie sich in Westersum in alles einmischt«, erwiderte Jan trocken und erhob sich ächzend. »Wollen wir? Ich habe die Liege im Hinterzimmer schon abgeräumt.«

Wenig später ertönte das Glöckchen über der Ladentür. Eine Stimme rief nach Jan: Frau Müller-Murschelknautz hatte offenbar etwas vergessen. Jan und Franzi sahen sich an. Die Frau kam im unpassendsten Moment.

»Es geht gerade nicht!«, rief Jan, aber zu spät. Die Bürgermeistergattin zog den Vorhang, der den Laden vom Hinterzimmer trennte, beiseite und blieb wie angewurzelt stehen. Mit schnellem Blick erfasste sie die Situation: Jan lag, nur mit einer Unterhose bekleidet, bäuchlings auf seiner Liege, Franzi stand über ihn gebeugt, die Hände auf seinem unteren Rücken. Alle drei verharrten regungslos und starrten sich an. Frau Müller-Murschelknautz fasste sich als Erste.

»Na, das nenne ich in flagranti erwischt«, sagte sie maliziös, »ich will auch gar nicht weiter stören.« Damit drehte sie sich um und eilte beschwingten Schrittes zum Ausgang.

»Es ist nicht, was Sie denken!«, rief Jan ihr nach, aber da krachte die Ladentür auch schon ins Schloss.

»Wenn das kein filmreifer Abgang war«, gluckste Franzi. »Sie sah aus, als wolle sie sofort die ganze Stadt von der *Situation* in Kenntnis setzen.«

Jan seufzte. »Ich kläre das später. Aber jetzt mach weiter, es tut wirklich gut.« Er schloss die Augen und überließ sich wieder Franzis Osteopathenhänden. Nach einer Dreiviertelstunde beendete sie die Behandlung, und er zog sich an. Mit einem Glas Sekt setzten sie sich in zwei nebeneinanderstehende Friseurstühle.

»Du bist hoffnungslos verspannt«, resümierte Franzi. »Ich vermute, es liegt daran, dass du meist vorgebeugt stehst. Wenn möglich, schraube deine Stühle etwas höher. Außerdem musst du Gymnastik machen. Komm die Tage mal zu mir rüber, ich zeige dir ein paar hilfreiche Übungen.«

»Franzi, dich hat der Himmel geschickt.« Jan prostete ihr zu und trank den Sekt in einem Schluck aus. »So, du gehst jetzt in deinen Entenstall. Ich muss die Murschelknautz anrufen, sonst schlägt der Tratsch geschäftsschädigende Wellen.«

»Oder er bewirkt das Gegenteil, und die Damen rennen dir den Laden ein«, sagte Franzi feixend.

»Das fehlte noch.« Affektiert schlug er mit einem Handtuch nach ihr. »Raus mit dir, aber zackig!«

Am nächsten Morgen wurde der bestellte Kleincontainer geliefert. Franzi hatte den Parkplatz vorm Haus offiziell für den Container reserviert und mit teuren Mietschildern ausgewiesen, aber natürlich stand dort ein Auto: der fette SUV, dem sie nach wie vor keinen Besitzer zuordnen konnte, der aber regelmäßig in der

Mühlenstraße zwei Parkplätze in Anspruch nahm. Sie musste den Abschleppdienst rufen.

Der Vormittag war vorüber, als der Container endlich am Platz stand. Wie zu erwarten, meldete sich der SUV-Besitzer, ein geschniegelter Endfünfziger, wenig später und zeigte sich entrüstet, aber sie ließ ihn abblitzen. Wutschnaubend zog er von dannen und verschwand in der nächsten Seitenstraße, die Verbindung zur Frieder-Momsen-Straße, in der die besseren Kreise Westersums wohnten, zum Beispiel Bürgermeister Murschelknautz nebst Gattin. Jan, der in einer Arbeitspause den Abtransport des Wagens beobachtet hatte, erklärte ihr später vergnügt, sie habe sich einen mächtigen Feind gemacht, denn bei dem SUV-Besitzer handele es sich um niemand Geringeren als den Baudezernenten von Westersum. Ja, ergänzte er auf Franzis Frage, Westersum sei zwar klein, aber nichtsdestotrotz eine Kreisstadt, also gönne man sich eine komplette Stadtverwaltung, da dürfe ein hoch besoldeter Baudezernent natürlich nicht fehlen. Außerdem sei es eine Frage der Ehre, sich nicht vom nahen Aurich bevormunden zu lassen. Die Gründe für die Animositäten zwischen Aurich und Westersum lägen in grauer Vorzeit, erzählte Jan, an Genaues könne sich niemand erinnern, aber man pflege die Feindschaft mit Begeisterung. Nicht anders als im heimischen Franken, dachte Franzi.

Am Nachmittag kam Joost und packte mit an, taub für Franzis Proteste, sie könne die Hilfe unmöglich annehmen, wie sie sich denn je revanchieren solle? Schließlich gab sie auf; ohne den star ken Joost hätte sie es nicht geschafft, das gesammelte Gerümpel zum Container zu schleppen. Nach einigen Stunden waren die unteren Räume fast leer, dafür stapelten sich oben in der Wohnung die Kisten und das wenige Mobiliar, das sich noch verwenden ließ. Janis, die immer nervöser geworden war, zog mitsamt ihrem Gelege in die Küche um, wo sie unbeirrt weiterbrütete.

Joost hatte sich mit Blick auf Bob, der gemütlich neben der zum Nest umfunktionierten Holzkiste lag, am Kopf gekratzt und Bedenken bezüglich der Kompatibilität von Katern mit Jagdinstinkt und Entenküken geäußert. Franzi war es heiß durch den Körper gefahren. Da Bob und die Enten ein Herz und eine Seele waren, hatte sie ein mögliches Küken-Massaker gar nicht in Betracht gezogen. Sollte sie Bob aussperren? Sie verschob die Entscheidung auf einen der nächsten Tage, es würde ja noch eine Weile dauern, bis die Kleinen schlüpften.

Und dann rückten Rieke und ihre Jungs an. Tomasz und Marek, beide Mitte dreißig und Sandkastenfreunde, waren genauso hemdsärmelig wie Rieke. Es stellte sich heraus, dass die drei schon seit Jahren zusammenarbeiteten, da es Rieke selten gelang, deutsche Tischler oder Zimmerer zu finden; auch einen Lehrling hatte sie nicht.

»Der Letzte ist mir nach drei Wochen abhandengekommen«, knurrte sie. »Es war ihm zu anstrengend, er wollte lieber ›was im Büro‹ machen. Nicht dass er dazu Talent hätte.«

Tomasz und Marek hatten Familien in Polen und kamen nach Bedarf. Sie arbeiteten lieber zu viel als zu wenig, je mehr sie in kurzer Zeit verdienen konnten, desto besser. Rieke behauptete, die beiden hätten halb Westersum renoviert. Beide sprachen Deutsch, Tomasz sogar fließend, mit dem ebenso unverwechselbaren wie sympathischen polnischen Akzent.

Rieke hatte einen Kostenvoranschlag für das Fenster mitgebracht, den Franzi sofort akzeptierte. Sie hatte keine Ahnung, was so etwas normalerweise kostete, aber den stillen Verdacht, dass Rieke ihr einen sehr guten Preis machte. Die beiden Polen drehten inzwischen eine Runde durchs Erdgeschoss, berieten sich kurz und setzten sich dann zu den Frauen. Auch mit ihnen wurde

Franzi schnell handelseinig. Gemeinsam erstellten sie eine Liste der zu besorgenden Materialien und Werkzeuge, dann verabschiedeten sie sich.

Drei Stunden später standen Tomasz und Marek wieder vor der Tür, beladen mit Eimern und Planen, Spachteln, Meißeln und was sie sonst noch brauchten, um die Wände zu bearbeiten. Franzi ließ sie verdattert herein. Sie hatte nicht damit gerechnet, dass es heute schon losgehen würde.

»Ja, wann denn sonst?«, fragte Tomasz ehrlich verwundert und wuchtete einen riesigen Werkzeugkoffer in den Laden. In diesem Moment kam Bob durch die Katzenklappe. Bevor er sich angesichts der fremden Männer wieder verdrücken konnte, hatte Marek ihn schon ergriffen und auf den Arm gehoben. Bob wehrte sich, hatte aber keine Chance; Marek wusste sehr genau, wie man einen widerstrebenden Kater bändigte. Er besah ihn sich gründlich. »Prachtvoll Tier. Sieht gesund aus. Hast du entwurmt?«

»Entwurmt? Keine Ahnung, ich habe ihn geerbt.«

»Ist besser bei Katze viel draußen.«

»Woher weißt du das?«

»Bin ich Tierarzt«, sagte Marek. »Praxis in Polen reicht aber nicht zum Leben.«

Mit der beschaulichen Ruhe war es fürs Erste vorbei. Franzis Haus glich einem Bienenstock, in dem es vor Geschäftigkeit summte und brummte. Riekes Sanierungsauftrag hatte sich in letzter Minute auf unbestimmte Zeit verzögert, und so kam Franzis Laden ihr, Marek und Tomasz äußerst gelegen.

Da Franzi unten nur im Weg stand, hatte Rieke sie nach oben gescheucht, sie könne sich nützlich machen, indem sie fürs leibliche Wohl sorge. Also stand sie in der Küche und bereitete ein Hühnergericht mit Limetten zu, das sie in Gerlindes Rezeptsammlung gefunden hatte. Es duftete verführerisch, ihre Tante hatte wirklich einen außergewöhnlichen Geschmack gehabt. Da das Huhn noch eine Weile köcheln musste, entschloss sie sich, zum Asia-Laden zu fahren, den sie auf der anderen Seite von Westersum entdeckt hatte, um einen Reiskocher zu kaufen. Im Topf brannte ihr der Reis entweder an, war zu wässrig oder zu hart.

Bevor sie das Haus verließ, warf sie einen Blick in den Laden. In den letzten anderthalb Wochen hatte sich viel getan: Der Putz war von den Wänden geklopft, der Fußboden abgeschliffen worden, und in der Vorderfront klaffte ein großes Loch. Gerade bauten Rieke und Tomasz das neue Fenster ein, während Marek die Trümmer des alten zum Container schleppte. Franzi war begeistert. Das Ganze würde sie zwar eine Stange Geld kosten, aber es lohnte sich wirklich. Allein hätte sie das nie geschafft.

Beschwingt lief sie zum Anfang der Mühlenstraße, wo sie Leopold geparkt hatte. Schon von Weitem sah sie Peter, den Sohn der ollen Hinrichsen, vor ihrem Wagen stehen. Er verhielt sich seltsam, aber daran hatte sie sich schon gewöhnt. Er wirkte ein wenig begriffsstutzig, in allem sehr langsam und bedächtig. Franzi gegenüber blieb er distanziert. In den ersten Wochen hatte sie ihn noch gegrüßt, wenn sie ihm auf der Straße begegnete, aber er wirkte jedes Mal so verschreckt, hatte einmal sogar die Straßenseite gewechselt, dass sie es schließlich unterließ.

Sie war noch etwa zwanzig Meter entfernt, als Peter Hinrichsen sie bemerkte. Eilig entfernte er sich von ihrem Auto und verschwand um die nächste Ecke. Kopfschüttelnd ging sie zu Leopold und schloss auf. In diesem Moment bemerkte sie den platten Reifen. Mist! Deshalb war Hinrichsen stehen geblieben. Schade, dass er getürmt war. Sie hätte seine Hilfe beim Radwechsel gut brauchen können, aber das war wohl zu viel verlangt. Schicksalsergeben öffnete sie die Heckklappe und wühlte nach dem Wagenheber. Das Auto stand seltsam schief. Mit einer bösen Vorahnung inspizierte sie auch die Hinterreifen, und tatsächlich, einer war ebenfalls platt. Das konnte doch nicht wahr sein!

Eine Minute später war sie sich sicher, dass jemand in die beiden Reifen gestochen hatte, die Schlitze waren gut zu sehen. Peter Hinrichsen! Es konnte nur er gewesen sein, wahrscheinlich hatte sie sogar Glück gehabt, rechtzeitig hinzugekommen zu sein, sonst hätte er allen vier Reifen den Garaus gemacht.

Sofort rannte sie ihm nach, den Wagenheber mordlustig umklammernd, aber als sie in die Seitenstraße bog, war von ihm nichts mehr zu sehen. Wütend stapfte sie zu Leopold zurück, pfefferte den Wagenheber in den Kofferraum und donnerte die Klappe zu. Leopold ächzte. Franzi klopfte ihm aufs Dach. Er war nun wirklich der Letzte, der etwas dafürkonnte.

Zurück im Haus, berichtete sie Rieke von dem Attentat.

»Doch nicht Peter«, widersprach Rieke, »der ist sanft wie ein Lamm. Er würde gar nicht auf die Idee kommen, so etwas zu tun.«

»Peter vielleicht nicht, aber seine biestige Mutter.« Franzi schäumte.

»Die olle Hinrichsen? Aber warum sollte sie Peter beauftragen, dir die Reifen zu zerstechen?«

»Weil ihr Mann Gerlinde schöne Augen gemacht hat.«

»Das sind doch Geschichten mit Bart. Die Hinrichsen ist vielleicht eine zänkische Ziege, aber das traue ich ihr nicht zu.«

»Die will mich loswerden. Meine Blumen hat sie bestimmt auch auf dem Gewissen. Der zugeklebte Briefkasten, das war auch sie oder ihr Sohn, ich bin mir sicher. Außerdem liegt ständig Hundedreck genau vor meiner Tür. Einmal bin ich schon reingetreten. Das ist doch kein Zufall!« Für Argumente nicht mehr zugänglich, steigerte sich Franzi immer weiter in ihren Ärger. »Die Hinrichsen hatte ich von Anfang an im Verdacht, aber alle meinten, dass es wohl eher die Jugendlichen seien, die immer mit ihrem fiesen Köter beim Handyladen herumlungern. Von wegen Jugendliche! Ich habe Peter Hinrichsen auf frischer Tat ertappt.«

»Franzi!« Rieke packte sie bei den Schultern und zwang sie, ihr in die Augen zu sehen. »Du schaltest jetzt bitte dein Gehirn wieder ein. Es ist helllichter Tag. Weißt du, wie viel Kraft man braucht, um einen Reifen kaputt zu stechen? In der Mühlenstraße sind um diese Tageszeit ständig Leute unterwegs, irgendjemand hätte es bemerkt.«

»Dann haben die eben weggeschaut«, sagte Franzi trotzig. »Alle wollen mich vergraulen.«

»Dumm Tüüch. Hör auf, dich selbst zu bemitleiden, und sieh auf die Habenseite. Du bist erst seit sechs Wochen hier und hast schon einen ganzen Haufen ziemlich netter Leute um dich versammelt, die dich gernhaben. Inklusive meiner Wenigkeit.« Sie holte tief Luft. »So, das musste mal gesagt werden.«

»Hast du das ernst gemeint?«, fragte Franzi zaghaft.

»Ich habe dich vom ersten Moment an gemocht, du Dussel. Hast du das nicht gemerkt?« Rieke nahm sie in den Arm und strich ihr über die zerzausten Locken. Die zärtliche Geste ließ Franzi schmerzlich bewusst werden, wie sehr ihr eine Freundin fehlte, eine, bei der sie sich ausheulen konnte, eine, die einfach da war. Physisch, nicht zwölftausend Kilometer entfernt wie Tanja, mit der sie zwar regelmäßig telefonierte, die aber mit ihren ganz eigenen Problemen zu kämpfen hatte, die Franzi nicht nachvollziehen konnte. Tanja lebte in einer ihr völlig fremden Welt.

»Danke«, sagte sie, »ich mag dich auch. Sehr sogar.«

Rieke strahlte. »Dann wäre das ja geklärt«, sagte sie mit dem ihr eigenen Pragmatismus. Franzi musste lachen.

Ein Räuspern ließ die beiden herumfahren. In der Tür stand ein Polizist. Franzi versuchte, möglichst souverän zu wirken.

»Moin«, sagte sie. »Sie waren ja schnell. Kommen Sie, ich führe Sie zu meinem Auto.«

»Auto?« Er wirkte irritiert.

»Sie sind doch wegen meiner zerstochenen Reifen hier. Das muss aufgenommen werden. Im Übrigen möchte ich Anzeige gegen unbekannt erstatten.«

Wieder räusperte er sich, es war wohl ein Tick. »Ich bin nicht wegen Ihres Autos gekommen.«

»Sondern?«

»Wir haben den Tipp erhalten, dass Sie Schwarzarbeiter beschäftigen.« Mit strengem Blick maß er Tomasz und Marek, die mittlerweile ihre Werkzeuge aus der Hand gelegt hatten und das Geschehen unbehaglich verfolgten. »Würden die Herren mir bitte ihre Papiere vorweisen?«

Rieke nickte, woraufhin Marek zum Lieferwagen ging. Er kam mit zwei Personalausweisen zurück und gab sie dem Polizisten, der sie eingehend studierte.

Rieke konnte sich ein Grinsen nicht verkneifen. »Die Herren sind meine Angestellten«, erklärte sie, »wir arbeiten hier im Auftrag von Frau Wolff. Sie werden sicher verstehen, dass ich die Arbeitsverträge nicht dabeihabe, aber Sie können gern in mein Büro kommen und alle Papiere einsehen.«

Er brummte etwas und gab die Ausweise an Marek zurück.

»Ich komme dann die Tage bei Ihnen vorbei.«

»Machen Sie das. Aber rufen Sie vorher an, ich bin viel unterwegs.«

Franzi stieß erleichtert die Luft aus. Rieke ging offensichtlich doch keine Risiken ein. Zum Glück. »Dann hat ja alles seine Ordnung. Wer hat mich eigentlich angeschwärzt?«

Der Polizist zuckte die Achseln. »Keine Ahnung, es war ein anonymer Tipp.«

Franzi fuhr zu Rieke herum. »Ich hab's doch gesagt. Ich werde gemobbt!« Sie war schon wieder auf hundertachtzig. »Jetzt reicht's«, zischte sie. Bevor Rieke oder der Polizist sie daran hindern konnten, stürmte sie aus der Tür und über die Straße, direkt durch die Ladentür vom *Herrenausstatter Hinrichsen.*

»Sie!«, rief sie aufgebracht und wedelte mit ihrem Zeigefinger in Richtung der ollen Hinrichsen, die sich angesichts ihrer zornigen Nachbarin hinter den Ladentisch flüchtete und dort verschanzte. »Sie werden es nicht schaffen, mich wegzuekeln. Und wenn Sie eine ganze Wagenladung Hundedreck vor meine Tür kippen, ich bleibe!« Sie trat dicht an die Ladentheke und stützte sich mit den flachen Händen auf. Die alte Frau wich weiter zurück und stieß gegen das Regal an der Hinterwand. »Seit ich hier bin, werfen Sie und Ihr sauberer Sohn mir Steine in den Weg, aber merken Sie sich meine Worte: Eines Tages werde ich Sie auf frischer Tat ertappen, und dann hetze ich die Polizei auf Sie!« Franzi hatte sich so in Rage geredet, dass ihr die Luft ausging. Die olle Hinrichsen, die immer ruhiger geworden war, je länger Franzi wetterte, nutzte die Gelegenheit.

»Sind Sie fertig?«, fragte sie schnippisch.

Der überhebliche Gesichtsausdruck der verkniffenen alten Frau nahm Franzi den Wind aus den Segeln. Als jetzt auch noch ein Hund an ihrem Bein schnüffelte, geriet sie völlig aus dem Konzept.

»Ich … ich …«, stotterte sie. »Ach, lassen Sie mich doch einfach in Ruhe!«

Der Hund schnüffelte schon wieder. Franzi sah unwirsch nach unten. Ein riesiger schwarzer Schäferhund-Rottweiler-Dobermann-und-noch-viel-mehr-Gefährliches-Mischling saß schwanzwedelnd neben ihr und hechelte sie aufmerksamkeitsheischend an. Franzi kannte den Hund. Sie wirbelte herum. In ihrem blinden Zorn hatte sie den Kunden, der sich ebenfalls im Laden aufhielt, überhaupt nicht bemerkt. Es war der stattliche Greis vom Eselhof. Sofort kochte ihre Wut wieder hoch.

»Sie haben mir gerade noch gefehlt«, fauchte sie ihn an, »da haben sich ja die richtigen Stinkstiefel zusammengetan.« Sprach's, machte auf dem Absatz kehrt und verließ hocherhobenen Hauptes den Laden.

»Ich war das nicht!«, brüllte die olle Hinrichsen ihr nach. »Aber verdient haben Sie es, jawohl. Scheren Sie sich doch zurück zu Ihren Schuhplattlern und Hax'nfressern!«

Franzi ballte die Fäuste. Am liebsten wäre sie umgekehrt und hätte weitergeschimpft, riss sich aber zusammen.

Auf der anderen Straßenseite wurde sie von einem applaudierenden Jan, einer skeptischen Rieke und den etwas verwirrt wirkenden Polen in Empfang genommen und sofort ins Haus eskortiert, zur Schadensbegrenzung, wie Rieke bemerkte. Der Polizist war bereits gegangen, im Übrigen ohne die Anzeige aufzunehmen, das hatten sie in der Aufregung völlig vergessen.

Franzis Zorn verrauchte so schnell, wie er gekommen war, stattdessen machte sich Resignation breit. Es war im Grunde egal, ob die Hinrichsen oder jemand anders hinter all den feigen Sabotageakten steckte, das Ergebnis war dasselbe: Irgendjemand wollte sie so dringend aus Westersum vertreiben, dass er oder sie selbst vor Sachbeschädigung nicht zurückschreckte. Eine bittere Erkenntnis.

Während sich hinter ihr Rieke und Jan hitzig darüber stritten, ob es eine gute Idee gewesen war, die Hinrichsen zu bezichtigen, blickte Franzi traurig aus dem frisch eingesetzten vorderen Fenster. Gerade verließ der grantelige Alte den Laden. Vor der Tür blieb er stehen und betrachtete über die Straße hinweg die *Wunderkiste.* Franzi wich in den Raum zurück, damit er sie nicht entdeckte. Täuschte sie sich, oder sah er ebenfalls traurig aus? Nachdem er noch eine Weile geschaut hatte, wischte er sich tatsächlich über die Augen, dann ging er langsam in Richtung Altstadt davon. Die Jugendlichen vom Handyladen pöbelten ihn an, aber er ignorierte sie. Sein Hund hatte eine niedrigere Toleranzschwelle; als der bescheuerte Köter der Kids ihn anknurrte, vermöbelte er ihn schnell und effizient. Franzi beobachtete mit einem Anflug von Häme, wie das Tier mit eingekniffenem Schwanz Schutz zwischen den Beinen der verblüfften Jungs suchte. Schade, dass Bob es nicht gesehen hatte. Für den Kater, der sich ständig vor der Töle in Acht nehmen musste, wäre die Niederlage seines Feindes ein Fest gewesen.

Ein seltsamer Geruch riss sie aus ihren Überlegungen. Es roch angebrannt. Mit einem Satz war Franzi aus dem Laden, stürmte die Treppe hinauf und in ihre Küche. Sie rührte noch wie wild in dem Topf herum, um zu retten, was zu retten war, als Rieke neben sie trat und ihr den Löffel wegnahm. »Schau mal«, flüsterte sie.

Ein leises Quaken ließ Franzi innehalten. Und dann war ihr zum zweiten Mal an diesem Tag zum Heulen zumute, diesmal vor Rührung. In der niedrigen Holzkiste mit Janis' Nest lag Bob und leckte behutsam ein gerade geschlüpftes Entenküken ab, während sich ein zweites und drittes an ihn kuschelten. Zwei weitere Eier waren ebenfalls aufgebrochen; schon schauten kleine Schnäbelchen heraus. Janis stand gelassen neben der Kiste. Alles war gut.

Mit Mareks Hilfe erstellte Franzi eine Liste mit allem, was zur Aufzucht von Entchen nötig war: eine Wärmelampe, Spezialfutter für Entenküken, Heu und dazu eins von diesen Plastikteilen zum Abstreichen von Farbrollen.

»Wozu denn das?«, fragte Franzi.

»Entchen wollen schwimmen«, sagte Marek. »Können sie aber

noch nicht, weil Daunenfedern sich vollsaugen und Entchen gehen unter. Malerwanne ist wie Planschbecken, Entchen kann klettern heraus.«

Franzi schrieb die Wanne auf die Liste. Marek, der Tierarzt, war wahrhaftig ein Himmelsgesandter. Sie lieh sich Riekes Bully, kaufte alles ein, auch neue Autoreifen, und kam so schnell wie möglich zurück. Insgesamt schlüpften bis zum Abend sechs daunenweiche Entchen; drei der neun Eier blieben liegen. Marek hielt sie vor eine starke Lampe und schüttelte dann den Kopf. »Nicht entwickelt, kommt nix mehr. Nicht traurig sein, passiert in Natur auch.«

♡

Lautes Poltern schreckte Franzi am nächsten Morgen um Punkt sieben aus dem Schlaf. Einbrecher? Sie setzte sich auf und lauschte. Nein, das waren keine Einbrecher, jedenfalls keine richtigen. Sie schlüpfte in ihre Strickjacke und schlurfte in die Küche, wo sie einen Kaffee aufbrühte. Zwei dampfende Tassen balancierend, stieg sie kurz darauf in den Laden hinunter und schob die Tür mit dem Fuß auf.

»*Dzień dobry wszystkim!*«, grüßte sie Tomasz und Marek auf Polnisch. Langsam, aber sicher wurde sie richtig polyglott. Sie drückte jedem der Männer einen Pott Kaffee in die Hand. »Ihr solltet doch freimachen. Und überhaupt, wie seid ihr reingekommen?«

»Wir haben Rieke deinen Schlüssel stibitzt. Er hing in ihrem Büro«, gestand Tomasz mit entwaffnendem Unschuldsblick.

»Aber heute ist der 1. Mai: ein Feiertag, der Tag der Arbeit!«

»Eben.« Tomasz' Lächeln wurde womöglich noch breiter. »Wir feiern die Arbeit.«

Franzi kapitulierte vor seiner Logik und verschwand wieder nach oben, um zu frühstücken und sich für die Fahrradtour fertig zu machen, zu der sie sich schon vor einiger Zeit mit Rieke und Joost verabredet hatte. Sie hatte kurz gezögert, als Rieke sie gefragt hatte, insgeheim hatte sie gehofft, den Feiertag mit Sönke zu verbringen, dann aber doch zugesagt. Was auch gut war, denn Sönke hatte kurzfristig eine längere Dienstreise machen müssen. Bevor er abreiste, waren sie am letzten Dienstag in Emden schick essen gegangen. Franzi lächelte bei dem Gedanken an den Abend, der harmonisch verlaufen war und den sie genutzt hatten, etwaige Unstimmigkeiten aus der Welt zu schaffen. Obwohl sie verhalten geflirtet hatten, war nichts passiert, aber Franzi war es nur recht. Ein wenig Schmetterlingsflattern war schön, aber sie hatte momentan weiß Gott zu viel um die Ohren, um sich zu sehr mit einer potenziellen Affäre zu beschäftigen. Sie grinste. Andererseits wäre es schon nett, das Bett ausnahmsweise mal nicht mit Enten zu teilen, sondern mit einem feschen Mann. Nun, wahrscheinlich würden besagte Enten ohnehin jegliche Romantik mit lautem Protest torpedieren, sollte ihnen das Schlafzimmer verwehrt werden.

Eine Stunde später radelte sie in Richtung des Gewerbegebiets, wo Rieke sie bereits erwartete, um sie in ihrer Werkstatt herumzuführen. Franzi, die zum ersten Mal hier war, staunte nicht schlecht über die Größe der penibel aufgeräumten Halle mit den Regalen voller Holz und anderen Materialien, den Werkbänken, der gefährlich aussehenden Kreissäge und vielen weiteren Werkzeugen. Insgeheim hatte sie mit einer kleinen Klitsche gerechnet, aber Riekes Tischlerei war durch und durch professionell.

»Warum führst du dein Geschäft eigentlich nicht gemeinsam mit Joost?«

»Wir haben es überlegt. Die Gefahr, uns zu zerstreiten, erschien uns zu groß.«

»Kann man mit Joost überhaupt streiten?«, fragte Franzi zweifelnd.

»Als Zwillingsschwester schon.«

»Trotzdem muss es für ihn doch seltsam sein, dass du die Werkstatt führst, während er als Verkäufer im Baumarkt arbeitet.«

Rieke guckte sie groß an. »Verkäufer?«

»Nicht?«

»Du bist wirklich die Neue hier«, stellte Rieke trocken fest, »Joost *gehört* der Baumarkt. Klar, er ist ein ziemlich geschickter Handwerker, wir haben das Werkeln sozusagen mit der Muttermilch aufgesogen. Tatsächlich ist er aber ein noch viel besserer Kaufmann, während ich in Geldsachen eine komplette Niete bin. Wenn er sich nicht um meine Buchhaltung kümmern würde, wäre ich längst pleitegegangen, weil ich säumige Kunden schlicht vergesse. Du solltest deine Rechnungen also besser pünktlich zahlen, wenn du nicht eines Tages meinen Bruder mit seinem furchterregendsten Geldeintreibergesicht in der Tür stehen haben willst«, schloss sie grinsend.

»Ich bin beeindruckt. Ist es nicht furchtbar schwierig, sich neben den Baumarktketten zu behaupten?«

»Das ist es allerdings. Glücklicherweise bürgt der Name Coordes in der Region für gute Qualität; schon unser Urgroßvater hat in Holz gemacht. Die Alteingesessenen kaufen nur bei Joost, schon aus Tradition.«

Sie gingen weiter, aber Franzi war nicht ganz bei der Sache. Ob sie jemals so erfolgreich sein würde wie die Geschwister? Klar, sie stammten von hier und konnten auf bereits Bestehendes aufbauen, zumindest Rieke, die die Werkstatt vor einigen Jahren von ihrem Vater übernommen hatte, aber trotzdem. In den letzten Wochen war ihr bewusst geworden, wie viel Mut, Zähigkeit und Entschlossenheit dazugehörte, ein Geschäft zu gründen. Sie wusste mittlerweile, dass Rieke und Joost achtunddreißig Jahre alt waren, also vier Jahre älter als sie. Wo würde sie selbst in vier Jahren stehen? Grübelnd trottete sie Rieke hinterher. Als sie an einer geschlossenen Tür vorbeikamen, erklärte Rieke flüsternd, dahinter läge eine ausgebaute Wohnung, klein, aber gemütlich, die Tomasz und Marek nutzten, wenn sie in Westersum waren.

»Sie schlafen noch, wir sollten sie nicht stören.«

Franzi brach in Lachen aus.

»Etwa nicht? Oh, die bekommen es mit mir zu tun! Sie sind bei dir, oder?«

»Bingo. Sie bauen die neuen Regale ein.«

Rieke schüttelte den Kopf. »Die beiden schaffen es noch, dass ich als Ausbeuterin an den Pranger gestellt werde«, murmelte sie.

Hinter einer weiteren Tür wartete eine Überraschung. Der kleine Raum beherbergte eine Werkstatt im Miniaturformat, zumindest im Gegensatz zu der Haupthalle mit ihren riesigen No-Nonsense-Maschinen. Die der Tür gegenüberliegende Wand wurde von einem großen Fenster beherrscht, darunter stand eine breite Werkbank. Die anderen Seiten waren komplett mit Regalen zugestellt, auf denen bunte Holztiere, Steckenpferde, unbearbeitetes Treibholz, Farben, Pinsel und vieles mehr aufgereiht standen. Von der Decke baumelten lustige Möwen mit beweglichen Flügeln und ein wunderbares Mobile aus Treibholz, Muscheln und geschnitzten Meeresbewohnern. Es ähnelte dem Mobile, das sie schon bei Jan bewundert hatte.

Franzi stand vor Staunen der Mund offen. »Du machst das alles selbst?«, fragte sie schließlich.

Rieke konnte ihre Freude über Franzis Verblüffung nicht verbergen. »In meiner Freizeit«, bestätigte sie mit Stolz in der Stimme.

Franzi nahm ein Holzschaf vom Regal, unter dessen Füße ein Blech geschraubt war, sodass es als Buchstütze fungierte. Rieke hatte Körper und Kopf aus einem Holzstück herausgesägt. Die Formen erinnerten in ihrer Schlichtheit an skandinavisches Design.

»Ich wollte noch etwas unbehandelte Wolle aufkleben, bin aber noch nicht dazu gekommen. Gefällt es dir?«

»Und wie! Die Idee mit der Wolle ist klasse, das könnte richtig gut aussehen.« Ein Gedanke durchzuckte sie. »Sag mal, wäre das nicht etwas für meinen Laden?«

»Daran habe ich natürlich sofort gedacht, als du mir von der Idee erzählt hast. Ja, ich glaube, die Sachen würden laufen. Und deshalb möchte ich gern einen oder zwei Regalmeter hochoffiziell bei dir mieten. Was meinst du?«

Franzi fiel Rieke spontan um den Hals. Alles fügte sich, sie würde ihren Laden mit wundervollen Sachen füllen können, die Kunden würden sich bei ihr drängeln!

Zwei Stunden später traten Franzi, Rieke und Joost, der kurz nach der Werkstattbegehung eingetroffen war, keuchend in die Pedale. Franzi hätte nie gedacht, dass Fahrradfahren im Flachland so anstrengend sein konnte, hatte aber wie üblich den Wind nicht ins Kalkül gezogen. Sie war froh, als sie endlich ihr Ziel, das Fischerdorf Neuharlingersiel, erreichten. Mit Ach und Krach konnten sie sich einen Sonnenplatz in einem Café am alten Hafen mit seinen malerischen Krabbenkuttern sichern, stopften sich hungrig mit Rumflockentorte voll und beobachteten die Flaneure.

»Das sind alles potenzielle Kunden«, sagte Rieke und zeigte auf eine Urlauberfamilie mit zwei kleinen Kindern.

»Mag sein, aber ich frage mich, wie man die nach Westersum lockt. Wir liegen nicht am Meer.«

»Mach dir keine Gedanken, die kommen. Die Sielorte sind toll, aber sehr klein, da suchen die Leute durchaus Abwechslung im Hinterland. Westersum brummt im Sommer, mein Wort darauf.«

Nachdem sie noch eine Weile im tatsächlich sehr übersichtlichen Neuharlingersiel herumgeschlendert waren, betrieben sie Konkurrenzbeobachtung in den Souvenirshops. Franzi war erleichtert. Zwar fanden sich auch hier ein paar hübsche Sachen, aber das meiste war billiger Kitsch. Wer den haben wollte, verlief sich ohnehin nicht in ihren Laden, die Shops waren also keine direkte Konkurrenz.

Schließlich gingen sie zu ihren Rädern zurück. Franzi dachte unbehaglich an den Rückweg, denn ihr schmerzten jetzt schon die Waden. Joost bemerkte ihren skeptischen Blick.

»Wird nicht so schlimm«, tröstete er sie. »Rückenwind.«

Es wurde tatsächlich nicht so schlimm. Gemütlich radelten sie den ersten Teil der Strecke auf der Landseite des Deichs entlang. Nach ein paar Kilometern kamen sie an einer Schafherde vorbei. Die Tiere waren kürzlich geschoren worden und drängten sich nun dicht aneinander, um sich gegenseitig zu wärmen. Sie sahen erbarmungswürdig aus. Ein Mann, wahrscheinlich der Schäfer, machte sich ein paar Meter entfernt am Gattertor zu schaffen. Franzi reagierte sofort: Dies war der Mann, der ihr Rohwolle verkaufen konnte! Sie rief Rieke und Joost hinterher, dass sie auf sie warten sollten, ließ ihr Rad neben den Weg fallen und gesellte sich zu dem Mann.

»Moin.«

»Moin.«

Er beachtete sie nicht weiter. Sie wagte einen weiteren Vorstoß: »Die Schafe frieren ja ganz heftig in dem Wind. Sind die gerade geschoren worden?«

»Ja.«

»Sind das Ihre Tiere?«

»Nee.«

Hoppla, dachte Franzi. Der ist noch maulfauler als Joost.

»Wem gehören sie denn?«

»Onno.«

»Aha. Und die Wolle, wer bekommt die?«

»Onno.«

»Hat Onno auch einen Nachnamen?«

»Ja.«

Franzi wusste nicht, ob sie weinen oder lachen sollte. »Und wie lautet der? Der Nachname, meine ich.«

»Ehmken.«

»Vielen Dank. Wissen Sie zufällig, was Herr Ehmken mit der Wolle macht?«

»Nee.«

Franzi gab auf. Sie bedankte sich bei dem Mann, der ihr erstaunlicherweise ein freundliches Lächeln zum Abschied schenkte, so als hätten sie gerade angeregt geplaudert, klaubte ihr Rad aus dem Gras und schloss zu Rieke und Joost auf, die in einiger Entfernung auf sie warteten.

»Kennt ihr Onno Ehmken?«

»Jeder kennt Onno Ehmken. Warum?«

»Ich möchte bei ihm Wolle kaufen. Zum Spinnen.«

»Eigentlich eine gute Idee«, sagte Rieke zögernd. »Aber muss die Wolle unbedingt von Onnos Schafen stammen?«

»Was spricht dagegen?«

»Das wirst du schon sehen«, antwortete Rieke und preschte davon. Mehr ließ sie sich auf dem ganzen Rückweg nicht entlocken, erklärte sich aber bereit, seine Adresse herauszufinden. Einen Versuch wäre es zumindest wert. Dieser Onno Ehmken schien ein sehr spezieller Querkopf zu sein, selbst nach ostfriesischen Maßstäben.

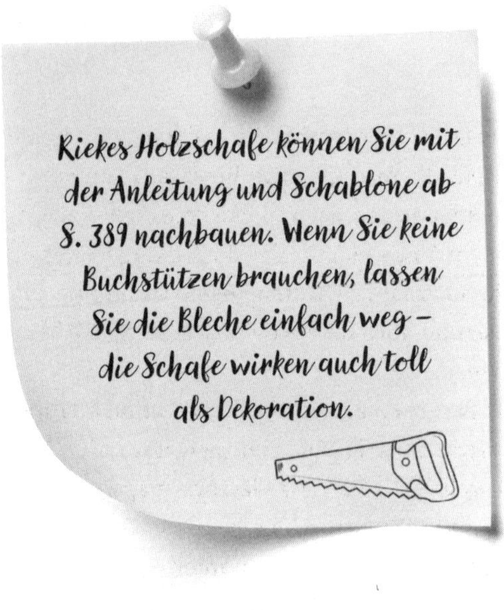

Kapitel 7

Als Franzi am nächsten Morgen vor die Tür trat, fiel ihr sofort das hübsch verpackte Paket auf der Bank auf. Sie nahm es hoch und klappte die kleine, an der Schleife befestigte Karte auf. Sie rechnete mit einem Gruß von Sönke, doch es stand lediglich ihr Name darin. Die Buchstaben wirkten ungelenk, wie abgemalt, so als hätte der Absender alles darangesetzt, seine eigene Handschrift zu verfremden.

Franzi drehte das Päckchen auf der Suche nach einem Hinweis herum. Die Karte zierte ein schöner, aber nichtssagender Aquarelldruck, der zu dem hellen Grün des Geschenkpapiers und der violetten Schleife passte. Der Absender hatte also Geschmack. Ratlos blickte sie die Straße hinauf und hinunter, doch die war zu der frühen Stunde menschenleer. Vielleicht wurde sie heimlich von einem der Hauseingänge aus beobachtet?

Kurz entschlossen zog sie die Schleife auf, doch dann zögerte sie. Sie dachte an die vielen kleinen und auch größeren Gemeinheiten, deren Opfer sie in den letzten Wochen geworden war, die geköpften Blumen, den verklebten Briefkasten, die zerstochenen Reifen, die … Hundehaufen! Angeekelt ließ sie das Geschenk fallen. Wenn sich darin ein Haufen befände? Es kostete sie einige Überwindung, das Päckchen wieder aufzuheben und daran zu schnüffeln. Zu ihrer Erleichterung roch es nach gar nichts. Also los. Es würde schon keine Bombe sein.

Es waren Weinbrandbohnen, der Karton noch in der Folie verschweißt, es konnten also keine bösen Überraschungen auf sie warten. Die Wahl der Pralinen schloss Sönke als Absender aus, er hätte viel teurere Süßigkeiten gewählt, zum Beispiel exotische Bitterschokolade mit Erdbeeren und Chili. Aber von wem war das Päckchen dann? Hatte sie tatsächlich einen heimlichen Verehrer?

Während sie noch grübelte, hörte sie das Klappern einer Haustür. Sie wirbelte herum, und tatsächlich, er war leibhaftig erschienen: Herr Mayer von nebenan! Als er Franzi bemerkte, blieb er wie angewurzelt stehen und starrte sie an, sichtlich aus der Fassung gebracht. Auch sie schaute interessiert in seine Richtung, denn dies war das erste Mal, dass sie einen der Bewohner des Nachbarhauses zu Gesicht bekam, so konsequent waren die Mayers ihr aus dem Weg gegangen. Der Mann trug Jeans und ein an den Ärmeln aufgekrempeltes kariertes Hemd und sah mit seinen langen grauen, zu einem Zopf gebundenen Haaren erstaunlich lässig aus – wie der Prototyp eines pensionierten Lehrers. Sie hatte sich ihre geheimnisvollen Nachbarn spießiger vorgestellt.

»Moin!«, rief sie. Was auch immer die seltsamen Mayers umtrieb, jetzt war die Gelegenheit, das Eis zu brechen. »Endlich lernen wir uns kennen.«

Herr Mayer zuckte beim Klang ihrer Stimme sichtbar zusammen. Abrupt zog er sich wieder ins Haus zurück und knallte die Tür hinter sich zu. Als ob er vor mir flüchtet, dachte Franzi irritiert. Ein Schauer überlief sie. Diese Leute waren wirklich unheimlich.

Sie schüttelte ihr Unbehagen ab, legte die Pralinen auf die Bank und ging zum Bäcker. Rieke, Tomasz und Marek würden in einer halben Stunde auf der Matte stehen, und sie hatte es sich zur Aufgabe gemacht, den dreien vor der Arbeit ein Frühstück mit allem Drum und Dran aufzutischen. Das bedeutete zwar, dass sie schon um sechs aufstehen musste, aber sie mochte die lustige Morgenrunde nicht mehr missen. Bob fand es auch klasse, denn er liebte ein sehr frühes Frühstück. Und er liebte Marek, dem er kaum noch von der Seite wich, seit der Tierarzt ihm fachgerecht einen Splitter aus der Pfote gezogen hatte.

Den weiteren Vormittag verbrachte Franzi vor ihrem Laptop mit Zahlenkolonnen. Joost hatte ihr einige hilfreiche Tipps für die Buchhaltung gegeben und ihr gleich noch ein paar Excel-Tabellen erstellt, sodass sie mittlerweile einen guten Überblick über ihre Ausgaben hatte.

Die Tabelle war kein schöner Anblick. Das Geld zerrann ihr zwischen den Fingern, während die Spalte mit den Einnahmen nach wie vor in jungfräulichem Weiß erstrahlte. Rieke hatte ihr versichert, dass die Renovierung des Ladens wie geplant Ende Mai abgeschlossen sein würde und sie vorläufig eröffnen konnte, aber bis dahin musste sie noch viel Kostenintensives erledigen, vor allem den Wareneinkauf. Zwar hatte sie aus Tante Gerlindes Sortiment noch einiges retten können, doch es reichte bei Weitem nicht für ein attraktives Angebot.

Seufzend griff sie zum Hörer und rief den Vertreter einer bekannten Wollfirma an, um sich von ihm das Sortiment vorstellen zu lassen. Er war der Letzte in einer Reihe Lieferanten, die sie in den Unterlagen der Tante gefunden und in den vergangenen Tagen kontaktiert hatte. Zum Glück schienen alle ein gutes, zum Teil sogar freundschaftliches Verhältnis zu Gerlinde gehabt zu haben und boten an, mit ihren Musterkoffern nach Westersum zu kommen. In den nächsten zwei Wochen würden sich die Vertreter die

Klinke in die Hand geben. Es war eine komplett neue Erfahrung, und Franzi war gespannt, wie sie sich schlug. Schützenhilfe würde sie von Joost und Jan bekommen, die bei den Treffen dabei sein wollten; Joost, damit sie nicht übers Ohr gehauen wurde, Jan für die Auswahl.

Bezüglich der Kunsthandwerker hatten Renate und Edda bereits ihre Fühler ausgestreckt und eine Töpferin sowie eine Dame, die sehr hübsche kleine Tiere häkelte, aufgetrieben. Beide hatten zugesagt, in Kommission zu verkaufen. Dazu kamen Riekes Schafe und Treibholzkunst sowie die eingefilzten Seifen, die mittlerweile recht attraktiv aussahen. Franzi hätte gern mehr und auch anderes beigesteuert, aber das musste warten. Sie hatte einfach nicht genug Zeit.

Nach zwei Stunden Büroarbeit klappte sie den Rechner zu und meldete sich bei Marek ab, der mittlerweile allein war, wenn man von dem um ihn herumscharwenzelnden Bob absah. Rieke und Tomasz waren zu der anderen Baustelle gefahren, bei der die Arbeit in den nächsten Tagen starten sollte. Sie ging zu Leopold, kontrollierte seine nagelneuen Reifen, die glücklicherweise heil waren, dann fuhr sie gut gelaunt aus Westersum hinaus, um ihr nächstes Projekt anzuschieben.

Franzi hielt am Straßenrand und warf erneut einen Blick auf ihre Karte und die Adresse, die Rieke ihr aufgeschrieben hatte. Es gab leider keinen Zweifel: Der vor ihr liegende Hof war der Wohnsitz von Onno Ehmken, dem allseits bekannten Besitzer der Schafe. Sie lehnte sich im Sitz zurück und musterte resigniert das große Haus mit den anliegenden Ställen. Riekes ominöse Andeutungen, es könne schwierig werden mit Herrn Ehmken, erwiesen sich leider als prophetisch: Onno Ehmken war kein Geringerer als der grantelige alte Pirat. Der Hunde-, Esel- und offensichtlich auch

Schaffreund. Der, den sie bei der ollen Hinrichsen als Stinkstiefel abgekanzelt hatte.

Na toll.

Und jetzt? Umkehren? Es hatte sicher keinen Sinn. Doch dann dachte sie an den Hund und die Esel. Der Mann konnte so herzlos nicht sein. Mehr als eine Abfuhr würde sie sich nicht holen, aber dann wusste sie zumindest, woran sie war, und würde sich nach anderen Schafbesitzern umhören. Außerdem besaß Ehmken keine Schweine, an die er sie, Franzi, verfüttern konnte. Zumindest hoffte sie es.

Franzi atmete tief durch, dann ließ sie Leopold langsam auf den von den Gebäuden umstellten Hof rollen und stieg aus.

Es blieb still. Kein Hundegebell, kein Eselgeschrei, nur das Rascheln des Windes in den Zweigen einiger in voller Blüte stehender Apfelbäume. Zögernd ging sie auf die Haustür zu und klingelte. Ein schrilles Scheppern erklang in den Tiefen des Hauses, gefolgt von einem rauen Knurren. Hätte Franzi den Hund nicht bereits kennengelernt, sie hätte umgehend die Flucht ergriffen. So musste sich der Höllenhund Cerberus anhören. Das Knurren wurde lauter, der Hund stand jetzt im Flur. Beruhigend sprach sie auf ihn ein in der Hoffnung, er würde ihre Stimme erkennen. Im nächsten Moment wurde die Haustür aufgerissen. Begeistert mit dem Schwanz wedelnd, stürzte sich der Hund auf Franzi, die beinahe das Gleichgewicht verlor. Sie fing sich und blickte zu dem Piraten auf. Er war sogar noch größer, als sie ihn in Erinnerung hatte. Noch größer und noch missmutiger als damals auf der Eselweide; offensichtlich hatte sie seinen Mittagsschlaf gestört. Auch das noch.

»Herr Ehmken?«, fragte sie unsicher.

»Wer denn sonst?«

Das war kein guter Start für eine fruchtbare Geschäftsbeziehung, ganz und gar nicht. Immerhin sprach er Hochdeutsch, nicht Platt. Er wollte wohl sichergehen, dass sie seine Unfreundlichkeiten auch verstand. Franzi räusperte sich und stellte sich höflich vor. Umständlich erklärte sie ihr Anliegen, verhedderte sich aber zusehends; seine reglose Miene und die zornesblitzenden Augen brachten sie aus dem Konzept.

»Was wollen Sie denn nun?«, unterbrach er sie schließlich barsch.

»Wolle kaufen.«

»Bei mir?«

Sie sah ihn verwirrt an. »Ihnen gehören doch die Schafe auf dem Deich.« Sie verstummte.

»Vergessen Sie's.«

»Aber warum wollen Sie denn nicht?«

»Ich mache keine Geschäfte mit Ihnen, basta. Und nun hauen Sie ab, sonst hetze ich meinen Hund auf Sie.«

»Dann eben nicht!« Langsam, aber sicher wurde Franzi wütend. »Schönen Tag noch, Sie verbockter alter Holzkopf!« Sie ließ ihn stehen und stiefelte hocherhobenen Hauptes zum Auto. Der riesige Hund folgte ihr, drängelte sich an ihre Beine und bettelte um Streicheleinheiten. Diesen Hund wollte er auf sie hetzen? Da lachten ja die Hühner!

Der Gedanke schien auch dem Alten gekommen zu sein; laut pfiff er seinen vermeintlichen Höllenhund zurück, der aber keine Anstalten machte, ihm zu gehorchen, sondern lieber bei Franzi blieb.

»Sabine! Komm endlich her!«

Sabine? Franzi verschluckte sich beinahe vor Lachen. Sie beugte sich zu dem Hund, nein, der Hündin, und kraulte ihr die Ohren. »Hinter deinem Namen steht entweder eine Tragödie, oder dein Herrchen hat Humor«, flüsterte sie dem Tier ins Ohr. Sabine schien dies als Aufforderung zu verstehen und warf sich prompt auf den Rücken, um sich den Bauch streicheln zu lassen.

Die Demutsgeste brachte das Fass zum Überlaufen. Aufgebracht stürmte der alte Pirat auf den Hof. Dabei übersah er eine herumliegende Forke. Mit einem Aufschrei stolperte er und ging krachend zu Boden.

Erschrocken eilte Franzi zu ihm. Ehmken wirkte benommen und ließ es zu, dass Sabine ihm ausführlich das Gesicht ableckte.

»Herr Ehmken? Alles in Ordnung? Oder haben Sie Schmerzen?«

Er stöhnte, antwortete aber nicht. Sein linker Fuß wirkte verdreht. Vorsichtig zog sie ihm den Hausschuh aus, was er mit einem neuerlichen Stöhnen quittierte. Der Fuß begann bereits anzuschwellen, wahrscheinlich war er verknackst. Nachdenklich betrachtete Franzi den niedergestreckten Riesen. Da er immer noch abwesend wirkte und, was viel schwerer wog, sie nicht beschimpfte, hatte er wahrscheinlich zusätzlich eine Gehirnerschütterung. Sie brauchte gar nicht erst zu versuchen ihm aufzuhelfen; seine geschätzt hundert Kilo konnte sie niemals stemmen. Es war ohnehin besser, einen Krankenwagen zu rufen – sollten sich die Sanitäter doch mit ihm herumschlagen. Franzi zog ihr Handy aus der Tasche und tippte die Notrufnummer ein.

Dreißig Minuten später fuhr ein Krankenwagen mit Karacho auf den Hof und kam nur Zentimeter hinter Leopold zum Stehen. Franzi war erleichtert. Ehmken hatte in der Zwischenzeit zwar kein Wort an sie gerichtet, sich aber zumindest so weit erholt, dass er seine Situation erfasste und sie mit Blicken zu töten versuchte. In seinen Augen hatte sie an allem Schuld, wie sollte es anders sein?

In der Notrufzentrale war Ehmken offensichtlich bekannt,

denn man hatte zwei Sanitäter geschickt, die ihm in Größe und Breite ebenbürtig waren und über Durchsetzungsvermögen verfügten. Taub für seine Proteste verfrachteten sie ihn umstandslos in den Krankenwagen, schoben die ebenfalls protestierende Franzi hinterher, knallten die Türen zu und rasten los. Verdattert blickte sie aus dem hinteren Fenster. Sabine rannte dem Wagen nach, der ihren Gott entführte, bis sie endlich erschöpft aufgab und hinter einer Kurve aus dem Blick verschwand.

Im Kreiskrankenhaus in Aurich wurde Franzi trotz ihres fränkischen Akzents kurzerhand zu Ehmkens Blutsverwandter befördert; die Empfangsdame hatte angesichts dreier gleichzeitig klingelnder Telefone andere Sorgen, als sich um Dialekte zu kümmern. Franzi erhob keinen Einspruch. Als seine Enkelin konnte sie wenigstens erfahren, wie es Ehmken ging. Nach zwei Stunden in der Vorhölle des Notaufnahme-Wartezimmers, zwischen schreienden Kindern und noch lauter in ihre Handys schreienden Müttern, resignierten alten Leuten mit ernsthaften Krankheiten und einer Gruppe junger Mädchen, die jeden arglosen Assistenzarzt aufs Gruppenselfie zerrten, kam eine etwa fünfundvierzigjährige Ärztin mit straffem Pferdeschwanz auf sie zu.

»Frau Wolff?«

»Die bin ich. Wie geht es Ehmk… äh, meinem Großvater?«

»Den Umständen entsprechend gut. Er ist umgeknickt und hat eine Bänderdehnung, dazu eine leichte Gehirnerschütterung. Wir müssen den Fuß schienen.«

»Oh. Das wird ihm nicht gefallen.«

»Nö, aber da muss er durch. Weil er jetzt erst mal immobil ist, nutzen wir die Gelegenheit, behalten ihn ein paar Tage hier und checken ihn gründlich durch. Man bekommt ihn ja sonst nicht zu fassen.«

»Sie kennen ihn?«

»Ich lebe in Westersum«, sagte die Ärztin.

Klar, dachte Franzi, und jeder in Westersum kennt Onno Ehmken. Ein Gedanke zuckte durch ihren Kopf. »Sie wollen ihn ein paar Tage hierbehalten? Was wird dann aus seinen Eseln? Und dem Hund?«

Die Ärztin klopfte Franzi jovial auf die Schulter. »Das übernimmt seine nächste Anverwandte, oder? Jetzt, wo er auf wundersame Weise eine Enkelin geschenkt bekommen hat, ist doch für alles bestens gesorgt.«

Mist, dachte Franzi, es war wohl doch besser, das Missverständnis aus der Welt zu räumen. »Ich bin gar nicht seine Enke…«, setzte sie an, wurde aber sofort von der Ärztin unterbrochen: »Wie bitte? Ich habe Sie nicht verstanden, da war so ein Brummen in meinem Ohr.« In ihren Augen glitzerte der Schalk.

Franzi gab sich geschlagen. Natürlich wusste die Frau, dass Ehmken nicht ihr Großvater war, spielte das Spiel aber nur zu gern mit. Irgendwer musste sich schließlich um seine Belange kümmern.

Als sie wieder allein war, schloss Franzi ergeben die Augen. Nun hatte sie sich also einen Opa wider Willen eingebrockt. Und was für einen. Auch das noch.

Mit dem Taxi fuhr sie zurück zu Ehmkens Hof. Es kostete ein Vermögen, das sie sich aber von ihm zurückzuholen gedachte.

»Wollen Sie wirklich da raus?«, fragte der Taxifahrer und zeigte auf Sabine, die zähnefletschend ums Auto tobte. Es war in der Tat furchterregend. Franzi schob ihre Kreditkarte zurück ins Portemonnaie. »Das Herrchen ist noch schlimmer, glauben Sie mir«, antwortete sie, verabschiedete sich und stieg aus. Sie hatte kaum die Autotür zugeschlagen, als der Taxifahrer Gas gab. Der Kies spritzte, dann war er vom Hof, als sei der Gehörnte höchstpersönlich hinter ihm her. Sabine rannte pflichtbewusst dem Taxi nach, besann sich aber schnell eines Besseren und lief suchend kreuz und quer über den Hof, bis sie schließlich der Verzweiflung nahe zu Franzi zurückkehrte und sie fragend anblickte. Sie konnte ihren geliebten Menschen einfach nicht finden. Franzi zog es das Herz zusammen. Sabines Welt war aus den Fugen geraten, aber wie sollte sie die Hündin trösten, ihr erklären, dass alles nur halb so wild war?

Unschlüssig stand sie schließlich vor der Haustür. Bevor der Krankenwagen eingetroffen war, hatte sie unter argwöhnischer Beobachtung des Alten den Schlüssel von einem Haken gleich hinter der Tür genommen und abgeschlossen. Während des folgenden Trubels hatte sie schlicht vergessen, ihm den Schlüssel zurückzugeben. Sollte sie hineingehen? Er würde es hassen, andererseits brauchte er Kleidung fürs Krankenhaus, vielleicht auch ein paar Bücher. Es war eine Zwickmühle: Wie sie es auch machte, es würde verkehrt sein. Sie entschied sich schließlich dagegen. Dann würde sie ihm eben neue Sachen besorgen und mit auf die Taxirechnung setzen; er würde es schon bezahlen. Und selbst wenn nicht, konnte sie es verschmerzen. Franzi verzog das Gesicht, als ihr die Szene von neulich einfiel. Ehmken kaufte beim *Herrenausstatter Hinrichsen,* wahrscheinlich die beste Adresse für Leute in seinem Alter. Es wäre ein fantastisches Friedensangebot, trotzdem konnte Franzi sich nicht vorstellen, abermals der ollen Hinrichsen gegenüberzutreten. Was zu viel war, war zu viel. Ehmken würde sich mit Billigware vom Billigkaufhaus zufriedengeben müssen, er hatte es nicht besser verdient. Im Übrigen hatte sie sich die Rolle der sich kümmernden Enkelin nicht ausgesucht.

Enkelin? Wieso war sie nicht schon vorher draufgekommen! Sie brauchte sich gar nicht zu kümmern, musste nur die Verwandten von Ehmken auftreiben, und das war lächerlich einfach: Jan wusste schließlich alles, was in und um Westersum vor sich ging.

Erleichtert ging sie um das Nebengebäude herum und auf die Eselweide. Die acht Grautiere grasten am anderen Ende und wirkten nur mäßig beunruhigt. Franzi kontrollierte die Tränke, dann überließ sie die Tiere sich selbst. Marek würde wissen, was Esel brauchten, es reichte, wenn sie morgen wiederkam. In der freien Natur gab es schließlich auch keinen Futterbringdienst, ihnen würde schon nichts passieren. Mit Sabine war der Fall anders gelagert, Franzi kam nicht drum herum, sie mitzunehmen. Falls sie sich mit Bob und der Entenfamilie nicht verstand, verbrachte sie die Nacht eben im Garten. Es würde schon gut gehen, irgendwo musste das arme Tier schließlich bleiben.

Auf dem Weg von Leopolds Parkplatz zur *Wunderkiste* musste Franzi den Handyladen passieren, vor dem auch heute die unangenehmen Kids standen und auf dicke Hose machten. Franzi ermahnte Sabine, die ohne Leine neben ihr ging, zur Ruhe. Der Köter der Jungs nahm zum Glück schon Reißaus, als er Sabine von Weitem sah, und auch die Jugendlichen traten einen geordneten Rückzug in den Laden an. Ein wenig tat Franzi der Köter leid. Er war nur ein Hund und damit das Spiegelbild seiner Herrchen. Nachdenklich blickte sie auf ihre friedlich neben ihr hertrottende Begleiterin. Sabine war trotz ihrer Furcht einflößenden Gestalt ein umgängliches Tier, pflichtbewusst, klug und erstaunlich freund lich. Ein Spiegel ihres Herrchens? Hm. Das musste Ehmken erst mal beweisen.

»Möchtest du erst die schlechte oder die schlechte Nachricht hören?« Jan drückte Franzi ein großes Glas Latte macchiato aus seiner brandneuen, sündhaft teuren Kaffeemaschine in die

Hand, peinlich darauf bedacht, Sabine nicht zu nahe zu kommen. Bevor Franzi sich auf ihre Baustelle wagte, um Bob mit seiner neuen Mitbewohnerin zu konfrontieren, musste sie erst mal Mut sammeln, und das ging nirgends besser als bei ihrem Lieblingsnachbarn.

»Spann mich nicht auf die Folter«, seufzte sie ergeben, »ich hatte heute schon genug um die Ohren.«

»Also: Meines Wissens hat Ehmken keine lebenden Verwandten. Er selbst ist kinderlos, ergo gibt's auch keine Enkel.«

»O nein.«

»O doch.«

»Und was noch?«

»Er liegt mit halb Westersum im Clinch, macht eine Armee von Anwälten reich und treibt das Bezirksgericht in den Wahnsinn. Wenn's nicht wegen der Esel um Ruhestörung geht, dann um Einschüchterung, Gewaltandrohung, Hausfriedensbruch und so weiter. Er selbst wiederum überzieht seine Nachbarn mit Klagen wegen des Einsatzes von verbotenen Pestiziden, illegaler Müllverklappung, grausamer Tierhaltung und was weiß ich noch.«

»Das hört sich doch eigentlich gut an, ganz nach Renates Geschmack. Die würde Umweltsünder am liebsten an die höchsten Äste hängen, zur Abschreckung.«

»Auch wieder wahr.«

Sie verfielen in Schweigen. Franzi kraulte selbstvergessen Sabines Ohren und nippte an ihrem Kaffee, dem ersten seit Langem. Er war richtig gut.

»Meinst du, ich kann sie auch mal streicheln?«, unterbrach Jan die Stille.

»Frag sie.«

Er streckte zögernd seine Hand aus. Sabine beschnüffelte sie neugierig, zog – vermutlich wegen der aufdringlichen Friseurgerüche – die Nase kraus, wedelte dann aber einladend mit dem Schwanz. Erleichtert tätschelte Jan ihren mächtigen Kopf.

»Damit wäre das geklärt«, sagte er, »ich hätte mich sonst gefürchtet, dich zu besuchen. Heißt sie wirklich Sabine?«

Franzi nickte.

»Seltsamer Name für einen Hund, für so einen allemal. Dazu gibt's bestimmt eine Geschichte.«

»Denselben Gedanken hatte ich auch. Du kennst sie offensichtlich nicht, oder? Was weißt du eigentlich über Ehmken?«

»Nicht halb so viel, wie du vermutest. Onno Ehmken ist zwar eine Art Westersumer Wahrzeichen, aber so richtig kennt ihn niemand. Willst du das wenige trotzdem hören?«

»Selbstverständlich.«

Franzi hatte ins Schwarze getroffen, als sie Onno Ehmken insgeheim als Piraten betitelt hatte. Ehmken war als der zweite Sohn einer alteingesessenen Grundbesitzerfamilie, deren Stammbaum, wie man munkelte, bis zu Edzard dem Großen zurückzuverfolgen war, schon immer durch Aufsässigkeit aufgefallen. Mit sechzehn, Anfang der 1950er-Jahre, war er aus der Enge Ostfrieslands getürmt und zur Handelsmarine gegangen. Fast vier Jahrzehnte hatte er die Welt bereist, wohl auch den Rang eines Ersten Offiziers erreicht, um dann Mitte der Achtziger, nachdem ein Unfall seinen Bruder sowie dessen Frau und Sohn das Leben gekostet hatte, zurückzukehren und den heimatlichen Hof zu übernehmen. Das ging nicht lange gut, Ehmken hatte kein Talent für die Landwirtschaft und vergraulte nach und nach seine Angestellten.

»Tatsächlich weiß ich gar nicht, ob er wirklich ein schlechter Landwirt ist«, fügte Jan hinzu. »Vielleicht ist sein Misserfolg vielmehr darauf zurückzuführen, dass er schon biologischen Anbau und artgerechte Tierhaltung betreiben wollte, als das noch als exotisch angesehen wurde, jedenfalls hier bei uns. Die hiesigen Dickschädel waren alles andere als begeistert von seinen Ideen und torpedierten seine Anstrengungen, wo sie nur konnten. Bis hin zu Brandstiftung.« Jan hob die Hände. »Vorsicht, auch das ist nur ein Gerücht. Fakt ist, dass eines Tages sein Stall lichterloh brannte. Beim Versuch, seine Kühe zu retten, wäre Ehmken fast selbst umgekommen. Danach war er ein anderer. Verbittert, unzugänglich, ein Kotzbrocken.«

»Verständlich«, murmelte Franzi. Sie drückte Jan ihr leeres Glas in die Hand und erhob sich aus dem Friseurstuhl. »Kommst du mit? Vielleicht brauche ich deine Hilfe.«

»Wobei?«

»Familienzusammenführung.«

Zum Glück war Marek noch da. Durch das Fenster bat Franzi ihn, sich mit Bob auf dem Arm vor der Hintertür mit der Katzenklappe zu postieren, um dem Kater einen Fluchtweg zu bieten. Dann trat sie mit klopfendem Herzen in den Laden, dicht gefolgt von der Hündin, die sich sofort der Erkundung der neuen Umgebung widmete. Noch hatte sie den sich auf Mareks Arm windenden Bob nicht bemerkt. Marek setzte den Kater behutsam vor die Katzenklappe, aber anstatt das Weite zu suchen, stakste dieser direkt auf Sabine zu. Schon sah Franzi Bobs Ende zwischen den Fängen der riesigen Hündin gekommen. Voller Grauen beobachtete sie, wie nun auch Sabine Kenntnis von der Anwesenheit des Katers nahm. Beide erstarrten, Bob zeigte den Anflug eines Buckels, entspannte sich aber sofort wieder. Die beiden beschnüffelten sich ausgiebig, dann widmete Sabine sich wieder der Inbesitznahme des Ladens. Bob sprang auf die vordere Fensterbank und begann, sich ausgiebig zu putzen.

Franzi, Jan und Marek waren sprachlos.

»Wow«, sagte Jan schließlich, »wenn ich es nicht besser wüsste, würde ich sagen, die beiden kennen sich schon lange.«

Noch am selben Abend trafen sich Franzi, Rieke, Marek, Tomasz und Joost zur Lagebesprechung in einem kleinen griechischen Restaurant. Rieke hielt sich den Bauch vor Lachen, als Franzi von ihrem neuen Großvater erzählte.

»Es tut mir leid, Franzi«, schnaufte sie, als sie wieder einigermaßen sprechen konnte, »ein Opa ist wirklich etwas Tolles, aber konntest du dir nicht einen etwas ausgeglicheneren alten Herrn aussuchen? So einen gemütlichen mit Bauch und Pfeife?« Sie musste schon wieder lachen.

»Ich habe ihn mir nicht ausgesucht«, sagte Franzi pikiert, »und außerdem weiß ich nicht, was daran so lustig sein soll. Der Arme liegt meinetwegen im Krankenhaus.«

»Wieso deinetwegen?«, fragte Joost ehrlich erstaunt.

»Na, wenn ich nicht zu seinem Hof gefahren wäre, wenn ich ihn nicht mit meiner Frage erzürnt hätte, wenn ich nicht –«

»– heute Morgen mit dem linken Fuß aufgestanden wäre«, unterbrach er sie. »Das ist doch Blödsinn, und du weißt es auch. Ehmken liegt im Krankenhaus, weil er ein cholerischer alter Mann ist, dem jegliche normalen sozialen Umgangsformen abhandengekommen sind. Wenn er überhaupt jemals welche besessen hat. Und jetzt willst ausgerechnet du dich um ihn kümmern? Warum?«

»Darum.«

»Das ist keine Antwort.«

Franzi zuckte die Achseln. »Einer muss es doch machen. Selbst wenn ich keine Schuld daran habe, wovon du mich im Übrigen noch nicht überzeugt hast, so war ich doch dabei, als es passiert ist. Nenne es Schicksal oder höhere Fügung – egal. Ich fühle mich jedenfalls für ihn verantwortlich und will ihm wieder auf die Füße helfen.«

»Dir ist schon klar, dass das Sache der Krankenkasse ist?«

»Deren Mühlen mahlen langsam. Und Eselpflege ist definitiv nicht im Leistungskatalog enthalten.«

»Auch wieder wahr.«

»Leute, akzeptiert einfach, dass ich ihm helfen will. Ich bin Physiotherapeutin, vergesst das nicht. Ich *will* es nicht nur, ich *kann* es auch. Und ich werde es tun, ob es euch passt oder nicht.«

»Die Frage ist wohl eher, ob es *ihm* passt«, brummelte Joost.

Rieke war wieder ernst geworden. »Ich glaube, Franzi erteilt uns hier gerade eine Lektion in Nächstenliebe«, sagte sie ohne eine Spur von Ironie. »Ich bitte um Entschuldigung für meine Albernheit.«

»Kein Problem.« Franzi grinste. »Das Ganze hatte zugegebenermaßen auch seine komischen Aspekte. Und ein bisschen graut es mir auch vor dem alten Grantler.«

»Dazu gibt es wahrscheinlich allen Grund«, bestätigte Joost. »Ich stehe dir zur Seite.«

»Ich schaue nach Eseln, damit gesund bleiben«, sagte Marek.

»Ich bin dabei«, sagte Rieke.

»Ich auch«, sagte Tomasz.

Sie schlugen ein. Manolis, der Wirt, kam mit einer Runde Ouzo aufs Haus, und sie stießen an.

Franzis Handy klingelte. Sönkes Nummer erschien auf dem Display. Sie entschuldigte sich und nahm das Gespräch an, während sie nach draußen ging. Er rief ohne Grund an, langweilte sich auf seiner Geschäftsreise und wollte ein wenig klönen. Franzi freute sich, seine Stimme zu hören, und erzählte ihm von den Aufregungen des Tages. Auch Sönke war skeptisch, als sie ihm ihren Entschluss mitteilte, Ehmken nach Kräften zu unterstützen, konnte ihre Motivation aber nachvollziehen.

»Schade nur, dass ich dich deswegen vermutlich in der nächsten Zeit kaum zu Gesicht bekommen werde«, sagte er.

Ihr Herz hüpfte. Er vermisste sie! »Das bekommen wir schon hin«, sagte sie aufgeräumt. »Jetzt muss ich aber wieder reingehen. Gute Nacht!«

»Gute Nacht, Franzi. Ich melde mich, wenn ich wieder im Norden bin.«

Er beendete das Gespräch.

»Wer war das?«, fragte Rieke, als Franzi sich wieder neben sie auf die Bank setzte.

»Ein alter Freund aus Nürnberg mit Schmerzen im Knie, der meinen fachmännischen Rat brauchte.«

»Und deshalb bist du vor die Tür gegangen?«

»Ihr wart so laut.«

»Stimmt.«

Kurz darauf brachen sie auf. Morgen würde es viel zu tun geben.

Am nächsten Morgen fuhren Franzi, Joost und Marek zu Ehmkens Hof, um nach dem Rechten zu sehen, danach wollte Franzi sich um die Einkäufe kümmern und den Alten im Krankenhaus besuchen. Im Kofferraum lagen kiloweise Möhren, laut Marek eine gesunde Ergänzung zu Gras und Heu und außerdem die beste Möglichkeit, die Esel bei Laune zu halten.

Auf dem Hof angekommen, machten sie sich erst mal ein Bild von der Lage. Zusätzlich zu den acht Eseln hielt Ehmken eine Anzahl von Hühnern, die bereits hungrig den Boden aufscharrten und sofort zusammenliefen, als die drei sich beim Gehege blicken ließen. Nach kurzer Suche fand sich Hühnerfutter, Joost schleppte Wasser heran, die Tiere waren zufrieden. Auch die Esel kamen sofort zum Gatter und ließen sich mit Möhren füttern. Marek nutzte die Gelegenheit und warf einen Blick auf die Hufe, konnte aber glücklicherweise keine Hufrehe feststellen, eine Krankheit, die Esel sich auf nassen Wiesen zuziehen.

»Trotzdem ist besser, wenn Esel stehen in Stall. Gehen wir kein Risiko ein, dort ist trocken. Franzi? Joost? Hopp, hopp, Stall ausmisten, Heu bringen.«

»Aye, Sir!« Joost klappte die Hacken zusammen, dann hakte er Franzi unter und marschierte mit ihr zum Stall. Sie staunte. So locker hatte sie Joost noch nie erlebt. Eine ebenso schweißtreibende wie lustige halbe Stunde lang säuberten sie den Stall und füllten Raufen und Tränken, dann war alles bereit. Marek hatte bereits die Leitstute ausgemacht und sich mithilfe einer Extraportion Möhren mit ihr angefreundet, sodass die Umsiedlung von der Weide ohne Komplikationen erfolgte. Natürlich hatte auch Sabine ihren Anteil am reibungslosen Ablauf; sie verstand ihren Hüte-Job und wurde von den Eseln respektiert.

»Und jetzt?«, fragte Franzi, als alle Tiere in den Boxen standen und sich begeistert über ihr Heu hermachten.

»Müssen wir kommen jeden Tag, bis Besitzer wieder kann laufen.«

»Als hätte ich nicht schon genug zu tun! Aber es lässt sich wohl nicht vermeiden. Na, wenigstens sind die Viecher glücklich.«

»Vor allem müssen wir Ehmken Bescheid sagen, dass alles geregelt ist«, sagte Joost. »Er wird sich Sorgen machen.«

»Kommst du denn mit?«

Joost nickte. »Selbstverständlich. Irgendjemand muss sich schließlich schützend vor dich stellen, wenn der Zorn des Alten auf dich niederfährt.« Er lächelte Franzi aufmunternd zu. Sie konnte sich glücklich schätzen, in dem wortkargen Joost einen Freund gefunden zu haben. Spontan umarmte sie ihn und drückte ihm einen Kuss auf die Wange. »Ich bin so froh, dich kennengelernt zu haben.«

Er strahlte. »Mir geht's genauso«, sagte er schlicht.

Onno Ehmkens Bass war schon am Eingang der Krankenstation zu vernehmen. Er hörte sich, wie sollte es anders sein, ziemlich wütend an. Während Franzi und Joost noch unschlüssig auf dem Korridor standen, stürmte eine derangiert wirkende Krankenschwester aus seinem Zimmer und knallte die Tür krachend hinter sich zu. Schwer atmend blieb sie stehen, während drinnen der Alte tobte.

»Um Himmels willen, was ist geschehen?«, fragte Franzi bestürzt.

»Ich werde eine Gefahrenzulage beantragen«, schnaufte die Krankenschwester, die eigentlich wirkte, als könne sie so schnell nichts aus der Ruhe bringen. Sie atmete noch einmal tief durch und erlangte ihre Fassung wieder. Triumphierend hielt sie eine blutgefüllte Spritze hoch. »Genutzt hat ihm das Gezeter aber nicht«, sagte sie mit Genugtuung in der Stimme, »ich habe ihm trotzdem Blut abgezapft. Ha!«

Franzi und Joost sahen sich an. Das konnte ja heiter werden.

»Und was wollen Sie hier?«, fragte die Schwester.

Franzi wies auf zwei prall gefüllte Jutetaschen. Vor dem Krankenhausbesuch hatte sie mit Joost noch einen Großeinkauf im Auricher Kaufhaus gemacht. »Pyjama, Unterwäsche, Socken, Morgenmantel, ein Buch«, erklärte sie, »er wird's vielleicht brauchen.«

»Mit Sicherheit. Er hasst das Krankenhaushemd. Sieht ja auch albern aus«, fügte sie hämisch hinzu. Sie wandte sich zum Gehen.

»Na, dann wagen Sie sich mal in die Höhle des Löwen. Vielleicht können Sie ihn besänftigen.« Die Spritze mit Ehmkens Blut wie eine Trophäe vor sich haltend, stiefelte sie den Gang hinunter.

»Auweia. Jetzt bin ich doppelt froh, dass du da bist«, murmelte Franzi, drückte die Tür auf und trat in Ehmkens Zimmer, dicht gefolgt von Joost, der ihr beschützend die Hand auf die Schulter legte.

Onno Ehmken starrte ihnen aus seinem Krankenbett entgegen. Seine weißen Haare standen zu allen Seiten ab und gaben ihm das Aussehen eines nordischen Gottes. Eines ausgesprochen mies gelaunten nordischen Gottes. Joost schien dasselbe zu denken.

»Wenn er könnte, würde er mit den Augen Blitze schleudern«, flüsterte er. Seine Bemerkung löste den Bann. Franzi musste grinsen. Pirat, Rachegott, was auch immer, der Mann war ein Original.

»Was gibt's da zu lachen?«, knurrte Ehmken. »Was wollen Sie überhaupt hier?«

»Wir bringen Ihnen Kleidung und etwas zu lesen.« Franzi stellte die Taschen auf einem kleinen Tisch am Fenster ab, zog einen Stuhl neben Ehmkens Bett und setzte sich. »Wie geht es Ihnen?«

»Was glauben Sie wohl? Es wird Wochen dauern, bis ich wieder gehen, geschweige denn den Hof am Laufen halten kann. Und wer hat Schuld?« Seine Augen bohrten sich in ihre. Sie hielt seinem Blick stand und zwang sich, nicht zu zwinkern. Den Gefallen, die Schuld auf sich zu nehmen, würde sie ihm nicht tun.

»Sie hätten in aller Ruhe mit mir sprechen können«, sagte sie schließlich, »aber nein, Sie mussten ja sofort in die Luft gehen.«

»Pah!«

»Und wo soll, bitte schön, meine Schuld liegen, wenn Sie über Ihre eigene Unordnung stolpern?«

Joost, der neben der Tür stehen geblieben war, stieß einen seltsamen Laut aus, irgendetwas zwischen Lachen und Niesen. Ehmken bedachte ihn mit einem abfälligen Blick. »Ihre Leibgarde?«

»Allerdings. Ich hielt es für angebracht, mich zu schützen. Außerdem hat Herr Coordes gerade mit mir Ihren Eselstall ausgemistet und die Hühner gefüttert.«

Ehmken explodierte regelrecht. »Wie bitte? Sie wagen sich auf meinen Hof?« Er wollte aufspringen, aber der Schmerz in seinem Fuß ließ ihn ächzend zurück ins Bett krachen. »Unterstehen Sie sich!«

»Ach ja? Wollen Sie, dass Ihre Tiere verhungern?«

»Natürlich nicht!«

»Dann nennen Sie mir jemanden, der die Arbeit machen kann.«

Ehmken schloss die Augen. Sein Gesicht spiegelte Schmerz wider, und eine Traurigkeit, die Franzi verunsicherte.

»Sie haben niemanden«, flüsterte sie. Es war eine Feststellung, keine Frage. Er reagierte nicht, aber sie fasste sein Schweigen als Bestätigung auf. Kurz war sie versucht, ihre Hand tröstend auf seine zu legen, traute sich dann aber doch nicht. Es erschien ihr unangemessen. »Dann bleibt es dabei. Herr Coordes und ich werden uns weiterhin um den Hof kümmern. Ihr Haus betreten wir selbstverständlich nicht, es sei denn, Sie benötigen etwas und bitten uns, es zu holen. Ihren Schlüssel lege ich auf den Nachttisch, dazu meine Telefonnummer.« Sie zögerte. »Wenn Sie möchten, komme ich Sie auch weiterhin besuchen.«

Da er die Augen geschlossen hielt und schwieg, erhob sie sich und ging zur Tür.

»Und Sabine?« Seine Stimme klang kratzig.

»Die wohnt vorübergehend bei mir.« Franzi drehte sich um. Ehmken hatte sich aufgestützt. Seine Wut war Resignation gewichen. Er räusperte sich. »Danke«, sagte er dann.

»Das mache ich gern, ob Sie es glauben oder nicht. Bis morgen. Ich bringe ein Spiel mit, um Ihnen die Zeit zu vertreiben.«

»So weit kommt's noch!«, brüllte er.

Geht doch, dachte Franzi vergnügt, als sie die Tür hinter sich zuzog. Von null auf hundert in unter einer Sekunde. Er war definitiv auf dem Weg der Besserung.

Renate und Edda warteten schon vor der *Wunderkiste,* als Franzi aus Aurich zurückkehrte. Sie hatte Ehmken in den letzten drei Tagen jeden Morgen besucht in der Hoffnung, er würde ein wenig zugänglicher werden, aber leider blieb er feindselig. Sie würde ihn und seine Tiere trotzdem weiterhin versorgen. So schnell ließ sie sich nicht abwimmeln.

»Wie hältst du diesen undankbaren Griesgram nur aus?«, fragte Edda, nachdem Franzi den beiden den Grund für ihre Verspätung erklärt hatte. »Ich würde ihn in seinem Krankenhausbett verschimmeln lassen.«

»Das glaube ich dir nicht. Dafür hast du ein viel zu weiches Herz.«

»Wenn du wüsstest, wie grausam ich sein kann«, konterte Edda, während sie den Inhalt der mitgebrachten Taschen auf den Schneidertisch stapelte. Alte T-Shirts, Pullover, Hosen und weitere abgelegte Kleidungsstücke kamen zum Vorschein.

»Super, ihr habt ja richtig ausgemistet.«

»Alles frisch gewaschen, wie du befohlen hast.«

»Ich habe überhaupt nichts befohlen. Es war eine Bitte.«

»Meinetwegen. Und was tun wir nun damit?«

»Upcycling. Aus Alt mach Neu. Ich habe schon ein paar Ideen für Sachen, die ich später im Laden verkaufen kann.«

Sie machten sich mit Feuereifer ans Werk. Nach einigem Ausprobieren entschieden sie sich, die ausgedienten T-Shirts in einfache Sommerloops und etwas aufwändigere Schalkragen zu verwandeln. Franzi zog sich ein besonders gut gelungenes blauweiß gestreiftes Exemplar mit roten Kanten über den Kopf. Der Schalkragen, eine einfache Röhre, verbreiterte sich nach unten und hatte vorn eine Spitze, um auch den Bereich unterhalb des Halses gegen den Wind zu schützen. Der vielfach gewaschene T-Shirt-Stoff war sehr weich und schmiegte sich angenehm an die Haut.

»Das sieht gut aus«, stellte Renate fest, »bestimmt gefällt das auch den Sommergästen, besonders für den Strandspaziergang bei steifer Briese. Ich weiß allerdings nicht, ob die Leute Sachen aus gebrauchten Klamotten kaufen wollen.«

»Das habe ich mich auch schon gefragt und bin zu dem Schluss gelangt, Schals sowohl aus neuen als auch aus recycelten Stoffen herzustellen, die ich günstiger und mit einer Art Öko-Siegel anbieten will. Dann werden wir ja sehen, was besser läuft.« Sie betrachtete sich im Spiegel. »Was meint ihr, sollen wir noch ein Motiv applizieren? Einen Fisch oder Anker oder so?«

»Gute Idee. Das rechtfertigt auch einen höheren Preis.« Edda zeichnete einen Fisch und übertrug ihn auf einen Stofffetzen. Das Ganze erwies sich leider als zu schwierig, aber Franzi hatte die Idee, Schablonen zu schneiden und dann den Stoff mit spezieller Farbe zu besprühen. Gleich am nächsten Tag wollte sie die Stofffarbe in Aurich besorgen, bevor sie Ehmken abholte und zu seinem Hof brachte. Es wäre zwar besser, ihn noch ein paar Tage im Krankenhaus zu lassen, aber die patente Ärztin, die ihn schon am Unfalltag untersucht hatte, wollte keine Meuterei des Pflegepersonals riskieren. Ehmken hatte die ganze Station an den Rand der Verzweiflung gebracht. Als Franzi ihr dann auch noch mitteilte, dass sie Physiotherapeutin sei, war die Ärztin vollends erleichtert.

»Hoffentlich wird der nie richtig krank«, hatte sie seufzend bemerkt, »das überstehe ich nervlich nicht.«

Am späten Nachmittag hatten Franzi, Renate und Edda sämtliche T-Shirts und ein paar dünne Pullover in Loops und Kragen verwandelt. Zufrieden betrachteten sie den stattlichen Haufen.

»So langsam nimmt die Sache Fahrt auf«, bemerkte Renate. »Wann willst du eröffnen?«

»In drei Wochen, am 25. Mai. Das ist ein Freitag. Es wird aber nur ein Soft Opening, ohne großes Tamtam. Die offizielle Eröffnungsfeier soll erst Mitte oder Ende Juli steigen. Vorher schaffe ich es nicht.«

»Gut, dann haben wir ja noch Vorbereitungszeit. Sind Rieke und die Jungs bis dahin mit dem Ladenausbau fertig?«

»Sie sind guter Dinge. Rieke und Tomasz arbeiten momentan zwar auf der anderen Baustelle, aber Marek ist meistens hier. Ich helfe ihm, wo ich kann. Er hat es sich in den Kopf gesetzt, die Fassade zu streichen, zumindest vorn. Er meint, dass wir kein Gerüst brauchen, eine Leiter reiche.«

»Fallt bloß nicht runter.« Renate streckte sich. »Diese Näherei geht ganz schön auf den Rücken.«

»Ich komme morgen vorbei und massiere dich. Heute Abend bin ich schon anders verplant.«

»Ist das ein Rauswurf? Erwartest du etwa Herrenbesuch?«

»Ja und ja«, antwortete Franzi lachend, »aber nicht, wie ihr denkt, es ist nur Joost. Wir müssen die Esel füttern, danach machen wir meinen Businessplan fertig. Am Mittwoch habe ich einen Betteltermin bei der Bank.«

»*Nur* Joost?«

»Du brauchst mir gar nicht so konspirativ zuzuzwinkern, Edda. Wir sind Freunde, nicht mehr und nicht weniger.«

»Nur Freunde, aha«, brummte Edda. Sie wollte noch mehr sagen, wurde aber von Sabine, die den ganzen Nachmittag unter dem Schneidertisch geschlafen hatte und jetzt kläffend nach unten fegte, unterbrochen. Franzi sah auf die Uhr. Punkt sechs. Auf Joost war wirklich Verlass.

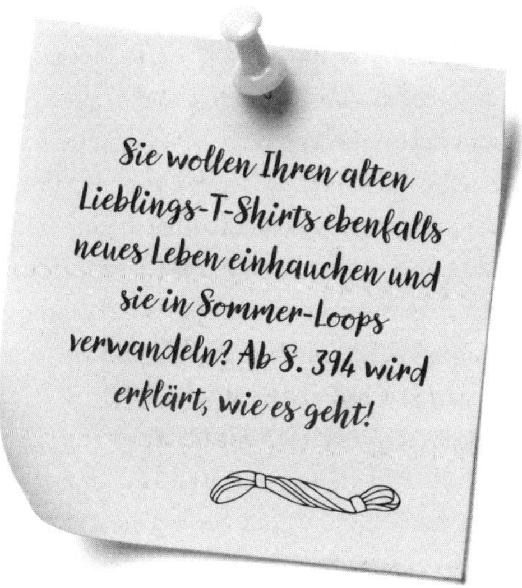

Kapitel 8

Ja, sind die denn verrückt geworden?« Fassungslos zeigte Franzi auf Onno Ehmken, der in einem für ihn viel zu kleinen Rollstuhl sitzend vor dem Krankenhaus auf sie wartete. Er trug den scheußlichen neuen Bademantel, dem Franzi im Kaufhaus nicht hatte widerstehen können. Die braun-orange-grün karierte Geschmacksentgleisung war ihre Rache für sein ewiges Genörgel. Ein bisschen schämte sie sich, als sie ihn nun so verloren vor dem Eingang sitzen sah, aber wirklich nur ein klitzekleines bisschen.

»Ich schätze, du hast den Nagel auf den Kopf getroffen«, knurrte Joost, während er den Baumarkt-Lieferwagen rückwärts auf einen freien Parkplatz rangierte, »er hat alle in den Wahnsinn getrieben. Sie haben die Nase voll gehabt und ihn rausgeschmissen.«

»Die können doch nicht einen kranken alten Mann aus dem Krankenhaus werfen.«

»Offensichtlich doch. Ich staune sowieso, dass das Personal nicht geschlossen in Streik getreten ist.«

»So schlimm ist er nun auch wieder nicht.«

»Was hat man dir denn in den Tee gekippt, Franzi? Er ist noch schlimmer!«

Die beiden verließen den Wagen und gingen zu Ehmken hinüber. Sofort umwölkte sich seine Miene. Gerade wollte er zu einer

Schimpftirade ansetzen, als schräg über dem Eingangsbereich im zweiten Stock ein Fenster aufgerissen wurde. Der Kopf der Krankenschwester, die ihm vor einigen Tagen unter Einsatz ihres Lebens Blut abgenommen hatte, erschien.

»Sie haben noch was vergessen, Sie Ekel!«, keifte sie, wuchtete eine prall gefüllte Plastiktüte aufs Fensterbrett und warf sie umstandslos hinaus. Die Tüte klatschte in die Blumenrabatten, Glas zersprang klirrend, die Tüte zerplatzte. Mit Orangensaft getränkte Onno-Ehmken-Unterwäsche verteilte sich übers akkurat geharkte Beet.

Ehmken kratzte sich am Hinterkopf und begutachtete verblüfft die Bescherung. »Hm. Ich habe wohl etwas übertrieben.«

Täuschte sich Franzi, oder blitzte da etwas wie Humor auf? Sie konnte sich das Lachen nur schwer verbeißen, als sie seine Sachen mit spitzen Fingern zusammenklaubte. Ehmken war schon eine Marke.

Nachdem sie die Glasscherben im Mülleimer entsorgt hatte, legte sie ihm die triefenden Sachen auf den Schoß. Er zuckte nicht mit der Wimper, offensichtlich war die Botschaft der Krankenschwester angekommen. Ohne zu protestieren, ließ er sich von Joost zum Lieferwagen rollen und auf den Vordersitz verladen. Sein geschientes Bein knallte dabei gegen die Wagentür, aber er gab keinen Ton von sich. Echte Kerle kennen eben keinen Schmerz, dachte Franzi.

In brütendem Schweigen fuhren sie zu Ehmkens Hof. Er blieb auch weiterhin zahm, wahrscheinlich war ihm aufgegangen, dass er, bis in zwei Wochen die Schiene abgenommen wurde, ohne Hilfe nur schwer zurechtkommen würde. Joost half ihm ins Haus, bevor er zu den bereits erwartungsvoll kreischenden Eseln hinüberschlenderte. Franzi trug die Gehhilfen und die eingekauften Lebensmittel hinein. Neugierig sah sie sich um. Sie hatte Ehmkens

Haus bisher nicht betreten und war davon ausgegangen, dass der grantige alte Kerl in düsteren, staubigen und unordentlichen Zimmern hauste, wurde aber eines Besseren belehrt. In den behaglichen, weiß gestrichenen Räumen bildeten liebevoll aufgearbeitete Bauernmöbel mit exotisch anmutenden Bildern, Schnitzereien, Figuren und prachtvoll gewebten Wandbehängen aus den unterschiedlichsten Weltecken eine interessante und erstaunlich stilvolle Allianz. Franzi erinnerte sich an Jans Bericht; Ehmken war lange zur See gefahren, dies waren seine Souvenirs. In der hellen, modern ausgestatteten Küche wartete die größte Überraschung. Als Franzi, natürlich unter den argwöhnischen Blicken des Hausherrn, die Einkäufe einsortierte und die abgelaufenen Lebensmittel aus dem Kühlschrank fischte, entdeckte sie viele der asiatischen Gewürze und Pasten, die sich, seit sie Tante Gerlindes Rezepte nachkochte, auch in ihrer eigenen Küche stapelten. Sie hielt eine Großpackung getrocknete Chilis in die Höhe.

»Damit kann man eine durchschnittliche deutsche Kleinstadt mundtot machen«, bemerkte sie, »ich hätte nicht gedacht, dass Sie scharfes Essen mögen.«

»Das geht Sie überhaupt nichts an.«

»Schon gut, schon gut. Ich wollte damit nur sagen, dass ich Ihnen gern etwas Asiatisches kochen kann. Meine Tante Gerlinde hat mir tolle Rezepte hinterlassen.«

»Machen Sie doch, was Sie wollen.« Abrupt griff er in die Speichen seines Rollstuhls und verzog sich ins Wohnzimmer. Empört sah Franzi ihm nach. Was hatte sie jetzt schon wieder falsch gemacht? Manchmal fragte sie sich doch, warum sie freiwillig die Samariterrolle übernommen hatte. Andererseits würde sie jetzt ganz sicher keinen Rückzieher mehr machen, das käme einer Niederlage gleich.

Während sie die restlichen Einkäufe verstaute, beruhigte sie sich langsam wieder. Unbewusst hatte Ehmken ihr einen Freibrief gegeben; ab jetzt würde sie machen, was sie für richtig hielt, ohne ihn groß zu fragen. Einigermaßen besänftigt ging sie ins Wohnzimmer, wo er gerade versuchte, die Tür zu der an der Hausseite liegenden Terrasse zu öffnen. Sie ging ihm zur Hand, schob ihn hinaus in die Sonne und setzte sich neben ihn auf einen Gartenstuhl.

»Herr Ehmken, habe ich Ihre Aufmerksamkeit?«

»Sehe ich so aus, als könnte ich flüchten?«, fragte er bitter.

»Nein, aber ich werde Ihnen dabei helfen, wieder auf den Damm zu kommen.« Sie hob die Hände, als er zu sprechen ansetzte. »Keine Widerrede, ich habe meine Entscheidung getroffen.«

Ohne ihn zu Wort kommen zu lassen, legte Franzi ihren Plan für die nächsten Wochen dar. Erstens würde ab dem heutigen Abend zweimal täglich eine von der Krankenkasse bezahlte Pflegekraft vorbeischauen, um ihm bei den täglichen Verrichtungen behilflich zu sein. Punkt zwei betraf die Tiere, hier war bereits alles mit Marek, Thomasz und Joost geklärt. Drittens würde sie, Franzi, sich um Einkauf und Kochen kümmern, notfalls auch um die Unterhaltung, falls Ehmken sich dazu herabließe, sich wie ein zivilisierter Mensch zu benehmen.

»Das Vierte und Letzte wird Ihnen gar nicht gefallen, aber es lässt sich nicht ändern: Sie brauchen Physiotherapie, möglichst ab sofort. Ich habe bereits mit Ihrer Ärztin gesprochen, und sie ist einverstanden: Das übernehme ich; es ist mein Beruf, und ich bin gut darin. Morgen fangen wir an. Noch Fragen?«

Ehmken war völlig überrumpelt. »Habe ich eine Wahl?«, fragte er nach kurzem Schweigen.

»Nein.«

Er seufzte. »Und was ist mit Sabine?«

»Sabine geht es gut. Wenn Sie es möchten, bringe ich sie nachher mit, und sie bleibt bei Ihnen. Mir wäre allerdings nicht wohl dabei. Sabine ist schwer genug, um Sie im Überschwang umzuschubsen, wenn Sie auf Ihren Gehhilfen unterwegs sind.« Sie erhob sich. »Das ist das Stichwort: Das Laufen an Krücken üben wir jetzt gleich mal, Joost braucht bestimmt noch eine Weile im Stall.«

In diesem Moment schlich eine bunt gefleckte Katze um die Hausecke. Als sie Ehmken bemerkte, trabte sie stracks auf ihn zu, sprang auf seinen Schoß und rollte sich zusammen. Ehmken kraulte sie zwischen den Ohren.

»Die sieht aus wie mein Kater Bob«, bemerkte Franzi überrascht, »vielleicht ist er ja mit Ihrer Katze verwandt.«

»Bestimmt nicht«, knurrte er. »Außerdem ist das nicht meine Katze.«

»Ach nein? Das sieht die Mieze aber anders.« Kopfschüttelnd ging Franzi ins Haus und holte die Gehhilfen für die erste Übungsstunde. Der alte Pirat musste schließlich selbstständig aufs Klo kommen, es war eine Frage der Würde. Apropos Würde: Einen neuen Bademantel brauchte er auch, das Ding war einfach zu scheußlich.

Eine halbe Stunde später stieß Joost wieder zu ihnen. Ehmken stellte sich mit seinen Krücken geschickt an; dabei half es, dass er ausgesprochen kräftige Arme hatte. Franzi und Joost verabschiedeten sich fürs Erste und fuhren zurück nach Westersum, wo sie sich in der Eisdiele, die vor ein paar Tagen die Saison eingeläutet hatte, jeder einen großen Becher mit einem Extraberg Sahne gönnten. Beide hatten das Gefühl, sich eine Belohnung verdient zu haben.

Joost war inzwischen mit jedem Tag gesprächiger geworden, auch wenn Franzi nach wie vor den größten Teil ihrer Unterhaltung bestritt. Er konnte durchaus witzig sein, wobei sie sich nicht klar war, ob er das selbst überhaupt wusste.

Nach einer vergnüglichen halben Stunde brachte er sie nach Hause. Er hielt in zweiter Reihe vor der Tür, weil er gleich weiterfahren wollte, im Baumarkt würde man ihn garantiert schon vermissen, sagte er. Franzi sprang aus dem Lieferwagen, warf ihm einen Handkuss zu und betrat das Haus, das ihr immer mehr zum Heim wurde, trotz oder gerade wegen des geschäftigen Trubels, den die Umbauarbeiten mit sich brachten, und der vielen Tiere, die die *Wunderkiste* langsam, aber sicher in einen Kleintierzoo verwandelten.

Sie warf einen Blick in den Laden. Marek lag rücklings unter einem Regal und fluchte, auf seinem Bauch saß Bob, der sich offensichtlich eine Verschnaufpause von der Bewachung der Entchen gönnte und dafür auf seinen Lieblingsmenschen achtgab. Lächelnd stieg Franzi in ihre Wohnung hinauf. Alles wendete sich zum Guten, und den ollen Ehmken würde sie auch noch weichklopfen.

Sie hatte gerade die Entenkleckse weggewischt, als ihr Handy klingelte. Sönke!

»Ich bin wieder da!«, rief er anstelle einer Begrüßung.

»Da bin ich aber erleichtert. Ich hatte schon befürchtet, deine hessischen Bauausschussleute hätten dich zu Tode gelangweilt. Du hast dich seit Tagen nicht gemeldet.«

»Du dich aber auch nicht.«

»Stimmt auch wieder. Ich hatte selbst ordentlich zu tun.« Sie berichtete ihm kurz über das Voranschreiten der Renovierung.

»Ich muss mir den Laden unbedingt ansehen. Wie wäre es mit Mittwoch?«

»Das passt leider nicht. Ich habe am Nachmittag einen Termin bei der Bank wegen eines Kredits, und am Abend kommt das

Kleeblatt; wir entwickeln unter Hochdruck neue handgemachte Sachen für den Laden.«

Sie konsultierten beide ihre Kalender und einigten sich schließlich auf den folgenden Montag, was nicht an Sönke lag. Franzi war so verplant wie nie, wie sie zu ihrem eigenen Erstaunen feststellte. Abgesehen von der zeitfressenden Aufgabe, Onno Ehmken zu versorgen, standen weitere Termine mit Wolle- und Stoffvertretern an, der Besuch bei einer Handtöpferin, mit der sie ins Geschäft kommen wollte, die nach wie vor nicht abgeschlossene Suche nach einer Spinnerin und Handfärberin, der Banktermin, Behördengänge – es riss nicht ab. Das war wohl das Los einer Unternehmerin.

Sönke schien Gedanken lesen zu können. »Tja«, sagte er, »sieht so aus, als wärst du im Unternehmerleben angekommen. Macht aber Spaß, oder?«

»Und wie!«

»Dann wünsche ich dir viel Erfolg bei allem, was ansteht. Insbesondere in der Bank. Ich muss jetzt auflegen, der Chef steht in der Tür. Bis Montag dann. Ich freue mich auf dich.«

Nachdem sie das Gespräch beendet hatten, blieb Franzi noch für einen Moment am Küchentisch sitzen. Während sie die Entenküken bei ihrem entzückenden Planschen in der Malerwanne beobachtete, versuchte sie, Ordnung in ihre Gefühle zu bringen. Sie mochte Sönke, sehr gern sogar, aber wirklich vermisst hatte sie ihn in den letzten beiden Wochen nicht. Ihr Leben war im Moment so ausgefüllt, dass selbst ihre Verliebtheit in den Hintergrund gerutscht war. Aber war sie überhaupt verliebt? Bedeutete das nicht, nur noch an den anderen zu denken und die Stunden bis zum nächsten Wiedersehen zu zählen? Aber was empfand sie dann für Sönke? Freundschaft? Sie schüttelte unwillkürlich den Kopf. Nein, ein bisschen mehr war es schon. Und um ehrlich zu sein, hätte sie auch nichts dagegen, wenn noch mehr daraus würde.

Sabine, die schon eine Weile geduldig neben ihr gesessen hatte, legte den Kopf auf ihren Oberschenkel und riss sie aus ihren Gedanken. Franzi stand auf und schnappte sich die Hundeleine.

»Komm, wir gehen Gassi. Und heute Abend fahren wir zu deinem Herrchen.«

Sabine legte den Kopf schief und begann, heftig mit dem Schwanz zu wedeln. Ganz schön unheimlich, dachte Franzi, als ob sie mich verstanden hätte.

⚓

Der Bankmensch, ein gewisser Herr Hegenbart, stützte die Ellbogen auf seinen peinlich aufgeräumten Schreibtisch und legte die Fingerspitzen in Bundeskanzlerin-Manier zusammen. Franzi hatte ihn vom ersten Moment an nicht leiden können, sich aber zu ausgesuchter Höflichkeit gezwungen, schließlich wollte sie etwas von ihm: Geld. Und zwar ziemlich viel, zumindest nach ihren Maßstäben. Die letzte halbe Stunde hatte sie damit verbracht, ihren Businessplan vorzustellen, und versucht, ihm ihre Begeisterung und ihren unbedingten Erfolgswillen zu vermitteln, doch vergeblich. Er hatte einfach nur dagesessen, ab und zu seinen Achtzigerjahre-Schnurrbart glatt gestrichen und sich alles ausdruckslos angehört. Es war zum Verzweifeln.

Jetzt räusperte er sich. »Das ist ja alles gut und schön, Frau, äh, Frau …«

»Wolff.« Er hatte sich nicht mal ihren Namen gemerkt. Franzi schwante nichts Gutes.

»Frau Wolff, ja. Sehr interessant, Ihr Projekt. Sie schaffen das bestimmt auch ohne einen Kredit.«

Peng. Mit einem Satz machte er ihre Hoffnungen zunichte. »Habe ich Sie richtig verstanden? Sie geben mir kein Geld?«, fragte sie scharf.

»Wie ich schon sagte, ich wünsche Ihnen viel Erfolg mit Ihrer Geschäftsidee. Ein Laden wie dieser wird unsere Stadt bereichern.«

»Das wird er bestimmt. Aber nicht, wenn ich keine Waren einkaufen kann.«

»Das täte mir wirklich leid. Trotzdem kann ich Ihnen nach gründlichem Abwägen aller Faktoren nur einen abschlägigen Bescheid geben.«

»Abschlägiger Bescheid?« Franzi vergaß ihren Vorsatz, die Ruhe zu bewahren. Der Mann brachte sie auf die Palme. »Gründliches Abwägen? Wann haben Sie das denn gemacht? Vor einer Minute? Sie haben sich ja nicht einmal Bedenkzeit ausgebeten.«

»Frau Wolff, mäßigen Sie sich. Es ist eben ein zu großes Risiko, einer unerfahrenen Anfängerin, die im Übrigen nicht mal von hier ist und jederzeit auf Nimmerwiedersehen verschwinden kann, dreißigtausend Euro in den Rachen zu schmeißen.«

Franzi blieb die Spucke weg. Was bildete der Typ sich ein?

»Ich will Ihren Vorgesetzten sprechen. Jetzt, hier und sofort.«

»Kein Problem.« Der Mann bedachte sie mit einem überheblichen Lächeln und rührte sich nicht.

»Wird's bald?«

»Ich bin doch schon hier. Wussten Sie etwa nicht, dass ich hier das Sagen habe?«

»Hegenbart?« Renate schüttelte sich. »Den kenne ich. Einer der größten Deppen und Schaumschläger, die ich je ausgebildet habe.«

»*Du* hast ihn ausgebildet?« Franzi, die zwischen Fenster und Schneidertisch hin und her getigert war, um Dampf abzulassen, blieb abrupt stehen. »Ich wusste gar nicht, dass du in einer Bank gearbeitet hast.«

»Du weißt vieles nicht«, murmelte Edda sibyllinisch.

Renate überhörte Eddas Einwand geflissentlich. »Ich habe in der hiesigen Bankfiliale gearbeitet, und wir hatten natürlich Auszubildende. Hegenbart hat die Prüfung mit Ach und Krach geschafft, nicht zuletzt, weil er aus lokalem Bankenadel stammt. Sein Papa war mein Chef, wahrscheinlich hat der ein paar Strippen gezogen. Seit seiner Abdankung leitet das unmoralische Söhnchen die Filiale und gibt den großen Zampano. Kredite gewährt er nur seinen Kumpanen aus dem Tennisklub, genau wie sein sauberer Vater.«

»Das ist nie bewiesen worden«, warf Edda ein.

»Dann frag mal herum.«

»Du musst es ja wissen«, sagte Edda schnippisch.

Franzi verfolgte erstaunt das Geplänkel der beiden alten Freundinnen und fragte sich, was Edda meinte. Gab es Leichen im Keller? »Vielleicht kannst du ja ein gutes Wort für mich einlegen, Renate?«

Edda schnaufte hörbar. »Da hast du den Salat«, grummelte sie.

Renate seufzte. »Das ist keine gute Idee, Franzi. Ich habe mich ziemlich unbeliebt gemacht, als ich vor vielen Jahren ein paar, nun, nennen wir es Ungereimtheiten publik machte. Mir hat's den verfrühten Ruhestand eingebracht, die Sache wurde unter den Teppich gekehrt, und alle machen weiter wie bisher.«

»Was soll ich denn tun? Andere Banken bitten?«

»Wohl eher überfallen«, brummte Renate. »Ich befürchte, du wirst überall abblitzen, Kredite für kleine Selbstständige sind unter Bankern nicht gerade beliebt. Vielleicht solltest du dich an die Tür ketten und so auf die Sauerei aufmerksam machen?«

»Renate!«

»Schon gut, schon gut. Eine Hypothek aufs Haus?« Sie schüttelte den Kopf. »Das Haus ist dein As im Ärmel, du solltest es vorerst nicht belasten. Am besten wären Privatkredite von wohlwollenden Freunden und Familienmitgliedern. Leider habe ich nicht viel zu verleihen, aber ein bisschen wäre es doch. Meine Rente hat wegen des Eklats damals ziemlich gelitten, und ihr Schweigegeld wollte ich nicht haben.«

»Hättest du es bloß genommen«, sagte Edda. »Franzi, wir könnten dir auch aushelfen. Nur ein paar Tausend Euro, aber immerhin. Norberts Einverständnis vorausgesetzt, aber das kriege ich schon hin.«

Franzi stand der Mund offen. »Ihr seid unglaublich, wisst ihr das? Ihr kennt mich doch erst knapp zwei Monate. Ich fühle mich geehrt von eurem Vertrauen, aber ich kann euer Angebot natürlich nicht annehmen.«

»Überleg es dir gut. Und frag mal deine Eltern und Freunde.«

Meine Eltern?, dachte Franzi. Die sind gerade so mit sich selbst beschäftigt, dass sie garantiert nichts übrig haben. Ihre Freunde wollte sie auch nicht behelligen; die meisten wurschtelten sich ebenso durch wie sie, manche mit, manche ohne Kinder. Selbst Tanja konnte sie nicht fragen, denn ihre beste Freundin war bis auf Weiteres aufs Geld ihres Mannes angewiesen, erst recht, wenn es mit dem Nachwuchs klappen sollte. Es half alles nichts, sie musste das allein wuppen. Und das wollte und würde sie auch. Noch hatte sie genug Geld, um Ware für die Saison einzukaufen, nicht so viel, wie sie eigentlich wollte, aber die Regale würden dann eben etwas luftiger bestückt sein. Das sah edel aus. Mulmig war ihr trotzdem, denn sie war zum Erfolg verdammt, eine zweite Chance bekam sie nicht. Wenn der Laden nicht lief, wäre sie im Herbst pleite. Klar, sie hätte dann noch immer das Haus und hoffentlich keine Schulden, aber eben auch keine Einnahmen.

Franzi straffte sich. Wer nichts riskierte, kam auch nicht weiter. Genau das sagte sie auch zu Renate und Edda, die sie erwartungsvoll ansahen.

»Bravo, du hast Mumm. Übers Schwimmen kannst du immer noch nachdenken, wenn dir das Wasser bis zum Hals steht, und bis dahin segeln wir einfach gerade voraus in den Sonnenaufgang. Aufgang, jawohl, nicht Untergang.« Renate erhob sich. »Ich hole mir jetzt ein Glas Wein. Sonst noch wer?«

»Ich.«

»Ich auch. Sag mal, Edda, was machst du da eigentlich?«

Edda hielt ihre Handarbeit, mit der sie sich seit ihrer Ankunft unbeirrt beschäftigt hatte, in die Höhe. »Topflappen.«

»Für den Laden? Ist das nicht ein bisschen altbacken?«

»Nicht meine Topflappen. Das werden ziemlich coole Fische.«

Ratlos drehte Franzi das Stück in den Händen. Sie konnte sich beim besten Willen nicht vorstellen, wie aus dem bisher gehäkelten Stückchen ein Fisch werden sollte, ließ sich aber gern überraschen.

Eine gelungene Überraschung, wie sich später am Abend herausstellte. Edda hatte mit ihrer Häkelnadel tatsächlich einen sehr hübschen Fisch gezaubert, modern, frisch und trotzdem niedlich genug, um potenzielle Käuferinnen zu entzücken. Ein perfektes Urlaubsmitbringsel, Topflappen brauchte schließlich jeder. Edda versprach, in den nächsten Tagen eine Anleitung dafür zu schreiben, damit die Damen aus Eddas und Renates großem Bekanntenkreis, die begeistert die Chance ergreifen wollten, sich mit Heimarbeit die Rente ein wenig aufzubessern, loslegen konnten.

♡

Der Rest der Woche und auch das Wochenende vergingen wie im Flug. Franzi telefonierte mit weiteren Banken in Aurich, Bremen und sogar Nürnberg, leider ohne Erfolgsaussichten auf einen Kredit. Renate sollte recht behalten, kleine Fische wie sie waren äußerst unbeliebt. Also rechnete sie alles ein weiteres Mal durch. Es würde knirschen und krachen auf ihrem Konto, aber irgendwie gehen. Nach reiflicher Überlegung machte sie endlich Nägel mit Köpfen und orderte einen sorgfältig ausgewählten Vorrat an hochwertiger Wolle und Stoffen, dazu Kurzwaren und ein wenig Krimskrams. Sie rief bei der Regionalzeitung an und bestellte eine Anzeige, in der sie die Eröffnung des Ladens und ein paar Eröffnungsangebote für den 25. Mai ankündigte, außerdem entwarf und bestellte sie Flugblätter, die sie in der Bäckerei und bei den anderen ihr wohlgesinnten Ladeninhabern auslegen wollte.

Jeden Tag zur Mittagszeit kochte sie für sich, Ehmken und Marek, dann schnappte sie sich Sabine und fuhr mit ihr und Marek zum ollen Piraten hinaus. Er hatte sich offenbar mit seinem Schicksal abgefunden und aufgehört zu granteln, einmal hatte er sogar ihr Essen gelobt, ein ziemlich scharfes Thaicurry. Bei den Übungen zeigte er sich diszipliniert und verbissen, manchmal musste sie ihn stoppen, damit er sich nicht überanstrengte. Noch konnte der Fuß nicht trainiert werden, das kam später, aber Franzi sorgte dafür, dass Ehmken nicht einrostete. Was für junge Menschen wichtig war, galt erst recht für einen Dreiundachtzigjährigen, mochte er noch so gut in Form sein.

Endlich kam der Montag. Nach einem hektischen Tag machte sie um vier Uhr nachmittags Feierabend und bat auch Marek, die Arbeit für heute liegen zu lassen. Sie wollte sich ein paar Stunden Ruhe gönnen, ohne das Klopfen des Hammers und Kreischen der Stichsäge. Eine Auszeit, die sie bitter nötig hatte, wie sie erst bemerkte, als sie sich mit schmerzendem Rücken im duftenden Badewasser ausstreckte. Interessanterweise fühlte sie sich trotzdem noch immer voller Tatendrang. Die Absagen der Banken hatten ihr Dämpfer versetzt, aber sie hatte sich schnell von ihrer Enttäuschung erholt; offensichtlich konnte sie mit Rückschlägen recht gut umgehen. Langsam, aber sicher verstand sie, warum viele Selbstständige nicht mehr ins Angestelltendasein zurückkehren wollten, trotz der Sorgen und oft schlaflosen Nächte. Es war einfach toll, selbst etwas aufzubauen, die alleinige Verantwortung fürs Gelingen oder Scheitern zu tragen. Sie war in den letzten Tagen gut vorangekommen, und auch die Renovierung war fast abgeschlossen. Noch sah es unten aus, als sei ein Wirbelsturm hindurchgefegt, aber Marek hatte ihr versichert, dass bis Anfang nächster Woche alles aufgeräumt und sauber sei, sodass sie mit vereinten Kräften die Ware einsortieren und alles hübsch herrichten konnten. Franzi freute sich wie eine Schneekönigin auf den großen Tag, auch wenn es nur eine kleine Vorab-Eröffnung war. Den Beleg für ihren ersten Verkauf würde sie sich einrahmen und als Glücksbringer aufhängen. Was es wohl sein würde? Ein Topflappen? Stoff? Seife? Aber eigentlich war völlig klar, welchen Artikel sie als Erstes verkaufen würde: einen Reißverschluss in schnödem Dunkelblau. Was denn sonst?

Als sich schon Schwimmhäute zwischen ihren Fingern bildeten, stemmte sie sich aus der Wanne und zog sich an, dann ging sie in die Küche und begann mit den Vorbereitungen fürs Essen.

Kurz vor acht klingelte es. Ausgelassen hüpfte Franzi die Treppe hinunter. O ja, sie freute sich sehr, Sönke wiederzusehen!

Erwartungsvoll riss sie die Tür auf und fiel ihm beinahe in die Arme. Sönke nutzte die Gelegenheit und drückte sie zur Begrüßung an sich, wobei der Blumenstrauß, den er in der linken Hand hielt, ordentlich Schaden nahm.

»Das ist ja eine stürmische Begrüßung!« Er ließ Franzi los und reichte ihr die Blumen, eine bunte Mischung aus Gerbera, Freesien und Tulpen. Keine Rosen. Franzi ließ sich ihre Enttäuschung nicht anmerken und bat ihn hinein.

»Möchtest du zuerst den Laden besichtigen?«

»Na klar! Ich bin sehr gespannt. Ihr müsst ja wahre Wunder vollbracht haben, nach allem, was du erzählt hast.«

Und das hatten sie. Als Franzi die vom Flur abgehende Tür öffnete und das Licht anknipste – helles, warmes Licht, denn vor einer Woche hatte ein Elektrikermeister fachgerecht neue Kabel verlegt und das Beleuchtungssystem installiert –, wurde ihr bewusst, wie viel sie und die anderen schon geschafft hatten. Sönke zeigte sich gebührend beeindruckt. Mit Kennerblick begutachtete er die Wände, den Fußboden und das neue Fenster und lobte die handwerkliche Qualität der neuen Einrichtung. Franzi nahm das Lob freudestrahlend entgegen. Ja, es hat wirklich alles Hand und Fuß, dachte sie. Marek, Tomasz und Rieke hatten ganze Arbeit geleistet.

Nachdem Sönke alles inspiziert hatte, klopfte er sich den Staub von den Händen. »Hast du Hunger? Ich habe uns ein schönes Restaurant ausgesucht.«

»Dahin können wir ein anderes Mal gehen. Heute habe ich die Wahl. Du bist eingeladen.«

»Bestehst du darauf?«

»Unbedingt.«

»Dann will ich dich nicht davon abhalten. Wohin fahren wir denn?«, fragte er mit seinem 1000-Watt-Lächeln. Franzi bekam weiche Knie. Sie räusperte sich. »Nirgendwohin. Wir bleiben hier.«

»Du hast gekocht?« Irritiert zog er die Brauen hoch.

Franzi nickte. Sein mangelnder Enthusiasmus versetzte ihr einen Stich. War ein romantisches Abendessen in ihrem Heim vielleicht doch keine gute Idee gewesen? Zum Glück hatte sie die Kerzen noch nicht angezündet.

»Traust du meinen Kochkünsten nicht?«, fragte sie kleinlaut.

Sönke starrte sie verständnislos an, dann ging ihm ein Licht auf. »Oh, ich bin so ein Trottel! Natürlich traue ich deinen Kochkünsten, und ich freue mich sehr über deine Einladung.«

»Es wirkte nicht so.«

»Ich war überrascht, sonst nichts.« Er wies auf sein Jackett. »Wahrscheinlich, weil ich fest davon ausgegangen bin, dass wir schick ausgehen.« Er strich ihr leicht über die Haare. »Dummchen«, murmelte er, »natürlich freue ich mich.«

Franzi fiel ein Stein vom Herzen. Erst jetzt bemerkte sie, wie smart er gekleidet war, passend für ein nobles Restaurant. Und da war noch etwas. »Wieso bist du eigentlich so braun?«

»Bin ich das?«

»Allerdings. Du siehst aus, als wärst du gerade aus dem Urlaub gekommen, nicht von einer Geschäftsreise.«

Er grinste. »Solarium. Irgendwie muss man die Zeit ja totschlagen, und Abend für Abend mit den Kleinstadtpotentaten im Gasthof zu hocken ist keine Option. Das Wetter im Hessischen war ziemlich bescheiden, also habe ich meine Freizeit im Fitnessklub verbracht. Dabei hab ich's mit der Sonnenbank wohl etwas übertrieben.«

»Allerdings. Du erinnerst an einen Achtzigerjahre-Popstar.«

»Einen was?« In gespielter Empörung stemmte er die Hände in die Hüften. »Das lasse ich mir nicht bieten.« Er griff nach ihr, aber sie entzog sich ihm lachend, lief aus dem Laden und zur Treppe, Sönke dicht hinter ihr.

»Ich kriege dich!«, rief er, dann verstummte er.

Auf dem oberen Treppenabsatz stand Sabine und gab ein durch Mark und Bein dringendes Grollen von sich.

Franzi schaufelte das Essen in Tupperdosen, um es am nächsten Tag mit zu Ehmken zu nehmen. Ihre Stimmung war im Keller. Sie hatte sich solche Mühe gegeben, und dann das! Sabine kam mit eingekniffenem Schwanz in die Küche, verzog sich angesichts Franzis mieser Laune aber sofort wieder.

»Genau, schäm dich«, zischte Franzi, »du hast Schuld an dem verdorbenen Abend, nur du!« Sie klatschte eine weitere Kelle indisches Madrascurry in den Plastikbehälter. Was war bloß in Sabine gefahren? Sönke hatte es nur knapp geschafft, sich in Sicherheit zu bringen, bevor die Hündin die Treppe hinuntergejagt kam und vor der geschlossenen Haustür einen Affentanz aufgeführt hatte. Franzi hatte ihre liebe Mühe gehabt, sie zu bändigen und wieder nach oben zu bugsieren, wo sie das tobende Tier umgehend ins Schlafzimmer gesperrt hatte. Sönke hatte sich nach einiger Überzeugungsarbeit wieder ins Haus und in die Wohnung getraut, aber es wurde schnell klar, dass das Festmahl in den eigenen vier Wänden nicht stattfinden konnte. Die gute Nase der Hündin verriet ihr die Nähe des verhassten Mannes. In blinder Raserei warf sie sich mit solcher Wucht gegen die Schlafzimmertür, dass es nur eine Frage der Zeit schien, bis die Tür nachgab. Selbst wenn sie hielt, stand es völlig außer Frage, dass Sönke blieb, und so hatten sie schließlich gemeinsam die Flucht ergriffen. Das von Sönke gewählte Restaurant war gediegen und hätte an jedem anderen Abend einen passenden Rahmen für ein romantisches Abendessen abgegeben, aber das Theater mit der Hündin hatte beiden gründlich die Petersilie verhagelt. Sie überlegten hin und her, was Sabine so aufgebracht haben könnte, aber sie kamen nicht dahinter. Er habe das Tier vorher nur ein einziges Mal gesehen, sagte Sönke, vor ein paar Wochen, als Franzi die Esel entdeckt hatte.

Dann müsse es wohl an seinem Aftershave liegen, Sabine stünde offenbar nicht auf *Hermès*, hatte Franzi gesagt, in einem lahmen Versuch, einen Witz zu machen, und er hatte pflichtschuldig gelacht. Kurz nachdem sie lustlos ihr eigentlich hervorragendes Essen beendet hatten, waren sie aufgebrochen. Sönke hatte sich noch nach dem Eröffnungstag erkundigt und ihr versichert, dass er natürlich kommen würde, das könne er sich doch nicht entgehen lassen. Dann war er abgebraust.

Sie hatte sich so auf diesen Abend gefreut! Frustriert räumte Franzi die Plastikbehälter in den Kühlschrank. Dabei rutschte ihr einer aus der Hand, der Deckel ging auf, und das Curry ergoss sich auf den Fußboden. Mit hängenden Schultern betrachtete sie die Bescherung, dann knallte sie die Kühlschranktür zu. Genug war genug. Sie wollte nur noch ins Bett und sich die Decke über den Kopf ziehen. Die Sauerei konnte sie auch morgen noch wegputzen.

Ehmken beäugte die lieblos zusammengehauenen Stullen, die Franzi ihm vorsetzte. »Kein warmes Essen heute?«

»Nein!«

»Schon gut, schon gut, ich frage ja nur. Habe ich Sie erzürnt?«

»Ausnahmsweise nicht«, antwortete Franzi resigniert. Sie fühlte sich, als hätte man ihr die Luft abgelassen. »Sie können sich bei Sabine bedanken. Das für Sie bestimmte Curry befindet sich nämlich in Ihrer Hündin. Zu allem Überfluss hat sie auch noch Bauchkrämpfe, wegen des Chilis.«

»Darf sie deshalb heute nicht ins Haus?«

»Allerdings.«

»Geschieht ihr recht.«

Franzi setzte sich neben ihn und nahm sich ein Käsebrot, Ehmken wählte Wurst. Schweigend kauten sie ihre Stullen, bis Franzi das Brot auf den Teller pfefferte und in Tränen ausbrach. Verzweifelt begrub sie ihr Gesicht in den Händen. Nach einer Weile spürte sie, wie Ehmken unbeholfen ihren Rücken tätschelte.

»Na, na«, brummte er, »es war doch nur ein Curry. Brot macht auch satt.«

Franzi schluchzte auf. Sie konnte gar nicht mehr aufhören zu weinen.

»Es geht nicht nur um das Mittagessen, stimmt's?«

»Ndülichnich«, schniefte sie.

»Natürlich nicht«, übersetzte Ehmken ihr Gestammel. »Ein Mann?«

Franzi riss sich zusammen. Ausgerechnet der alte Pirat wurde Zeuge ihrer Schwäche. Er zog sofort seine Hand fort, als sie sich aufrichtete und geräuschvoll die Nase hochzog. »Das geht Sie gar nichts an!«

»Den Text haben Sie von mir geklaut«, konterte er und versuchte sich an einem Lächeln. Es geriet ein wenig schief, aber immerhin. Unwillkürlich lächelte Franzi zurück. »Sabine hat ihn vergrault.«

»Oh. Die Liste ihrer Missetaten wird länger. Vielleicht hatte er es ja verdient?«

Franzi machte eine unbestimmte Handbewegung. »Vielleicht.

Aber das ändert nichts an der Tatsache, dass ich ihn mag und er nicht ins Haus kann, solange sie bei mir ist.«

»Dann lassen Sie Sabine hier.«

Franzi schüttelte den Kopf. »Erst wenn Sie wieder sicher auf den Füßen stehen.«

»Ich schulde Ihnen etwas. Aber wenn der Mann was taugt, wird er die paar Wochen problemlos überstehen. Kenne ich ihn?«

»Nein, jedenfalls nicht persönlich. Allerdings haben Sie ihn vor nicht allzu langer Zeit mit Ihrem Gewehr bedroht. Erinnern Sie sich an unser erstes Zusammentreffen?«

»Der Schnösel! Und ob ich mich erinnere.«

»Er ist kein Schnösel. Im Gegenteil, er ist sehr nett.«

Ehmken musterte sie. Franzi fühlte sich unter seinem forschenden Blick wie ein Labortier.

»Sie müssen es ja wissen«, sagte er schließlich, dann stemmte er sich hoch, schnappte sich die Gehhilfen und humpelte zur Haustür. »Folgen Sie mir.«

Franzi kam verwundert seiner Aufforderung nach. Was hatte er jetzt wieder vor? Sabine, die neben der Tür gelegen hatte, erhob sich und begrüßte sie matt, ließ sich jedoch gleich wieder fallen und gab sich ihrem Elend hin.

Ehmken schüttelte den Kopf. »Das wird ihr eine Lehre sein. Oder auch nicht«, fügte er hinzu. »Hunde sind eng mit Staubsaugern verwandt. Dieselbe DNS.«

»Sie können ja richtig witzig sein. Was mich darauf bringt: Warum eigentlich Sabine? Das ist ein ziemlich drolliger Name für einen Hund dieser Bauart.«

»Das geht Sie gar nichts an.«

»Schon gut«, sagte Franzi eilig, als sie seine sich schlagartig umwölkende Miene bemerkte, »wir sind quitt. Ich frage Sie nicht mehr, und Sie sehen davon ab, meinen Schnösel zu erschießen.«

»Ungern«, grummelte er, »aber abgemacht.« In erstaunlichem Tempo humpelte er auf eines der Nebengebäude zu. Vor einer alten Holztür, deren unzählige Farbschichten sich zu einem psychedelischen Gesamtkunstwerk fügten, drückte er Franzi einen Schlüssel in die Hand.

»Nehmen Sie sich, so viel Sie brauchen. Den Schlüssel können Sie behalten«, sagte er und ließ sie einfach stehen.

In dem Raum befanden sich mehrere große Säcke mit unbehandelter Wolle – genau die Wolle, die sie ihm hatte abkaufen wollen, als er vor knapp zwei Wochen über seine Harke gestolpert war. Franzi zupfte ein wenig davon heraus und betrachtete sie. Die Probe fühlte sich rau an und war ziemlich verschmutzt, aber das war normal. Jetzt musste sie nur noch jemanden finden, der etwas daraus machen konnte. Ein Problem, für das Ehmken eine Lösung parat hatte, als sie zurück ins Haus kam. Unaufgefordert gab er ihr einen Zettel mit einer handschriftlich notierten Adresse. »Fahren Sie gleich hin, das Dorf ist nicht weit von hier. Frau Schulze erwartet Sie.«

Franzi steckte den Zettel ein. »Aus Ihnen soll einer schlau werden.«

»Soll ja gar keiner. Und nun machen Sie, dass Sie wegkommen.«

»Was haben Sie denn mit dem alten Knatterkopp angestellt? Der ist ja beinahe handzahm.«

»Aber nur beinahe«, sagte Franzi und löffelte etwas Sahne in ihre Tasse.

Frau Schulze nickte beifällig. »So ist es richtig. Sie haben sich schon gut akklimatisiert, wie ich sehe.«

Franzi nickte nur. Wenn sie dazugehören wollte, war der Tee unvermeidlich. Irgendwann würde sie sich bestimmt daran gewöhnen. Tatsächlich schmeckte er jedes Mal besser, es bestand also Hoffnung, dass sie doch noch zur Ehrenostfriesin ernannt wurde. Irgendwie passte er auch zu Frau Schulzes gemütlicher Wohnküche; Kaffee oder gar grüner Tee wären hier fehl am Platz gewesen. Kuchen gab es natürlich auch, Butterkuchen. Der sei ein Muss zum Tee, erklärte Frau Schulze und setzte sich zu ihr auf die Küchenbank. Sie war eine robuste Frau Mitte vierzig, laut eigener Aussage gelangweilte Hausfrau mit erwachsenen Kindern, einem gut verdienenden Mann und viel Zeit, ihrer Leidenschaft zu frönen, dem Spinnen und Färben von Wolle.

»Zum Glück hat mein Hermann kein Problem mit meinem Spleen«, sagte sie, »das Haus ist zwar riesig, aber so langsam okkupieren meine Sachen jedes Zimmer. Die Kinder beschweren sich bei ihren seltenen Besuchen, dass sie ihre Zimmer mit getrockneten Blumen, Blättern, Rinden, Wollballen und noch mehr seltsamem Zeugs teilen müssen. Damit wären wir beim Thema: Ehmken sagte mir, dass Sie eine Wollspezialistin suchen. Warum?«

Franzi brauchte nicht lange, um ihr Anliegen zu erklären. Frau Schulze hörte interessiert zu und zeigte sich zunehmend begeistert. Zwar brauche sie mit ihrem Hobby kein Geld zu verdienen, doch sei es eine tolle Perspektive und, wenn sich wirklich andere Leute für ihr Handwerk interessierten, eine wunderbare Bestätigung. Franzi hielt nicht mit ihrer angespannten finanziellen Lage hinterm Berg, aber Frau Schulze wischte ihre Bedenken beiseite. Sie würde ihr ein erstes Kontingent handgesponnener und -gefärbter Wolle in Kommission zur Verfügung stellen, das sei gar kein Problem.

»Einen Versuch ist es allemal wert, zumal ich genügend Vorräte habe, um die ganze Region zu bestricken. Willst du, ich meine, wollen Sie, ach Quatsch: Ich bin Jorine.«

»Ich heiße Franzi.«

Jorine streckte ihr die Hand entgegen. »Abgemacht. Ich bringe dir gleich nächste Woche einen ganzen Sack vorbei.«

»Das ist fantastisch. Morgen muss ich mich unbedingt bei Ehmken bedanken, ohne ihn hätte ich dich nie gefunden. Woher kennst du ihn eigentlich?«

»Mein Mann ist sein Anwalt. Da gibt es immer viel zu tun.«

»Er soll mit dem halben Landkreis über Kreuz sein. Stimmt das?«

»Ich würde eher sagen, mit drei Vierteln. Er ist ein echter Querulant, aber ich mag ihn. Zum Leidwesen meines Mannes gewinnt er seine Fälle eher selten, aber Ehmken gibt nicht auf, und Hermann glücklicherweise auch nicht. Man denke nur an das Insektensterben. Wir machen uns die Welt doch kaputt mit all den Pestiziden, da ist es nur gut, den Umweltsündern immer wieder in die Parade zu fahren. Ich sehe unsere Bauern schon auf den Leitern stehen und ihre Obstbäume eigenhändig bestäuben. Ha!«

»Du musst unbedingt Renate, Edda und Norbert kennenlernen. Die reden ständig davon.«

»Renate? Etwa *die* Renate Harlinger? Und das Ehepaar Ruppelt?«

»Genau die.«

Jorine grinste. »Du hast tolle Freunde«, sagte sie, »zu jeder Schandtat bereit, wenn es denn der guten Sache dient. Feinde hast du mit den dreien aber auch geerbt.« Sie erhob sich. »Jetzt zeige ich dir erst mal meine Schätze, du sollst ja nicht die Katze im Sack kaufen.«

Jorine hatte nicht übertrieben. Das Haus war sehr groß, ein alter Resthof, hübsch ausgebaut und vor allem: voller Wolle. Franzi ließ entzückt einen Strang durch ihre Hände gleiten. Die unregelmäßig versponnene Wolle fühlte sich weich an, die sanfte Farbe erinnerte an Erdbeersorbet.

»Das ist eine Solarfärbung mit Rotholz«, erklärte Jorine.

»Solarfärbung?«

»Komm, ich zeige es dir.«

Im rückwärtigen Garten hatte Jorine ein verwunschenes Paradies aus üppigen Blumenbeeten und Sträuchern geschaffen, unter zwei knorrigen Obstbäumen luden weiß lackierte Stühle und Tischchen zum Verweilen ein. Überall flatterten Schmetterlinge, Hummeln und Bienen summten von einer Blüte zur nächsten. So soll mein Garten irgendwann auch aussehen, dachte Franzi, genau so! Der hintere Teil grenzte an einen kleinen See. Jorine führte Franzi über einen durch einen schmalen Schilfgürtel führenden Steg zum Wasser.

»Kann man hier baden?«

»Der See steht unter Naturschutz. Viele Zugvögel nutzen ihn als Raststation, und im Schilf wird gebrütet, was das Zeug hält. Ganz davon abgesehen, dass es massig Wasserpflanzen gibt, die einen am Bauch kitzeln. Das ist nicht angenehm und kann sogar gefährlich werden. Wir lassen die Vögel lieber in Ruhe und fahren zum Schwimmen ans Meer.«

Franzi sah nachdenklich auf den See. Etwas entfernt dümpelte eine Gruppe Stockenten, immer wieder verschwand eine zum Gründeln und tauchte an unvorhergesehener Stelle wieder auf. Der See war die Lösung für eines ihrer Probleme: die Entchen. Es war nur eine Frage von Wochen, bis aus den flauschigen Küken ausgewachsene Enten wurden. Hier würden sie ein erfülltes, entengerechtes Leben führen können. Franzi verspürte einen Stich. Ob Janis und Jim das auch so sahen? Es würde schwer werden, sich von den beiden zu trennen.

»Worüber denkst du nach?«

»Über Enten«, sagte Franzi. »Ich erkläre es dir ein anderes Mal. Jetzt bin ich gespannt auf die Solarfärbung.«

Auf einem sonnigen Rasenstück hatte Jorine Dutzende große Weckgläser aufgestellt, in denen in farbigem Sud Wolle und Pflanzenteile schwammen.

»Im Grunde ist es ganz einfach. Du machst eine Art Lasagne aus Wolle, Alaun zum Beizen und Färberpflanzen. Wenn das Glas voll ist, wird es mit heißem Wasser aufgegossen und in die Sonne gestellt. Nach ein paar Wochen ist der Färbeprozess abgeschlossen. Die Stränge werden ausgespült und mit Essig fixiert, fertig.«

»Und wenn die Sonne nicht scheint?«

»Notfalls geht es auch im Backofen, aber das vermeide ich. Die Wolle soll möglichst hundertprozentig ökologisch sein, ich möchte so wenig Strom wie möglich vergeuden.«

»Kannst du tatsächlich all die schönen Farben, die ich im Haus bewundert habe, rein pflanzlich erzeugen?«

»Blau, Türkis, Gelb, Orange, Grau – fast alles ist möglich. Ich habe natürlich viel experimentiert und besitze mittlerweile ein dickes Rezeptheft. Trotzdem ist es immer wieder spannend, wie die Wolle am Ende aussieht, welche Intensität die Farbe hat. Das Öffnen der Gläser macht fast am meisten Spaß. Hast du noch Zeit?«

Franzi nickte. Jorine wählte vier Gläser aus und drückte Franzi zwei davon in die Hand. In der Waschküche öffneten sie sie über einer alten Badewanne und gossen das Wasser durch ein Sieb ab. Die Pflanzenteile wanderten in eine Schüssel für den Kompostabfall, die Wollstränge ins Wasserbad, wo sie gründlich ausgespült wurden. Franzi staunte nicht schlecht, als sie schließlich zwei Stränge in unterschiedlichen Gelbtönen, einen in sanftem Türkis und einen hellbraunen in der Hand hielt. Und das Beste: Die Farben harmonierten perfekt. Wenn das kein Verkaufsschlager wurde, dann verstand sie die Handarbeitswelt nicht mehr.

Den Rest des Nachmittags verbrachten die beiden Frauen mit dem Ansetzen neuer Gläser. Franzi fühlte sich wie in einer Hexenküche, als sie fröhlich Holunderbeeren und getrocknete Akelei in ein Glas löffelte. Vielleicht wurde es Lila. Vielleicht auch nicht. In ein paar Wochen wusste sie mehr. Erst gegen Abend, als es empfindlich kühler wurde, verabschiedete sie sich und fuhr nach Hause. Als sie dann auch noch eine SMS von Sönke erhielt, in der er sein Bedauern über den verkorksten Abend ausdrückte und ihr versicherte, dass er sie so schnell wie möglich sehen wollte, war Franzi mit der Welt ausgesöhnt.

Sie träumte von Wölfen. Es war dunkel, das Rudel hetzte durch den Wald, und sie lief mit den Tieren. Immer schneller wurden sie, bis Franzi nicht mehr mitkam. Der Leitwolf bemerkte es und kehrte um, bedrohlich baute er sich vor ihr auf und knurrte, sie müsse weiter, immer weiter …

Franzi schreckte hoch. Tiefe Dunkelheit umgab sie, das Knurren wurde lauter. Verwirrt fragte sie sich, ob sie noch träumte oder schon wach war, als die Schlafzimmertür krachend aufsprang. Bevor sie sich wegdrehen konnte, hatte sich ein schwerer Körper auf sie geworfen und nahm ihr die Luft. Strampelnd befreite sie sich von dem Angreifer, bereit, um ihr Leben zu kämpfen, als sie der warme, nicht gerade duftende Atem von Sabine traf. Die Augen der Hündin glühten. Franzi bekam eine Gänsehaut. Hektisch tastete sie nach der Nachttischlampe. Sabine jaulte kurz auf, als das Licht plötzlich aufflammte, dann zerrte sie an der Bettdecke.

»Was ist denn los?«

Die Hündin sprang vom Bett, richtete sich mit gesträubten Nackenhaaren am Fenster auf und blickte nach draußen. Ihr Knurren ging in lautes Bellen über. War da draußen jemand? Mit pochendem Herzen löschte Franzi das Licht wieder, schlug die Decke beiseite und schlich zum Fenster. Angestrengt spähte sie in den verwilderten Garten, konnte aber niemanden entdecken. Ihr Herzschlag beruhigte sich, und auch Sabine regte sich ab. Falls tatsächlich jemand im Garten herumgeschlichen war, so hatte Sabine ihn in die Flucht geschlagen. Die stand bereits an der Schlafzimmertür und hechelte erwartungsvoll.

Franzi seufzte. »Immer noch Durchfall?«, fragte sie. Sabine legte den Kopf schief. Ergeben zog sie sich an und drehte mit der Hündin, die tatsächlich, kaum dass sie draußen waren, ein Geschäft verrichtete, eine Runde durch die menschenleeren Straßen. Die kühle Nachtluft tat nach dem Schreck gut, ihr Kopf klärte sich, und die Gedanken begannen schon wieder um den nahen Eröffnungstag zu kreisen. So viel war noch zu tun!

Nach einer Viertelstunde bog Franzi wieder in die Mühlenstraße ein, als Sabine plötzlich wie wild an der Leine zog, die Ohren gespitzt und ein leises Grollen in der Kehle. Franzi hatte ihre liebe Mühe, sie zu halten. Beruhigend tätschelte sie den Hundekopf und blickte mit einem mulmigen Gefühl die Straße hinunter. Da! Vor ihrem Haus bewegte sich jemand. Sie zögerte. War es wirklich bei ihrem Haus, nicht beim Nachbarhaus? Oder, was am wahrscheinlichsten war, spielten ihre Nerven ihr einen Streich, und sie sah Gespenster?

»He! Ist da jemand?«, rief sie mit dünner Stimme.

Sie bekam keine Antwort, bis auf Sabines Knurren blieb es still. Nervös setzte Franzi sich wieder in Bewegung, die aufgebrachte Hündin an kurzer Leine dicht bei sich haltend. Eine Brise raschelte in den Bäumen, die Schatten der Äste wischten über die Hauswände. Franzi atmete auf.

»Keine bösen Buben«, flüsterte sie Sabine zu, »und auch keine Geister. Nur Schatten.«

Trotzdem war sie erleichtert, als sie endlich die Haustür hinter sich geschlossen hatte. Sie wurde das Gefühl nicht los, beobachtet zu werden.

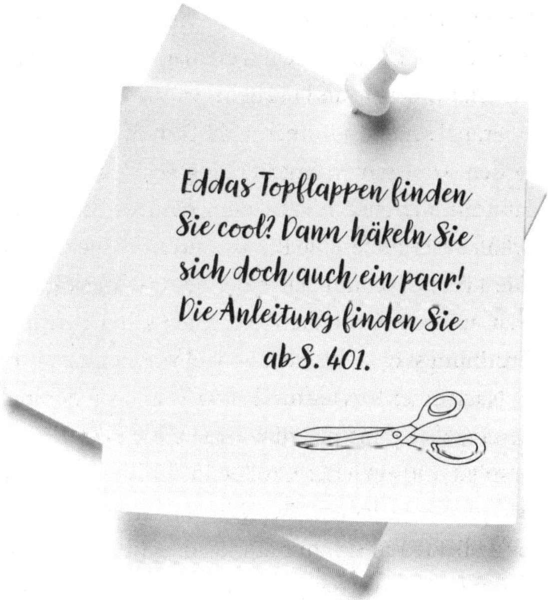

Kapitel 9

Am nächsten Morgen wachte Franzi ziemlich zerschlagen auf. Sie hatte sich noch lange schlaflos herumgewälzt und war bei jedem Geräusch aufgefahren, bis sie Sabine von ihrem Platz im Flur zu sich geholt hatte. Der ruhige Atemrhythmus der Hündin neben dem Bett hatte sie schließlich eingelullt. An Sabine kam niemand vorbei, weder Geist noch Gangster.

Franzi streckte sich, dann schwang sie die Füße aus dem Bett. Sabine war verschwunden, wahrscheinlich hatte sie bereits Marek genötigt, mit ihr Gassi zu gehen. Umso besser. Franzi duschte, bis der Boiler kein warmes Wasser mehr hergab, richtete das Frühstück, brühte Tee und Kaffee auf und ging mit dem Tablett nach unten. Zu ihrer Überraschung war die komplette Mannschaft versammelt: Marek, Tomasz, Rieke und sogar Joost.

»Moin«, sagte Rieke, dann stutzte sie. »Ist alles in Ordnung, Franzi? Du siehst aus, als hättest du einen Geist gesehen.«

»Habe ich vielleicht auch.« Franzi stellte das Tablett auf die Werkbank und berichtete von der vergangenen Nacht. Die Geschichte machte auf die anderen längst nicht den Eindruck, der Franzi angemessen erschien, im Gegenteil, sie waren amüsiert. Als sie geendet hatte, holte Marek ein hübsch verpacktes Päckchen von der Fensterbank und drückte es Franzi in die Hand.

»Das lag auf Bank. Sabine wollte fressen, aber ich habe gerettet.«

Franzi löste die Schleife.

»Wieder Weinbrandbohnen?«, fragte Rieke.

»Nö. Diesmal sind es Obstbrandpralinen. Mag ich aber auch nicht.«

»Das wievielte Päckchen ist es?«

»Das vierte.« Franzi legte die Pralinen neben das Frühstückstablett. Das Nachtgespenst entpuppte sich also als ihr mysteriöser Verehrer. Eigentlich hätte sie erleichtert sein sollen, aber sie war noch immer angespannt. Angespannt und verletzlich. Egal ob Freund oder Feind, irgendwelche Gestalten umschlichen ihr Haus – eine überaus unangenehme Vorstellung. Zumal ja noch gar nicht geklärt war, ob der Verehrer und der Vandale, der ihre Blumen und Autoreifen auf dem Gewissen hatte, nicht doch ein und dieselbe Person waren. Jemand, der ihr erst Schaden zufügte und sie dann verhöhnte, indem er ihr Pralinen schenkte.

»Habt ihr noch mehr bemerkt? Ist etwas kaputt gemacht oder beschmiert worden?«

Die vier schüttelten den Kopf. Alles war in Ordnung.

»Tja, dann war es wohl harmlos. Will noch jemand Tee?«

Nachdem alle versorgt waren, begann der Kriegsrat. Bis zur Eröffnung blieben nur noch neun Tage, und die mussten genutzt werden. Sie alle wussten, dass die Zeit ab jetzt nur so verfliegen würde, also war es wichtig, einen Plan zu erstellen und auch einzuhalten.

Nach einer Stunde waren die Aufgaben verteilt und Rieke samt ihrer Jungs bester Laune. Auch Franzis Stimmung hatte sich gebessert, lediglich Joost blieb ernst. Er mochte die Sache mit dem Weinbrand-Mann, wie sie ihn alle nannten, nicht auf die leichte Schulter nehmen.

Der Countdown lief: Marek und Tomasz verschraubten die letzten Regale, verputzten Löcher, brachten Haken an und kümmerten sich um hundert Kleinigkeiten mehr. Franzi drückte unterdessen abwechselnd aufs Pedal ihrer Nähmaschine und das ihres Autos, Ersteres, um noch schnell ein paar Gardinen für das Ladenfenster fertig zu machen, Letzteres, um Ehmken zu versorgen. Glücklicherweise benahm er sich und stellte auch keine Fragen, wenn sie ihn mal schneller als sonst abfertigte.

Nachdem alle handwerklichen Arbeiten erledigt waren, rückten die beiden Polen mit den Werkzeugen ab und das Kleeblatt mit Putzzeug an. Sie brauchten geschlagene zwei Tage, um alles auf Hochglanz zu bringen.

Inzwischen gaben sich die Paketdienste die Klinke in die Hand: Die bestellten Waren trudelten ein. Jorine erschien wie versprochen mit einem großen Korb ihrer Wolle, die Keramikerin brachte wunderschöne handgetöpferte Tassen und Teller, Rieke bestückte ein Regal mit ihren Schaf-Buchstützen und Holzspielzeug, Franzi steuerte ihre umfilzte Seife und die Upcycling-Loops bei, und Norbert sammelte Häkeltiere, Strickmützen und Topflappen von den Heimarbeiterinnen ein. Marek strich unterdessen die Vorderfront der *Wunderkiste* in einem zarten Blauton. Er hatte sich nicht davon abbringen lassen, es sei sein Geschenk zur Eröffnung, *bez gadania!*

Während sie drinnen räumten, brachten draußen Rieke und Marek still und leise ein neues Ladenschild an. Franzi entdeckte es erst, als sie am nächsten Morgen vom Bäcker zurückkam. Sie hatte den Namen bereits in der Zeitungsanzeige benutzt, aber es war doch ein ganz besonderes Gefühl, ihn nun in voller Breite über Ladentür und -fenster stehen zu sehen.

FRANZIS WUNDERKISTE
SEEMANNSGARN & BASTELKRAM

Dann, zwei Tage vor der Eröffnung, schlug Jans Stunde. Unter seinem Kommando sortierten Franzi, Rieke und Edda den Laden noch einmal komplett um, besorgten frische Schnittblumen, drapierten die Gardinen neu, rückten Ständer und Stühle von rechts nach links und wieder zurück, und dann stand alles an seinem Platz.

»*Voilà*«, sagte er nicht ohne Stolz, »nun ist es wirklich eine Wunderkiste.«

»Wow.« Franzi strich sich eine schweißfeuchte Locke aus der Stirn und drehte sich langsam einmal um die eigene Achse. Dass Jan Geschmack besaß, wusste sie längst, aber heute hatte er sich selbst übertroffen. Anstatt die Waren einfach ins Regal zu legen, hatte er ein Gesamtkunstwerk geschaffen. Wolle und Stoffe waren farblich aufeinander abgestimmt, Häkeltierchen lugten keck zwischen den Knäueln hervor, jedes Teil hatte seinen Platz gefunden, selbst der eigentlich hässliche Ständer mit dem Strick- und Häkelzubehör. Mittlerweile war Franzi froh, dass sie gezwungen gewesen war, ihre Bestellungen klein zu halten – der Laden wirkte geräumig und hell, ihr Angebot hochwertig. Außerdem war genügend Platz für eine Sitzecke geblieben. Die von Rieke aufgearbeiteten Flohmarktstühle luden zum gemütlichen Fachsimpeln bei Tee und Butterkuchen ein.

»Ich bin wirklich beeindruckt«, sagte Edda, »Gerlinde wäre begeistert. Jetzt fehlt nur noch eine Sache.«

Unsicher sah Franzi sich um. Was, um Himmels willen, hatte sie übersehen?

Edda hatte mittlerweile ein hübsch verpacktes Geschenk aus dem Flur geholt. Aus dem Karton lachte ihr das freundliche Gesicht eines Teddybären entgegen. »Hast du den etwa selbst genäht?«

Edda nickte. »Aus zwei Socken. Er ist dein Maskottchen für die *Wunderkiste.*«

Franzi drückte das Bärchen gerührt an sich. »Das ist wirklich ein besonderes Geschenk.«

»Na, na, Tränen will ich aber nicht sehen.« Edda nahm Franzi in den Arm. »Ich hab's doch gleich gesagt: Du schaffst das!«, flüsterte sie ihr ins Ohr.

Du schaffst das. Franzi kuschelte sich unter die Decke und schloss die Augen, Eddas Satz noch im Ohr. Etwas mehr als zwei Monate war sie erst in Westersum, doch es kam ihr vor wie eine Ewigkeit, in der genug passiert war, um zwei Jahre zu füllen – mindestens. Du schaffst das? Nicht allein, dachte sie, und ihr wurde warm ums Herz. Ohne das Kleeblatt, ohne Rieke und ihre Jungs, ohne Joost und Jan hätte sie überhaupt nichts auf die Füße stellen können und wäre längst wieder zurück in Nürnberg. Franzi hatte keine Übung im Beten, aber jetzt faltete sie die Hände. »Danke, lieber Gott«, flüsterte sie, »danke, dass du mir diese wundervollen Menschen geschickt hast!« Noch mit gefalteten Händen schlief sie ein …

… um ein paar Stunden später erneut von Sabine geweckt zu werden. Die Hündin knurrte Furcht einflößend, und heute Nacht hatte sie auch Grund dazu: Vor dem Haus prügelten sich zwei Männer. Franzi zögerte nicht. Wer auch immer die beiden waren, Sabine würde sie in die Schranken weisen. Trotzdem leinte sie die Hündin an, ein Blutbad wollte sie lieber nicht riskieren.

Im Flur atmete sie noch einmal tief durch, dann riss sie die Haustür auf. »Heda!«

Keine Reaktion. Die beiden Männer hatten sich ineinander verknäuelt, beide atmeten schwer. Franzi kniff die Augen zusammen, aber sie konnte nicht viel erkennen. In der Nacht waren nicht nur alle Katzen grau, Männer sahen auch alle gleich aus. Oder nicht? Plötzlich hatte Franzi das Gefühl, einen der beiden zu kennen. Oder sogar beide. Sie trat einen Schritt näher, Sabine mühsam haltend.

»He!«, rief sie erneut. »Gehen Sie auseinander, sonst hetze ich den Hund auf Sie!« Zur Bestätigung gab Sabine ihr unnachahmliches Höllenhund-Grollen von sich.

Es wirkte. Einer der Kontrahenten zögerte kurz, was der andere umgehend nutzte, um sich loszureißen. Stolpernd kam er auf die Füße und sprintete los, die Mühlenstraße hinunter. Sabine tobte. Franzi beugte sich vor, um sie von der Leine zu lassen, als der zweite Mann sie am Arm packte.

»Lass es!«

Entsetzt riss sie ihren Arm zurück, dann erkannte sie ihn. »Joost?«

»Ja, ich bin's.« Er nahm ihr die Leine ab, zerrte die widerstrebende Sabine zur Bank und setzte sich.

»Was zum Teufel machst du hier? Ihr habt mir einen Mordsschreck eingejagt. Wer war das?« Sie unterbrach sich: »Allmächd, du blutest!«

Sie drehte sein Gesicht zum Licht der Straßenlaterne und betrachtete die Wunde. Es sah schlimmer aus, als es war, nur eine Schramme auf der Wange. Joost wischte sich das Blut mit dem Hemdsärmel ab und presste dann seine Hand auf die Wunde, um die Blutung zu stillen. Franzi setzte sich neben ihn.

»Also noch mal: Was machst du hier? Beobachtest du mich etwa?«

Joost nickte. »Genauer gesagt dein Haus, seit vier Nächten. Dein Gespenst hat mir keine Ruhe gelassen. Sabine habe ich mit Wurst bestochen.«

»Ich fasse es nicht. Warum hast du denn nichts gesagt?«

»Du hättest bestimmt etwas dagegen gehabt.«

»Allerdings. Wenn ich mir vorstelle, dass du hier unten gehockt hast! Mensch, Joost, das ist nicht lustig.«

»Och, ich fand es nicht schlimm, ich brauche sowieso nicht viel Schlaf. Bob hat mir hin und wieder Gesellschaft geleistet, wenn er von seinen Damenbesuchen zurückkam.«

Franzi wusste nicht, was sie sagen sollte. Einerseits war sie gerührt, andererseits passte es ihr gar nicht, bewacht zu werden, auch nicht von Joost. »Es war Peter, oder?«, fragte sie stattdessen. »Peter Hinrichsen?«

Joost nickte.

Franzi fühlte sich nicht wohl in ihrer Haut. Zwar hatte sie den seltsamen Peter immer in Betracht gezogen, aber nun, da sich der Verdacht bestätigte, wollte sie es nicht wahrhaben. Sie räusperte sich. »Ist er der Weinbrand-Mann oder der Saboteur? Oder sogar beides?«

Joost sah betrübt aus. »Ich weiß es nicht, Franzi. Ich weiß es wirklich nicht.«

Ratlos ließ sie den Blick über die Nachbarschaft wandern, bis sie auf einen länglichen Gegenstand, der vor eines der parkenden Autos gerollt war, aufmerksam wurde. Vielleicht war das Ding einem der beiden während der Prügelei aus der Tasche gefallen. Sie ging hinüber und hob es auf.

»Was ist das?«, fragte Joost.

»Farbspray.« Sie schüttelte die Dose. »Halb voll.«

»Das beweist gar nichts. Wer weiß, wie lange die Dose schon dort liegt. Wenn ich mich nicht täusche, steht das Auto seit ein paar Tagen da.«

»Du täuschst dich nicht. Es gehört Oltmanns' Tochter. Sie ist seit letzter Woche auf Norderney, Saisonarbeit.« Sie sah sich die

Dose genauer an. »Ich glaube, es ist dieselbe Farbe wie bei der Schmiererei auf der Bank.«

»Bist du sicher?«

»Ja. Nein. Ach, es ist zu lange her. Es gibt wahrscheinlich hundert verschiedene Rottöne.« Ein anderer Gedanke schoss ihr durch den Kopf. »Es sind bestimmt Fingerabdrücke darauf.«

»Aber klar doch: deine.«

»Mist.« Trotzdem brachte Franzi die Dose mit spitzen Fingern ins Haus und verstaute sie in einem Gefrierbeutel, die Pralinenschachtel mit ihrer glänzenden Zellophanhülle wanderte in einen zweiten Beutel. Vielleicht stimmten die Abdrücke auf der Dose und der Schachtel ja überein. Jetzt brauchte sie zum Vergleich nur noch Peters Fingerabdrücke, was wahrscheinlich ein viel kleineres Problem darstellte, als die Polizei davon zu überzeugen, die Sachen kriminaltechnisch zu untersuchen. Nachdem Franzi die Pralinen und die Dose außer Reichweite von Hund, Kater und Enten im Küchenschrank verstaut hatte, ging sie wieder hinunter und setzte sich zu Joost auf die Bank. Schweigend starrten sie in die Nacht. Erst jetzt fiel ihr auf, dass die Häuser trotz des Kampflärms und Sabines Bellen dunkel geblieben waren. Niemand hatte etwas gehört. Oder hören wollen.

Sie saßen noch lange dort. Irgendwann legte Joost seinen Arm um Franzi, und sie genoss es. Manchmal tat es eben doch gut, sich einfach zurückzulehnen und die Verteidigung der Höhle gegen Säbelzahntiger und allerlei anderes Unbill einem starken Mann zu überlassen. Peter kam nicht wieder, aber vielleicht hatte er sich durch die Gärten zurückgeschlichen und den rückwärtigen Hauseingang benutzt. Vielleicht saß er auch irgendwo im Dunkeln und beobachtete sie. Was war bloß in ihn gefahren? Und auch in Joost? Die Sache hätte böse ausgehen können. Mit einem Ruck setzte sie sich auf und blickte Joost direkt ins Gesicht.

»Versprich mir, dass du das nie wieder machst«, forderte sie fest, »jedenfalls nicht heimlich. Du hättest mir Bescheid sagen müssen.«

»Schon gut, schon gut, ich verspreche es. Aber …«

»Aber was?«

»Ich muss doch auf dich aufpassen.«

»Nein, das musst du nicht, das ist nämlich Sache der Polizei.«

Er sah aus wie ein begossener Pudel. »Du hast wohl recht«, murmelte er.

»Ich will einfach nicht, dass du dich meinetwegen in Gefahr bringst, verstehst du das denn nicht?«

»Doch, natürlich.«

Franzi legte ihm einen Finger auf den Mund. »Danke«, sagte sie schlicht. »So etwas Selbstloses hat noch nie jemand für mich getan. Noch nie.«

Ehmken ließ sein Sturmfeuerzeug aufschnappen. »Ich mache es, darauf können Sie Gift nehmen.«

»Das glaube ich erst, wenn ich es sehe«, konterte Franzi. Sie war sich ihrer Sache sicher. Bei Geld hörte für die meisten Leute der Spaß auf, auch für Ehmken. Oder etwa nicht?

Ohne sie aus den Augen zu lassen, führte er einen 50-Euro-Schein an die Feuerzeugflamme. Franzi schnellte vor, riss ihm den Schein aus der Hand und löschte die Flamme zwischen Daumen und Zeigefinger. Es tat höllisch weh. »Sind Sie verrückt geworden?«

»Geworden? Ich bin's doch schon.«

»Eins zu null für Sie.« Sie warf den angekokelten Fünfziger zurück auf den Küchentisch, neben die vier verschlossenen Briefumschläge, auf denen die Namen von Marek, Tomasz und Joost sowie ihr eigener prangten.

»Wenn Sie das Geld nicht mitnehmen, können Sie morgen die Asche zusammenkehren. Ich würde es mir gut überlegen. Außerdem sollen die jungen Männer, die sich um die Tiere gekümmert haben, nicht leer ausgehen.«

»Wir haben es gern gemacht«, sagte Franzi. »Auch ohne Bezahlung.«

»Sie können das Geld doch gebrauchen, oder? Und die Polen mit Sicherheit auch. Also, nehmen Sie es nun?«

»Nein. Jedenfalls nicht meinen Umschlag.«

Die beiden maßen sich mit Blicken. Nach unendlich langer Zeit nahm Ehmken den für Franzi bestimmten Umschlag an sich und schob die anderen drei zu ihr hinüber. »Dann eben nicht«, grummelte er.

Franzi konnte es kaum glauben: Sie hatte sich tatsächlich gegen ihn durchgesetzt! Zufrieden deponierte sie die Kuverts in ihrer Handtasche. Den angesengten Fünfziger steckte sie nach erneuter Diskussion in ihr Portemonnaie, um damit den nächsten Einkauf zu bestreiten, dann erhob sie sich.

Ehmken, der mittlerweile seine Beinschiene los war, begleitete sie auf den Gehhilfen zur Haustür. Sabine drängelte sich zwischen sie, unsicher, was von ihr erwartet wurde.

Franzi kraulte ihr den Kopf. »Du wohnst ab jetzt wieder hier. Sonst schlägst du meine zukünftigen Kunden in die Flucht.«

»Morgen geht's also los?«

»Ja.«

»Hm.«

»Bis übermorgen dann.«

»Hm.«

Sie setzte sich ins Auto, wendete und fuhr über den Hof zur

Ausfahrt. Als sie den alten Wüterich passierte, rief er ihr etwas nach. Sie drehte sich nicht um, hielt nur die Hand aus dem offenen Fenster und winkte ihm zum Abschied.

Viel Glück, hatte er gerufen. Sie hatte es deutlich verstanden.

Zum letzten Mal staubte Franzi alle Regale ab, kontrollierte die Preisschilder und testete die Kasse. Alles stand bereit für den großen Ansturm am kommenden Morgen. Mit gemischten Gefühlen schloss sie die *Wunderkiste* ab und spazierte zu Manolis, ihrem Stammgriechen. Rieke, Joost und die Polen hatten darauf bestanden, sie heute zum Essen einzuladen und den einen oder anderen Ouzo zu trinken, damit Franzi in der Wohnung nicht die Decke auf den Kopf fiel. Rieke und ihre Jungs waren schon da. Nachdem Franzi einen Viertelliter Weißwein bestellt hatte, kramte sie Ehmkens Umschläge aus ihrer Handtasche.

»Für mich? Von Stinkeschuh?« Verblüfft zählte Marek das Geld. »Das sind sechshundert Euro!« rief er aus. »Viel zu viel, sag ihm. Kann nicht nehmen, Eselarbeit ist Freude.«

Tomasz nickte bekräftigend.

Franzi hob abwehrend die Hände. »Behaltet es, um Himmels willen. Er verbrennt es sonst.«

»Wer verbrennt was?«, fragte Joost, der in diesem Moment an den Tisch trat.

»Ehmken verbrennt Geld«, sagte Franzi und überreichte Joost sein Kuvert. »Hier, dein Lohn fürs Stallausmisten.«

»So weit kommt es noch.« Auf seiner Stirn erschien eine Zornesfalte.

Joosts heftige Reaktion überraschte Franzi. Offensichtlich hatte der Pirat seinen Stolz verletzt. »Dann zünde es an. Er ist stur.«

»Das bin ich auch. Ich will nichts, basta.«

Marek nahm Joost den Umschlag aus der Hand und drehte ihn

nachdenklich in den Händen. »Ich weiß, wie dir geht. Kannst du spenden, oder? Für Tierschutz? Wölfe vielleicht?«, fügte er mit einem spitzbübischen Lächeln hinzu.

»Gute Idee. Marek, hiermit kannst du über das Geld frei verfügen.«

»Aber nur für Wölfe mit einem f«, sagte Franzi.

»Natürlich, Frau Wolff.« Marek zog den Inhalt aus dem Umschlag, schaute ungläubig darauf und warf den Papierstapel dann in die Luft. Bunte Geldscheine flatterten durchs Restaurant. Franzi fing einen auf und prustete los.

»Monopoli-Geld!«

»Hier noch Nachricht für dich.«

Joost las den Zettel, den Marek ihm reichte, und stopfte ihn dann in die Tasche. »Ehmken weiß, was sich gehört«, sagte er, »er meint, ich solle gefälligst allein zurechtkommen, meinen Anteil habe er auf die polnischen Jungs aufgeteilt, denn die verstünden was von harter Arbeit. Was wohl durch die Blume bedeutet, dass ich ein Weichei und Faulpelz bin.« Er grinste. »Der alte Gauner ist immer wieder für eine Überraschung gut.«

Franzi gratulierte sich insgeheim. Gut, dass sie ihren Umschlag nicht angenommen hatte; mit hundertfünfzigprozentiger Sicherheit hatte auch er Spielgeld enthalten. Ehmken hatte sich einen Spaß erlaubt, und sie wäre ihm fast auf den Leim gegangen.

Es war schon nach Mitternacht, als Franzi sich von ihren Freunden verabschiedete und nach Hause ging. Bevor sie das Haus betrat, stellte sie sich noch einen Moment auf die Straße und betrachtete voller Stolz die *Wunderkiste*. Sie konnte den Morgen kaum erwarten. Ihr Blick schweifte zum Nachbarhaus. Ob die Mayers zur Eröffnung kamen? Franzi hatte auch ihnen eine handschriftliche Einladung in den Briefkasten geworfen, glaubte aber im Grunde nicht an ihr Erscheinen. Gähnend schlenderte sie über die Straße. Plötzlich stutzte sie. Ihr schien, als wäre bei den Mayers ein Licht aufgeflammt, aber beim zweiten Hinsehen blieb dort alles dunkel. Sie hatte sich getäuscht.

Beim ersten Weckerklingeln sprang sie aus dem Bett. Sie hatte tief und fest geschlafen und fühlte sich voller Tatendrang. Heute war der große Tag! Sie konnte ihre Aufregung kaum unterdrücken, während sie erst die Tiere und dann sich selbst versorgte. Entgegen ihrer Gewohnheit hatte sie überhaupt keinen Appetit, zwang sich aber, etwas Müsli zu essen. Dann stellte sie sich unter die Dusche und machte sich sorgfältig zurecht; sollte sich wider Erwarten jemand von der Presse in die Mühlenstraße verirren, wollte sie sich von ihrer besten Seite zeigen. Nach einem letzten prüfenden Blick in den Spiegel ging sie in die Küche, um den vorbereiteten Butterkuchen aufzuschneiden, mit dem sie ihre ersten Kundinnen begrüßen wollte. Sie hatte blendende Laune, die sie sich auch nicht von der Tatsache verhageln ließ, dass Sönke im letzten Moment per SMS sein Kommen absagte, er sei wieder in Hessen, würde sich aber in den nächsten Tagen melden.

Von der Straße klangen Stimmen herauf. Franzi spähte aus dem Küchenfenster. Obwohl sie erst in zwanzig Minuten öffnen würde, hatte sich bereits eine Handvoll Leute eingefunden. Wenn das kein gutes Zeichen war! Vergnügt verteilte sie den Kuchen auf mehrere Teller, brachte ihn in den Laden und eilte wieder hinauf, um die Tee- und Kaffeekannen zu holen. Die Stimmen vorm Haus waren lauter geworden. Franzi staunte nicht schlecht, als sie erneut auf die Straße sah. Mittlerweile hatte sich eine kleine Menschentraube vor ihrem Haus versammelt, und etwas entfernt näherte sich auch schon das Kleeblatt, mit weiterem Kuchen im Gepäck. Sie öffnete das Küchenfenster und lehnte sich hinaus.

»Guten Morgen!«, rief sie. »Bitte gedulden Sie sich noch eine Minute, ich schließe sofort auf.«

Alle Gesichter wandten sich ihr zu. Einige der Wartenden zückten ihre Smartphones und fotografierten sie, und jetzt sah Franzi auch die Profikamera des Lokalreporters vom *Westersumer Boten*. Er war tatsächlich gekommen. Sie rannte nach unten und öffnete die Ladentür. Sofort richteten sich alle Kameras auf die Tür. Lachen erklang, jemand rief etwas Unverständliches. Franzi winkte vergnügt, und beinahe kam sie sich vor wie ein Star. Jetzt drängelte sich auch Norbert nach vorn, Edda und Renate im Schlepp. Franzi stutzte, als sie seine ernste Miene sah. Irgendetwas stimmte nicht. Bevor sie reagieren konnte, war er bei ihr, packte sie am Arm und schob sie in den Laden. Edda hetzte ihm nach, Renate folgte als Letzte, knallte die Ladentür wütend hinter sich zu und schob den Riegel vor. Jemand klopfte ans Fenster. Mit einem Ruck zog Renate die Vorhänge zu und tigerte dann wütend durch den Laden.

»Was ist denn in euch gefahren? Ihr könnt doch nicht meine Kunden aussperren«, sagte Franzi verdattert. Sie hatte das Kleeblatt noch nie so aufgebracht erlebt.

»Kunden?« Renate stieß empört die Luft aus. »Das sind keine Kunden, das sind Geier.«

»Mäßige dich, Renate!«

Edda wirbelte herum. »Nein, Norbert, sie hat recht. Die Leute sind sensationsgeil.«

Franzi platzte der Kragen. »Kann mir bitte endlich jemand erklären, was hier los ist?«, rief sie.

Die anderen verstummten. Edda brach in Tränen aus. »Dein Haus ist beschmiert worden«, schniefte sie, »es will dich tatsächlich jemand aus der Stadt ekeln.«

Franzi erstarrte.

Ihr Feind hatte ganze Arbeit geleistet. Riesige karminrote Buchstaben prangten auf der Hauswand, ruinierten die Fassade, die Türen und sogar das neue Ladenschild. Die meisten der Schaulustigen hatten sich bald zerstreut, sodass sie sich hatte nach draußen wagen können. Die Hände zu Fäusten geballt, betrachtete Franzi die Botschaft. Sie würde nicht klein beigeben, nicht nach all der Arbeit, die in dem Haus steckte. Aus den Augenwinkeln sah sie, wie die olle Hinrichsen vor ihre Ladentür trat. Na warte! Ihr und ihrem Peter würde das Lachen noch vergehen. Die Polizei war auf dem Weg, und Franzi würde ihnen die Farbdose und die Weinbrandbohnen als Beweisstücke übergeben. Das hier war keine Bagatelle mehr, das war echte Sachbeschädigung!

Jan, der neben ihr stand, hatte die Hinrichsen ebenfalls bemerkt und legte beruhigend den Arm um sie. »Lass sie, Franzi.«

»Ihr werdet sehen, es war Peter, es kann gar nicht anders sein«, sagte sie trotzig.

»Sei dir da nicht so sicher.« Er wies auf die Schmiererei. »Das hat jemand aufgesprüht, der schreiben kann.«

»Ja, und?«

»Peter kann es nicht, schreiben, meine ich. Franzi, er ist Analphabet.«

»Peter Hinrichsen? Meinen Sie, er war es?« Roger Holst, der Reporter vom *Westersumer Boten,* war neben sie getreten.

Jan nahm den Arm von Franzis Schulter. »Natürlich nicht«, blaffte er. »Ich rate Ihnen dringend, sich mit Spekulationen zurückzuhalten.«

»Schon gut, regen Sie sich ab.« Der Reporter wandte sich an Franzi. »Wen haben Sie denn in Verdacht? Haben Sie Feinde?«

»Ich glaube, diese Frage können Sie sich selbst beantworten«, antwortete sie schnippisch. »Es ist wohl kaum eine Liebesbotschaft.«

»Meine Güte, ich will Ihnen doch nur helfen.«

»Sind Sie nicht eher an einer reißerischen Story interessiert?«

»Ich mache einfach meinen Job.«

Franzi seufzte. »Entschuldigen Sie, meine Nerven liegen blank. Was wollen Sie wissen?«

Der Mann verstand sein Geschäft. Bevor sie sich's versah, hatte er ihr alles aus der Nase gezogen, angefangen bei den geköpften Blumen über die zerstochenen Reifen bis hin zu dem heutigen Vandalismus. Schließlich trollte er sich zufrieden. Mit einem flauen Gefühl im Magen beobachtete sie, wie er im Laden der ollen Hinrichsen verschwand.

»Hoffentlich geht das gut«, bemerkte Jan. »So ein Artikel kann alles ruinieren.«

»Schlimmer kann es doch gar nicht kommen«, murmelte Franzi. Mit langsamen Schritten ging sie in ihren Laden zurück. Von diesem Schlag würde sie sich nicht so schnell erholen. Die Eröffnung war jedenfalls fürs Erste abgeblasen.

⚓

Es kam schlimmer. Als sie nach einer schlaflosen Nacht am nächsten Morgen um kurz nach sechs die Bäckerei betrat, war Frau Oltmanns schon auf hundertachtzig.

»Unglaublich! Es ist eine Schande«, schäumte sie, »was bildet dieser Zeitungsfritze sich ein? ›Mafia-Methoden in der Mühlenstraße!‹ Hat der Kerl noch alle Tassen im Schrank? Hier, lesen Sie.«

Galt Frau Oltmanns' Empörung vor allem dem Reporter, oder war sie auch sauer auf sie? Franzi nahm verunsichert die Zeitung entgegen und stöhnte angesichts des großen Bildes auf der Titelseite auf. Holst hatte sie und Jan unbemerkt abgelichtet, kurz bevor er zu ihnen getreten war. Sie waren beide gut zu erkennen, desgleichen das Graffiti auf der Hauswand. Schnell überflog sie den Artikel. Der Mann hatte alle Register des Schmierenjournalismus gezogen, seine Quelle waren eindeutig die Gerüchteküche und die Hinrichsen. Süffisant berichtete er über Gerlindes vermeintliche Affäre mit dem Ehemann der »gebeutelten alten Dame«, die sich im Traditionshaus Hinrichsen krumm schuftete, um den Lebensunterhalt für sich und ihren geistig behinderten Sohn zu verdienen, und leitete dann gekonnt über zu Franzi, die vor Kurzem das Erbe ihrer Tante angetreten habe. Ohne jemanden beim Namen zu nennen, betitelte er Franzi, eine attraktive Junggesellin, als Opfer eines perfiden Rachefeldzugs und stellte in Aussicht, dass sie nun wohl ihre hochfliegenden Pläne, sich als Zugezogene einen Platz in der Westersumer Geschäftswelt zu erobern, auf Eis legen würde.

»Das habe ich nie gesagt.« Franzi ließ die Zeitung sinken. »Und überhaupt: attraktive Junggesellin. Was tut das zur Sache?«

»Eine Menge, Herzchen. Holst schreibt es nicht, aber wer mag, kann daraus schlussfolgern, Sie hätten es auf die hiesigen Ehemänner abgesehen, genau wie Ihre Tante.«

»Aber gleichzeitig unterstellt er der Hinrichsen Rachegelüste. Das ist doch unsinnig! Auf welcher Seite steht Holst eigentlich?«

»Auf seiner eigenen natürlich. Er hat die Titelseite bekommen, da ist es ihm egal, was die Leute sich zusammenreimen. Zumal die sich um Ihre Tante rankenden Geschichten ohnehin zum Westersumer Volksgut gehören.«

Franzi las den Artikel ein zweites Mal, etwas langsamer diesmal. Er wurde dadurch nicht besser, eigentlich gab es nur Verlierer: sie selbst, die olle Hinrichsen, der zu Unrecht als behindert bezeichnete Peter, die gesamte Anwohnerschaft der Mühlenstraße. Holst hatte sie alle in Sippenhaft genommen. Als wollte er bewusst Unfrieden stiften in der Hoffnung, die Affäre noch weiter ausschlachten zu können.

Je länger Franzi auf den Artikel starrte, desto wütender wurde sie. Wenn Holst es darauf abgesehen hatte, sie kleinzukriegen, dann hatte er sich geschnitten – das Gegenteil war der Fall. Sie richtete sich zu voller Größe auf, ihr Kampfgeist erwachte.

»Aber nicht mit mir«, knurrte sie, kaufte ein paar Kuchenstücke, Brot und zwei Zeitungen. Als sie aus dem Laden rauschte, stieß sie in der Tür mit einer der anderen Mühlenstraßenbewohnerinnen zusammen.

»Da haben Sie uns ja was eingebrockt«, zischte die Frau. Franzi kannte sie nur vom Sehen; die Frau hatte bisher vermieden, sie zu grüßen, geschweige denn mit ihr zu sprechen.

»Wie bitte? Ich habe meinen Laden wohl kaum selbst beschmiert.«

»Nein, *das* sicher nicht.«

»Was meinen Sie?«

»Ach, nichts von Bedeutung«, antwortete die Frau schnippisch und ließ Franzi einfach stehen. »Moin, Frau Oltmanns!«, rief sie in den Raum. »Dann halten Sie Ihren Mann mal schön fest!«

Franzi blieb die Spucke weg. Auch Frau Oltmanns, die weiß Gott nicht auf den Mund gefallen war, verschlug es erst mal die Sprache, aber sie fing sich schnell wieder. »Och«, sagte sie zuckersüß, »da machen Sie sich mal keine Sorgen. *Mein* Mann ist 'ne treue Seele, der fährt nicht ständig zum Herumgockeln nach Aurich.«

»Pah!«

Franzi verließ feixend die Bäckerei. Frau Oltmanns hatte offensichtlich den Nagel auf den Kopf getroffen und gleichzeitig klargestellt, dass sie zu Franzi hielt. Auf welche Seite würden sich die anderen Nachbarn schlagen? Nachdenklich ging sie die Straße hinunter. Ihr sank das Herz, als sie die Handyladen-Kids bemerkte, die sich vor der *Wunderkiste* versammelt hatten und das Graffiti begafften. Zögernd ging sie näher. Der blöde Köter bemerkte sie als Erster und fing an zu kläffen.

Die Jungen fuhren herum. Ein etwas älterer, wahrscheinlich der Anführer, spuckte aus. »Ey, wir war'n das nich, Alder, ich schwör!«

Sein Kumpel schüttelte den Kopf mit Nachdruck. »Nee, Alder, wir können nämlich voll krass Graffiti sprühen. Das da is' mega grottig.«

Die anderen nickten wissend.

Franzi verbiss sich ein Lachen. Mit dieser künstlerischen Einschätzung schieden sie als Täter definitiv aus. »Alles klar«, sagte sie und schob noch ein bekräftigendes »Digga!« nach.

»Jau, Digga, supi. Dann woll'n wir mal.« Mit lässigem Winken verabschiedete sich der Boss und zog mit Hund und Mitstreitern von dannen, Ziel unbekannt. Franzi sah den Jungs kopfschüttelnd nach. Hoffentlich kriegten die noch die Kurve. Als sie außer Sicht waren, nahm sie ihren nächsten Plan in Angriff und marschierte über die Straße.

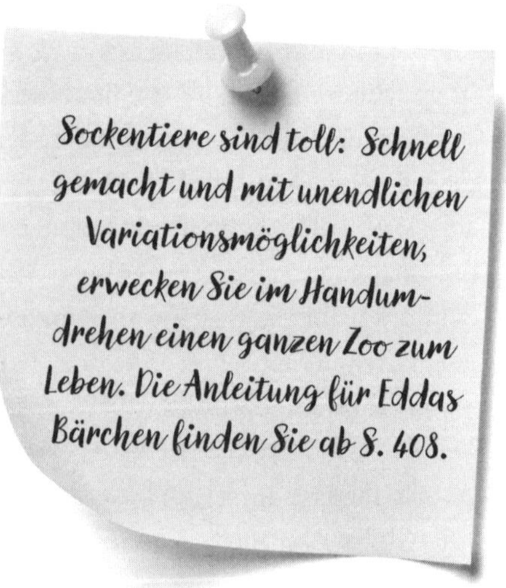

Kapitel 10

Die olle Hinrichsen traute ihren Augen nicht, als Franzi plötzlich in der Tür stand und sich auch nicht abwimmeln ließ. Franzi gab ihr die Zeitung und zeigte auf die Titelseite. »Lesen Sie. Danach reden wir.«

Die Hinrichsen wurde während des Lesens zusehends blass. »Mein behinderter Sohn?«, flüsterte sie. Sie schien vor Franzis Augen zu schrumpfen, ihre Streitlust war wie weggeblasen. Sie wirkte so zerbrechlich und verletzlich, dass Franzi aus einem Impuls heraus ihre Hand tröstend auf die der alten Frau legte. Die Hinrichsen sah auf. »Peter ist doch nicht behindert! Nur ein bisschen langsam.« Tränen traten ihr in die Augen.

»Das wissen alle, Frau Hinrichsen«, sagte sie. »Der Reporter hat Sie überrumpelt und ausgenutzt.«

»Das wollte ich nicht.«

»Das mag ja sein, aber Ihre jahrzehntelange Wut auf meine Tante hat Sie dazu verleitet, einem der am wenigsten vertrauenswürdigen Menschen von Westersum Ihre Geschichte zu erzählen. Sind Sie denn wirklich davon überzeugt, dass Gerlinde eine Affäre mit Ihrem Mann hatte?«

»Ich habe es immer geglaubt.«

»Glauben ist nicht Wissen. Also, hatten die beiden etwas miteinander oder nicht?« Die alte Frau tat ihr leid, aber sie wollte sie jetzt nicht mehr vom Haken lassen. Dies war die perfekte Gelegenheit, alte Geschichten endgültig aus der Welt zu räumen.

Die Hinrichsen wand sich. »Die beiden haben sich immer so gut verstanden. Mein Mann war ganz anders, wenn er mit Gerlinde geredet hat. So fröhlich, so unbeschwert.« Sie zuckte hilflos die Achseln. »Wir hatten ständig Sorgen. Wegen Peter, wegen des Geschäfts, das Geld war immer knapp. Ihre Tante war so lebenslustig und hübsch. Da musste er sich doch in sie verlieben.«

»Nein, Frau Hinrichsen, das musste er nicht. Vielleicht, sogar höchstwahrscheinlich, mochten die beiden sich sehr gern, und Ihr Mann hat es genossen, seine Sorgen für einen kurzen Moment hintanstellen zu können. Sie haben zu viel hineininterpretiert. Überlegen Sie doch mal, wie hätten die beiden das denn anstellen sollen? Wie hätten sie eine Affäre geheim halten sollen?«

Die Hinrichsen blickte Franzi unsicher an. »Warum hat er denn nicht mit mir gelacht?«

Weil du vermutlich schon dein ganzes Leben ein Sauertopf warst, dachte Franzi. Laut sagte sie: »Gerlinde gehörte nicht zur Familie. Mit ihr konnte er lachen, aber mit Ihnen hat er die wirklich wichtigen Sachen geschultert, hat sich um Peter und den Laden gekümmert, hat seinen Alltag, sein Leben mit Ihnen geteilt. Irgendwann verdrängen die Sorgen die Freude, ist es nicht so?«

Sie sah auf ihre Hände. »Ja, so ist es wohl«, murmelte sie.

Franzi schämte sich für ihre boshaften Gedanken. Diese Frau hatte allein schon wegen ihres Sohnes harte Zeiten durchgemacht. Sie konnte sich die Hänseleien, die Peter während der Schulzeit und wahrscheinlich auch danach hatte ertragen müssen, lebhaft vorstellen. »Frau Hinrichsen, bitte hören Sie mir zu. Wir beide werden nicht mehr erfahren, was wirklich zwischen meiner Tante und Ihrem Mann vorgefallen ist, aber ich schlage vor, wir gehen davon aus, dass alles ganz harmlos war. Grämen Sie sich nicht mehr, versuchen Sie, Ihren Mann in allerbester Erinnerung zu behalten.« Ein Gedanke schoss ihr durch den Kopf. »Haben Sie ihn denn geliebt?«

Die Hinrichsen nickte. Sie wirkte mehr und mehr wie ein Häufchen Elend.

»Ich bin mir sicher, dass auch er sie geliebt hat«, sagte Franzi.

»Meinen Sie?«

»Bestimmt. Wäre er sonst nicht über alle Berge getürmt?« Ihre Argumentation stand auf tönernen Füßen, schließlich gingen sich gerade in der Generation der Hinrichsen die Eheleute lieber Jahrzehnt für Jahrzehnt gegenseitig auf die Nerven, als sich scheiden zu lassen.

Die Hinrichsen sah das wahrscheinlich ähnlich, war Franzi aber trotzdem dankbar für die Worte. »Danke«, sagte sie schlicht.

Franzi hätte aufjubeln mögen. Das Eis war gebrochen. »Lassen Sie uns noch einmal von vorn beginnen«, sagte sie versöhnlich. »Ich habe Kuchen mitgebracht, und vielleicht mögen Sie einen Kaffee beisteuern, damit wir auf gute Nachbarschaft anstoßen können.«

Überrumpelt schüttelte die Hinrichsen die Hand, die Franzi ihr entgegenstreckte. »Dann kommen Sie mal mit in die Küche«, sagte sie.

Die Küche lag im hinteren Bereich des Hauses und sah bis aufs i-Tüpfelchen so aus, wie Franzi sie sich vorgestellt hatte: altmodische Möbel, die noch nie schick gewesen waren, dafür solide und unzerstörbar, ein Spiegelbild des Männermoden-Sortiments im Laden. Auf dem Küchentisch eine geblümte Tischdecke, ein Blumenstrauß und, Franzi traute ihren Augen kaum, eine angebrochene Schachtel Weinbrandbohnen. »Mögen Sie die?«, fragte sie mit neu erwachtem Misstrauen.

»Hin und wieder esse ich eine. Aber Peter liebt sie, ich muss aufpassen, dass er sich nicht nur davon ernährt und auch mal Gemüse isst.« Ein flüchtiges Lächeln erschien auf ihrem Gesicht und verschwand gleich wieder. Frau Hinrichsen hatte lange nicht gelächelt.

Also doch Peter. Er war zwar nicht der Schmierfink, sein Analphabetismus schloss es aus, aber der Geschenkbote. Franzi beschloss, ihn zur Rede zu stellen. Warum brachte er ihr Pralinen? Sie stöhnte unwillkürlich auf, als die Erkenntnis sie traf.

»Ist Ihnen nicht gut?«

»Es ist alles in Ordnung, Frau Hinrichsen«, wiegelte Franzi ab. Aber nichts war in Ordnung. Warum schenkt ein Mann einer Frau Pralinen, noch dazu die persönlichen Lieblingspralinen? Warum wohl, Dummerchen? Weil er verliebt ist. Darum.

Schrubben half nicht. Die Farbe wurde zwar blasser, aber alles blieb klar und deutlich lesbar. Frustriert pfefferte Franzi ihre Bürste in den Eimer. Mit reiner Muskelkraft würde sie die Schmiererei nie von der Wand bekommen. Mist. Mist, Mist, Mist.

»Digga?« Am Fuß der Leiter stand der Boss der Gurkentruppe, mit hängenden Schultern, hängender Hose und Baseballkappe, den Mützenschild cool nach hinten zeigend. Seufzend kletterte Franzi von der Leiter.

»Was willst du?«

Er runzelte die Stirn. »Brauchst du Hochdruckreiniger. Und Spezialchemie.«

»Woher weißt du das?«

Er grinste vielsagend. »Keine Ahnung.«

»Hm. Und wo man die Spezialchemie bekommt, weißt du wahrscheinlich auch nicht.«

»Spezialladen.«

Franzi hatte eine Idee. »Sag mal, Digga, ich meine, wie heißt du eigentlich?«

»Theodor-Wilhelm. Kannst Theo sagen.«

Theodor-Wilhelm? Die Eltern hatten sich für ihr Söhnchen offensichtlich nichts weniger als einen Ministerposten erhofft. »Freut mich, Theo. Also, du und deine Freunde, hättet ihr vielleicht Lust, euch etwas dazuzuverdienen?«

»Krass!«

♡

Am Nachmittag desselben Tages kam Rieke vorbei. Sie traute ihren Augen nicht. »Kneif mich, Franzi! Ich habe Visionen.«

»Zu Befehl.«

»Autsch. Doch nicht so fest!« Rieke rieb sich den Arm, behielt die Kids aber im Blick, die, beschallt von deutschem Gangsta-Rap, fröhlich fluchend an der *Wunderkiste*-Fassade herumputzten. Dass sie sich dabei gegenseitig mit dem Hochdruckreiniger ins Visier nahmen, hatte Franzi anfänglich beunruhigt, aber Theo hatte ihre Bedenken zerstreut: »Kein Problem, ich schwör. Wir ziel'n nich auf'n Kopp.«

»Nee, Digga, is' viel zu gefährlich«, hatte sein Adjutant bestätigt. Nun, dann war ja alles in bester Ordnung, hatte Franzi fatalistisch gedacht und war zu Ehmken gefahren, um ihm sein Mittagessen zu bringen. Würde schon gut gehen. Als sie zurückkam, stand Rieke bereits vor der *Wunderkiste*.

»Die machen das freiwillig?«, fragte sie jetzt staunend. »Den einen kenne ich, der war Lehrling bei mir. Hat genau drei Tage durchgehalten, dann war es ihm zu anstrengend.«

»Wahrscheinlich bezahle ich besser.«

»Möglich.«

»Sag mal, was machst du eigentlich hier? Ich dachte, du wolltest deinen Samstag in Bremen genießen.«

»Bremen läuft nicht weg. Deine Kunden schon.« Rieke ging zu ihrem Lieferwagen und öffnete die Hecktüren. Darin standen ein weiterer Hochdruckreiniger und diverse Reinigungsmittel. »Ich wollte dir beim Saubermachen helfen, aber ich schätze, wenn wir den Jungs jetzt in die Quere kommen, gibt es böses Blut. Die wollen ihren Lohn bestimmt nicht teilen.«

»Nee, die lassen wir lieber in Ruhe, Alder, die sind krass beschäftigt.«

»Weißt du was? Dann fahren wir jetzt zusammen nach Bremen und machen uns einen lustigen Abend. Ich brauche Großstadtluft, und du musst vor schlechtem Umgang bewahrt werden. Deine Sprache leidet schon.«

Gesagt, getan. Zwei Stunden später schlenderten die beiden durchs »Viertel«, wie die Bremer die Stadtteile Ostertor und Steintor liebevoll nannten. Franzi gefiel die Gegend mit den vielen Cafés und Restaurants auf Anhieb, bedauerte nur, dass die hübschen kleinen Läden bereits geschlossen hatten. Andererseits wurde sie so nicht in Versuchung geführt. Sie brauchte ja nichts. Jedenfalls nichts, das nicht unmittelbar mit der *Wunderkiste* zusammenhing.

Trotzdem blickte sie sehnsüchtig auf eine sonnengelbe Filztasche in einem der Schaufenster. Die Tasche würde sensationell zu ihrem Sommerkleid vom letzten Jahr passen.

»Die ist schick«, bestätigte Rieke, der das Leuchten in Franzis Augen nicht entgangen war. »Ich schau mal, ob ich etwas finde, womit wir die Scheibe einschmeißen können.«

»Was? Spinnst du?«

»Nö, wieso? Wär doch ’ne voll krasse Sache, Digga.«

»Hör auf, hör auf. Ich werde das Wort nie wieder verwenden, ich schwör!«

Kreischend rannte sie davon, Rieke dicht auf den Fersen. Außer Atem blieben sie schließlich stehen, direkt vor einem ansprechend aussehenden Restaurant.

»Hast du auch Hunger?«

»Und wie.«

»Dann nichts wie rein. Am Fenster wird gerade ein Tisch frei.«

Der Laden brummte, offensichtlich war das Restaurant bei den Bremern sehr beliebt. Franzi bestellte ein Pasta-Gericht, Rieke wählte Hirschragout mit Rotkohl und Klößen. »Das passt zwar nicht zur Jahreszeit, aber zu meinem Appetit«, sagte sie fröhlich und ließ sich einen Rotwein empfehlen. Sie hatten bereits entschieden, die Nacht in Bremen zu verbringen, damit auch Rieke etwas trinken konnte, und ein günstiges Hotelzimmer gebucht.

Das Essen war so gut, wie es die Beliebtheit des Ladens vermuten ließ. Franzi und Rieke aßen mit Appetit, klönten über dies und jenes, bestellten noch eine Karaffe Wein und fühlten sich prächtig. Es tat gut, mal aus der Kleinstadt herauszukommen.

»Ich mag mein Westersum«, sagte Rieke, »aber in regelmäßigen Abständen fällt mir dort die Decke auf den Kopf. So eine Art Inselkoller ohne Insel.« Sie klappte die Karte auf. »Himbeereis? Panna Cotta? Apfelstrudel?«

»Wie wär's mit allem?«

»Du wirst mir immer sympathischer, Franzi.«

Am Ende waren sie pappsatt und ein bisschen beschwipst. Rieke verschwand kurz – für Königstigerinnen, wie sie augenzwinkernd sagte. Franzi sah der sich geschmeidig an den voll besetzten Tischen vorbeischlängelnden Freundin nach. Tigerin? Der Vergleich war gar nicht so abwegig.

Während sie auf Rieke wartete, beobachtete sie die Menschen auf der Straße. Die Dämmerung war bereits hereingebrochen, aber noch war es angenehm mild und entsprechend belebt das Viertel. Viele der Passanten trugen grün-weiße Schals oder Trikots und gröhlten Fußballhymnen. Gerade torkelte eine Horde ausgelassener junger Männer am Fenster vorbei. Anscheinend hatte Werder Bremen gewonnen. Die Gruppe kam ins Stocken, ein Mann und eine Frau in Abendgarderobe drängelten sich schnellen Schritts an ihnen vorbei. Franzi stutzte. Sie reckte den Hals, aber das elegante Paar war bereits verschwunden, verschluckt von einer Gruppe Fußballfans mit andersfarbigen Schals und ziemlich bedröppelten Mienen. Ganz offensichtlich die Verlierer.

Ihr Herz klopfte bis zum Hals. Es war Sönke gewesen. Sönke mit einer Frau, oder täuschte sie sich? Der Mann war schnell gegangen, und sie hatte ihn auch nur für einen Sekundenbruchteil gesehen, halb von der Seite. Um wirklich etwas zu erkennen, war es schon zu dunkel.

»Alles klar?« Rieke rutschte wieder auf ihren Platz.

Franzi riss sich zusammen. »Alles prima.« Sie musste sich geirrt haben. Sönke war in seinem hessischen Kaff, nicht in Bremen. Und schon gar nicht mit einer Frau. Gut gekleidete Männer gab es schließlich wie Sand am Meer. »Wohin gehen wir als Nächstes?«

Es wurde eine lange und lustige Nacht. Sie zogen von Bar zu Bar und landeten irgendwann nach Mitternacht in einem Klub namens *Lila Eule,* in dem die Musik laut und gut war. Rieke kannte den Laden seit ihrer Schulzeit. Prompt trafen sie zwei alte Bekannte von ihr, Suse und Eleni.

»Auf gute Schwesternschaft!«, brüllte Suse, eine stämmige Mittvierzigerin mit frechem Kurzhaarschnitt, über den Lärm hinweg und hob ihre Bierflasche. Sie stießen reihum an. Eleni ließ es sich nicht nehmen, Franzi einen Kuss auf die Wange zu drücken. »Ich bin ja so froh, dass Rieke eine tolle Freundin gefunden hat!«, sagte sie nah an Franzis Ohr. »Ihr passt zusammen.«

»Das finde ich auch. Ricke ist klasse.«

»Sag ich doch.« Eleni horchte auf. »›Whole Lotta Rosie‹! Ich muss tanzen.«

Verblüfft sah Franzi Eleni nach, die sich mühelos einen Platz auf der vollen Tanzfläche erkämpfte. Ausgelassen rockte sie zu dem AC/DC-Song, der so gar nicht zu ihr passte: Die zarte Eleni war das genaue Gegenteil von Rosie, die laut Songtext 19 Stone wog, beeindruckende 120 Kilo. Eleni winkte ihr, und jetzt hielt es auch Franzi nicht mehr auf ihrem Barhocker. Sie drängelte sich zwischen die Tanzenden, löste ihren Zopf und ließ die Locken fliegen. Fehlende Pfunde hin oder her, man konnte trotzdem eine *whole lotta woman* sein.

Als sie Stunden später zu viert den Klub verließen, deutete sich im Osten die Morgendämmerung an. Franzi streckte sich gähnend. Ihre letzte durchtanzte Nacht war eine Ewigkeit her. Nachdem sie sich herzlich von Suse und Eleni verabschiedet hatten, liefen Franzi und Rieke untergehakt zum Hotel zurück. Nach einer Katzenwäsche plumpsten sie sofort ins Bett. Die Vögel stimmten ihr Morgenkonzert an, aber Franzi hörte es nicht mehr.

»Uuuuh.«

»Ich auch«, stöhnte Rieke, »das letzte Bier ist definitiv eins zu viel gewesen.«

»Oder das vorletzte.« Franzi bewegte vorsichtig den Kopf. Sie hatte unbestreitbar einen Kater. »Hast du Aspirin dabei?«

»Nö. Aber vielleicht können sie uns an der Rezeption aushelfen. Eine Dusche und ein Frühstück werden jedenfalls Wunder bewirken. Apropos Frühstück: Wie spät ist es eigentlich?«

Franzi angelte nach ihrem Smartphone. »Oh. Fast eins. Es wird wohl eher auf ein spätes Mittagessen hinauslaufen.«

»Eins? Wir hätten um zwölf auschecken müssen.« Rieke ließ sich aufs Kopfkissen zurückfallen und schloss die Augen. »Was hältst du davon, noch einen Tag länger zu bleiben? Wir müssen ja ohnehin noch die nächste Nacht bezahlen, dann können wir auch gleich hierbleiben. Wir kurieren unseren Kater aus und fahren morgen ganz früh los. Ich sage den Jungs Bescheid. Marek hat den Schlüssel für die *Wunderkiste* und kann dich dort vertreten, falls du sie doch öffnen möchtest.«

Franzi brauchte nicht lange zu überlegen. Sie konnte gut und gern noch einen Tag auf ihr beschmiertes Haus verzichten. »Abgemacht.« Sie angelte nach dem Hoteltelefon und informierte die Rezeption über ihren Verlängerungswunsch, dem gern nachgekommen wurde.

»Marek brauchst du aber nicht zu alarmieren«, sagte sie, nachdem alles geklärt war, »es kommt ja ohnehin keiner. Nicht nach diesem Zeitungsartikel.«

Rieke rollte sich zu ihr und drückte sie an sich. »Das wird sich noch zeigen. So schnell geben wir nicht auf«, sagte sie. Sie gähnte herzhaft. »Ehrlich gesagt, ich könnte noch eine Mütze Schlaf vertragen. Du auch?«

Franzi kuschelte sich in Riekes Arme. »Gute Idee. Du hast heute nur gute Ideen«, murmelte sie. Die *Wunderkiste* und alle damit zusammenhängenden Probleme konnten noch bis morgen warten. Sie hatte sich eine Auszeit redlich verdient.

»O nein!«

»O doch. Soll ich anhalten?«

»Ja, bitte.«

Rieke manövrierte den Lieferwagen in eine Parklücke etwa fünfzig Meter von der *Wunderkiste* entfernt. Beklommen stiegen sie aus und sahen die Straße hinunter. Vor der *Wunderkiste* standen sechs, sieben Leute. »Was ist jetzt schon wieder passiert?«

»Keine Ahnung«, sagte Rieke kleinlaut, »vielleicht hat deine Gurkentruppe zu viel Radau gemacht?«

Franzi lehnte sich gegen das Auto, unschlüssig, was sie tun sollte. Es war ihr am gestrigen Sonntag gelungen, ihre Sorgen zu ignorieren und auch die Gedanken an das elegante Paar vom Vorabend beiseitezuschieben. Es war nicht Sönke gewesen, basta. Rieke und sie hatten auf den Stadtwerder übergesetzt, die Weserhalbinsel mitten in Bremen, und den Rest des sonnigen Tages vor dem *Café Sand* mit süßem Nichtstun verbracht. Heute Morgen, auf der Rückfahrt nach Westersum, hatten sie lauthals alte Songs von Marius Müller-Westernhagen mitgesungen, bis sie in die Mühlenstraße eingebogen waren und die Versammlung entdeckt hatten. Schlagartig hatte sich Franzis gute Laune verflüchtigt.

Sie straffte sich. »Dann will ich mich mal dem Mob stellen«, sagte sie. »Kommst du mit?«

»Natürlich.«

Gemeinsam näherten sie sich der kleinen Menschentraube, allesamt Frauen, junge und alte. Franzis Herz machte einen Satz, als ihre Hausfassade in den Blick kam. Die Kids hatten Wunder bewirkt, von der Schmiererei waren nur unleserliche Schatten geblieben, die sich leicht überstreichen ließen. Sie beschloss insgeheim, den Jungen einen Extraschein obendrauf zu legen, ich schwör, Digga!

»Da ist sie ja!« Eine der Frauen hatte Franzi und Rieke entdeckt.

Sofort drehten sich alle Köpfe zu ihnen. Franzi wappnete sich gegen unvermeidliche Anfeindungen, doch dann geschah etwas völlig Unerwartetes: Die Frauen lächelten ihr zu.

»Ich habe in der Zeitung von Ihrem Laden gelesen«, sagte eine der jüngeren Frauen, die mit einem kleinen hellblonden Mädchen gekommen war. »Es ist beschämend. Für ganz Westersum.«

Franzi ergriff verdattert die ihr gereichte Hand. »Danke, danke«, stotterte sie. »Ich dachte, Sie wollen, also, ich meine …«

»Keine Ahnung, was Sie dachten, aber wir wollen uns jetzt mal umschauen. Machen Sie denn überhaupt auf? Es ist ja schon nach zehn.«

»Natürlich. Entschuldigen Sie die Verspätung. Ich hatte nicht mit Kundschaft gerechnet.« Sie öffnete die Ladentür und ließ die Frauen eintreten.

»Tja, dann überlasse ich dich deinen Kundinnen, meine Baustelle ruft nach mir«, sagte Rieke. »Es stimmt also, dass es keine schlechte Presse gibt. Viel Glück! Und viele Verkäufe!«

Als Rieke außer Sicht war, folgte Franzi den Frauen in den Laden.

Drei Stunden später, die letzte Kundin hatte die *Wunderkiste* verlassen und es war wieder Ruhe eingekehrt, ließ sie sich auf einen der Stühle in der Ecke plumpsen, schnappte sich einen sauberen Becher und schenkte sich den letzten Rest Tee aus einer Thermoskanne ein. Ihr schwirrte der Kopf von dem Trubel, und zugleich war ihr zum Jubeln zumute. Den Frauen hatte die neue *Wunderkiste* offensichtlich zugesagt. Interessiert hatten sie sich alles angesehen, Stoffe inspiziert, fachkundig die Qualität der Wolle kommentiert, über die Topflappenfische gelacht und sich freudig über Tee, Kaffee und Kuchen hergemacht. Der Kuchen war zwar übers Wochenende ein wenig trocken geworden, aber das störte niemanden. Jetzt sah es aus, als hätte eine Bombe eingeschlagen.

Hier und dort standen benutzte Tassen und Teller, Stoffballen lehnten an der Wand, Wollknäuel fanden sich überall, nur nicht in den ihnen von Jan zugedachten Regalfächern. Seine sorgfältige Farbkomposition war dahin. Egal.

Franzi trank ihren Tee aus und kontrollierte die Kasse. Viel verkauft hatte sie nicht, aber es war ein Anfang. Außerdem wertete sie es als gutes Omen, dass kein einziger Reißverschluss über den Ladentisch gegangen war. Zufrieden begann sie mit dem Aufräumen.

»Voll krass!«

In der Tür stand Theo, seinen Köter an der kurzen Leine haltend.

»Krass?«

»Klaro. Voll der krasse Mädchenladen.«

»Ist das jetzt gut oder schlecht?«

Er zog die Augenbrauen hoch. »Gut für Mädchen eben.«

Franzi musste lachen. Theo war wirklich eine Nummer. Sie nahm einen Fünfzig-Euro-Schein aus der Kasse. »Für euch. Du wirst es schon richtig aufteilen.«

»Echt, ey? Sie hamm' doch schon gelöhnt.«

»Gutes Geld für gute Arbeit. Die Wand sieht super aus.«

»Ey, danke, Digga.« Seine übliche, bemüht coole Miene wich einem Strahlen, das ihn plötzlich wie einen netten Teenie aussehen ließ und Franzi nachdenklich stimmte. Offensichtlich war er in seinem Leben noch nicht oft gelobt worden. Sie hatte ihn und seine Kumpels bisher als Störenfriede empfunden, dumme Jungs, denen nichts Besseres einfiel, als vor dem Handyladen herumzulungern. Aber was wusste sie schon über sie? Auch im idyllischen Ostfriesland gab es zerrüttete Familien und andere Dramen, die einen jungen Menschen komplett aus der Bahn werfen konnten. Sie nahm sich vor, den Jungs in Zukunft ohne Vorurteile zu begegnen.

»Gern geschehen. Übrigens, wenn ihr interessiert seid, könnt ihr noch mehr verdienen. Hinterm Haus ist ein Dschungel, der gerodet werden muss.«

»Garten? Nee, nix für mich.«

»Überleg es dir. Das Angebot steht jedenfalls.«

Theos Töle fing an zu bellen. Bob schoss gerade durch den hinteren Teil des Ladens und verschwand durch die Katzenklappe.

»Deinen Kö…, ich meine, deinen Hund musst du allerdings woanders lassen.«

»Klaro. Der is aber eigentlich lieb, ne, Türo?«

»*Türo?*«

»Türannosaurus Rex. Voll cooler Name, aber zu lang. Also Türo.«

Franzi betrachtete Hund und Herrchen mit neu erwachtem Interesse. Weder der eine noch der andere wirkte auch nur ansatzweise wie der König der Dinosaurier, eigentlich sahen beide eher gerupft aus. Sie machte die Probe aufs Exempel und hielt dem Köter ihre Handfläche hin. Misstrauisch beschnüffelte er sie, ließ es dann aber zu, dass sie ihm über den Kopf strich. Wie Theo, dachte Franzi. Freundlichkeit bewirkt Wunder.

Nachdem Theo und Türo abgezogen waren, räumte sie das schmutzige Geschirr zusammen und brachte es nach oben. Während sie abwusch, lauschte sie angespannt nach unten, um nur ja keine weitere Kundin zu verpassen, doch leider blieb die Glocke über der Ladentür den Rest des Tages stumm. Um sechs Uhr drehte sie ihr altmodisches offen/geschlossen-Schild um, schloss die Tür ab, holte den letzten Rest Butterkuchen und ging zu Jan hinüber, der gerade einen Haufen grauer, blonder und brauner Haare zu einem stattlichen Berg zusammenfegte.

»Daraus könnte man auch etwas stricken«, stellte Franzi fest. »Wie ich sehe, hattest du viel zu tun.«

»Beinahe zu viel. Die Mädels rennen mir den Laden ein.«

»Warum suchst du dir keinen Azubi?«

»Woher nehmen, wenn nicht stehlen? Es will ja niemand mehr ein Handwerk lernen.«

»Das hat Ricke auch schon gesagt. Schade eigentlich.«

»Allerdings. Dabei ist Friseur so ein schöner Beruf.«

Franzi schoss ein Gedanke durch den Kopf. Sie ging zur Ladentür und betrachtete nachdenklich Theo und seine Gang, die ihren üblichen Posten vorm Handyladen bezogen hatten. Jan stellte sich zu ihr und folgte ihrem Blick.

»Einer von denen? Das ist nicht dein Ernst.«

»Warum nicht? Mein Haus haben sie schließlich auch sauber geschrubbt.«

»Das ist etwas anderes. Keine meiner Kundinnen würde ihre Frisur einem von dieser Truppe anvertrauen. Da ist Hopfen und Malz verloren«, sagte er, ging zu seinem Haarberg zurück, bückte sich und schaufelte alles in einen Eimer. Franzi beobachtete kritisch sein Tun.

»Was macht dein Rücken?«

»Es ist schon viel besser. Deine Übungen wirken Wunder.«

»Prima. Nächste Woche bekommst du eine Massage.«

»Ich freue mich darauf. So, und jetzt erzähl mal, wie ist der Tag gelaufen? Hat die Kasse geklingelt?«

Später am Abend rief Sönke an. Seit dem Zwischenfall mit Sabine vor zwei Wochen hatten sie nur via SMS kommuniziert; beide hatten viel um die Ohren gehabt, die Zeit war nur so verflogen. Umso mehr hatten sie sich jetzt zu erzählen, wobei hauptsächlich Franzi redete. Sönke meinte nur, er sei in Arbeit ertrunken; die Hessen würden ihm das Leben schwer machen, sehr frustrierend das Ganze. Sie redeten noch über dies und das, bis Franzi es nicht mehr aushielt. Sie musste ihn einfach fragen.

»Sag mal, warst du am Samstag in Bremen? Ich dachte, du würdest bei deinen Hessen festsitzen.«

Er zögerte kurz. »Kannst du hellsehen?«, fragte er dann leichthin. »Ich bin tatsächlich Samstag früh direkt von Kassel aus nach Bremen gefahren.«

Sie verkrampfte sich. Also doch. Wer war dann die Frau?

»Wie kommst du darauf?«, setzte er hinzu.

»Ich war auch in Bremen und glaube, dich gesehen zu haben.« Ihre Stimme klang heiser. »Dich und eine schick gekleidete Frau, im Viertel, so gegen halb elf.«

»Was für ein Zufall. Ja, das kommt hin. Meine Schwester hatte Geburtstag, wir waren im Theater. Warum hast du uns nicht angesprochen? Ich hätte euch gern einander vorgestellt, vielleicht hätten wir irgendwo noch einen Wein trinken können.« Er stutzte. »Sag mal, Franzi, hast du etwa geglaubt, sie ist meine Freundin oder Frau?«

»Der Gedanke ist mir gekommen«, sagte sie mit dünner Stimme. »Sei mir nicht böse.«

»Traust du mir so wenig?«

»So habe ich das doch nicht gemeint.«

Er schwieg. Franzi wartete beklommen. Warum war es mit ihr und Sönke nur so kompliziert?

»Ich bin dir nicht böse. Wahrscheinlich trage ich selbst die Schuld, weil ich so wenig Zeit habe und du eigentlich gar nichts von mir weißt. Du hast mich allerdings auch nie gefragt, ob ich verheiratet bin«, fügte er hinzu. In seiner Stimme schwang ein Lachen.

Franzi fiel ein riesiger Stein vom Herzen. Du bist zu misstrauisch, schalt sie sich. Auf die Idee, dass er eine Schwester haben könnte, war sie gar nicht gekommen. Manchmal waren Erklärungen so einfach. Und so harmlos.

»Nein, das habe ich tatsächlich nicht getan«, sagte sie aufgeräumt. »Ich werde es auch jetzt nicht tun. Ist ja nicht mehr nötig.«

»Eben. Aber jetzt etwas anderes: Hast du Lust, in drei Wochen mal mit mir nach Baltrum überzusetzen? Wir fahren Samstag ganz früh los und kommen Sonntagabend wieder. Dann brauchst du wegen des Ladens nur für eine Vertretung für Samstag zu sorgen.«

»Und ob!«

»Aber vorher sehen wir uns noch, oder?«

»Und ob!«

Nach dem ersten Ansturm blieb es erst mal ruhig. Franzi nutzte die Zeit und besserte die Fassadenfarbe aus, bis nichts mehr von dem bösen Spruch zu sehen war. Hin und wieder kam eine neugierige Westersumerin vorbei, kaufte ein paar Knäuel Wolle, Stricknadeln oder Kurzwaren, aber die Touristen blieben aus. Franzi tröstete sich damit, dass die Saison gerade erst begonnen hatte, und beschäftigte sich mit anderen Dingen, zu tun gab es schließlich genug. Wenn das Wetter es zuließ, setzte sie sich auf die Bank vor die *Wunderkiste* und tüftelte an einem neuen Handarbeitsprojekt, einer Handtasche aus Strickfilz. Jeden Mittag schloss sie den Laden für anderthalb Stunden, um Ehmken weiterhin zur Seite zu stehen. Er konnte sich zunehmend besser bewegen und fütterte bereits wieder die Esel, sodass Marek, Tomasz und Joost ihre Besuche einstellten. Sein erklärtes Ziel war die Rückeroberung seines Autos. Er hasste es, von Franzi abhängig zu sein, und wollte seine Einkäufe selbst tätigen, aber sie hatte ihm das Autofahren vorerst rundheraus untersagt, ihm sogar gedroht, die Schlüssel mitzunehmen. Für die Gas- und Bremspedale seines Wagens, ein ziemlich alter russischer Lada, brauchte er gesunde

Füße. Sie wollte nicht riskieren, dass er sich und andere in Gefahr brachte. Widerwillig hatte er sich gefügt, aber es war nur noch eine Frage von Tagen, bis er seinen Dickkopf durchsetzte. Insgeheim hoffte sie, dass es bald so weit war; die täglichen Fahrten zu seinem Hof fraßen einfach zu viel Zeit.

Auch die Entchen hielten sie auf Trab. Sie waren in den vier Wochen seit dem Schlüpfen in atemberaubendem Tempo gewachsen, der erste Daunenflausch wich bereits dem Jugendgefieder. Sie waren ziemlich aktiv und mussten dringend schwimmen lernen, damit Franzi sie im See hinter Jorines Garten auswildern konnte. Also verbrachte sie neuerdings jeden Morgen vor Ladenöffnung eine halbe Stunde im Badezimmer und beaufsichtigte zusammen mit der besorgt quakenden Janis die ersten Tauchversuche der Entenkinder.

Donnerstagnachmittag schneite Renate herein in der Hoffnung, Franzi helfen zu können. Ihr war langweilig, denn Edda und Norbert waren auf unbestimmte Zeit zu Sohn und Schwiegertochter nach Oldenburg gefahren, um auf die Enkel aufzupassen.

»Schön blöd«, schnaubte Renate, »sich ausnutzen zu lassen, damit die gestressten Eltern nach Ibiza fliegen können.«

»Vielleicht babysitten sie ja gern?«

»Kann ich mir nicht vorstellen«, brummte Renate.

»Ich schon. Die beiden sind doch vernarrt in ihre Enkel. Sei froh, dass sie nicht nach Oldenburg ziehen.«

»So weit kommt es noch.«

Franzi grinste. »Du bist eifersüchtig«, konstatierte sie.

»Ich? Eifersüchtig? Wie kommst du denn auf diese bekloppte Idee? Ich doch nicht. Sollen die beiden doch machen, was sie wollen.«

»Ganz genau. Wohingegen wir jetzt unser Leben ohne Kinder oder Enkel genießen und uns ohne schlechtes Gewissen eine ungesunde fettige Pizza mit doppelt Käse und dazu eine Flasche Cola bestellen. Mir knurrt nämlich der Magen.«

Besänftigt willigte Renate ein. Es gab einen akzeptablen Pizzaservice in Westersum, und in null Komma nichts saßen sie zufrieden in der Sitzecke der *Wunderkiste* und aßen Pizza, jederzeit bereit, alles stehen und liegen zu lassen, um Kundinnen zu bedienen, die leider nicht kamen.

»Willst du eigentlich Kinder haben?«, fragte Renate unvermittelt. Das Thema ließ sie offensichtlich nicht los.

»Eigentlich schon.«

»Wie alt bist du? Sechsunddreißig?«

»Mach mich nicht älter, als ich bin«, sagte Franzi und zwang sich zu einem Lachen. Das Kinderthema war ein wunder Punkt. Gerade gestern hatte sie lange mit Tanja telefoniert, die tatsächlich bereits schwanger war oder es zumindest zu sein glaubte. Sie gönnte ihrer Freundin das Glück von Herzen und freute sich natürlich riesig, dass Tanja sie und keine andere als Patentante vorgesehen hatte, aber gleichzeitig hatte es ihr auch einen kleinen Stich versetzt. Was, wenn sie selbst kinderlos blieb? Sie konnte sich ein Leben ohne Kinder durchaus vorstellen. Mit Kindern allerdings auch, und zwar ziemlich gut.

»Ende August werde ich fünfunddreißig«, stellte sie richtig. »Ich habe also noch etwas Zeit.«

»Wie man es nimmt«, bemerkte Renate, »als ich in deinem Alter war, wurde ich zur karrieregeilen alten Jungfer abgestempelt.«

»Warst du es denn?«

»Nö. Weder karrieregeil noch alt noch Jungfer. Aber das ist eine lange Geschichte, die erzähle ich dir ein anderes Mal.«

Franzi nickte. Sie vermutete schon länger, dass Renate gern Kinder gehabt hätte, deshalb auch ihre übertrieben ablehnende Haltung Eddas und Norberts Enkelkindern gegenüber. Wahrscheinlich steckte eine tragische Geschichte dahinter, die sie ihr irgendwann erzählen würde. Oder auch nicht, was ganz allein Renates Entscheidung war. Ihre eigene Kinderlosigkeit wiederum war schnell erklärt.

»Ich habe einfach noch nicht den passenden Vater gefunden«, sagte sie.

»Auf den kannst du wahrscheinlich lange warten. Ich fürchte, du wirst dich mit dem zweit- oder drittbesten begnügen müssen.«

»Will ich aber nicht.«

»Dann heiße ich dich hiermit im Klub der alten Jungfern willkommen.«

»Mal den Teufel nicht an die Wand.«

Renate, die mit Blick zur Tür saß, riss plötzlich die Augen auf. »Den brauche ich nicht zu malen«, flüsterte sie, »der steht nämlich schon in der Tür und hat Geschenke dabei.«

Der Teufel brachte Brot und Salz.

»So etwas macht man doch wohl zum Einstand«, sagte die olle Hinrichsen. Franzi nahm die Gaben dankend entgegen, dann führte sie die Besucherin durch den Laden. Die alte Frau sah sich alles mit unbewegter Miene an. Nach wenigen Minuten verabschiedete sie sich und schlurfte wieder zu ihrem eigenen Geschäft hinüber.

Renate saß wie vom Donner gerührt auf ihrem Platz. »Was war das denn?«

»Du siehst so aus, als könntest du einen Schnaps vertragen.«

»Allerdings. Hast du einen?«

»Nö. Ich kann dir aber einen echten Ostfriesentee kochen. Mittlerweile habe ich alle Zutaten da.«

Renate winkte ab. »Ein Wunder am Tag reicht.« Kopfschüttelnd goss sie sich ein Glas Cola ein. »So, und jetzt erzähl mal, wie du die olle Hinrichsen handzahm gemacht hast.«

»Am Ende war es einfacher als gedacht. Du erinnerst dich doch an den Artikel über die Schmiererei vom letzten Sonnabend?«

»Selbstverständlich. Das war eine ausgemachte Frechheit.«

»Das habe ich genauso gesehen. Reporter Holst hat sich ziemlich weit aus dem Fenster gelehnt und auch Frau Hinrichsen und ihren Sohn diffamiert. Ich bin deshalb gleich morgens mit der Zeitung, Kuchen und einer Friedenspfeife zu ihr gegangen.«

»Die dürfte ziemlich von den Socken gewesen sein.«

»Sie war schockiert«, sagte Franzi und berichtete über ihren Vorstoß ins vermeintlich feindliche Lager, von der Verbitterung der Frau, aber auch ihrer Verletzlichkeit. Renate rutschte gespannt auf die Stuhlkante, damit ihr nur ja kein Wort dieser sensationellen Entwicklung entging.

»Tja«, schloss Franzi schließlich seufzend, »und so haben wir nicht nur das Kriegsbeil begraben, sondern ich habe auch gleich noch herausbekommen, dass Peter mein heimlicher Verehrer ist.«

»Au Backe.«

»Das kannst du laut sagen.« Franzi angelte sich ein letztes Stück Pizza aus der Schachtel und biss hinein. Es war kalt und schmeckte scheußlich.

»Was willst du tun?«

»Keine Ahnung. Ich weiß ja noch nicht einmal, ob er wirklich verliebt ist oder mir einfach nur eine Freude machen möchte. Mein erster Impuls war, ihn zur Rede zu stellen, aber wer weiß, was ich damit anrichte? Peter lebt nach eigenen Regeln, die ich nicht verstehe. Es würde mir sehr leidtun, ihn zu enttäuschen. Hoffnung will ich ihm natürlich auch nicht machen. Es ist ziemlich vertrackt.«

»Dann lass es fürs Erste auf sich beruhen. Allerdings solltest du bei Gelegenheit erwähnen, dass du ein Fan von Mon Chéri bist. Weinbrandbohnen mag nun wirklich niemand.«

»Täusch dich nicht«, sagte Franzi lachend, »Tomasz will sie für seinen Opa mit nach Hause nehmen.« Sie griff neben sich und holte ihre Handarbeit, die sie bei Renates Ankunft unterbrochen hatte, aus dem Korb. Prüfend hielt sie das Strickstück vor sich. Nur noch abketten, dann war die Tasche fertig.

»Was wird das denn?«, fragte Renate. »Ein Schlafsack?«

»Nein, eine Tasche.«

»Die ist ja riesig! Willst du darin wohnen?«

»Natürlich nicht. Warte ab, jetzt wird gezaubert.«

»Du machst mich neugierig.«

Nachdem Franzi alle Maschen abgekettet und die losen Fäden vernäht hatte, steckte sie die Riesentasche und vier ebenso riesige, aus bunter Filzwolle gewebte Rechtecke in die Waschmaschine und füllte Waschmittel direkt in die Trommel.

»Halt! Das ist doch Wolle. Hast du kein Wollwaschmittel?«

»Doch, aber nicht fürs Filzen.« Franzi kramte drei Tennisbälle aus dem Badezimmerschrank, warf sie zu den Stricksachen, stellte die Maschine auf 30 Grad und schaltete sie ein. Gurgelnd lief das Wasser in die Trommel.

»Ich nehme an, du weißt, was du tust«, bemerkte Renate skeptisch.

»Aber ja. Zum Filzen von Strick- oder Häkelsachen aus Wolle muss man alles falsch machen, was man falsch machen kann: auf keinen Fall Wollwaschmittel verwenden, die Sachen zu heiß im Vollprogramm waschen und auf das Beste hoffen. Ich habe auch schon bei 40 und sogar 60 Grad gefilzt, aber das ist oft zu viel des Guten.«

»Und die Tennisbälle?«

»Die Bälle verstärken den Filzeffekt. Sie walken das Gestrick ordentlich durch, damit es noch fester wird. Lass dich überraschen.«

Renate staunte nicht schlecht, als sich die unförmigen Sachen nach zwei Stunden in fröhlich-bunte Sitzunterlagen und eine schicke Umhängetasche von normalen Ausmaßen verwandelt hatten. Sie war begeistert und kaufte Franzi, bevor sie ging, eine ganze Tüte Wolle ab, um sich ebenfalls am Weben und Filzen von Sitzunterlagen zu versuchen.

Während Franzi noch in der Ladentür stand, steuerte eine Frau von der gegenüberliegenden Straßenseite direkt auf sie zu.

»Frau Wolff?«

»Ja? Ich habe eigentlich schon geschlossen, aber Sie können gern noch hereinkommen. Wofür interessieren Sie sich denn? Wolle? Stoffe?« Sie hielt der Unbekannten die Tür auf. Ein seltsames Gefühl beschlich sie. Mit der Frau, einer überaus attraktiven Mittdreißigerin, stimmte etwas nicht. Sie wirkte feindselig und aggressiv. Franzi wappnete sich innerlich gegen ein unerfreuliches Verkaufsgespräch und folgte ihr ins Innere. Nun, daran würde sie sich gewöhnen müssen. Die Kundin war Königin. Ausnahmen von dieser goldenen Regel waren nicht zulässig.

Franzi sollte recht behalten. Das Gespräch wurde überaus unerfreulich, allerdings war es kein Verkaufsgespräch. Eigentlich noch nicht einmal ein Gespräch, denn dazu gehörten mindestens zwei. Es redete aber nur die Frau. Sie explodierte regelrecht.

»Jetzt hören Sie mir mal gut zu«, zischte sie und trat so nah zu Franzi, dass diese zurückwich. In den Augen der Frau loderte eine unheimliche und unerklärliche Wut. Ein Schauder lief Franzi den Rücken hinunter. Was war denn nun schon wieder los?

»Sie!« Nachdrücklich stach die Frau mit dem Zeigefinger in ihre Richtung. Franzi machte einen weiteren Schritt rückwärts und stand jetzt buchstäblich mit dem Rücken zur Wand, sprachlos. »Sie lassen gefälligst die Finger von meinem Mann! Wenn ich Sie noch einmal mit ihm erwische, dann bekommen Sie es mit mir zu tun.« Die Frau verschluckte sich fast vor Ärger.

»Ich weiß überhaupt nicht, von wem Sie sprechen.«

»Oho, das wissen Sie sehr wohl. Machen Sie in Zukunft einen Bogen um ihn, sonst wird es Ihnen leidtun!« Ohne Franzi die Gelegenheit zu einer Frage oder gegebenenfalls einer Verteidigung zu geben, rauschte sie im nächsten Moment schon wieder hocherhobenen Hauptes aus dem Laden. Die Tür fiel krachend ins Schloss, sie musste mit voller Wucht dagegengetreten haben.

Franzi brauchte etliche Sekunden, um sich wieder zu fangen. Als sie endlich auf die Straße eilte, bretterte die Frau gerade in einem Höllentempo die Mühlenstraße stadtauswärts hinunter. Sie fuhr einen silbernen Kleinwagen, aber Franzi erkannte weder Fabrikat noch Nummernschild.

Ratlos ließ sie sich auf die Bank fallen. Was für ein Auftritt! Nur: Wer war die Frau? Wer war der Mann, von dem sie die Finger lassen sollte? Viele kamen nicht infrage. In Gedanken ging sie ihre Freunde durch: Da war Joost, aber der war garantiert nicht verheiratet. Sönke? Hatte er sie doch angelogen? Sie schüttelte den Kopf. Bestimmt nicht, außerdem war die Frau, mit der sie ihn in Bremen gesehen hatte, blond gewesen, nicht dunkelhaarig. Jan wiederum war schwul. Zwar hatten sie nie darüber gesprochen, aber seine Kleidung und seine Körpersprache ließen keinen anderen Schluss zu. Alle anderen waren zu alt. Dann fiel ihr noch etwas ein: Die Frau hatte fabelhaft Deutsch gesprochen, allerdings mit einem kaum wahrnehmbaren Akzent. Russisch? Polnisch? War sie vielleicht die Ehefrau von Tomasz oder Marek? Möglich, aber nicht wahrscheinlich.

Franzi nestelte ihr Handy aus der Hosentasche und rief Tomasz an, um die Sache sofort klarzustellen. Es dauerte eine Weile, bis er sich meldete. Seine Stimme wirkte schläfrig.

»Oh. Habe ich dich geweckt?«

»Ja. Die Baustelle ist wirklich anstrengend. Marek hat Kochdienst, und ich habe die Zeit für ein kleines Nickerchen genutzt.« Er gähnte ausgiebig. »Was kann ich für dich tun?«

»Du bist doch verheiratet, oder?«

»Das weißt du doch.«

»Ist deine Frau bei dir?«

»Du stellst aber komische Fragen. Nein, sie ist natürlich nicht bei mir. Katarzyna ist in Posen. Sie muss unterrichten, die Schulferien fangen erst in ein paar Wochen an. Außerdem kommt sie auch in den Ferien eher selten nach Westersum, es ist ihr zu langweilig. Ich arbeite ohnehin die ganze Zeit, da fährt sie lieber mit einer Freundin irgendwohin.«

Franzi überlegte. Katarzyna konnte trotzdem hergekommen sein, vielleicht sogar im Hotel wohnen. Auch Lehrer meldeten sich mal krank.

»Spricht deine Frau Deutsch?«

»Perfekt. Sie ist Deutschlehrerin. Warum fragst du?«

Franzi berichtete ihm von dem filmreifen Auftritt der dunkelhaarigen Schönheit. Als sich herausstellte, dass die Beschreibung auf seine Frau passte, die im Übrigen einen silbernen Nissan Micra fuhr, war Tomasz baff.

»Das nenne ich Liebe. Eigentlich schade, dass sie es nicht sein kann, denn sie ist ja in Polen. Ich werde mich gleich vergewissern und rufe dich zurück.«

Es dauerte eine halbe Stunde, bis er sich wieder meldete. Er hatte inzwischen zu Hause und auf ihrem Handy angerufen, aber sie hatte nicht abgehoben. Von ihrer besten Freundin hatte er erfahren, dass die Schule kurzfristig wegen eines Wasserrohrbruchs hatte schließen müssen und Katarzyna die Zeit nutzen wollte, für ein paar Tage ans Meer zu fahren.

»Wahrscheinlich hockt sie irgendwo am Ostseestrand im Funkloch«, sagte Tomasz. Er klang nicht sehr überzeugt.

»Oder sie ist tatsächlich hier und geht nicht ran.«

»Das kann sie doch nicht machen!«

»Macht sie aber. Und jetzt?«

»Ich versuche es weiter auf ihrem Handy. Außerdem telefoniere ich die hiesigen Pensionen und Hotels durch, irgendwo muss sie ja schlafen.«

»Das ist die Nadel im Heuhaufen, Tomasz. Vergiss es, wir lassen es auf sich beruhen. Katarzyna wird sich bald bei dir melden. Alles wird sich in Wohlgefallen auflösen.«

Er seufzte theatralisch. »Warum hat man eigentlich nur Ärger mit den Frauen?«

»Meinst du, Männer machen weniger Ärger? Du solltest ihre Eifersuchtsattacke als Kompliment auffassen.«

Sie konnte ihn förmlich grinsen sehen, als er antwortete: »Das tue ich auch.«

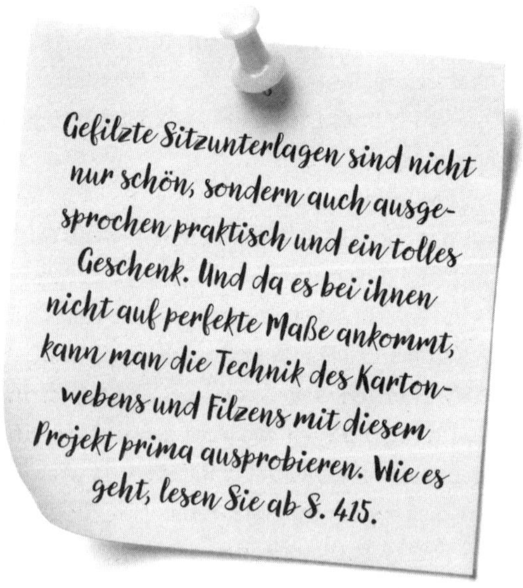

Kapitel 11

Die nächsten zwei Wochen verliefen ohne Zwischenfälle. Es gab keine neuen Graffitis, Franzi wurde nicht von eifersüchtigen Frauen attackiert, selbst Ehmken war nur halb so grummelig wie sonst. Es war so ruhig, dass sie sich fragte, ob Westersum in einen Dornröschenschlaf gefallen war. Die Sache mit Katarzyna hatte sich geklärt, sie war tatsächlich irgendwo an der polnischen Ostseeküste und hatte ihr Handy verloren. Franzi war natürlich erleichtert darüber, dass es Tomasz' Frau gut ging, das Rätsel um die Furie war damit allerdings noch immer ungelöst.

Das Geschäft lief schleppend, aber es gab keinen Tag, an dem sich nicht wenigstens zwei oder drei Kundinnen bei ihr einfanden. Damit Franzi Besorgungen erledigen konnte, kam Renate täglich vorbei und übernahm für diese Zeit den Verkauf.

Auch heute hielt Renate die Stellung, während Franzi zum Friedhof fuhr, den Kofferraum voller Blumen, Ersatz für die verblühten und verdorrten, die sie dort vorzufinden vermutete. Seit ihrem ersten Besuch war sie nicht mehr beim Grab gewesen, sie hatte einfach zu viel um die Ohren gehabt.

Sie parkte Leopold so nah wie möglich am Friedhofstor und begann, den Kofferraum auszuräumen. Gerade hievte sie einen Sack Blumenerde heraus, als sie aus den Augenwinkeln eine vertraute

Gestalt bemerkte. Überrascht ließ sie den Sack fallen. Ehmken war gerade aus dem Tor gekommen und strebte die Zufahrtsstraße hinunter zu seinem Lada, den sie zuvor nicht bemerkt hatte.

Sie rief ihm nach, doch er ignorierte ihren Gruß und humpelte unbeirrt weiter, beschleunigte sogar noch seine Schritte. Plötzlich strauchelte er, fing sich aber sofort wieder. Franzi spurtete los, um ihm gegebenenfalls zu helfen.

»Ist alles in Ordnung?«

Er stand schon wieder fest auf den Füßen und blickte finster auf sie herab. »Sehen Sie doch«, knurrte er.

»Oho! Kaum geht es Ihnen besser, verwandeln Sie sich wieder in den alten Motzkopf. Nicht mit mir, Herr Ehmken. Ich habe mein Bestes gegeben, um Sie wieder auf die Füße zu bekommen, und ein Recht darauf zu fragen, ob Sie sich verletzt haben. Überhaupt, wo sind eigentlich die Gehhilfen?«

»Brauch ich nicht mehr. Bin ja kein Krüppel.« Seine Augen blitzten angriffslustig.

Franzi ballte die Fäuste und zählte von fünf an rückwärts. Lautstark ließ sie die Luft entweichen. »Dann sind Sie also völlig wiederhergestellt. Gut. Aber merken Sie sich eins, Sie sture Miesmuschel: Sollten Sie fallen und wieder im Krankenhaus landen, haue ich Sie nicht mehr raus, sondern überlasse Sie der Gnade der dortigen Schwestern und Pfleger. Die haben Sie nämlich richtig gern!«

»Das war innovativ.«

»Bitte?«

»Na, Ihre Beschimpfung. Miesmuschel gefällt mir richtig gut, viel besser als Motzkopf oder Stinkstiefel.« Er schwang sich erstaunlich geschmeidig hinters Lenkrad und knallte die Wagentür zu. Bevor er abfuhr, kurbelte er das Fenster herunter. »Mund zu, Frau Wolff. Sonst kackt noch 'ne Möwe rein.« Und weg war er.

Franzi starrte dem klapprigen Lada entgeistert nach, dann musste sie wider Willen lachen. Der alte Grantler konnte eben doch nicht aus seiner Haut. Kopfschüttelnd ging sie zu ihrem Auto zurück und schleppte Blumen, Erde, Harke und Schaufel zu Gerlindes Grab, wo sie die nächste Überraschung erwartete: Das Grab war ein gepflegtes Blumenmeer, kein trockenes Blatt weit und breit, der Rosenstock stand in voller Blüte. Franzi setzte ihre Last ab und betrachtete die Pracht. Renate konnte es nicht gewesen sein, und Edda und Norbert weilten noch in Oldenburg. Also musste jemand anders die neuen Blumen gepflanzt und gegossen haben.

Gegossen? Franzi ging in die Hocke und befühlte die Erde. Sie war nass, irgendjemand hatte sich vor Kurzem um das Grab gekümmert. Die Erkenntnis traf sie wie ein Blitz. Nicht irgendjemand: Onno Ehmken! Plötzlich fielen die Puzzleteile an ihren Platz. Ehmken hatte Gerlinde nicht nur gekannt, er musste sie sehr gemocht haben. Mit Sicherheit hatte er den Rosenstrauch gepflanzt, gelbe Rosen, ihre Lieblingsblumen. Hatte er nicht gerade eben eine Rosenschere in der Hand gehalten und sie schnell in der Jackentasche verschwinden lassen, als sie ihn ansprach? Sie erinnerte sich jetzt an andere Kleinigkeiten: seinen traurigen Gesichtsausdruck beim Betrachten der *Wunderkiste*. Seine nur schlecht kaschierte Überraschung, als er realisierte, dass sie Gerlindes Nichte war. Seine Katze, die Bob so verblüffend ähnelte. Der Schlangenring. Franzi bog vorsichtig den Rosenstrauch auseinander. Der Ring war noch da. Ihr fiel die kleine asiatische Statue auf Ehmkens Fensterbank ein, die eine ähnliche Kreuzung aus Schlange und Drachen darstellte.

Waren die beiden ein Paar gewesen? Aber hätte das Kleeblatt nicht davon gewusst? Sie hatte bisher nicht den Eindruck, dass die drei Ehmken näher kannten als viele andere Bewohner von Westersum. Sehr mysteriös, das Ganze.

Nachdem Franzi mit Ach und Krach zwei von ihren Blumen auf Gerlindes dicht bepflanztem Grab untergebracht hatte, beschloss sie, die anderen auf einige der vernachlässigten Grabstätten zu setzen. Vielleicht schauten die Verstorbenen ab und zu auf den Friedhof herunter und freuten sich über ein paar Farbkleckse.

Eine halbe Stunde später hatte sie alle Pflanzen verteilt und wusch sich die Hände an der Wasserstelle. Der Friedhof mit seinen knorrigen Bäumen und der sommerlichen Blumenpracht war wirklich schön. Sie beschloss, noch ein wenig über das Gelände zu schlendern, bevor sie zur *Wunderkiste* zurückfuhr.

Je weiter sie sich dem hinteren Ende des Friedhofsgeländes näherte, desto älter wurden die Gräber. Hier gab es kaum noch Blumen, Efeu überrankte schiefe, von in die Höhe geschossenen Lebensbäumen beschattete Grabsteine und Kreuze. Lediglich ein schmales Einzelgrab stach durch seine farbenfrohe Bepflanzung aus dem dunklen Grün heraus. Neugierig schob Franzi die sich um den Stein windende violett blühende Clematis beiseite. Jemand musste diesen Menschen sehr geliebt haben, wenn er sich noch heute so hingebungsvoll um das Grab kümmerte. Selbst der Stein war vergleichsweise sauber, Moos und Flechten wurden offensichtlich regelmäßig abgeschrubbt. Ein letzter Zweig, dann konnte sie die Aufschrift lesen. Und erstarrte.

HIER RUHET IN FRIEDEN
SABINE EHMKEN
26.8.1942–25.12.1952

Franzi ließ die Clematis zurückfedern und trat ein paar Schritte zurück. Wie bei Gerlinde hatte Ehmken auch hier gelbe Sonnenröschen gepflanzt, dazu rote Begonien und viele andere Blumen mehr. Es war ein Garten, wie ein Kind ihn gemocht hätte: bunt, überbordend und scheinbar ohne System. War dieses viel zu früh gestorbene Kind Ehmkens jüngere Schwester gewesen?

Franzi fröstelte, als ein scharfer Wind durch die Gräberreihen fuhr. Eine Wolkenbank hatte die Sonne verschluckt, Gewittergrollen brachte die Luft zum Vibrieren. Sie hatte das aufziehende Unwetter nicht bemerkt und musste sich beeilen, wenn sie nicht nass werden wollte.

Natürlich schaffte sie es nicht rechtzeitig zum Auto. Heftiger Regen traf sie, bevor sie das Friedhofstor erreichte. Fluchend pfefferte sie ihre Sachen in den Kofferraum und setzte sich hinters Steuer. Es regnete so stark, dass sie Mühe hatte, die Straße zu erkennen, obwohl sie die Scheibenwischer auf die höchste Stufe gestellt hatte.

Erleichtert bog sie endlich in die Mühlenstraße ein. Ausnahmsweise fand sie einen Parkplatz vor Jans Salon, lief so schnell es ging zur *Wunderkiste* und riss die Tür auf.

Der Laden war rappelvoll.

»Da bist du ja endlich!« Renate wirkte überfordert, aber die Stimmung schien gut zu sein. Acht oder neun ihr unbekannte Frauen zwischen vierzig und sechzig hatten sich über den Raum verteilt, einige klönten gemütlich in der Sitzecke, andere befühlten die Wolle, und eben kam eine Weitere zur Tür hereingestürzt. Sie faltete ihren Regenschirm zusammen und lehnte ihn neben eine ganze Batterie von weiteren in einer Pfütze stehenden Schirmen. Offenbar handelte es sich um Touristinnen, die sich vor dem Unwetter in die *Wunderkiste* gerettet hatten.

Die zuletzt Gekommene ging zur Sitzecke und nestelte ein riesiges, mit dem Papier von der Oltmanns'schen Bäckerei eingewickeltes Kuchenpaket aus einer Plastiktüte.

»Des is fei a schöna Bäck'rei! I hab a Rumflog'ndoddn, Ärdbar-

un Buddakougn mitg'brachd«, verkündete sie. »Is der Dee feddich?«

Fränkisch! Bevor Franzi antworten konnte, fasste Renate sie unterm Arm und zerrte sie nach oben, wo schon der Teekessel pfiff und sämtliche verfügbaren Thermoskannen bereitstanden. »Die Frauen haben sofort die Sitzecke entdeckt und mich gefragt, ob sie Kaffee und Tee bekommen könnten, wenn sie sich um den Kuchen kümmern. Ich habe natürlich nicht Nein gesagt. Schnell, sammle ein paar Tassen zusammen. Vergiss Sahne und Kandis nicht, und dann ab nach unten. Die kaufen gerade den Laden leer.«

»Ist das dein Ernst?«

»Mein voller Ernst.« Renate strahlte. »Der Regen hat sie hereingeblasen. Wenn ich das Geschnatter richtig verstanden habe, kommen sie aus sämtlichen Ecken Deutschlands und haben sich vor zwölf Jahren auf dem Zeltplatz in Carolinensiel kennengelernt. Seitdem versuchen sie, möglichst zur selben Zeit Urlaub zu nehmen. Kinder sind wohl auch dabei, aber die sind groß genug, um sich selbst zu beschäftigen. Und das Beste: Während die Männer machen, was Männer im Urlaub so tun, stricken und häkeln die Mädels wie die Weltmeister. Sie sind begeistert von der *Wunderkiste.* Also hopphopp, runter mit dir!«

Unten stellte Franzi sich als die neue Besitzerin vor. Die Frauen erinnerten sich an die alte *Wunderkiste* und waren betroffen, als sie von Gerlindes Tod hörten, doch die gute Laune stellte sich schnell wieder ein. Überschwänglich gratulierten sie zu den gelungenen Umbauarbeiten und dem ungewöhnlichen Sortiment.

»Endlich ein paar andere Mitbringsel, nicht die ewigen Plastikleuchttürme«, sagte eine der Damen und hielt eine gefilzte Stuhlauflage in die Höhe. »Das ist eine gute Idee, vor allem das Bindeband mit dem dicken Pompon.«

Renate, die gerade mit Thermoskannen beladen zur Tür hereinkam, hatte die letzte Bemerkung gehört. Ihre Freude war unübersehbar, denn die Idee mit dem Band kam von ihr: Man konnte die Auflagen einrollen und überallhin mitnehmen. Sie eigneten sich für Parkbänke genauso wie für die Wiese oder den Strandkorb, da der Filz enorm wärmeisolierend war.

»Ich werde auf jeden Fall eine kaufen«, fuhr die Frau fort, »und gelbe und schwarze Wolle für eine zweite. Der Göttergatte soll beim nächsten BVB-Spiel im Stadion keinen kalten Hintern mehr bekommen.« Ihre Bemerkung wurde mit Kichern quittiert. Die Auflage ging von Hand zu Hand. Drei weitere der Frauen entschieden sich zum Kauf, auch sie wählten die Vereinsfarben der Lieblingsmannschaften ihrer Männer und Söhne.

Und dann stand Joost in der Tür, ungläubig das Tohuwabohu betrachtend. Die Fränkin bemerkte ihn als Erste und lotste ihn fröhlich schwatzend in den Laden. Franzi beobachtete die Szene amüsiert. Als sein Hilfe suchender Blick sie traf, hatte sie ein Einsehen und schlängelte sich zu ihm durch.

»Ich muss Ihnen den Herrn leider entführen«, sagte sie charmant, »wir haben etwas zu besprechen.« Erleichtert folgte er ihr nach draußen. Mittlerweile hatte es aufgehört zu regnen.

»Was für ein Hühnerhaufen«, flüsterte er, als die Tür hinter ihnen zufiel.

»Aber kauffreudige Hühner.«

»Das ist ja großartig. Dann will ich dich auch nicht weiter stören. Ich wollte nur fragen, ob du am Sonntag etwas mit mir unternehmen möchtest. Das Wetter soll prächtig werden.«

»Das klappt leider nicht, ich bin übers Wochenende auf Baltrum.«

»Auf Baltrum? Das ist super, da kann ich ja mitkommen.« Seine Freude versetzte Franzi einen Stich. Es behagte ihr nicht, ihn anzulügen, gleichzeitig war sie froh, dass er nichts von Sönke wusste. »Bitte nimm es mir nicht übel, aber ich möchte allein fahren. Ich brauche einfach mal zwei Tage Ruhe, nur Sand und Meer und gar nichts reden. Kannst du das verstehen?«

»Ich bin Ostfriese, wie sollte ich das nicht verstehen?« Die Enttäuschung stand ihm ins Gesicht geschrieben, aber er hatte sich schnell wieder im Griff. »Dann ein andermal.«

»Unbedingt«, sagte Franzi erleichtert, »wir schieben es auch nicht auf die lange Bank. Was hältst du von dem darauffolgenden Sonntag? Du denkst dir etwas aus, und ich folge dir überallhin.«

»Wirklich überallhin?« Sein Lächeln kehrte zurück.

»Indianerehrenwort. Wenn es nicht gerade die örtliche Kläranlage ist.«

»Wie schade. Es ist wirklich interessant dort, ich wollte es gerade vorschlagen.«

»Du bist doof.«

»Aber nur ein bisschen.« Er nahm Franzi in den Arm und drückte ihr einen Kuss auf die Locken. Dann ließ er sie los und wandte sich zum Gehen. »Ich freue mich auf den Ausflug.«

»Ich mich auch. Aber wir sehen uns ja schon am kommenden Dienstag, oder? Wegen der Buchhaltung, du wolltest mir noch etwas erklären.«

»Selbstverständlich.« Winkend marschierte er zu seinem Auto.

Franzi warf ihm eine Kusshand hinterher, dann ging sie zurück zu ihren Kundinnen.

Die Fränkin strahlte sie an: »Der jung Moo is scho ganz nedd. Aba redd dout der nix, nedd so wie mia Frangen.«

»Is hald a g'schaider Ostfries'.«

»Dei G'schpusi? Des dout ma leid, wie üblich g'winnd die Neugia. Des brauchd mi wirgli nedd zu indressier'n.«

»Stimmt«, sagte Franzi aufgeräumt. Die Frau war entwaffnend

in ihrer Direktheit. Es tat gut, den heimatlichen Dialekt zu hören. »Ich verrat's Ena drodzdem: isser nedd.«

»Ey, des is aber schad.« Ein spitzbübisches Lächeln erschien auf ihrem Gesicht. »Vielleichd dengst noch a Mol drüba nach. Er hat Sie nämlich ang'schaud wie a damischer Dackel. So, un jetzt Schluss damit, ich bring Sie ja noch in Valejng'nheit. Zeigen's mia lieber den dollen Stoff da dord.«

Franzi folgte ihr. Verliebter Dackel? Das wüsste sie aber! Oder etwa nicht? Sie schob den verstörenden Gedanken beiseite und zog einen Stoffballen zertifizierte Biobaumwolle hervor, gespannt, ob sie der Fränkin etwas von dem im Vergleich zu herkömmlicher Baumwolle teuren Stoff verkaufen konnte.

Sie konnte, und noch viel, viel mehr. Die Zeltplatztruppe plünderte den Laden und zog zwei Stunden später hochzufrieden von dannen, nicht ohne einen erneuten Einfall in der nächsten Woche anzukündigen. Renate wollte sofort mit dem Aufräumen beginnen, aber Franzi nahm ihr die schmutzigen Tassen aus der Hand. »Das mache ich morgen. Komm, ich lade dich auf etwas Schönes ein.«

Kurz darauf saßen sie vor der Eisdiele und genossen Eisbecher und Abendsonne. Die Gewitterwolken hatten sich verzogen, lediglich ein paar Pfützen zeugten noch von dem Platzregen. Einheimische und Touristen flanierten durch den alten Ortskern.

»Das war ein guter Saisonstart für die *Wunderkiste*«, stellte Renate fest. »Ich gratuliere.«

»Vielen Dank«, sagte Franzi. Sie schob ihren leeren Eisbecher beiseite. »Ich würde dich gern etwas fragen. Es geht um Onno Ehmken.«

»Was ist mit ihm?«

»Na ja, ich wundere mich schon länger darüber, dass ihr nichts mit ihm zu tun haben wollt. Er hat es sich schließlich auf die Fahne geschrieben, Umweltsündern das Leben schwer zu machen. Das müsste doch vor allem dir sehr sympathisch sein.«

Renate kratzte sich an der Nase. »Im Prinzip schon, aber mit Onno ist einfach kein Auskommen. Das sind alte Geschichten, *sehr* alte Geschichten.«

»Hat es etwas mit seiner Schwester Sabine zu tun?«

Der Schuss ins Blaue traf ins Schwarze. Renate fuhr auf. »Woher weißt du von Sabine?«, fragte sie alarmiert.

Franzi erzählte ihr von ihrer Entdeckung auf dem Friedhof, erwähnte Ehmkens Verschönerung von Gerlindes Grab und den Ring aber noch nicht. Erst wollte sie mehr wissen, irgendeinen Grund musste es schließlich dafür geben, dass das Kleeblatt nichts über Gerlindes und Onno Ehmkens Bekanntschaft wusste, welcher Art diese auch immer gewesen sein mochte.

Renate seufzte. »Der Grund war tragisch«, sagte sie leise.

Onno Ehmken war sieben Jahre alt, als seine damals zweijährige Schwester im vierten Kriegsjahr an Kinderlähmung erkrankte. Sie überlebte um Haaresbreite, aber ihre Beine blieben gelähmt, sie würde niemals laufen können. Da die Eltern und der ältere Sohn mit der Bewirtschaftung des Hofs ausgelastet waren, kümmerte sich hauptsächlich Onno um die Kleine, die er bald abgöttisch liebte. Er trug sie ständig mit sich herum, und als sie zu schwer wurde, baute der Vater ihr einen geländegängigen Rollstuhl, mit dem Onno sie auch über die Feldwege schieben konnte.

Kurz nach Kriegsende wurden bei ihnen Flüchtlinge aus Breslau einquartiert, eine junge Frau mit ihren beiden Kindern Helga und Norbert.

»Unser Norbert?«, unterbrach Franzi Renates Erzählung.

»Genau. Er war damals fünf, ein Jahr älter als Sabine, Helga war sechs.«

»Aber dann kennt er Onno ja richtig gut! Norbert hat es nie erwähnt, war allerdings nicht gerade begeistert, dass ich dem Alten nach dem Sturz unter die Arme gegriffen habe«, fügte sie nachdenklich hinzu. »Hat Norberts Familie lange bei den Ehmkens gelebt?«

»Sechs Jahre, bis kurz nach dem Unfall.«

»Es war ein Unfall?«

Renate schwieg. Franzi kam ein furchtbarer Verdacht. »Hatte Norbert etwas mit diesem Unfall zu tun?«

»Ja und nein. Er war noch ein Kind, ein ziemlich zartes noch dazu. Sabine und er verbrachten viel Zeit miteinander und waren oft sich selbst überlassen. Mit zehn oder elf macht man Sachen, ohne die Folgen abzuwägen.« Traurigkeit zeichnete sich auf Renates Gesicht ab.

»Du musst es mir nicht erzählen. Sicher wäre es Norbert nicht recht.«

»Wahrscheinlich nicht. Andererseits wirst du die Geschichte früher oder später sowieso erfahren, da ist es besser, wenn ich sie erzähle.«

Es war ein düsterer, kalter Dezembernachmittag im Jahr 1952, als Norbert und Sabine sich aus dem Haus stahlen. Die Erwachsenen und auch ihre älteren Geschwister bemerkten es nicht, zu sehr waren sie damit beschäftigt, Haus und Hof für die kommenden Weihnachtstage herauszuputzen. So schnell er konnte, schob der Elfjährige Sabines Rollstuhl über den Hof und hinter den verfallenen Kuhstall, außer Sicht des Haupthauses. Etwa fünfhundert Meter entfernt konnten die Kinder den Nachbarhof in der einsetzenden Dämmerung gerade noch ausmachen, dunkle Quader ohne Licht; offensichtlich waren die Petersens unterwegs. Ohnehin interessierte die beiden nicht das Haupthaus, sondern der Kuhstall daneben, insbesondere für Sabine der schönste Platz auf der ganzen Welt. Sie war vernarrt in die Kühe und wünschte sich sehnlichst, dass auch der Kuhstall von Ehmkens wieder aufgebaut würde. Leider würde bis dahin noch einige Zeit vergehen, und so überredete sie Norbert immer wieder, sie heimlich zum Stall der Petersens zu bringen. Niemand durfte von den Ausflügen wissen, da die Erwachsenen und auch ihre älteren Brüder nicht wollten, dass Sabine, die ja nicht weglaufen konnte, den riesigen Tieren zu nahe kam.

Auch heute hatte sie Sehnsucht nach den Kühen, ihrem freundlichen Muhen und dem aufregenden Geruch im Stall. Mit der ihr eigenen Hartnäckigkeit redete sie so lange auf Norbert ein, bis er seine Zweifel überwand. Es kostete ihn Mühe, den Rollstuhl über den teils schlammigen, teils hart gefrorenen Weg zu schieben, aber irgendwann rumpelten sie unbemerkt vor den nachbarlichen Kuhstall. Schnell öffnete Norbert das Tor, und einen Augenblick später umfing die Dunkelheit des Stalls die Kinder, sie spürten die Gegenwart und Wärme der Kühe. Sabine ließ sich zu ihrer Lieblingskuh rollen und tätschelte die feuchte Schnauze. Sie jauchzte auf, als das Tier ihr mit rauer Zunge durchs Gesicht fuhr. Norbert warf sich rücklings in den Heuhaufen am Eingang und kam nur langsam wieder zu Atem; einmal mehr beneidete er Onno um seine Statur und Kraft. Niemals würde er so männlich sein wie der Ältere, dessen war er sich schmerzlich bewusst. Trotzdem – oder vielleicht sogar genau aus diesem Grund – nahm er jede körperliche Herausforderung an und ließ sich nicht unterkriegen.

Sie blieben etwa eine Stunde, dann mahnte Norbert zum Aufbruch und stieß die Stalltür auf. Erschrocken starrten die Kinder nach draußen. Von ihnen unbemerkt hatte es zu schneien begonnen, ein heftiger Wind pfiff ungebremst über die Felder und trieb eiskalten, nassen Schnee vor sich her.

»Das ist nicht gut«, sagte Sabine kleinlaut. »Schaffst du es, mich zurückzufahren? Vielleicht wäre es besser, wenn du Onno holst.«

Ihr Vorschlag versetzte Norbert einen Stich. Onno, immer wieder Onno, der große, starke Bruder, dem alles gelang. Dass Onno fünf Jahre älter war als er selbst, tröstete Norbert nicht, in seiner kindlichen Logik war er einfach nur der ewig Kleine, der ewig Schwache.

»Wir brauchen Onno nicht«, sagte er bitter, »außerdem gibt es nur Ärger. Was glaubst du, was passiert, wenn die Großen herausfinden, dass wir hierhergehen? Dann darfst du nie wieder zu den Kühen.«

»Das wäre schlimm.«

»Eben. Fahren wir?«

Sie nickte. Schnell verschloss er die Stalltür und eilte los. Es war schlimmer, als er befürchtet hatte, schlimmer noch als der Hinweg, denn der Wind kam ihnen direkt entgegen, zerrte an seiner viel zu dünnen Jacke und kühlte ihn aus. Schnee fing sich in seinen Augenbrauen, er erkannte in der Dunkelheit kaum den Weg, seine bloßen Hände waren blau gefroren. Als ihm nach etwa der Hälfte des Wegs eine besonders heftige Böe die Mütze vom Kopf riss und auf Nimmerwiedersehen ins Dunkel trudeln ließ, verlor er die Fassung. Mit verzweifelter Wut stieß er den Rollstuhl voran. Das Gefährt verhakte sich in einer gefrorenen Rinne. Wieder und wieder stemmte er sich gegen den Stuhl, bis er umkippte. Sabine schrie auf, als sie auf den Weg prallte. Nach der ersten Schrecksekunde kniete Norbert sich neben seine kleine Freundin. Die Angst in ihren Augen versetzte ihm einen Stich. Er strich ihr über die kalten Wangen. »Warte, das haben wir gleich.«

Mit Mühe gelang es ihm, den Rollstuhl aufzurichten, Sabine in den Stuhl zu zerren überstieg jedoch seine Kräfte. Schließlich saßen die Kinder erschöpft neben dem Stuhl. Der Wind hatte noch zugenommen und blies Sabine die Worte von den Lippen. Sie beugte sich zu Norbert und schrie ihm direkt ins Ohr: »Du musst Onno holen!«

»Und du?«

»Ich warte hier. Ihr seid ja gleich wieder da.«

Norbert zögerte lange, aber als auch erneute Versuche, Sabine in den Stuhl zu hieven, misslangen, gab er auf. Bevor er sie verließ, zog er Jacke und Pullover aus und wickelte sie darin ein, dann rannte er, so schnell er konnte, in Richtung des Ehmken-Hofs davon. Er sah die Hand vor Augen nicht und verließ sich auf seinen Instinkt. Irgendwo musste er dennoch vom Weg abgekommen sein, denn plötzlich befand er sich auf freiem Feld. Orientierungslos irrte er umher. Mit einem langen Unterhemd nur notdürftig gegen die Kälte gewappnet, schwanden seine Kräfte schneller und schneller. Endlich erblickte er ein Licht und taumelte darauf zu. Mit den Fäusten trommelte er gegen die Haustür, ohne zu merken, dass es nicht der Hof der Ehmkens war.

Frau Appelhoff, die den erschöpften Norbert auf ihrer Türschwelle fand, hatte Mühe, seiner aufgeregten Erzählung zu folgen. Als ihr endlich ein Licht aufging, mobilisierte sie umgehend ihre gesamte Familie. Sie selbst packte Norbert ins Bett und eilte dann durch den Sturm zum Hof der Ehmkens. Auch dort ließen die Bewohner alles stehen und liegen und schwärmten zur Suche aus. Kurz darauf fand Onno das kleine Mädchen. Seit Norbert Sabine verlassen hatte, war über eine Stunde vergangen. Sie war bewusstlos und atmete kaum noch.

»Mein Gott. Das ist ja furchtbar.«

Renate nickte. »Kaum eine Woche später, am Morgen des ersten Weihnachtstages, starb Sabine an den Folgen der Unterkühlung. Eine Lungenentzündung. Onno war untröstlich und machte Norbert dafür verantwortlich.«

»Aber Norbert war doch noch ein kleiner Junge! Er ist ja selbst beinahe erfroren.«

»Das hat Onno nicht interessiert. Norbert hatte das in ihn gesetzte Vertrauen missbraucht, und damit war er schuldig.«

»Wie unfair. Immerhin hatte Onno kein Problem damit, den kleinen Norbert auf Sabine aufpassen zu lassen, solange alles gut ging.«

»Ich vermute, dass ihm dieser Gedanke durchaus den Schlaf raubte, aber zugegeben hat er es nie. Stattdessen wurde er immer eigenbrötlerischer und unleidlicher. Norberts Mutter hielt es schließlich nicht mehr aus und zog mit Norbert und Helga nach Westersum. Interessanterweise haben Sabines Eltern Norbert nie einen Vorwurf gemacht und die Familie unterstützt, bis seine Mutter eine Anstellung fand.«

»Das ist großmütig. Sie müssen am Boden zerstört gewesen sein.«

»Das waren sie wohl auch. Sabine war ein echter Sonnenschein, immer gut gelaunt. Ich bin zwar ein paar Jahre jünger, kann mich aber noch gut an sie erinnern. Sie war trotz ihrer Behinderung ein ziemlicher Wildfang mit einer Menge Flausen im Kopf. Hätte sie laufen können, wäre sie sicherlich mit den Jungs in den höchsten Bäumen herumgeturnt. Wir Kinder bedauerten und bewunderten sie gleichermaßen.« Renate schloss die Augen und gab sich ihren Erinnerungen hin. Nach einer Weile fuhr sie fort: »Die Ehmkens verloren damals gleich zwei ihrer drei Kinder. Kaum fünf Monate nach Sabines Beerdigung verschwand Onno ohne ein Wort. Jahrelang hörten sie nichts von ihm, bis irgendwann eine Postkarte aus Hongkong kam. Onno war zur See gegangen und gedachte nicht, in absehbarer Zeit zurückzukehren. Er hat seine Eltern und auch seinen Bruder nie wiedergesehen.«

Franzi ließ hörbar die Atemluft entweichen. »Was für eine Tragödie«, sagte sie. »In dieser Geschichte gibt es nur Verlierer.«

Onno Ehmkens traurige Familiengeschichte ging Franzi den Rest des Abends nicht aus dem Kopf. Sie konnte seine und Gerlindes Geheimniskrämerei jetzt verstehen. Der sture Ehmken hatte es nie geschafft, über seinen Schatten zu springen und seinen Frieden mit Norbert zu machen, während ihre Tante vor einer unmöglichen Wahl gestanden hatte: Onno oder das Kleeblatt. Ob sie sich jemals entschieden hätte? Hatte sie versucht, Onno zu beeinflussen? War sie seiner Sturheit gewachsen gewesen? Vielleicht. Franzi würde es nicht mehr erfahren, es sei denn, sie fragte Ehmken direkt. Unwillkürlich schüttelte sie den Kopf. Das war eine ganz schlechte Idee und würde ihn umgehend aus ihrem Leben katapultieren, was sie nicht wollte. Der olle Grantler hatte sich nämlich klammheimlich in ihr Herz geschlichen.

Nachdem sie die unvermeidlichen Entenkleckse aus der Wohnung geputzt und sich bettfertig gemacht hatte, ging sie ins Schlafzimmer und stieß die Fensterflügel weit auf, um die frische Nachtluft hereinzulassen. Der Anblick ihres verwilderten Gartens ließ sie innehalten. Franzi hielt sich nicht für eine besonders romantische Person, und Esoterik-Kram, wie sie es insgeheim nannte, lag ihr nicht. Doch heute fiel es ihr leicht, sich Feen, Elfen und Heinzelmännchen vorzustellen, die geschäftig durch den vom silbernen Mondlicht in ein Zauberreich verwandelten Garten wuselten. Tatsächlich, einen Augenblick später knackte und raschelte es im Unterholz: ein Fuchs! Fasziniert beobachtete Franzi das schöne Tier, das offensichtlich nach Mäusen witterte. Aber der Fuchs war nicht allein. Eine Eule löste sich aus der Rotbuche und stieß blitzschnell auf die kleine Freifläche nieder. Ein kurzes Quieken, dann war es um das Mäuschen geschehen. Der Fuchs trollte sich, der Garten versank erneut in Stille.

Franzis Herz klopfte. Noch nie hatte sie eine Eule bei der Jagd beobachten können, und nun stellte sich heraus, dass in ihrem Garten eine wohnte. Mit den Augen tastete sie die Baumkrone ab in der Hoffnung, noch einen Blick auf das Tier werfen zu können, aber es war nicht zu erblicken. Stattdessen entdeckte sie einen weit ausladenden Ast, der sich in Richtung des Dachs gesenkt hatte, vielleicht eine Folge des Gewittersturms. Sie musste unbedingt in den nächsten Tagen Riekes hohe Leiter holen und den Schaden begutachten.

Gähnend streckte sie sich. Sie war zu faul, noch in die Küche zu gehen, Stift und Zettel herauszusuchen und sich eine Notiz zu machen. Sie würde schon daran denken. Hundemüde kroch sie ins Bett, kraulte Bob zwischen den Ohren und war im nächsten Augenblick eingeschlafen.

⚓

Sönke kam kurz nach Franzi am Fähranleger von Neßmersiel an und parkte seinen Dienstporsche direkt neben Leopold. Zur Begrüßung nahm er sie in den Arm und gab ihr Küsschen rechts und links auf die Wange.

Wenig später standen sie auf dem Sonnendeck der kleinen Fähre. Die Fahrtzeit nach Baltrum betrug kaum eine halbe Stunde, und Franzi genoss jede Minute. Das Wetter war so prächtig wie angekündigt, und der frische Wind blies ihre Müdigkeit davon. Als sie dann auch noch Dutzende von Seehunden auf den Sandbänken entdeckte, war sie glücklich. Noch bevor sie im Hafen der kleinen Nordseeinsel anlegten, fühlte sie sich so frisch wie seit Langem nicht mehr, und auch Sönke strahlte mit der Sonne um die Wette. Alle Zeichen sprachen für ein wunderbares Wochenende.

Auf Baltrum spazierten sie als Erstes zu dem Hotel, in dem Sönke ein Doppelzimmer gebucht hatte. Franzi hatte kurz gezögert, als er sich am Telefon ihr Einverständnis dazu einholte, dann aber eingewilligt. Vielleicht war das Inselwochenende ja der Anfang von etwas Wunderbarem. Und wenn nicht? Nun, sie waren erwachsen genug, sich ein Bett zu teilen, ohne dass etwas passierte.

Das Zimmer war hell und freundlich, mit viel zu großen Schränken für die wenigen Sachen, die sie mitgebracht hatten. Sönke hatte eine Überraschung angekündigt und sie aus diesem Grund gebeten, nichts weiter mitzunehmen, als in ihren kleinen Wanderrucksack passte. Mehr war aus ihm nicht herauszubekommen gewesen, aber Franzi wollte keine Spielverderberin sein. Sie hatte sich an seine Packliste gehalten und legte nun jedes Kleidungsstück auf ein eigenes Regalbrett – selbst das Ersatzpaar Socken bekam eine komplette Schublade für sich allein. Als Letztes platzierte sie Zahnbürste, Zahnpasta und Haarbürste auf die Spiegelablage im Badezimmer. Sönke drapierte seine Zahnbürste daneben, dazu einen Rasierapparat und Aftershave.

»Das sieht ja schon richtig wohnlich aus«, stellte er grinsend fest, dann scheuchte er sie hinaus. »Ein Mann muss tun, was ein Mann tun muss«, brummte er und schloss die Tür.

Während er im Bad rumorte, rieb Franzi sich Gesicht, Arme und Beine sorgfältig mit Sonnencreme ein, setzte ihren Anglerhut auf und war fertig für die Inselerkundung.

Baltrum war klein. Sehr klein. Nach wenigen Stunden, die sie kreuz und quer über die autofreie Insel gelaufen waren, glaubte Franzi, jeden Stein, jeden Strauch, jedes Haus und jede Möwe mit

Vor- und Zunamen zu kennen. Insbesondere die Salzwiesen faszinierten sie. Diesmal hatte Sönke seine Hausaufgaben gemacht, wie er augenzwinkernd zugab, und konnte ihr viel über das hiesige Ökosystem erzählen. Es war kaum zu glauben, dass in dieser lebensfeindlichen Umgebung mit dem Salzwasser, den regelmäßigen Überflutungen und dem ewigen Wind überhaupt etwas gedieh, aber hier wuchsen sie, die härtesten der harten Pflanzen, und boten den allgegenwärtigen Lachmöwen beste Brutbedingungen.

Am Nachmittag, nachdem sie sich mit Fischbrötchen und Limonade gestärkt hatten, überredete Franzi Sönke zum Muschel- und Treibholzsammeln.

»Was willst du denn damit?«

»Die Sachen sind für Rieke. Sie bastelt daraus wunderhübsche Mobiles, von denen ich sogar schon eins verkaufen konnte. Rieke bat mich um Material für Nachschub.«

Er schüttelte den Kopf. »Was die Leute für einen Tüddelkram kaufen«, sagte er, beteiligte sich dann aber doch an der Suche. Innerhalb kurzer Zeit beulten sich ihre Jackentaschen von den vielen Muscheln. Interessant geformte Holzstücke waren seltener, aber nach einer Stunde war Franzi zufrieden mit ihrer Beute, die für mindestens drei neue Mobiles reichen würde.

Fröhlich über dieses und jenes klönend, stapften sie schließlich über den Strand zurück zum Ort und machten sich in ihrem Zimmer frisch für den Abend. Später, nach einem guten Essen in einem urigen kleinen Restaurant, schlenderten sie Arm in Arm noch einmal zum Strand. Nach einigem Suchen fanden sie tatsächlich einen Strandkorb, den der Besitzer vergessen hatte abzuschließen.

»Was für ein schöner Tag«, murmelte Franzi.

Statt einer Antwort zog Sönke sie an sich. Eng aneinandergeschmiegt blickten sie auf die breite Lichtbahn, die der Mond aufs Meer warf. Nach einer Weile spazierte ein Pärchen in ihr Blickfeld, blieb stehen und küsste sich innig. Nach einer gefühlten Ewigkeit lösten sich die Verliebten wieder voneinander. Helles Lachen klang herüber, dann gingen sie weiter.

»Das können wir auch«, murmelte Sönke. Ein Schauer überlief Franzi, als er ihr Gesicht zwischen die Hände nahm, und endlich, endlich küssten sie sich.

Franzis Handy weckte sie um Punkt neun. Sie fluchte innerlich, aber dann kam die Erinnerung an den letzten Abend zurück, und ein warmes Gefühl durchfloss sie. Schnell schlug sie die Augen auf. Da war er tatsächlich, sie hatte nicht geträumt. Seine dunklen Haare standen zerzaust nach allen Seiten ab. Liebevoll strich sie sie glatt. »Guten Morgen, mein Lieber.«

Etwas Unverständliches grummelnd, drehte er sich zur anderen Seite und schlief sofort wieder ein.

Oha. Da hatte sie sich wohl einen Morgenmuffel angelacht. Ein wenig ernüchtert ging sie ins Bad. Als sie zurückkam, hatte Sönke sich die Bettdecke über den Kopf gezogen. Sie setzte sich auf die Bettkante und lupfte die Decke.

Schlaftrunken öffnete er die Augen. »Es ist noch viel zu früh«, jammerte er.

»Ach komm, steh auf. Die Sonne scheint, der Tag wartet auf uns.«

Er brummte erneut etwas Unverständliches, stand dann aber doch auf und verschwand im Badezimmer. Frisch geduscht und rasiert und vor allem umgänglicher kam er nach einer Weile wieder heraus. Sie frühstückten im Hotel und checkten aus. Nach einem langen Spaziergang holten sie ihre Siebensachen, die sie in der Obhut der Rezeptionistin gelassen hatten, und suchten ein

Café, wo sie bis zum frühen Nachmittag gemütlich in der Sonne saßen.

Plötzlich fiel Franzi etwas auf. Sie erhob sich und beschirmte ihre Augen. »Schau mal, da fährt eine Fähre! Ist das etwa unsere?«

Sönke folgte mit dem Blick ihrem ausgestreckten Arm. »Sieht ganz danach aus. Tja, die ist weg.«

»Aber du hast gesagt, sie legt erst in einer Stunde ab! Ich habe mich auf deine Planung verlassen.«

Er warf ihr einen raschen Blick zu. »Da habe ich mich wohl verlesen.«

»Und wie sollen wir jetzt zurückkommen? Fährt heute überhaupt noch ein Schiff?«

»Nö. Das war das letzte.«

»Das scheint dich nicht sonderlich zu beeindrucken. Musst du denn morgen nicht arbeiten?«

»Doch.«

»Und? Sollen wir schwimmen?«

»Nö.«

»Was dann?« Franzi verlor angesichts seiner überaus zufriedenen Miene langsam die Geduld.

»Laufen.«

»Übers Wasser?«

»Beruhige dich und warte einfach ab. In einer Stunde sieht die Welt ganz anders aus.«

Ihr ging ein Licht auf: »Eine Wattwanderung?«

Er klatschte theatralisch in die Hände. »Ich dachte schon, der Groschen fällt nie. Warum hätte ich denn sonst auf leichtes Gepäck bestehen sollen?«

»Ach …« Franzi ließ sich zurück auf ihren Stuhl plumpsen. »Wann geht es los?«

Er zog einen Zettel mit Zahlenkolonnen aus der Tasche und

sah dann auf die Uhr. »Bald. Um halb vier ist das Wasser weg. Das gibt uns ausreichend Zeit. Wir brauchen wahrscheinlich nicht länger als zwei bis höchstens drei Stunden.«

»So lange? Es sind doch nicht mehr als ein paar Kilometer.«

»Fünf, um genau zu sein, aber das ist Luftlinie. Wir müssen durch ein paar Priele waten und Umwege machen, außerdem ist das Laufen im Watt anstrengender als an Land. Nass werden wir bestimmt auch. Macht dir das etwas aus?«

»Nein, natürlich nicht. Sag mal, du weißt, was du tust, oder? So eine Wattwanderung ist ja nicht ungefährlich. Brauchen wir nicht einen Führer?«

»Keine Angst, ich passe auf dich auf. Ich bin schließlich een Jung van't Küst.«

Eine Stunde später, in der insbesondere Sönkes Laune mit jedem Schritt schlechter wurde, war sich Franzi nicht mehr so sicher, ob der »Jung van't Küst« sich tatsächlich auskannte. Sie hatten nach einigen Umwegen, zu denen sie von unheimlichen Schlickfeldern, die einen Menschen mit Haut und Haar verschlingen konnten, gezwungen worden waren, gerade die Hälfte der Distanz zwischen Insel und Festland bewältigt und standen nun vor dem nächsten Hindernis: einem etwa fünf oder sechs Meter breiten Priel, aus dem das Wasser mit Macht zum offenen Meer hin gezogen wurde. Zumindest war die Ebbe noch in vollem Gang, und sie brauchten sich keine Sorgen wegen der auflaufenden Flut zu machen, die erst in zwei Stunden einsetzen würde.

Mit einem mulmigen Gefühl zog Franzi die Schuhe aus und krempelte ihre Hosenbeine hoch. Sönke stand bereits an der Abbruchkante und winkte ihr ungeduldig.

Sie trat zu ihm. »Müssen wir wirklich da durch? Das Wasser sieht tief aus.«

»Ach was, wird schon nicht so schlimm sein.«

Der Unmut in seiner Stimme erstaunte sie. »Ich kann nicht besonders gut schwimmen«, sagte sie.

»Das musst du auch nicht, gegen die Strömung würde auch Michael Phelps nicht ankämpfen können. Jedenfalls nicht lange.«

»Michael wer?«

»Du interessierst dich nicht für Wassersport, oder? Er ist *der* Schwimm-Supermann.«

Langsam ging ihr Sönkes Überheblichkeit auf die Nerven. »Aha«, konterte sie, »kennst du denn Gerlinde Kaltenbrunner?« Was er konnte, konnte sie schon lange.

»Gerlinde? Deine Tante?«

»Nein, natürlich nicht. Ich meine *die* Bergsteiger-Superfrau. Sie hat alle Achttausender ohne zusätzlichen Sauerstoff bestiegen.«

»*Touché*. Ich kannte sie wirklich nicht. Du kletterst?«

»Manchmal.« Franzi lachte kurz auf. »Nicht dass ich es besonders gut könnte. Aber es macht mir Freude.«

Sönke sah sie mit neu erwachtem Interesse an. »Fehlen dir die Berge eigentlich?«

»Ein bisschen schon, wobei das Frankenland natürlich nicht so hoch und spektakulär ist wie die Alpen, wir haben ja nur Mittelgebirge. Aber man kann tolle Wanderungen machen.« Sie schwieg und blickte sich um. Flach, alles war flach, so weit das Auge reichte. »Doch«, sagte sie leise, »manchmal fehlt mir der Süden.«

»Warum gehst du dann nicht zurück?«

Franzi glaubte, sich verhört zu haben. Natürlich hatte sie sich diese Frage schon unzählige Male selbst gestellt, aber sie nun aus Sönkes Mund zu hören versetzte ihr einen Stich. »Das kannst du nicht ernst meinen.«

»Doch, es ist mein voller Ernst. Wie lange bist du jetzt hier? Drei Monate?«

Sie nickte unbehaglich. Worauf wollte er hinaus?

»Drei Monate, in denen du Geld mit vollen Händen ausgegeben, aber so gut wie nichts eingenommen hast, in denen du kontinuierlich ziemlich fiesen Sabotageakten ausgesetzt warst. Monate, in denen dir klar geworden sein dürfte, wie schwierig es ist, als Süddeutsche hier oben Fuß zu fassen. Urlauber sind willkommen, aber Leute, die den Einheimischen Konkurrenz machen? Nie und nimmer.«

»Das stimmt so nicht. Die *Wunderkiste* kommt langsam in Schwung, ich kann noch eine ganze Weile ohne Gewinn durchhalten. In diesen drei Monaten habe ich tolle Freunde gewonnen. Menschen, Einheimische übrigens, denen ich etwas bedeute, und sie mir.« Franzi zwang sich zu einem leichteren Tonfall. »Außerdem bist du ja auch noch da. Ich hatte durchaus den Eindruck, dass dir etwas an mir liegt.«

»Ja, ja.« Er wandte unwirsch den Kopf ab und betrachtete den Priel.

Ja, ja? Mehr nicht? Franzi fühlte sich wie vor den Kopf gestoßen. Was war bloß mit ihm los? Sie hatte nichts darauf gegeben, als er am Morgen kaum die Zähne auseinanderbekam, schließlich gab es jede Menge Morgenmuffel. Aber als sie jetzt den Tag Revue passieren ließ, fiel ihr auf, dass seine spätere Fröhlichkeit aufgesetzt gewirkt hatte, was sie aber, noch ganz unter dem Einfluss von dem schönen Abend zuvor stehend, nicht bemerkt hatte, nein, nicht hatte bemerken wollen. Und plötzlich dämmerte es ihr: Sie hatte seine männliche Eitelkeit verletzt! Er war natürlich davon ausgegangen, dass sie miteinander schlafen würden, nachdem er die Initiative ergriffen und sie ihn mit Leidenschaft zurückgeküsst hatte. Immer wieder von Umarmungen und langen Küssen unterbrochen, waren sie zum Hotel zurückgegangen, es hatte keinen Zweifel an dem weiteren Verlauf der Nacht gegeben. Bis Franzi plötzlich einen Rückzieher machte, aus Gründen, die sie weder erklären konnte noch wollte. Sönke hatte es mit Fassung getragen, sogar Scherze gemacht, und sie waren Arm in Arm eingeschlafen. Sie hatte nicht damit gerechnet, dass er ihr die Sache so übel nahm.

Sönke hatte den Blick noch immer auf den Priel geheftet. Sie betrachtete sein Profil, den zu einem schmalen Strich zusammengepressten Mund. Ein ungeheuerlicher Verdacht keimte in ihr auf. Ihr Magen ballte sich zusammen bei der Vorstellung, dass er sich nur aus Berechnung um sie bemüht hatte. Sie schluckte. Sollte sie es ansprechen? Fieberhaft suchte sie nach möglichst diplomatischen Worten.

»Angenommen, ich würde tatsächlich aufgeben – hättest du dann immer noch Interesse daran, das Haus zu kaufen?«, fragte sie mit einem leichten Zittern in der Stimme. Hoffentlich merkte er es nicht.

Er drehte sich zögernd zu ihr um. »Natürlich steht mein Angebot noch.«

»Also doch!«, rief Franzi empört. »Mich beschleicht langsam das Gefühl, dass du dich nur um mich bemühst, um dir ein Vorkaufsrecht zu sichern!« Erschrocken hielt sie inne. Das hatte sie so unverblümt nicht sagen wollen, aber nun war es zu spät. Die Anschuldigung stand im Raum.

Sönke starrte sie fassungslos an. »Diese Unterstellung muss ich mir nicht bieten lassen«, zischte er.

Franzi erschrak über die plötzliche Kälte in seinen Augen. So hatte sie ihn noch nie gesehen. Unwillkürlich trat sie einen Schritt zurück. »Warum willst du dann, dass ich von hier verschwinde?«

»Verdammt noch mal, das will ich doch gar nicht! Du drehst mir das Wort im Mund um.«

»Ach ja? Hast *du* mich nicht gerade gefragt, warum ich nicht zurückgehe?«

»Das war eine Frage, keine Aufforderung.«

»Bei mir kam es aber anders an. Gerade nach dem gestrigen Abend hätte ich eher erwartet, dass du mich fragst, warum ich *hierbleibe,* und nicht, warum ich *nicht weggehe.*«

»Das ist Haarspalterei.«

»Ist es nicht!« Unwirsch wischte sich Franzi eine Träne vom Gesicht. Jetzt nicht auch noch heulen, und schon gar nicht vor ihm, der ihr plötzlich so fremd war!

Sie wollte weg, nur noch weg. Ohne sich noch einmal zu besinnen, sprang sie von der Abbruchkante in den Priel. Das Wasser reichte ihr bis zur Mitte der Waden und war eiskalt. »Was ist, kommst du endlich?«, fragte sie über die Schulter und watete los. Ob er ihr folgte oder nicht, sie würde jetzt schnurstracks zur Küste wandern. Zu Hause wartete ein heißer Tee auf sie und viel Zeit zum Nachdenken darüber, was sie von diesem Wochenende und von Sönke in Wahrheit halten sollte. Hatte sie sich wirklich so in ihm getäuscht?

Nach fünf Schritten ging ihr das Wasser schon bis zu den Oberschenkeln. Die Strömung war unglaublich stark, Franzi hatte Mühe, sich auf den Beinen zu halten. Nur wenige Meter trennten sie vom gegenüberliegenden Ufer, aber sie ahnte, dass die Überquerung eine kräftezehrende Angelegenheit würde. Nach einem weiteren Schritt umspülte das Wasser ihre Hüften. Mist. Sie schnallte den Rucksack ab und hielt ihn hoch über den Kopf. Entschlossen wagte sie den nächsten Schritt, trat auf etwas Glitschiges und verlor vor Schreck den Halt. Mit einem Schrei stürzte sie nach vorn, direkt in die Mitte des Priels, wo er abrupt an Tiefe gewann und sie keinen Grund mehr unter den Füßen fand. Sie strampelte hektisch in einem vergeblichen Versuch, den Kopf über Wasser zu halten, doch die Strömung riss sie unerbittlich mit sich.

Sie sammeln beim Strandspaziergang gern schöne Muscheln, interessant geformtes Holz und Treibgut? Dann basteln Sie sich doch auch ein kleines oder größeres Mobile, in dem Sie Ihre Urlaubserinnerungen verarbeiten. Ab S. 422 finden Sie allerlei Tipps dazu.

Kapitel 12

Das Wasser war furchtbar kalt. Hektisch schlug Franzi mit den Armen um sich, ihr Kopf durchstieß die Wasseroberfläche, japsend sog sie Luft ein und schluckte sofort einen Mundvoll salziges Nordseewasser. Sie hustete, strampelte, versuchte sich ans Ufer zu retten, aber ihre Panik war zu groß. Erneut ging sie unter, strudelnd und gurgelnd rauschte das Wasser mit ihr davon, riss an ihren Gliedern. Sie merkte, wie ihre Kräfte schwanden, ihr ganzer Körper verlangte nach Luft, Luft! Wieder gelang es ihr, nach oben zu kommen, wieder versank sie, und dann packte Sönke ihren Arm und zog so stark, dass sie meinte, er müsse abreißen, aber er riss natürlich nicht, und einen Moment später lag sie rücklings im Watt, über ihr der tiefblaue, mit weißen Schäfchenwolken und Möwen betupfte Himmel.

Lange verharrte sie dort in dem kalten Schlick und sog gierig die Luft ein, dann begann das Zähneklappern, die Kälte kroch ihr in die Knochen. Mühsam setzte sie sich auf. Sönke hockte neben ihr und blickte zum Festland, so nah und doch so weit.

Sie ergriff seine Hand. »Danke. Ohne deine Hilfe wäre ich ertrunken.«

Er fuhr herum und musterte sie missbilligend. »Bist du von allen guten Geistern verlassen? Wie konntest du nur so unbedacht ins Wasser stürmen? Du hast uns beide in Lebensgefahr gebracht«, blaffte er.

Franzi sah ihn beschämt an. »Es tut mir leid.«

»Es tut dir leid, es tut dir leid!«, giftete er. »Überleg dir nächstes Mal vorher, was du tust. Wie kann man nur so verantwortungslos sein!«

Jedes seiner Worte war eine Ohrfeige. Sie fühlte sich wie betäubt. Hatten ihre Worte tatsächlich ins Schwarze getroffen? Oder stand er, genau wie sie, unter Schock und verarbeitete ihn auf diese Weise? Das wäre entschuldbar, schön war es trotzdem nicht.

Franzi ließ ihre Füße kreisen, bis das Gefühl zurückkehrte, und stand dann auf. »Wo ist mein Rucksack?«

Er deutete auf den Priel. »Weg.«

Auch das noch. Portemonnaie, Schlüsselbund, Handy und, was am schlimmsten war, ihre Ersatzkleidung, alles futsch. Sie suchte das schnell fließende Wasser mit den Augen ab. Der Rucksack war knallrot, vielleicht konnte sie ihn am Grund des Priels entdecken. Und dann? Er war unerreichbar, es wäre sinnlos, danach zu tauchen, und ihre Klamotten waren ohnehin nass.

Sie drehte sich zu Sönke um. »Leider muss ich dich um einen Gefallen bitten: Ich brauche trockene Sachen. *Deine* Sachen.«

»Bediene dich.«

Schnell wühlte sie seine Ersatzkleidung aus seinem Rucksack und stellte sich zum Umkleiden in seinen Rücken, um zu vermeiden, dass er sie nackt sah; die Vorstellung war ihr plötzlich unerträglich. Hose und Pullover waren viel zu groß, aber dann krempelte sie die Hosenbeine einfach auf. Schlimmer war der Verlust der Schuhe. Sie würde barfuß gehen müssen.

»Ich bin so weit. Welche Richtung schlagen wir ein?«

»Woher soll ich das wissen?«

»Ich dachte, du kennst dich aus«, antwortete sie schnippisch. »Wer bringt hier eigentlich wen in Gefahr?«

Die Kälte in seinem Blick ließ sie schaudern. Das war nicht der charmante Sönke, in den sie sich verliebt hatte. Ganz und gar nicht.

Da Sönke sich weigerte, übernahm Franzi die Führung. Nach etwa zwanzig Minuten fand sie eine Stelle, an der der Priel sich stark verbreiterte. Die Strömung war dadurch weitaus weniger heftig, das Wasser flach genug, um an jeder Stelle den Grund zu erkennen. Franzi rollte die Hosenbeine bis zu den Oberschenkeln auf, und dicht nebeneinander wateten sie und Sönke schweigend durch das knietiefe Wasser.

Die Querung verlief problemlos. Mit neuem Mut marschierte Franzi über die flache Wattfläche auf das Festland zu, schon konnte sie einzelne Gebäude vom Neßmersieler Hafen erkennen, die Strandkörbe bunte Tupfen auf dem kleinen Strand. Bei jedem Schritt quoll sandiger Schlick zwischen ihre Zehen. Sie hatte vor einiger Zeit einen Artikel über Wattwürmer gelesen und Erstaunliches erfahren, zum Beispiel, dass die bis zu vierzig Zentimeter langen Würmer den lieben langen Tag nichts anderes taten, als Sand zu fressen, die Nährstoffe herauszufiltern und den Sand dann wieder auszuscheiden. Ihre Kothaufen waren das Einzige, was man von ihnen zu sehen bekam, Tausende, Hunderttausende, vielleicht Millionen von kleinen, kringeligen Sandhaufen. Bei Licht betrachtet war eine Wattwanderung nichts anderes als die Wanderung durch Wurmkot, dachte Franzi amüsiert. Sie wollte Sönke den lustigen Gedanken zurufen, besann sich dann aber eines Besseren. Er hatte sich in der letzten halben Stunde immer weiter zurückfallen lassen, bis er außer Hörweite war. Da auch Franzi weder Lust auf ein Gespräch noch auf einen Streit hatte, beließ sie es dabei. Mittlerweile hatte sie sich so weit beruhigt, dass sie klar denken konnte, und kam zu dem Schluss, dass Sönke sich verhielt wie ein in die Enge getriebenes Tier. Er biss wild um sich, weil er nicht mehr weiterwusste und Schuldgefühle hatte. Denn natürlich war er es gewesen, der sie in Gefahr gebracht hatte, nicht sie ihn. Junge von der Küste, dass ich nicht lache, dachte Franzi. Das Watt war tückisch, wer am Leben hing, wagte sich ohne einen kundigen Wattführer nicht hinaus. Außer Männern, die sich beweisen wollten. Männer wie Sönke.

Plötzlich versank ihr rechtes Bein fast bis zum Knie im Schlick, etwas Scharfkantiges zerschnitt ihr die Haut. Ein greller Schmerz ließ sie aufschreien, dann zog sie das Bein heraus und sah sich die Bescherung an. Blutende Schnitte zogen sich kreuz und quer über ihre Füße und Waden, es tat höllisch weh. Nur wenige Meter entfernt befand sich eine Bank dunkler, algenüberzogener Miesmuscheln. Offensichtlich hatte sie sich zu nah herangewagt. Na toll.

Sönke näherte sich. »Pass doch auf, wo du hintrittst«, sagte er vorwurfsvoll. »Ist alles in Ordnung?«

Franzi biss die Zähne zusammen. »Kein Problem, nur ein paar Kratzer.«

»So sieht es aber nicht aus.«

»Das lass ruhig meine Sorge sein.« Sie straffte die Schultern und eilte, so schnell es ihre Verletzungen zuließen, davon. In verstocktem Schweigen bewältigten sie den letzten Kilometer zum Strand. Der Schmerz trieb Franzi die Tränen in die Augen, aber sie verbot sich jedes Jammern. Nie wieder würde sie Sönke gegenüber Schwäche zeigen. Wenn sie ihn überhaupt je wiedersehen wollte nach diesem unfassbar verkorksten Tag.

Erleichtert humpelte sie schließlich an den Strand und ignorierte die besorgten Blicke der letzten, den milden Juniabend genießenden Badegäste auf ihr blutverschmiertes Bein. Sie war endgültig bedient, als sie das Tuten eines Schiffshorns hörte und eine weitere Fähre auf Neßmersiel zukommen sah. Sie hätten also doch mit dem Schiff fahren können! Als sie endlich auf dem Parkplatz ankam, fiel ihr siedend heiß ein, dass der Autoschlüssel auf dem Grund des Priels lag.

»Ich fahre dich nach Hause.« Sönke war mittlerweile herangekommen und entriegelte den Porsche. Franzi hätte liebend gern ein Taxi bestellt, nur leider konnte sie weder eins rufen noch eins bezahlen, Handy und Portemonnaie waren ja im Rucksack.

»Danke.«

»Keine Ursache.«

Wenig später setzte er sie vor Riekes Haus ab. Nach einer knappen Verabschiedung brauste er davon.

Rieke riss die Tür auf, kaum dass Franzi den Finger vom Klingelknopf genommen hatte.

»Wie war es auf Baltrum?«, fragte sie statt einer Begrüßung und umarmte die Freundin herzlich.

»Es war eine Katastrophe. Ich erzähle dir gleich alles, aber erst muss ich wissen, ob du meinen Schlüssel für die *Wunderkiste* noch hast.«

»Habe ich.« Rieke hielt Franzi auf Armeslänge von sich und musterte sie. »Du siehst schlimm aus.« Sie stockte, als sie Franzis verletztes Bein bemerkte. »Um Himmels willen! Bist du in einen Mixer geraten?«

Ohne weitere Fragen zu stellen, bugsierte Rieke sie ins Bad und ließ ihr eine Wanne ein. Franzi rechnete es ihr hoch an, dass sie kein Wort über die Männerkleidung verlor. Stattdessen stopfte sie Sönkes Hose, Pullover und Männerunterhose sowie Franzis nasse Sachen in ihre Waschmaschine und ließ sie allein. Franzi glitt erschöpft in die Wanne. Die Schnitte meldeten sich erneut, aber der Schmerz war erträglich. Nach einer Weile kehrte Rieke mit zwei Weingläsern zurück und setzte sich auf den geschlossenen Klodeckel.

»Prost.«

Sie stießen an. Franzi suchte nach Worten, aber Rieke kam ihr zuvor: »Da ich eins und eins zusammenzählen kann, kommt hier meine Kurzfassung der Geschehnisse: Du hast auf Baltrum einen Mann kennengelernt, und zwar jenen, dessen Klamotten gerade in der Waschmaschine stecken. Der Typ hat dich zu einer Wattwanderung überredet, und du bist dabei in einen Priel gefallen, was ich messerscharf daraus geschlossen habe, dass deine eigenen Sachen klatschnass waren. Außerdem bist du von hinterhältigen Miesmuscheln attackiert worden, deine Beine sprechen Bände. Alles in allem nichts Ungewöhnliches, außer dass ich dich für klüger gehalten habe. Man kann mit einem Unbekannten ins *Bett* gehen, aber ganz sicher nicht ins *Watt*. Das ist fahrlässig.«

»Im Großen und Ganzen stimmt deine Version«, sagte Franzi kleinlaut, »allerdings kenne ich den Mann schon länger.«

Rieke verschluckte sich beinahe an ihrem Wein. »Wie bitte? Kannst du das noch mal wiederholen?«

Franzi holte tief Luft, dann beichtete sie Rieke alles. Fast alles: Die Tatsache, dass es sich bei Sönke um den Makler handelte, der zuerst ein Auge auf die *Wunderkiste* geworfen hatte, bevor sie selbst in sein Visier geriet, behielt sie für sich. Zuzugeben, mit dem Feind geturtelt zu haben, wäre einfach zu peinlich gewesen.

Die Enttäuschung stand Rieke ins Gesicht geschrieben, als sie ihre Geschichte beendet hatte. »Warum hast du mich denn angelogen?«

Franzi war jämmerlich zumute. »Ich wusste doch selbst nicht, was daraus werden würde. Außerdem habe ich dich nicht angelogen. Du hast nie gefragt, ob ich einen Freund habe.«

»Da hast du recht.« Rieke stand auf. »Ich gehe in die Küche und brutzle uns was. Hier sind ein paar Sachen von mir, die dir passen müssten. Ich habe Desinfektionsspray und Wundsalbe dazugelegt.« Bevor sie hinausging, fiel ihr noch etwas ein. »Hast du eigentlich einen Zweitschlüssel für Leopold, oder müssen wir ihn kurzschließen?«

Trotz ihres Elends musste Franzi lachen. »So etwas kannst du?« Sie hob die Hände. »Ich will es gar nicht wissen. Ja, ich habe einen Zweitschlüssel.«

»Gut, dann holen wir den Armen in aller Frühe nach Hause, und du kannst dich um die Beschaffung neuer Papiere kümmern. Sieh es als Strafe für deinen Leichtsinn an«, schloss Rieke, als Franzi in Erwartung der nervtötenden Behördengänge laut aufstöhnte, und verschwand in Richtung Küche.

Wenig später stieg Franzi aus der Wanne, trocknete sich ab und widmete sich ihrem zerschundenen Bein. Die schmerzenden Schnitte gaben ihrem Ärger und ihrer Enttäuschung über Sönke neue Nahrung. Sie drückte einen weiteren Salbenstrang aus der Tube und verteilte ihn mit heftigen Bewegungen auf den Wunden. Erst als der würzige Geruch von gebratenem Speck ins Badezimmer waberte, beruhigte sie sich ein wenig.

»Das riecht super!«, rief sie durch die geöffnete Tür. »Ich habe einen Bärenhunger. Die bescheuerte Wattwanderung war ganz schön anstrengend. Ich bin nur froh, dass Sönke sein wahres Gesicht gezeigt hat. Trotzdem irgendwie schade, denn er kann verdammt charmant sein. Außerdem sieht er unverschämt gut aus.«

Schnell schlüpfte sie in Riekes Sachen. Die Hose zwickte, sie musste den Knopf offen lassen. Aber unter dem weiten Karohemd und dem Sweatshirt würde es nicht auffallen. Das heiße Bad und auch ihr Geständnis hatten ihre Laune aufgehellt, und sie betrat die Küche mit frisch erwachten Lebensgeistern.

An die Spüle gelehnt stand Joost und bedachte sie mit einem seltsamen Blick. Sie hatte sein Eintreffen wegen des Föns nicht gehört.

❋

Joost kam am Dienstagabend, um ihr wie versprochen bei der Buchhaltung zu helfen. Schon beim Eintreten merkte Franzi, dass etwas nicht stimmte. Sein Schwung fehlte, er wirkte wie erloschen. In den letzten Wochen war Joost immer gesprächiger geworden, doch jetzt war sein Schweigen zurückgekehrt und hing, anders als zuvor, bleischwer im Raum. Nach einem knappen Gruß setzte er sich an den Schneidertisch, auf dem bereits die Unterlagen bereitlagen. Sachlich erklärte er ihr, was zu tun war, und zeigte sich ungeduldig, wenn Franzi etwas nicht sofort verstand. Ihre Verwirrung nahm zu; so kannte sie ihren Freund gar nicht. Bisher war ihre Talentlosigkeit in allen Dingen, die mit Buchhaltung zu tun hatten, ein Grund zur Heiterkeit gewesen. Bis heute. Was war bloß los? Sie fasste sich ein Herz.

»Ist dir eine Laus über die Leber gelaufen?«, fragte sie gezwungen locker.

»Nein.« Er schob die Papiere zu einem sauberen Stapel zusammen. »Für heute reicht es, du bist ja sowieso nicht bei der Sache.«

»Wie kommst du darauf?«

Er sah sie gleichmütig an und erhob sich. »Ich geh dann mal.«

»Schon? Ich habe uns ein Curry aus Tante Gerlindes Rezeptsammlung gekocht.«

»Keine Zeit, muss noch woanders hin. Tschüss.«

Sprachlos starrte sie auf seinen Rücken, als er das Zimmer verließ. Es dauerte einen Moment, bis sie sich wieder vom Fleck rühren konnte. Sie holte ihn an der Haustür ein und griff zaghaft nach seinem Arm. Er schüttelte sich wie eine von Fliegen geplagte Kuh, drehte sich aber um. »Was ist denn noch?«

Franzi spürte einen Stich. »Nichts«, sagte sie tonlos, »das heißt, doch: Hast du dir etwas für nächsten Sonntag ausgedacht? Wir wollen ja was zusammen unternehmen.«

»Nein, habe ich nicht. Es passt mir auch nicht sonderlich gut«, sagte er schroff.

»Wir können es ja verschieben.«

»Richtig, wir verschieben es. Ich sage dir Bescheid, wenn ich weiß, wann ich ein Wochenende entbehren kann.« Abrupt wandte er sich seinem Rad zu, schloss es auf und fuhr davon, ohne ein weiteres Wort, ohne ein Winken.

Franzi lehnte sich schwer gegen den Türrahmen. Ein Wochenende *entbehren?* Was um Himmels willen war in Joost gefahren? Womit hatte sie ihn so verärgert, dass er ihr dafür die Freundschaft aufkündigte?

»Du siehst aus, als wärst du unter die Vampire gefallen, so blass bist du.«

Franzi schrak aus ihrem Grübeln. Sie hatte Jan nicht kommen sehen. Traurig schüttelte sie den Kopf. »Ich fühle mich tatsächlich ziemlich blutleer. Joost ist sauer auf mich, und ich weiß nicht, warum.«

»Oh. Das ist gar nicht gut.« Jan strich ihr über die Wange. Die zärtliche Geste reichte, um das Tränenfass zum Überlaufen zu bringen. Die Ereignisse der letzten Tage hatten Franzi stärker durchgeschüttelt, als sie sich bisher eingestanden hatte. Sie weinte sich an Jans Schulter aus, bis keine Tränen mehr kamen und er pitschnass war.

Nachdem sie sich beruhigt hatte, löste sie sich von ihm, nestelte ein Taschentuch aus der Hosentasche und schnäuzte sich ausgiebig. »Wieso bist du überhaupt noch hier? Es ist doch schon neun.«

»Ich will mich diplomatisch ausdrücken: eine anspruchsvolle Kundin«, erwiderte er, »aber was tut man nicht alles für die Schönheit der Damen.«

»Was würden die Westersumerinnen nur ohne dich tun?«

»Mit Handfegerfrisuren durchs Leben gehen, was sonst?«

Sie musste wider Willen lachen. »Hast du Hunger? Auf dem Herd steht ein Topf mit leckerem Curry.«

»Das hört sich unwiderstehlich an. Ich muss nur noch den Salon für morgen fertig machen, dann komme ich wieder. Ach übrigens«, bemerkte er schon im Gehen und drehte sich noch einmal um, »deine Schuhe sind klasse.«

Jans Aufmerksamkeit versöhnte sie ein wenig mit dem schrecklichen Abend. »Das hast du bemerkt?«

»Mir entgeht nichts, meine Liebe, jedenfalls nichts, das mit Mode zu tun hat. Woher hast du die?«

»Selbst gemacht. Ich habe einfach Flip-Flops mit buntem Baumwollgarn, Filztieren und Perlen aufgerüscht. Ich überlege, solche Schuhe ins Sortiment aufzunehmen. Was meinst du?«

»Das wird ein Renner.« Er eilte nach nebenan und verschwand in seinem Laden. In dem Moment fuhr ein silberfarbener Kleinwagen mit Karacho vorbei. Verärgert sah Franzi dem Auto nach. Es war unverantwortlich, so schnell durch die schmale Mühlenstraße zu brausen. Von Frau Oltmanns wusste sie, dass die Stadtväter erneut ein Bürgergesuch zur Verkehrsberuhigung der Straße abgebügelt hatten, eine Fußgangerzone stand gar nicht mehr zur Debatte. Aber irgendwann würde etwas passieren, und dann würde einer dem anderen die Verantwortung in die Schuhe schieben.

Franzi schüttelte ihren Ärger über die Stadtverwaltung ab, ging ins Haus und ließ die Tür für Jan offen stehen.

Die Zeit, die Jan fürs Aufräumen des Salons benötigte, nutzte sie, um Reis aufzusetzen und hübsch einzudecken. Sie musste den Tag dringend mit etwas Schönem abschließen, und da Jan viel Sinn fürs Detail besaß, tobte sich Franzi regelrecht aus. Eine schöne Decke, das beste Geschirr und antike Leinenservietten mit ebenfalls alten silbernen Serviettenringen kamen auf den Küchentisch, in dessen Mitte Tante Gerlindes Silberleuchter prangte. Sie zündete die eleganten Kerzen und diverse über Arbeitsplatte und Fensterbank verteilte Windlichter an und löschte das elektrische Licht. Sofort verwandelte sich die Küche in eine romantische Höhle, bei deren Anblick sie an Sönke denken musste.

Franzi schluckte trocken. Mehrfach hatte sie ein solches Essen für sie beide arrangieren wollen, aber jedes Mal war etwas dazwischengekommen. Und nun war er aus ihrem Leben verschwunden. Sie räusperte sich. Zum Glück war noch nicht genug passiert, als dass das Herz gebrochen wäre – es war nur ein ganz kleines bisschen angeknackst, wie sie sich einredete. Sie horchte in sich hinein und stellte mit Erstaunen fest, dass ihr Joosts seltsames Verhalten weitaus mehr zu schaffen machte als der Bruch mit Sönke.

Heilfroh, dass Jan spontan zugesagt hatte und sie den heutigen Abend nicht allein verbringen musste, entkorkte sie eine Flasche Rotwein. Nach den letzten Tagen hatte sie sich einen kleinen Schwips verdient.

Ein Geräusch an der Küchentür kündigte den Besuch an. »Gleich ist alles fertig«, sagte sie, ohne sich umzudrehen, und schenkte die Gläser voll. »Ich bin unglaublich froh, dich kennengelernt zu haben, weißt du das? Ich wüsste gar nicht mehr, was ich ohne dich machen sollte.«

Ein verächtliches Schnaufen ließ sie herumfahren. Vor Schreck fiel ihr die Weinflasche aus der Hand.

Der Besucher war nicht Jan.

Bevor Franzi sich aus ihrer Erstarrung lösen konnte, trat der Eindringling zu ihr und stach mit ausgestrecktem Zeigefinger in die Luft vor ihrem Gesicht. Überrumpelt wich sie zurück und stieß gegen den Tisch. Ein Weinglas kippte um und ergoss seinen Inhalt über die Tischdecke, Wein tropfte in die Lache, die sich um die auf den Boden gefallene Flasche gebildet hatte.

»Habe ich Sie nicht gewarnt? Lassen Sie gefälligst meinen Mann in Ruhe!«

Franzi sperrte überrascht den Mund auf. Im flackernden Kerzenlicht hatte sie sie nicht gleich erkannt, aber der slawische Akzent beseitigte alle Zweifel: Der Eindringling entpuppte sich als die dunkelhaarige Furie, die sie schon vor knapp drei Wochen heimgesucht hatte.

Beschwichtigend hob sie die Hände. »Bitte beruhigen Sie sich. Ich weiß überhaupt nicht, worum es geht.«

»Ich beruhige mich nicht, solange Sie Ihre dreckigen Finger nach meinem Mann ausstrecken.«

Selbst Franzis Langmut hatte Grenzen. »Hören Sie auf, mich in meinem eigenen Haus zu beleidigen!«, explodierte sie. »Wie sind Sie überhaupt hereingekommen? Ich sollte die Polizei holen.«

»Ach ja? Und was wollen Sie denen erzählen? Dass die Frau Ihres Liebhabers Sie in flagranti erwischt hat? Wie peinlich!«

»Was ist denn hier los?«

In der Küchentür stand Jan. Er sah ziemlich bedröppelt aus.

»Das nenne ich Timing«, giftete die Frau, »romantisches Kerzenlicht, hach!«

»Es reicht! Ich weiß weder, wer Sie sind, noch, wer Ihr Mann ist.«

»Was?« Die Furie und Jan stießen zeitgleich einen erstaunten Ruf aus. Franzi war jetzt vollends verwirrt.

»Nein, ich weiß es partout nicht, es sei denn, Sie sind Sönkes

Frau, auch wenn er Stein und Bein geschworen hat, nicht verheiratet zu sein. Sollte er gelogen haben, kann ich Sie trotzdem beruhigen – es ist aus.«

»Ich kenne keinen Sönke«, sagte die Frau mürrisch.

»Wer ist Sönke?«, fragte Jan.

»Ein Teil meines Problems«, sagte Franzi. »Also nicht Sönke. Dann bleiben nicht mehr viele Kandidaten: Joost ist nicht verheiratet, Tomasz' und Mareks Familien leben in Polen, und du« – sie zeigte auf Jan – »bist schwul.«

Franzis letzte Worte hatten einen verblüffenden Effekt: Jan und der Frau verschlug es die Sprache. Irritiert ließ sie den Blick zwischen den beiden hin und her wandern. Eine Ahnung keimte in ihr auf, außerdem fiel ihr der silberne Kleinwagen wieder ein, der vorhin durch die Mühlenstraße gebraust war. Kurz zuvor hatte Jan sie, Franzi, tröstend im Arm gehalten. In flagranti? So würde die Situation auf eine heimliche Beobachterin, die ihr Geheule weder sehen noch hören konnte, wohl wirken.

Wie zur Bestätigung ihrer Vermutung fing Jan an zu glucksen, erst leise, dann immer lauter, bis er sich beinahe krümmte vor Lachen. Sein Lachen ging in ein Winseln über, und jetzt krümmte er sich tatsächlich.

»Aua«, japste er, »mein Rücken.«

Man lernte ja nie aus: Dass sich jemand durch zu heftiges Lachen einen Hexenschuss zuziehen konnte, war auch Franzi mit ihrer langjährigen Erfahrung als Physiotherapeutin neu. Jans Ehefrau und sie vergaßen fürs Erste alle Animositäten und kümmerten sich gemeinsam um den winselnden Mann. Franzi blieb unerbittlich. Ins Bett durfte er vorerst nicht, sondern musste, nachdem sie ihm eine starke Schmerztablette verabreicht hatte, erst ein paar Runden durch ihre Wohnung humpeln. Dann dehnte sie ihn, so gut es ging, und hieß ihn schließlich, sich im Schneiderzimmer flach auf den Boden zu legen, die Unterschenkel auf einem Stuhl ruhend. Die schnellen Notmaßnahmen zeigten Wirkung, schon nach einer halben Stunde konnte er sich etwas besser bewegen, aber es würde einige Tage dauern, bis er wieder auf dem Damm war.

Währenddessen brachte Jans Frau alles, was sie fürs Essen brauchten, ins Schneiderzimmer, arrangierte es neben ihrem Mann auf dem Fußboden und setzte sich umstandslos zwischen zwei eingetrocknete Entenkleckse auf die Dielen.

»Tja«, sagte sie und hielt Franzi ihr Weinglas zum Anstoßen entgegen, »da habe ich mich wohl ganz umsonst aufgeregt. Ich bin übrigens Natascha.« Sie kicherte. »Haben Sie wirklich gedacht, Jan ist schwul?«

Es war nicht so einfach, Jan in seiner ungemütlichen Lage zu füttern, aber ein paar Löffel des Currys konnten sie ihm einflößen. Die Spannung war mit seinem Hexenschuss schlagartig verschwunden und hatte einer albernen Stimmung Platz gemacht. Wie sich herausstellte, war Jan die ganze Zeit fälschlicherweise davon ausgegangen, dass er Franzi von seiner Frau erzählt hatte. Franzi wiederum hatte Natascha nie gesehen, da die beiden in einem der weiter entfernten Dörfer ein Haus besaßen.

»Ich hab's wohl schlicht vergessen«, sagte er zerknirscht. Dann wandte er sich an Natascha. »Warum hast du nichts gesagt? Und wie bist du überhaupt auf die Idee gekommen, ich hätte eine Affäre mit Franzi?«

»Ich habe die Murschelknautz beim Tennis getroffen. Sie hat mir brühwarm von eurem Tête-à-Tête im Salon erzählt: du quasi nackt auf der Liege, Franziskas Hände auf deinem Allerwertesten.«

»Diese blöde Kuh. Ich habe sie extra angerufen und ihr alles erklärt. Außerdem lagen Franzis Hände auf meinem Rücken, nicht auf meinem Hintern.«

»Du weißt, wie sehr sie Klatsch, Tratsch und Intrigen liebt.«

Franzi mischte sich ein: »Das ist doch bestimmt zwei Monate her. Warum hat sie es dir nicht früher erzählt?«

»Weil ich nicht hier war. Aber woher sollst du das wissen, wenn man dich schon über meine bloße Existenz im Dunkeln gelassen hat?«, fügte Natascha mit einem herausfordernden Seitenblick auf Jan hinzu. »Ich bin halt unwichtig, da kann man mich glatt mal vergessen.« Sie schenkte sich Wein nach und nahm einen Schluck. »Ich bin Purserette auf einem Kreuzfahrtschiff«, erklärte sie, »die letzten fünf Monate war ich meist auf See, jetzt habe ich drei Monate frei, bevor mein neues Engagement beginnt. Wobei von der freien Zeit fast drei Wochen schon wieder um sind.«

»Drei Wochen schon? Auch wenn ihr auf dem Dorf wohnt, es ist trotzdem komisch, dass wir uns nie zufällig getroffen haben«, stellte Franzi fest.

Natascha hüstelte. »Gar nicht komisch«, sagte sie, »ich bin dir aus dem Weg gegangen.« Sie zögerte, offensichtlich lag ihr noch etwas auf dem Herzen. »Franziska, ich möchte dich hiermit hochoffiziell um Entschuldigung für meine Überfälle und Anschuldigungen bitten. Ich habe mich benommen wie der Elefant im Porzellanladen.«

»Wohl eher wie ein Tasmanischer Teufel im Wollladen«, bemerkte Franzi trocken. »Jan, du bist Zeuge: Hiermit nehme ich die Entschuldigung hochoffiziell an. Schwamm drüber.«

Da Jan nicht die Treppe hinuntergehen konnte, verfrachteten die Frauen ihn gegen Mitternacht nach einiger Diskussion in Franzis Bett. Franzi bestand darauf, dass Natascha ebenfalls blieb, sie selbst richtete sich das Sofa her. Allerdings waren die Frauen viel zu aufgedreht, um schon schlafen zu gehen. Stattdessen machten sie es sich in der Küche gemütlich, entkorkten eine weitere Flasche Wein und stießen auf das gute Gelingen ihrer neuen Bekanntschaft an. Franzi erfuhr, dass Natascha gebürtige Russin war, was ihren leichten Akzent erklärte. Sie und Jan hatten sich vor zehn Jahren auf einer Kreuzfahrt kennengelernt. Er hatte damals bereits einige Jahre auf verschiedenen Schiffen als Friseur gearbeitet und eisern gespart, um in seinem Heimatort einen eigenen Salon eröffnen zu können, während Natascha noch neu im Geschäft war, allerdings mit Karriereplänen. Es war von Anfang an ihr erklärtes Ziel gewesen, zur Purserette aufzusteigen. Auf Franzis Bitte hin erzählte sie einige Anekdoten aus ihrem Berufsleben, aber sie konnte auch gut zuhören. Franzi registrierte erstaunt, wie leicht es ihr fiel, der schönen Frau ihr Herz zu öffnen, ihr von ihren Erlebnissen und ihren Ängsten zu erzählen.

Es war schon fast drei Uhr morgens, als Natascha sie unterbrach. »Schau mal. Ist das nicht schön?«

Gemeinsam sahen sie aus dem Küchenfenster. Es war der 19. Juni, zwei Tage vor dem längsten Tag des Jahres, und die Morgendämmerung setzte bereits zaghaft ein. Die ganze Welt war in ein sanftes blaues Licht getaucht, so schwach, dass die Sterne noch zu sehen waren, aber stark genug, um die Silhouette des Städtchens auszumachen. Eine besonders eifrige Amsel saß gegenüber auf dem Dachfirst der ollen Hinrichsen und sang, als gelte es, die Amsel-Gesangsweltmeisterschaft zu gewinnen.

»Wollen wir einen kleinen Spaziergang machen?«, fragte Natascha. »Das beugt bestimmt auch dem Kater vor«, fügte sie mit Blick auf die beiden Weinflaschen auf dem Küchentisch hinzu. Zum Glück war die zweite Flasche noch halb voll, so schlimm würde es nicht werden, hoffte Franzi. Sie hatte einen Schwips, aber wirklich nur einen kleinen.

Westersum lag in tiefem Schlaf, als sie durch die Altstadt schlenderten. Noch konkurrierte das weiche Licht der Straßenlaternen mit der fortschreitenden Dämmerung und verlieh den schmalen Gassen mit ihren hübschen alten Häusern etwas Magisches. Als sie wieder in die Mühlenstraße einbogen, flitzte Bob auf sie zu und rieb sein Köpfchen an Franzis Bein.

Sie nahm in hoch. »Na, du Streuner? Bist du noch wach oder ein Frühaufsteher?«

Zur Antwort schnurrte er und ließ sich bereitwillig in Richtung *Wunderkiste* tragen. Plötzlich, sie waren nur noch drei Häuser entfernt, wand er sich aus ihren Armen, sprang auf den Boden und hastete unter ein parkendes Auto. Auch Natascha hatte etwas bemerkt und blieb stehen.

»Da ist jemand vor deinem Haus«, zischte sie. »In Deckung!«

Das ließ Franzi sich nicht zweimal sagen. Flugs ging sie neben Natascha in die Hocke. Hinter einem Auto hervor beobachteten sie den Kerl, der sich an Franzis Ladentür zu schaffen machte.

»Sollen wir ihn auf frischer Tat stellen?«

»Zu gefährlich. Ich rufe die Polizei.« Franzi hatte ihr Handy schon hervorgezogen und die PIN-Nummer eingetippt, als ein weiterer Mann auftauchte. Ein überraschter Ausruf klang zu ihnen herüber, der den ersten Mann aufschreckte. Bevor Franzi die Lage erfassen konnte, war der verhinderte Einbrecher schon über alle Berge. Oder besser: durch alle Gärten. Sie sprang auf und rannte zu Peter Hinrichsen, denn kein anderer war der zuletzt auf der Bildfläche erschienene Mann.

»Haben Sie ihn erkannt?«, rief sie.

Peter Hinrichsen ließ vor Schreck einen kleinen Gegenstand fallen. Stumm stand er vor Franzi. Sie bückte sich und hob das schleifenverzierte Päckchen auf. »Für mich?«, fragte sie freundlich.

Er nickte, noch immer zu keiner Antwort fähig.

»Das ist wirklich nett von Ihnen. Ich habe mich auch über die anderen Geschenke gefreut.«

Seine wie immer etwas gehetzt wirkende Miene hellte sich auf, so sehr, dass Franzi warm ums Herz wurde. Sie fasste ihn sanft am Arm, dirigierte ihn zu der Bank und setzte sich neben ihn.

»Wer war das, Peter? Sie kennen den Mann doch, oder? Er ist schon öfter hier herumgeschlichen, nicht wahr?«

Peter Hinrichsen nickte, dann schüttelte er den Kopf, dann nickte er wieder und wirkte zusehends verwirrt. Franzi verfluchte ihre Ungeduld, mit ihrer Fragen-Kanonade hatte sie ihn völlig aus der Bahn geworfen. Also begann sie langsam noch einmal von vorn: »Wer war der Mann, Peter?«

»Mein Gott.« Natascha, die die Szene aus ein paar Metern Entfernung verfolgt hatte, verlor die Geduld. »Nun antworten Sie doch!«

Ihr unverhofftes Erscheinen verschreckte Peter vollends. Hastig sprang er auf und rannte über die Straße, direkt in den Laden seiner Mutter. Krachend fiel die Tür ins Schloss.

»Oh, da war ich wohl zu voreilig«, sagte Natascha kleinlaut. »War das der zurückgebliebene Sohn eurer Drachennachbarin?«

»Sie ist kein Drachen, und Peter ist langsam, nicht zurückgeblieben. Er bringt mir manchmal mitten in der Nacht Geschenke«, fügte Franzi seufzend hinzu und hielt die eingewickelten Pralinen hoch. »Hast du Appetit auf ein Betthupferl?«

Als nach wenigen Stunden der Wecker, den sie aus ihrem Schlafzimmer mitgenommen hatte, klingelte, fühlte Franzi sich erstaunlich frisch und vor allem nicht verkatert. Zum Glück, da sie in zwei Stunden den Laden aufschließen musste – für heute hatte sich die Zeltplatztruppe angesagt, was puren Stress bedeutete.

Sie schwang die Beine über die Sofakante und dachte an Jan. Hoffentlich ging es ihm gut genug, um die Treppe zu bewältigen. Andernfalls würde sie ihn noch eine Weile beherbergen müssen. Nun, das wäre auch kein Problem, so langsam bekam sie Übung darin, die Westersumer Bevölkerung wieder auf die Beine zu stellen.

Sie duschte lange, schlüpfte in ihre Kleidung und ging zur Küche, um ein Frühstück für drei vorzubereiten. Sie hörte das Geschnatter schon im Flur. Der Anblick war zu komisch: Mitten im Raum stand schlaftrunken Natascha, umkreist von Janis, Jim und ihrer sechsköpfigen Kinderschar, die mit gereckten Hälsen und blanken Augen erwartungsfroh die Teedose in ihrer Hand fixierten.

»Sind das echte Enten, oder träume ich noch?«

»Kein Traum«, antwortete Franzi lakonisch, »sondern quicklebendige Stockenten.«

Beim Klang ihrer Stimme schwenkten die Enten um wie ein gedrilltes Militärbataillon und watschelten im Gleichschritt auf ihren Lieblingsmenschen zu. Das Gequake steigerte sich zu einem ohrenbetäubenden Crescendo.

Natascha war fassungslos. »Woher kommen die?«

»Die wohnen hier, bis die Kleinen alt genug zum Schwimmen sind, was hoffentlich bald der Fall ist. Ich komme mit dem Putzen nicht mehr hinterher. Du hast sie gestern Abend nicht kennengelernt, weil sie neuerdings hinterm Sofa schlafen. Reichst du mir bitte die Schachtel rechts vom Brotkorb?«

Verdattert verfolgte Natascha die Fütterung der Raubtiere. »Ich gehe Jan wecken«, murmelte sie schließlich, »mal sehen, in welchem Zustand er sich befindet.«

Jans Zustand war erwartungsgemäß bescheiden. Mit viel Mühe und Unterstützung schaffte er es zum Badezimmer und zurück, an Sitzen oder gar Treppensteigen war für die nächsten Stunden nicht zu denken. Während Franzi ihm ein Frühstück zusammenstellte, rief Natascha ihren Hausarzt an, der kaum zwanzig Minuten später die Treppe hochpolterte und Jan nach kurzer Begutachtung eine Spritze zur Muskelentspannung setzte. So schnell, wie er gekommen war, verschwand er auch wieder.

Nachdem auch Natascha und Franzi gefrühstückt hatten, ging Franzi auf Jans Bitte in seinen Salon, um eine Krankheitsnotiz an der Tür anzubringen und sein Terminbuch zu holen, das er brauchte, um den Kundinnen der nächsten Tage abzusagen. Sie suchte noch nach dem Buch, als die Türglocke läutete und ein Jugendlicher eintrat. Franzi hätte ihn fast nicht erkannt: Verlegen von einem Fuß auf den anderen tretend, in einem Anzug mit Hochwasserhosen und unter den Achseln kneifenden Ärmeln, stand Theos Adjutant im Raum.

»Kann ich dir helfen?«

»Ähem. Weiß nich. Wo is'n der Friseur, ich meine, Herr Jessen?«

»Herr Jessen hat einen Hexenschuss und fällt ein paar Tage aus. Ich kann ihm gern etwas ausrichten.«

»Ja, nee, Digga. Äh, Frau Wolff wollte ich natürlich sagen. Also, sagen Sie ihm, ich war da. Komme wieder vorbei, wenn er gesund is.«

Sein offensichtliches Bemühen um Höflichkeit und eine bessere Sprache rührte sie. »Was wolltest du denn von ihm? Du hast dich ja richtig schick gemacht.«

Er sah unglücklich an sich hinunter. »Weiß nich. Is wie 'ne Verkleidung, aber muss wohl, wenn man 'ne Lehrstelle haben will.«

Schau mal einer an! Deshalb der Konfirmandenanzug, der Junge hatte sich Mühe gegeben. Franzi freute sich; offensichtlich hatte Jan sich ihren Vorschlag zur Einstellung eines Azubis durch den Kopf gehen lassen und die Jungs vom Handyladen angesprochen. Ob der Adjutant einen guten Friseur abgab, würde sich später herausstellen, erst einmal zählte sein Bemühen. Sie versprach, Jan Bescheid zu sagen, und verließ mit dem Adjutanten den Salon, wo schon Theo und Türo gespannt auf ihren Freund warteten. Franzi grüßte Theo freundlich, tätschelte den wild schwanzwedelnden Türo über den hässlichen Hundekopf und ging zurück in die *Wunderkiste,* um alles für den bevorstehenden Ansturm der Damen vom Campingplatz vorzubereiten.

♡

So schön sich der Juni präsentiert hatte, so wechselhaft begann der Juli. Franzi bekam diverse Lehrstunden in Sachen Küstenwetter, die sich gewaschen hatten; mehr als einmal wurde sie von heftigen Regengüssen überrascht, dann wieder blies der Wind so stark und kalt, dass sie sich eher im Herbst als im Hochsommer wähnte. Die Urlauber kamen bei jedem Wetter, allerdings stellte sie fest, dass sie bei Regen mehr kauften. Die handarbeitenden Frauen und sogar ein strickbegeisterter Mann hatten dann mehr Muße, sich im Laden aufzuhalten und sich für die kommenden Tage mit Material einzudecken.

Franzi lauschte aufmerksam den Gesprächen der Kundinnen und lernte Tag für Tag deren Geschmack besser kennen. Sorgfältig führte sie Buch, versehen mit Kommentaren, um ihr Angebot und die Preisgestaltung zu verbessern. Parallel zum Verkauf beschäftigte sie sich mit der Vorbereitung für die offizielle Eröffnungsfeier, die sie für den letzten Samstag im Juli, auf dem Gipfel der Urlaubssaison, festgesetzt hatte. Plakate mussten entworfen, Getränke bestellt, mit einem Caterer verhandelt, die Waren aufgestockt werden und vieles mehr. Franzi wusste manchmal nicht, wo ihr der Kopf stand, aber das war gut so, lenkte es sie doch von Joost und Sönke ab.

Joost ließ sich nicht blicken, und auch Sönke meldete sich nicht mehr. Er hatte nach der schrecklichen Wattwanderung mehrfach angerufen, aber Franzi hatte ihn weggedrückt; noch war sie nicht so weit, dass sie ihn sprechen wollte. Sollte gar kein Kontakt mehr zustande kommen, war es auch gut. Die Wunden heilten schnell, sowohl die Schnitte am Bein als auch die auf der Seele, ein Zeichen, dass sie wohl doch nicht so verliebt gewesen war, wie sie dachte. So weit die graue Theorie. Das bunte Leben bescherte ihr trotzdem immer wieder Momente, in denen sie Sönke nachtrauerte. Warum war die Liebe eigentlich so kompliziert?

Rieke, Tomasz und Marek sah sie ebenfalls kaum, da die drei sich ordentlich ranhalten mussten, um den Zeitplan ihres Sanierungsauftrags zu erfüllen, und abends regelmäßig hundemüde ins Bett fielen. Dafür hatten Edda und Norbert die Nase voll vom Babysitten und waren endlich aus Oldenburg zurückgekehrt. Das dreiblättrige Kleeblatt war, sehr zu Renates Freude, wieder vollständig und griff Franzi nach Kräften unter die Arme.

Ende der zweiten Juliwoche kehrte der Sommer mit Macht zurück. Die Sonne brannte heiß vom Himmel, der Wind schlief ein, Menschen, Tiere und Pflanzen ächzten unter einer für Norddeutschland ungewöhnlichen Hitze. Franzis Geschäft stagnierte, denn die Badegäste verließen den Strand nicht, aber sie machte sich keine Sorgen: Wenn man sich hier oben auf eins verlassen konnte, dann auf die Unbeständigkeit des Wetters. Tatsächlich dauerte es nur ein paar Tage, bis eine Gewitterfront angekündigt wurde.

Franzi, die den Wetterbericht im Radio gehört hatte, ging hinaus und warf einen prüfenden Blick zum Himmel. Am Horizont waren die ersten Vorboten des Sturms zu sehen – schwarze Wolken rollten von Westen übers Land, direkt auf Westersum zu.

»Das wird heftig«, sagte Jan, der ebenfalls vor seinen Laden getreten war und sich Luft zufächelte. Er schlenderte zu ihr hinüber. Befriedigt stellte Franzi fest, dass sein Hexenschuss komplett verschwunden war.

»Wie macht sich der Adjutant?«, fragte sie.

»Wer? Ach so, du meinst Malte. Gar nicht schlecht. Er ist sehr motiviert, demnächst werde ich ihn zum Haarewaschen auf eine wohlwollende und vorgewarnte Kundin loslassen.« Er verdrehte theatralisch die Augen. »Die Damen sind doch etwas befremdet, wenn er sie ständig ›Alder‹ oder ›Digga‹ nennt.«

»Das gibt sich.«

»Dein Wort in Gottes Ohr. Aber ich muss wieder rüber, dort naht schon die Murschelknautz und verlangt nach ungeteilter Aufmerksamkeit. Ich kann sie unmöglich auch nur eine Minute mit Malte allein lassen.«

»Hat Natascha sie zur Rede gestellt?«

»Nö. Sie lässt sie in ihrem Glauben, wir hätten eine Affäre. Irgendwann wird sie von selbst darauf kommen, dass dem nicht so ist, und dann wird es umso peinlicher für sie.« Spontan zog er Franzi an sich und gab ihr einen dicken Schmatzer direkt auf den Mund, bevor er sich zum Gehen wandte. Die Murschelknautz hatte alles gesehen, in ihrem Gesicht glomm die Begeisterung darüber auf, dass sie wieder einmal taufrisch etwas zu tratschen hatte. Franzi winkte ihr fröhlich zu und zog sich dann in die *Wunderkiste* zurück. In der Sonne war es einfach zu heiß. Sie konnte das Gewitter kaum abwarten.

Am späten Nachmittag verdunkelte sich die Welt, heftige Böen fegten durch die Straßen und wirbelten Staub und Unrat vor sich her. Franzi sicherte alle Fenster, holte ihre Blumentöpfe herein und drehte das Ladenschild auf »Geschlossen«. Heute würde sich niemand mehr in die *Wunderkiste* verirren. Wie zur Bestätigung zuckte ein Blitz auf, nur den Bruchteil einer Sekunde später krachte ein Donnerschlag, der die Fensterscheiben zum Klirren brachte. Das Gewitter stand direkt über dem Städtchen. Wieder donnerte es heftig, und dann ging es Schlag auf Schlag.

In der Pause zwischen zwei Entladungen hörte Franzi ein Maunzen. Bob! Sie öffnete die Ladentür und ließ ihn herein. Völlig verschreckt raste er nach oben. Sie folgte ihm in aller Ruhe. Heute würde sie es sich endlich mal wieder mit einem guten Buch richtig gemütlich machen. Auch Unternehmerinnen hatten hin und wieder das Recht auf einen faulen Abend.

Das Gewitter tobte über mehrere Stunden, ließ dann an Kraft nach, nur um gegen elf Uhr nachts mit neuer Wucht loszubrechen. Franzi teilte sich ihr Bett ausnahmsweise mit sämtlichen Hausgenossen; die Enten waren wegen des Lärms so von der Rolle, dass sie es nicht übers Herz brachte, sie aus dem Schlafzimmer zu verbannen. Bob hatte sich gar unter die Decke gewühlt, so sehr fürchtete er sich. Ein bisschen mulmig war auch Franzi zumute. Das alte Haus ächzte wie ein Schiff in schwerer See, und bei besonders heftigen Böen schwankte es – zumindest bildete sie sich das ein. Es dauerte eine Weile, bis sie trotz des Wütens der Natur endlich einschlief.

Ein besonders heftiges Krachen ließ sie schon bald wieder auffahren. Hellwach und mit klopfendem Herzen saß sie im Bett. Es hatte nicht nur gekracht: Diesmal hatte das Haus wirklich gebebt. Bob zitterte spürbar, und auch die Enten hatten die Köpfe aus dem Gefieder gezogen und schnatterten aufgeregt. Mehr um sich selbst zu beruhigen, sprach Franzi den Tieren gut zu, aber die Unruhe blieb. Irgendwas war anders gewesen, das Krachen hatte nicht wie

Donnern geklungen. Und dann fiel es ihr siedend heiß ein. Voller böser Vorahnungen sprang sie aus dem Bett, stieß das Fenster auf und beugte sich trotz des peitschenden Regens hinaus.

Ihr Herz stockte. Der dicke Rotbuchenast, den sich anzusehen sie in den letzten Wochen völlig vergessen hatte, war abgebrochen und aufs Dach gestürzt. Franzis innere Alarmglocken schrillten los. Hastig zog sie sich an, holte die Katzenbox und setzte den vor Schreck erstarrten Bob und so viele Entchen hinein wie möglich. Janis, Jim und die verbliebenen Entenkinder hob sie in ihren Einkaufskorb, schlüpfte in Regenjacke und feste Schuhe, schnappte sich Box, Korb und Handtasche und hastete hinaus in den brüllenden Sturm.

Der Regen traf sie mit voller Wucht. Sie rannte zur Mitte der Straße und warf einen Blick zum Dach. Viel konnte sie in der Dunkelheit und bei dem Regen nicht erkennen, aber es reichte, sie in dem Beschluss zu bestärken, die Nacht im Auto zu verbringen. Sie wollte gerade zu Leopold laufen, den sie am Ende der Mühlenstraße geparkt hatte, als eine knochige Hand sie kräftig an der Schulter packte und zurückriss.

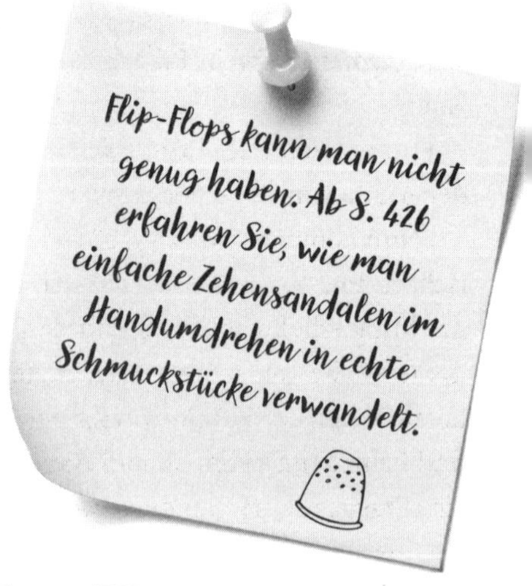

Kapitel 13

Franzi wirbelte herum, um sich und ihre Tiere zu verteidigen. Wer sich in einer solchen Nacht draußen herumtrieb, konnte nur Böses im Schilde führen. Vor ihr stand eine vermummte Gestalt, die Kapuze weit ins Gesicht gezogen. Wieder streckte sie ihre dürre Hand nach ihr aus. Franzi schob die Schultern vor wie ein kampfbereiter Boxer, begriff aber im selben Moment, dass es ihr nicht helfen würde – beschwert durch die Tiere war sie eindeutig in der Defensive. Sollte sie Box und Korb fallen lassen? Bevor sie noch eine Entscheidung treffen konnte, brüllte das Wesen ihr etwas zu, aber die Worte wurden vom Wind zerfetzt, bevor sie Franzi erreichten. Eine Böe riss der Gestalt die Kapuze vom Kopf.

Franzi zwinkerte. Sie musste Erscheinungen haben, anders war der Anblick nicht zu erklären.

»Nun kommen Sie endlich ins Trockene!«, brüllte die olle Hinrichsen und zerrte Franzi, die sich nur langsam von ihrer Überraschung erholte, mit sich in ihren Laden und gleich nach hinten in die Küche, wo sie ihr aus der triefenden Jacke half und sie resolut auf einen der Stühle drückte. Sie brachte die Jacke in den Flur und kehrte mit einem Stapel Handtücher zurück, von denen sie eins Franzi zuwarf. Aus dem zweiten formte sie in der Küchenecke ein provisorisches Nest und bot es den Enten an, die es dankbar annahmen. Mit dem dritten rubbelte sie Bob trocken. Verblüfft registrierte Franzi, dass der Kater sich nicht dagegen wehrte.

Die Hinrichsen fing ihren Blick auf. »Der kommt öfter mal vorbei, um in der Küche was abzustauben«, grummelte sie, aber es klang nicht unfreundlich. »Wie sieht's aus, wollen Sie einen Tee auf den Schreck oder lieber gleich einen Schnaps?«

Franzi entschied sich für beides, und kurz darauf saßen sich die beiden ungleichen Frauen am Küchentisch gegenüber. Franzi kippte den Korn in einem Schluck und schüttelte sich. Normalerweise trank sie nie Spirituosen, aber die heutige Nacht war alles andere als normal, und sie konnte die sich in ihrem Bauch ausbreitende Wärme gut vertragen. Ein zweites Glas lehnte sie allerdings ab und widmete sich lieber dem Tee, Ostfriesentee natürlich, der ihr zum ersten Mal köstlich schmeckte.

»Ich konnte nicht schlafen und bin im Haus herumgegeistert«, erklärte die olle Hinrichsen. »Als der Ast auf Ihr Dach krachte, habe ich zufällig gerade aus dem Fenster geschaut, und beim nächsten Blitz konnte ich die ganze Bescherung sehen. Ich habe mein Regencape übergeworfen und bin raus, um Sie zu warnen, aber da kamen Sie auch schon durch die Tür.«

Impulsiv ergriff Franzi die Hände der alten Frau und drückte sie. »Danke«, sagte sie schlicht.

Die olle Hinrichsen, die jetzt gar nicht mehr oll aussah, lächelte schüchtern. »Das habe ich gern gemacht. Nachbarn müssen sich doch helfen.«

Franzi traten Tränen in die Augen – aus Rührung, aus Erleichterung, nicht unter dem Dach begraben worden zu sein, und aus Verzweiflung über das Unglück.

»Na, na«, meinte die Hinrichsen. Zaghaft strich sie Franzi über die pitschnassen Locken. »Das wird schon wieder. Jetzt mache ich

Ihnen erst mal ein Bett auf der Wohnzimmercouch, und morgen sieht die Welt schon ganz anders aus.«

Die Welt sah am nächsten Morgen allerdings ganz anders aus: Direkt vor ihrer Nase stand ein schwerer Couchtisch, und auch sonst bestand die Einrichtung des ihr fremden Zimmers aus wuchtigen Möbeln im Gelsenkirchener Barock, komplett mit Polstersesseln und einer zum Bersten mit hübschem und weniger hübschem Nippes gefüllten Vitrine. Franzi brauchte einen Moment, bevor sie begriff, dass sie sich in Frau Hinrichsens guter Stube befand, und mit dieser Erkenntnis kehrte umgehend die Erinnerung an die letzte Nacht zurück. Sofort sprang sie vom Sofa, schlüpfte in ihre Sachen, die trocken und sauber gefaltet auf einem der Sessel für sie bereitlagen, und zog den Vorhang beiseite. Da sich die Stube über dem Ladenlokal befand, hatte sie einen direkten Blick auf das Dach der *Wunderkiste*.

Unwillkürlich stöhnte sie auf. Der abgebrochene Ast hatte in die Mitte des Dachstuhls eine Delle geschlagen. Das Reet stand struppig nach allen Seiten, kleinere Äste und Blätter bedeckten es. Klopfenden Herzens suchte Franzi das Haus nach weiteren Schäden ab, konnte aber nichts entdecken. Mit etwas Glück war nur das Dach in Mitleidenschaft gezogen worden. Sie musste Rieke und auch Dachdecker Hinnerk bitten, sich die Sache schnellstmöglich anzusehen.

Während Franzi noch am Fenster stand, erschien eine ältere Frau vor der *Wunderkiste,* die sie noch nie gesehen hatte. Vielleicht eine Vertreterin, dachte sie zuerst, aber die Frau machte keine Anstalten zu klingeln, sondern trat auf die Straße und blickte nach oben; offensichtlich hatte auch sie das kaputte Dach bemerkt. Mit ihrem Handy schoss sie ein Foto, dann wählte sie eine Nummer und begann gestenreich hineinzusprechen, dabei zeigte sie immer wieder auf die *Wunderkiste,* so als wolle sie ihrem Gesprächspartner den Schaden beschreiben.

Franzi wurde mulmig zumute. Was hatte die Frau mit ihrem Haus zu schaffen? Sie wollte gerade das Fenster aufreißen und sie zur Rede stellen, als es an die Wohnzimmertür klopfte und die Hinrichsen eintrat.

»Ich habe gehört, dass Sie wach sind, und wollte Ihnen sagen, dass in der Küche ein Frühstück wartet«, bemerkte sie freundlich.

Franzi dankte ihr und blickte dann wieder auf die Straße. Die Frau war fort. Kopfschüttelnd folgte Franzi ihrer Gastgeberin nach unten. Wahrscheinlich hatte sie jemandem brühwarm von dem zugegebenermaßen recht spektakulär aussehenden Schaden berichtet und ein Foto mit ihren unzähligen Freunden auf Facebook geteilt. Manche Menschen taten so etwas, genauso, wie sie Autounfälle filmten und sich auch sonst im Unglück anderer suhlten.

Die Hinrichsen hatte für drei gedeckt, allerdings ließ sich Peter nicht blicken.

»Er ist sehr schüchtern, aber Sie dürfen das nicht falsch verstehen. Er mag Sie, glaube ich.«

»Das glaube ich auch.« Franzi erzählte der überraschten alten Dame, während sie langsam ein Löffelchen Sahne in ihren Tee fließen ließ, von den kleinen Geschenken, die ihr Sohn ihr hin und wieder auf die Bank legte. Die hübschen Sahnewölkchen und das aufsteigende Aroma trösteten sie, und plötzlich wusste sie, warum die Ostfriesen ihren Tee so liebten. Er war der Inbegriff von Geborgenheit, er schmeckte nach Heimat und schenkte eine Auszeit von den Mühen des Alltags. Mit geschlossenen Augen nahm sie einen kleinen Schluck und hatte das Gefühl, die Quintessenz Ostfrieslands auf der Zunge zu spüren – den Wind und die Moore, das Salz in der Luft und die Schreie der Möwen. Vorsichtig setzte sie die filigrane Porzellantasse ab. Sie fühlte sich gestärkt und bereit, sich den Herausforderungen des Tages zu stellen.

Rieke erschien, schon eine Stunde nachdem Franzi sie auf der Baustelle angerufen hatte, und brachte Hinnerk gleich mit. Die beiden betrachteten das Haus mit gewohnt fachmännischem Blick. Erleichtert stellte Franzi fest, dass sie keinerlei Anzeichen von Bestürzung zeigten. Nach kurzer Beratung stellten sie die Leiter an. Hinnerk kletterte aufs Dach, während Rieke ins Haus ging, um den Dachstuhl von innen zu untersuchen. Da Franzi den beiden ohnehin nur im Weg stand, fuhr sie mit dem Fahrrad zum Markt, um frische Zucchini, getrocknete Pilze und Fisch für eine chinesische Suppe zu besorgen. Das Rezept stammte natürlich aus dem Fundus der Tante und würde sicherlich auch Frau Hinrichsen schmecken.

Als sie eine Dreiviertelstunde später zur *Wunderkiste* zurückkehrte, saß Hinnerk mit seiner Pfeife im Mund auf der Bank und klopfte mit der Hand einladend auf den Platz neben ihm.

»Set di dohl, mien Wicht, dor drin is dick Luft.«

»Dicke Luft?«

Er nickte. »So'n Kloogschkieter van't Amt. Weet all beter.«

Ein Besserwisser? Vom Amt? Tatsächlich, von oben tönten Riekes verärgerte Stimme und die eines Mannes. Alarmiert stellte Franzi ihren Einkaufskorb ab und eilte nach oben, in Richtung der Stimmen. Ihre Freundin stand mit in die Hüften gestemmten Händen im Schneiderzimmer unter der Dachluke und ließ ihrem Ärger freien Lauf. Ihr Widersacher befand sich offensichtlich auf dem Dachboden.

»Das lasse ich mir nicht bieten!«, brüllte Rieke gerade. »Mein Gutachten ist mindestens so viel wert wie Ihres. Sind Sie überhaupt Zimmermann?«

Von oben erklang etwas Unverständliches, das Rieke noch mehr in Rage brachte. Bevor Franzi sie daran hindern konnte, kletterte sie die Bodentreppe hinauf. »Ingenieur? Dass ich nicht lache! Sie haben von Statik so viel Ahnung wie ein minderbemittelter Thunfisch!«

Oje. Wer auch immer auf ihrem Dachboden herumturnte, würde ihr nach dieser Beleidigung bestimmt nicht zugetan sein. Dabei hatte Franzi den Verdacht, dass sie genau dieses Wohlwollen dringend benötigte.

»Lass gut sein, Rieke!«, rief sie beschwichtigend, aber ihre Freundin ignorierte sie und schimpfte weiter. Schließlich wurde es Franzi zu bunt, und sie stieg ebenfalls hinauf. In den sonst stockdunklen Dachboden fiel durch mehrere Löcher Tageslicht und beschien das Gesicht eines korpulenten Mittvierzigers, in dessen Miene sich schlecht verhohlene Genugtuung spiegelte.

»Wer sind Sie?«, fragte sie scharf. »Und was haben Sie in meinem Haus zu suchen?«

Die beiden Streithähne ließen voneinander ab.

»Sind Sie Frau Wolff?«

»Die bin ich. Also, was wollen Sie hier?«

»Ich komme vom Bauamt, Freese mein Name. Ich wurde über den Sturmschaden informiert und mache mir ein Bild über den Zustand des Hauses. Leider muss ich Ihnen mitteilen, dass ich Ihr Geschäft wegen Einsturzgefahr für den Publikumsverkehr schließen muss. Morgen bekommen Sie mein Gutachten in schriftlicher Form.«

Rieke schnaubte. »Das Haus ist stabil«, fauchte sie, »von Einsturzgefahr kann keine Rede sein.«

»Das ist Ihre Meinung, ich habe meine. Im Übrigen bin ich im Gegensatz zu Ihnen amtlich bestellt«, fügte er herablassend hinzu.

Angesichts der Arroganz des Mannes ballte Franzi die Fäuste.

Zum ersten Mal in ihrem Leben hätte sie am liebsten zugeschlagen, aber sie behielt sich im Griff. »Wenn das so ist, haben Sie Ihren Auftrag ja erfüllt«, sagte sie gepresst. »Verlassen Sie also umgehend dieses Haus.«

»Ich bin schon weg.« Grinsend schob der Mann sich an ihr vorbei und verschwand durch die Luke nach unten. Franzi setzte sich schwer in den Staub.

»Du hast recht, nicht wahr?«, fragte sie hoffnungsvoll. »Das Haus hat nur ein kaputtes Dach, nichts weiter.«

»Na ja …« Rieke ließ sich neben ihr nieder und zeigte auf die Dachbalken. »Besonders gut sieht es tatsächlich nicht aus. Der Ast ist ziemlich schwer und hat einige Sparren zerbrochen, deshalb ist auch die Bedeckung eingesunken. Das Reet muss zum Teil entfernt werden, damit ich neue Sparren einziehen kann. Das wird eine ziemlich aufwändige und, das muss ich dir leider sagen, teure Angelegenheit, selbst bei einem Freundschaftspreis.«

»Den ich nicht annehme. Ich bezahle dir den ganz normalen Tarif, das Geld werde ich schon auftreiben. Was mich im Moment aber viel mehr interessiert: Kann das Haus tatsächlich zusammenbrechen?«

»Eher nicht. Es müsste schon ein Orkan den Dachstuhl komplett zerdeppern, bevor dir alles auf den Kopf fällt.« Sie streichelte Franzi über die Wange. »Aber das wird nicht passieren. Hinnerk hat schon zugesagt, einen Kran zu besorgen, der den Ast herunterhebt, und so schnell wie möglich die Löcher provisorisch mit Planen abzudecken. In drei Wochen beginnen wir mit der Reparatur. Früher geht es leider nicht, da ich noch die andere Baustelle abschließen muss.«

»Wenn ich dich nicht hätte …«

»Du scheinst das Pech tatsächlich anzuziehen«, stellte Rieke fest, dann lachte sie auf. »Kopf hoch. Damit schaffst du es in die

Zeitung, und wir wissen doch, dass so ein Artikel neue Kunden anzieht. In ein paar Wochen kannst du die *Wunderkiste* endgültig eröffnen, sogar mit Richtfest!«

»In ein paar Wochen ist die Saison vorbei und der geplante Termin für die Eröffnungsfeier auch«, sagte Franzi düster, »außerdem macht mir die Sache mit der Statik Sorgen. Wenn dieser Freese nun doch recht hat?«

»Das finden wir ganz leicht heraus.«

»Wie denn?«

»Mit einem Gegengutachten natürlich. Ich bin vom Fach, vergiss das nicht. Natürlich kenne ich auch einen Statiker. Den rufe ich gleich mal an, er schuldet mir ohnehin noch einen Gefallen.« Nachdenklich hielt sie ihre Hand in einen der durch das Dach fallenden Lichtstrahlen. »Es ist schon seltsam: Eigentlich hat das Bauamt einen Antritt wie eine Wanderdüne, aber heute war der Freese schnell wie der geölte Blitz. Woher wusste er von dem Schaden?«

»Heute Morgen hat eine ältere Frau das Haus fotografiert und dann telefoniert. Wahrscheinlich hat sie Freese in Kenntnis gesetzt, warum auch immer.«

Rieke stutzte. »Und wenn sie deine Saboteurin ist?«

»Ich hatte nie eine Frau in Verdacht. Hm, möglich wäre es natürlich. Leider habe ich sie nicht erkannt.«

»Sehr schade.«

Als Franzi vors Haus trat, um ihren Einkaufskorb zu holen, saß dort zu ihrem Erstaunen Frau Hinrichsen neben Hinnerk auf der Bank. Ihr besorgter Blick versetzte Franzi einen Stich. Viel zu bereitwillig hatte sie sich in den ersten Tagen ihrer Westersumer Zeit auf die bestehenden Animositäten in der Mühlenstraße eingelassen. Anstatt die Hinrichsen als Feindin zu betrachten, hätte sie sich hartnäckig um gute Nachbarschaft bemühen müssen, Jans Unkenrufen zum Trotz. Nun, zumindest diese Geschichte hatte sich zum Guten gewendet, und sie selbst hatte eine Lektion für die Zukunft gelernt.

In kurzen Worten setzte sie Frau Hinrichsen über den Stand der Dinge in Kenntnis.

Die alte Frau nickte und überlegte kurz. »Gut«, sagte sie, »dann ziehen Sie vorübergehend zu mir aufs Sofa. Peter und ich benutzen die gute Stube ohnehin nicht. Die Enten können auch bleiben, allerdings werde ich sie in den alten Hühnerstall hinterm Haus sperren, dort sind sie vor dem Marder sicher. Sie schieten für meinen Geschmack einfach zu viel«, fügte sie mit dem Anflug eines Lächelns hinzu.

Franzi bedankte sich herzlich für das Angebot, meinte aber, es sei nicht nötig. Ein Wort gab das andere, dann einigten sie sich auf einen Kompromiss: Franzi würde so lange auf Frau Hinrichsens Sofa schlafen, bis Riekes Statiker-Freund grünes Licht zum Wiederbezug der *Wunderkiste* gab. Sollte er das Haus tatsächlich für unbewohnbar erklären, würden sie neu verhandeln. Zufrieden schlurfte Frau Hinrichsen über die Straße, um alles für Franzis Einzug vorzubereiten.

Den Krisengipfel am selben Abend hielten sie dann aber doch nicht beim Herrenausstatter, sondern in der *Wunderkiste* ab, dort war schlicht mehr Platz. Ein bisschen Trotz war auch dabei – nur weil ein Sesselpupser vom Bauamt meinte, das Haus könne einstürzen, musste man ja nicht gleich klein beigeben. Fast alle waren gekommen: das Kleeblatt, Rieke, Tomasz und Marek, Jan und Natascha und sogar Frau Hinrichsen, die ein wenig schüchtern am Rand saß. Natürlich wussten alle von der nächtlichen Rettungsaktion und begegneten ihr mit großer Herzlichkeit, selbst Jan sprang über seinen Schatten. Die ungewohnte Aufmerksamkeit ließ Frau Hinrichsen verstummen, sie musste die neue Situation erst einmal verdauen. Außer Joost, den Franzi schmerzlich vermisste, fehlte eigentlich nur noch Onno Ehmken, aber es wäre von dem alten Knatterkopp wohl zu viel verlangt gewesen, dass er vorbeikam. Seit er wieder mobil war, hatte Franzi ihn kaum noch gesehen; er hatte zu seinem alten grummeligen Selbst zurückgefunden, und es war nur ihrer Hartnäckigkeit zu verdanken, dass der Kontakt nicht gänzlich abbrach.

Nachdem Franzi alle mit Limonade versorgt hatte, umriss Rieke in kurzen Worten, wie das Dach zu reparieren war und was das Ganze ungefähr kosten würde. Die Summe ließ die Freunde verstummen. Franzis finanzielle Lage war kein Geheimnis, alle wussten, dass sie das Geld nicht aufbringen konnte, und die Versicherung würde nicht zahlen. Franzi hatte die Unterlagen geprüft und zu ihrem Entsetzen feststellen müssen, dass die Police Sturmschäden nicht abdeckte.

Die Vorschläge schwirrten hin und her, Edda und Norbert boten sogar an, ihr eigenes Haus zu beleihen und Franzi einen Privatkredit zu gewähren, aber davon wollte sie nichts hören. Sie drehten sich im Kreis, bis sich ratloses Schweigen über die Versammlung senkte.

Mit einem Räuspern machte Frau Hinrichsen schließlich auf sich aufmerksam. Verlegen wand sie sich, als sich alle Augen auf sie richteten, nahm dann aber ihren Mut zusammen. »Wenn ich es richtig verstehe, darf Frau Wolff niemanden in den Laden lassen, bevor er nicht offiziell wieder für den Kundenverkehr freigegeben wird«, resümierte sie. »Selbst wenn der Bekannte von Frau Coordes die Statik für sicher erklärt, muss das Gutachten von Freese angefochten und auf eine neue behördliche Begutachtung gepocht werden, und das wird sich hinziehen. Außerdem wird Freese, so, wie ich ihn einschätze, in jedem Fall auf die Dachreparatur bestehen, bevor er seinen Allerwertesten wieder hierherbewegt.« Norbert und Jan nickten zustimmend. Das Bauamt war berüchtigt für seine langsam mahlenden Mühlen.

Renate wollte etwas einwerfen, aber die Hinrichsen fuhr unbeirrt fort: »Wenn also niemand hineindarf, außer Frau Wolff natürlich, es ist ja ihr Haus und ihre Verantwortung, dann bringt sie die Sachen eben hinaus. Sie könnte ein paar ausgesuchte Waren auf einem Tisch vorm Haus präsentieren und so zumindest den Verkauf aufrechterhalten. Das Wetter spielt momentan ja mit, im Übrigen habe ich noch einen stabilen Marktschirm.« Unsicher sah sie sich um. »Was halten Sie davon?«

Bevor Franzi antworten konnte, ergriff Renate, die während Frau Hinrichsens Ausführungen unruhig auf der Stuhlkante herumgerutscht war, das Wort. »Das ist eine tolle Idee. Und ich setze noch eins drauf: Wir machen ein Sommerfest! Franzi hat doch schon alles für die große Eröffnung geplant und vorbereitet. Wir holen den Rest der Straße ins Boot, rühren die Werbetrommel, veranstalten eine Tombola und stiften den Gewinn für die Dachreparatur.«

Ein Begeisterungssturm brach los. Frau Hinrichsen und Renate wurden für ihre Vorschläge beglückwünscht, und mit neuem Elan überbot sich die kleine Gesellschaft mit Ideen für das Fest, denn dass sie es ausrichten wollten, stand außer Frage. Sie entschieden sich für den ersten Samstag im August. Bis dahin waren es noch gut zwei Wochen, gerade genug Zeit, um alles vorzubereiten – wenn sie sich ranhielten. Sie waren trotzdem zuversichtlich, es zu schaffen. Einen späteren Termin hatten sie verworfen; je früher das Fest stattfand, desto mehr Nutzen hatte Franzi davon.

Zwei Stunden später waren die Aufgaben verteilt, vom Antrag zur Sperrung der Straße bis hin zum Basteln der Tombola-Lose.

Franzi, Jan und die Hinrichsen würden gleich morgen von Tür zu Tür ziehen und versuchen, möglichst alle Anrainer der Mühlenstraße für die Idee zu gewinnen.

Zufrieden gingen sie schließlich auseinander. Bevor Franzi der Hinrichsen in ihr Haus folgte, nahm Rieke sie beiseite. »Ich soll dir Grüße von Joost ausrichten«, sagte sie, »er hat so heftige Kopfschmerzen, dass er nicht kommen konnte.«

»Kopfschmerzen? Das ist eine Ausrede, oder?« Franzi hatte plötzlich einen bitteren Geschmack im Mund.

»Ich weiß es nicht, fürchte aber, dass deine Ahnung richtig ist. Er ist in letzter Zeit sehr seltsam.«

»Aber warum nur?«

»Hast *du* denn keine Ahnung?«

»Nein. Ich habe mir das Hirn zermartert, aber es ist nichts vorgefallen. Gar nichts. Von einem Tag auf den anderen hat er ein Rollo herabgelassen, eines aus Metall, an dem er mich abprallen lässt.« Franzi seufzte. »Jemand anders wäre jetzt beleidigt, wahrscheinlich wäre es auch angemessen, aber ich bin es nicht. Nur traurig. Dein Bruder fehlt mir sehr.«

»Ich glaube, du fehlst ihm auch.«

»Den Eindruck macht es aber nicht.«

»Ich kenne ihn besser als du«, erinnerte Rieke sie und zupfte nachdenklich an einem losen Knopf ihres karierten Hemds. »Gibt es diesen Mann von der Wattwanderung eigentlich noch?«

»Das war ein ziemlich rabiater Themenwechsel«, stellte Franzi fest. »Er hat ein paarmal angerufen, aber ich habe ihn abblitzen lassen. Ist besser so.«

»Wahrscheinlich.« Rieke gähnte. »Ich glaube, ich muss ins Bett. In fünf Stunden klingelt der Wecker.

»Ich wünsche dir eine gute Nacht«, sagte Franzi und sah ihr nach. Warum hatte Rieke ausgerechnet jetzt nach Sönke gefragt?

Auf Roger Holst, den Lokalreporter vom *Westersumer Boten,* war Verlass: In einem reißerischen Artikel beschrieb er Franzis Dachschaden, jawohl, er schrieb tatsächlich »Dachschaden«, und garnierte das Ganze mit Vorher-Nachher-Fotos der *Wunderkiste.* Was auch immer er damit bezweckte, zu Franzis Schaden war es nicht. Wie Rieke vorausgesagt hatte, lockte der Artikel Neugierige an und bescherte ihr neue Kundinnen. Sie hatte gleich am Morgen Frau Hinrichsens Vorschlag in die Tat umgesetzt und auf dem schmalen Streifen vor ihrem Laden, der noch zu ihrem Grundstück gehörte, einen Tapeziertisch mit ausgesuchten Waren aufgebaut. Dank Renates Beistand, die am Tisch bediente, während Franzi alles Verlangte heraus- und wieder hineinschleppte, lief alles wie am Schnürchen. Laut offiziellem Gutachten, das ihr bereits am frühen Morgen durch einen Boten zugestellt worden war, durfte sie als Einzige das Haus betreten, nicht jedoch Kunden und Angestellte. Bei Zuwiderhandlung wurde mit drakonischen Strafen gedroht, also hielt sie sich lieber daran, wohl wissend, dass sie nach wie vor von einem missgünstigen Unbekannten beobachtet wurde, der sie mit Freude anschwärzen würde.

Am Nachmittag erschien dann auch prompt Herr Freese vom Bauamt, besah sich schlecht gelaunt den provisorischen Verkaufsstand, rüttelte an dem Marktschirm und verschwand wieder, nicht ohne ihr in Aussicht zu stellen, die Rechtmäßigkeit ihres Tuns zu prüfen und ihr das Betreiben des Stands gegebenenfalls zu untersagen. Franzi konnte sich gerade noch bremsen, ihm den Stinkefinger zu zeigen, so wütend war sie.

Gegen vier – sie hatten bereits alles eingepackt, und Renate war nach Hause gegangen – holte sie Frau Hinrichsen ab, um mit ihr gemeinsam persönlich für das Sommerfest zu werben. Die Resonanz war umwerfend, sowohl die Anwohner als auch die Ladenbesitzer waren Feuer und Flamme und versprachen, sich Gedanken über einen Beitrag für die Tombola zu machen. Nur wenige waren nicht zu Hause, und natürlich öffneten auch die ominösen Mayers nicht.

»Die Leute wollen wirklich, dass Sie bleiben«, sagte die Hinrichsen nachdenklich, nachdem sie beinahe die gesamte Mühlenstraße abgeklappert hatten. »Darauf können Sie sich etwas einbilden, Frau Wolff. Außenseiter haben es schwer, und ich schäme mich jetzt, Sie nicht freundlicher willkommen geheißen zu haben. Sie haben aus der *Wunderkiste* wirklich ein Schmuckstück gemacht. Ich würde es bedauern, wenn Sie aufgeben müssten.« Blinzelnd sah sie die Straße hinunter. »Apropos aufgeben: In den Handyladen gehen Sie bitte allein. Ich fürchte mich vor diesen Halbstarken und dem schrecklichen Hund.«

Franzi folgte ihrem Blick. Theo, Türo und die anderen lungerten wie üblich vor dem Laden herum, aber irgendetwas war anders als sonst. Sie wirkten aufgeregt und hatten völlig vergessen, sich um Coolness zu bemühen.

Franzi hakte die widerstrebende Frau Hinrichsen unter und zog sie die Straße entlang. »Die sind nicht schlimm«, sagte sie, »nur orientierungslos. Hey, Theo, hey, Jungs!«

Die Jugendlichen begrüßten Franzi mit Hallo und High Five und hatten auch für Frau Hinrichsen ein freundliches »Hey, Digga, auf voll krasse Nachbarschaft« übrig, nachdem Franzi sie miteinander bekannt gemacht hatte. Türo schnüffelte ausgiebig am Bein der alten Dame und sah dann schwanzwedelnd zu ihr auf. Dieses Problem war also auch gelöst.

»Ich hab 'ne Lehrstelle, Frau Wolff«, platzte Theo endlich mit der Sensation heraus, »weil, Sie ham doch gesagt, wir sollen's versuchen, und bei Malte hat's ja auch gleich geklappt, beim Friseur und so, und dann habe ich gedacht, Digga, hab ich gedacht, ich frag mal beim Malerbetrieb Busker, weil ich doch gern Graffiti mach und so, und Maler is ja auch so was wie Graffiti, Alder, ich meine, fast so, und –« Er brach ab, um Luft zu holen. Sein Strahlen hatte mindestens 500 Watt. Wie sich herausstellte, hatten sich fast alle Jungs, beflügelt von Maltes Erfolg im Friseursalon, mittlerweile in diversen Betrieben beworben und warteten auf Antworten. Franzi war beeindruckt. Bevor sie mit der Hinrichsen den Handyladen betrat, rekrutierte sie die Jungs noch als Mädchen für alles fürs Sommerfest.

»Krass, Digga«, bekräftigte Theo den Deal, »machen wir gern, aufbauen und so, wie echte Roadies. Und wenn Sie Hilfe brauchen mit dem Baum, sagen Sie Bescheid.«

Der Besitzer des Ladens, ein Mann Anfang dreißig, den Franzi bisher nur selten zu Gesicht bekommen hatte, bereitete ihnen ein herzliches Willkommen.

»Ich habe es auch versucht, aber im Gegensatz zu Ihnen ist es mir nie gelungen, die Kids zu motivieren. Hut ab!«, sagte er. »Und was führt Sie jetzt zu mir? Brauchen Sie ein neues Handy?«

Franzi verneinte. Nachdem sie ihn über die Straßenfestpläne in Kenntnis gesetzt hatte, verschwand er kurz im hinteren Raum und kam mit einem Smartphone zurück. »Das ist ein Modell vom letzten Jahr. Es war ein Reparaturfall, aber der Besitzer wollte dann doch ein neues haben. Ich würde es gern für die Tombola stiften.«

»Das kann ich nicht annehmen«, wehrte Franzi ab.

»Ich brauche es nicht. Jetzt können Sie den Preis Ihrer Tombola-Lose verdreifachen«, fügte er augenzwinkernd hinzu. »Ich bin auf jeden Fall beim Fest dabei!«

In der Mühlenstraße brach ein regelrechtes Vorbereitungsfieber aus. In Windeseile bildete sich ein Planungskomitee. Den Vorsitz übernahm Frau Fröhlich, eine patente Nachbarin vom unteren Ende der Straße, die lange Jahre in der Eventplanung gearbeitet hatte und nun mit ihrer Erfahrung punktete. Franzi war erleichtert, nie hätte sie zum Beispiel daran gedacht, Dixi-Klos zu bestellen oder Fluchtwege zu planen. Viele der Beteiligten kannte sie bisher nur vom Sehen, offensichtlich war sie selbst aber seit ihrer Ankunft sehr genau beobachtet worden.

»Die *Wunderkiste* ist eine Bereicherung für unsere Straße«, sagte Frau Fröhlich, »dafür kann man sich auch mal revanchieren. Außerdem ist ein Straßenfest immer eine tolle Sache.« Sie lachte. »Ein bisschen peinlich ist es schon: Da muss erst eine aus dem Süden kommen, um uns aus unserem Dornröschenschlaf zu wecken.«

Der provisorische Verkaufsstand vor der *Wunderkiste* wurde zur Kommandozentrale, wo man sich traf, um Ideen auszutauschen, von den Oltmanns gestifteten Kuchen zu essen und Material für allerlei Do-it-yourself-Dinge einzukaufen, die während des Festes angeboten werden sollten. Franzi war überwältigt, als sie hörte, dass die Hälfte der Einnahmen für ihr Dach bestimmt war. Da wurde gestrickt und genäht und gebacken, raffinierte Marmelade eingekocht und hübsch verpackt, Dekoration gebastelt und vieles mehr. Die Kreativität der Bewohner schien grenzenlos, es fand sich sogar ein Grafik-Designer, der die Gestaltung von Plakaten und Handzetteln übernahm. Die Mühlenstraße hallte von Gelächter wider, man lernte neue Nachbarn kennen und frischte alte Bekanntschaften auf.

Eine Woche nach dem Unglück kam der von Hinnerk bestellte Kran, hob den Ast vom Dach und legte ihn vor Franzis Haus ab. Während Hinnerk oben mit Planen hantierte, zerlegten unten die Kids den riesigen Ast mit geliehenen Motorsägen. Ihr Arbeitseifer erstaunte nicht nur Franzi; die Jungs waren wie ausgewechselt.

Sie war gerade im Laden beschäftigt, als Theo, verschwitzt und zerschrammt, mit einem seltsamen Ausdruck im Gesicht hereinkam.

»Frau Wolff? Kommen Sie mal, das is echt krass.«

»Ist etwas passiert?«

»Weiß nich. Müssen Sie sich ansehen.«

Alarmiert folgte sie ihm nach draußen. Die Jungs hatten ihre Arbeit unterbrochen, Spannung lag in der Luft. Theo zeigte auf den Ansatz des Astes, dort, wo er abgebrochen war. »Der is angesägt worden«, sagte er.

Es gab keinen Zweifel. Nach eingehender Begutachtung kamen sowohl Norbert als auch einige andere zu dem Schluss, dass jemand nachgeholfen hatte. Der Ast wies Säge- und Bohrspuren auf, und es war nur eine Frage der Zeit gewesen, bis er abstarb und abbrach. Der Sturm hatte das Unglück nur beschleunigt.

Norbert kratzte sich am Kopf. »Dein Saboteur meint es ernst. Bisher handelte es sich um reine Sachbeschädigung, aber diese neue Skrupellosigkeit finde ich überaus beunruhigend. Du hättest dich schwer verletzen, ja sogar sterben können. Wenn ich den Kerl in die Finger bekomme …« Die anderen nickten. Wilde Spekulationen über die Identität des Vandalen wurden geäußert und wieder verworfen; auch die ominöse Frau, von der Franzi ihnen erzählte, kam nicht mehr in Betracht, da sie vermutlich nicht die Kraft zum Ansägen des Astes gehabt hätte. Eine derartige Niedertracht traute man eigentlich niemandem zu, hätte nicht der eindeutige Beweis direkt vor ihren Füßen gelegen.

Die Polizei kam, fotografierte das Corpus Delicti, nahm eine

Anzeige gegen unbekannt auf und zog wieder ab. Ohne Beweise sei nichts zu machen, und selbst wenn jemals eine Spur vorhanden gewesen wäre, hätte der Sturm alles zunichtegemacht. Es war frustrierend. Die Jungs zögerten kurz, dann arbeiteten sie weiter. Es half ja nichts, der Ast musste weg.

Wieder einen Tag später untersuchte der Bekannte von Rieke das Haus akribisch und kam zu dem Schluss, es sei alles halb so schlimm. Sobald das Dach repariert wäre, stünde seiner Meinung nach einer Eröffnung des Ladens nichts im Wege, vorausgesetzt, die Baubehörde gab das Gebäude auch offiziell frei. Jedenfalls könne er es verantworten, dass Franzi ihr Haus wieder nutze – solange sie es bei einem neuerlichen Sturm wieder verließe, sicher sei sicher.

Ihr fiel ein Stein vom Herzen, und sie zog noch am selben Tag mit Sack, Pack, Kater und Enten zurück in die *Wunderkiste*. In den ersten Nächten machte das Flattern und Rascheln der Planen sie noch nervös, aber das gab sich. Direkt nach dem Sommerfest würden Rieke, Tomasz und Marek mit der Reparatur beginnen, und danach würde endlich Ruhe einkehren. Vorausgesetzt, der Saboteur dachte sich keine neue Teufelei aus.

Franzi fütterte gerade die rasant wachsenden Entchen mit Entenspezialfutter, als das Telefon klingelte.

»Moin!«

Ein leises Lachen drang aus dem Hörer. »Oh, Sie haben sich aber schon gut akklimatisiert«, sagte eine Frauenstimme, die ihr vage bekannt vorkam. Der fränkische Akzent war unüberhörbar.

»Ähem, ja, das kann sein. Wer spricht denn?«

»Teresa Leipold. Die Notarin«, fügte die Anruferin hinzu, als Franzi zögerte. »Ich habe gerade mein Büro umgeräumt und fand hinter einem der Sessel einen Entenklecks. Sofort war meine Neugierde geweckt, und ich wollte wissen, wie es Ihnen so ergeht. Die ganze Sache hörte sich ja recht spannend an.«

Franzi stieß einen Seufzer aus. »Spannend ist genau das passende Wort«, sagte sie.

»Oh. Haben Sie Schwierigkeiten?«

»Das kann man wohl sagen.« Sie erzählte Frau Leipold in Kurzform die ganze Geschichte: von den neuen Freunden und unbekannten Feinden, von der Renovierung des Ladens, den Sabotageakten, ihrer Kreditunwürdigkeit, ihren Geldsorgen und vielem mehr. Als sie geendet hatte, herrschte am anderen Ende der Leitung Schweigen.

»Gut«, sagte die Notarin nach einer Weile, »damit haben Sie mich überzeugt.«

»Wovon?«

»Ich habe bald Urlaub und war mir nicht sicher, ob ich wegfahren oder lieber meine Wohnung auf Vordermann bringen sollte. Die Entscheidung ist gerade gegen die Wohnung und für die Nordsee gefallen. Ich komme Sie besuchen und schaue mir nicht nur die *Wunderkiste,* sondern auch Ihre Versicherungspolice und Buchhaltung mal an. Vielleicht finde ich doch noch etwas, das bei der Kreditsuche zu Ihren Gunsten zu Buche schlägt.«

»Das würden Sie tun?«

»Es wäre mir ein diebisches Vergnügen, den Bankern eins auszuwischen.«

»Sie sind die ungewöhnlichste Notarin, die man sich vorstellen kann.«

»Kennen Sie denn so viele?«

»Nö. Sie sind die Einzige.«

Teresa Leipold lachte. »Also abgemacht. Wann findet das Sommerfest statt?«

»Nächste Woche Samstag.«

»Das passt ausgezeichnet. Was machen eigentlich die Enten?«

»Die haben sich vervielfacht.«

»Oha. Vielleicht sollten Sie auf Entenzucht umsatteln, wenn alles andere nicht klappt.«

In aufgeräumter Stimmung verabschiedeten sie sich voneinander. Franzi lehnte sich zurück. Manchmal kam Hilfe aus unerwarteten Winkeln. Sie wäre nie auf die Idee gekommen, die Notarin darum zu bitten, obwohl sie es ihr ja sogar angeboten hatte. Jetzt freute sie sich sehr darauf, die zupackende Frau wiederzusehen.

Am Montag vor dem Fest kam, abgefasst in gedrechseltem Amtsdeutsch, der Bescheid der Stadtverwaltung: Eine Sperrung der Mühlenstraße sei aufgrund von Paragraf Soundso, Absatz Soundso, nicht zulässig, und im Übrigen würde es die gesamte Innenstadt lahmlegen, da der Verkehr durch die Frieder-Momsen-Straße geleitet werden müsse.

»Frieder-Momsen-Straße?« Renate, die zufällig mit Edda und Norbert zugegen war, als der Brief per Bote überstellt wurde, schnaubte abfällig. »Dort wohnen der Bürgermeister, der Baudezernent und all die anderen vermeintlichen VIPs, *deshalb* gibt's keine Genehmigung. Die feinen Herrschaften wollen keine stinkende Blechkarawane in ihrer Idylle. Ich habe nicht übel Lust, mich aus Protest an das Murschelknautz'sche Gartentor zu ketten.«

Edda, die bisher geschwiegen hatte, stand abrupt auf. »Nicht ans Gartentor, Renate, o nein.« Ohne weitere Erklärung stürmte sie aus der *Wunderkiste*. Franzi, Renate und Norbert sahen sich verwundert an. Was hatte sie vor? Plötzlich erscholl lautes Reifenquietschen, gefolgt von einem Aufschrei und einem dumpfen Knall. Dann Stille.

»Allmächd!« Franzi reagierte als Erste. Mit einem Satz war sie aus der Tür und rannte die Mühlenstraße hinunter zu einem quer stehenden Auto, das beide Fahrspuren blockierte. Auch von der anderen Seite waren Menschen herbeigeeilt. Rabiat schob sie die Leute beiseite und hielt kurz darauf entsetzt die Luft an.

Vor dem Auto lag Edda.

Vielleicht haben Sie oder jemand, den Sie beschenken möchten, Spaß an einer neuen Hülle fürs Handy? Lesen Sie ab S. 432, wie Sie eine hübsche Hülle aus Filz nähen und verzieren können.

Kapitel 14

Franzi folgte beklommen dem Krankenwagen, der Edda mit Sirene und Blaulicht nach Aurich brachte, bis er sie an einer roten Ampel abhängte. Endlich sprang die Ampel wieder auf Grün, und sie trat das Gaspedal durch. Seit Ehmkens Unfall kannte sie den Weg zum Krankenhaus im Schlaf.

Norbert hockte kreidebleich neben ihr. Franzi war froh, dass nicht er hinterm Steuer saß; wahrscheinlich hätte er ebenso wie der Krankenwagenfahrer jegliche Verkehrsregeln missachtet und eine weitere Katastrophe heraufbeschworen.

Vor dem Kreiskrankenhaus setzte Franzi Leopold in die erstbeste Parkbucht und stürmte mit den zwei verbliebenen Blättern des Kleeblatts in die Notaufnahme, wo die drei in ihrem Drang, zu Edda zu gelangen, abrupt gestoppt und ins Wartezimmer verwiesen wurden. Auch Renates Drohung, sich an die Tür der Notaufnahme zu ketten, um den Einlass zu erzwingen, ließ die Krankenschwester unbeeindruckt. Kleinlaut suchten sie sich drei freie Plätze und warteten.

Und warteten.

Und warteten.

Und wurden immer nervöser.

Es verging eine Ewigkeit, bis sich endlich jemand um sie kümmerte. Es war dieselbe patente Ärztin, die schon Ehmken behandelt hatte.

»Sie schon wieder?«, bemerkte sie amüsiert und schüttelte Franzi die Hand. »Ich sollte älteren Menschen den Umgang mit Ihnen verbieten, sonst habe ich bald keine Betten mehr frei.«

Norbert räusperte sich. »Was ist mit ihr?«, fragte er mit belegter Stimme. »Wird sie durchkommen? O Gott, meine Edda …« Hatte er sich bisher einigermaßen gehalten, brach sich nun seine Panik Bahn. Renate legte beruhigend ihre Hand auf seine Schulter.

»Spannen Sie uns nicht auf die Folter. Was ist los?«, fragte sie barsch.

Die Ärztin sah sie mit großen Augen an. »Hat Sie denn noch niemand informiert? Das ist ja furchtbar! Natürlich kommt Frau Ruppelt durch, sie hat lediglich einen Unterarmbruch. Kompliziert genug, dass wir sofort operieren mussten, aber nicht so schlimm, dass sie nicht bald wieder nach Hause darf, immer vorausgesetzt, dass sie sich schont. Hausarbeit ist erst mal tabu«, fügte sie mit einem Seitenblick auf Norbert hinzu.

Norbert nickte. »Ich koche ziemlich gut«, murmelte er.

»Prima, dann können Sie Ihre Frau in den nächsten Wochen nach Strich und Faden verwöhnen. Und nun machen Sie, dass Sie auf die Station kommen, sie wartet auf Sie.«

Norbert und Renate waren schon aus dem Raum, bevor die Ärztin ihren Satz beendet hatte.

»Ist Edda denn wach? Sie haben doch operiert«, wollte Franzi wissen.

»Mit lokaler Betäubung. Die Dame hat sich tapfer gehalten. Was ist denn eigentlich genau passiert?«

»Sie war sehr aufgewühlt und ist unachtsam wie ein Kind zwischen zwei parkenden Autos auf die Straße gelaufen. Der Fahrer hatte keine Chance und ist, soweit ich weiß, mit einem Schock ebenfalls hergebracht worden.« Franzi schüttelte den Kopf. »Rechtlich gesehen ist er schuldlos, aber er hatte wahrscheinlich zwischen vierzig und fünfzig Sachen drauf, eindeutig zu viel für unsere Straße. Sie müsste dringend verkehrsberuhigt werden. Das nächste Mal ist es vielleicht tatsächlich ein Kind, und dann wird es nicht so glimpflich ausgehen.«

Edda war noch ziemlich durchgeschüttelt, und so verabschiedete Franzi sich bald, um in der Cafeteria des Krankenhauses auf Renate und Norbert zu warten. Im Gang kam ihr überraschend Joost entgegen. Schlechte Nachrichten schienen in Westersum schnell die Runde zu machen.

Franzi klopfte das Herz bis zum Hals, als sich die Distanz zwischen ihnen Schritt für Schritt verringerte. Sie hatte ihn in den letzten Wochen kaum zu Gesicht bekommen, und wenn, immer nur kurz. Sollte sie die Gelegenheit beim Schopf packen und ihn endlich zwingen, ihr eine Erklärung für sein abweisendes Verhalten zu geben?

Als er mit einem knappen Nicken an ihr vorbeigehen wollte, vertrat sie ihm den Weg.

»Ich bin erstaunt, wie schnell du von Eddas Unfall erfahren hast.«

»Jan hat Rieke angerufen, und die hat mich angerufen«, sagte er mürrisch und wich ihrem Blick aus. »Ich war ohnehin gerade in Aurich, also habe ich die Gelegenheit genutzt und bin hergekommen. Hast du etwas dagegen?«

Franzi war fassungslos. »Wieso sollte ich etwas dagegen haben? Was ist los, Joost? Was habe ich dir getan?«

»Nichts. Gar nichts.«

»Freunde gehen nicht so miteinander um.«

»Freunde? Ja, das sind wir wohl. *Nur* Freunde.«

Endlich sah Joost sie direkt an, mit einer Miene, die sie nicht deuten konnte. Was lag darin? Traurigkeit? Wut? Resignation? Von allem etwas?

Ohne ein weiteres Wort ließ er sie stehen und ging seltsam steif zu Eddas Zimmertür, die krachend hinter ihm zufiel. Niedergeschlagen schlich Franzi zum Treppenhaus. Während sie die Stufen hinunterging, hallten seine Worte in ihr nach: nur Freunde. Mit Betonung auf dem »nur«. Wie konnte eine Freundschaft *nur* eine Freundschaft sein? Wieso war sie ihm nicht genug?

Franzi hielt abrupt auf dem Treppenabsatz inne, als ihr die Wahrheit langsam dämmerte. Am liebsten hätte sie sich selbst geohrfeigt, so sehr ärgerte sie sich über ihre eigene Blindheit. Natürlich war Joost die Freundschaft nicht genug, es hatte genügend Anzeichen dafür gegeben! Anzeichen, die sie bemerkt hätte, wäre sie nicht so sehr mit Sönke beschäftigt gewesen. Eines nach dem anderen fielen die Puzzleteile zusammen, bis das Bild klar und deutlich vor ihr stand: Joost hatte sich in sie verliebt. Und er hatte ihre Bemerkung über Sönke gehört, an jenem Abend nach der Wattwanderung, als sie bei Rieke Unterschlupf gefunden hatte. Er hatte seine Schlüsse und daraus die einzige ihm mögliche Konsequenz gezogen: Rückzug.

Und jetzt? Das Rätsel mochte gelöst sein, aber wie sollte es weitergehen? Sie wollte doch mit Joost befreundet sein, wollte wieder Zeit mit ihm verbringen, mit ihm herumblödeln und auch ernsthafte Gespräche führen. Im Trubel der letzten Zeit hatte sie die Gedanken an ihn meist erfolgreich verdrängen können, aber gefehlt hatte er ihr ständig. Er war in der Anfangszeit ihr Fels in der Brandung gewesen, der Mensch, bei dem sie sich am liebsten angelehnt hatte, wenn auch nur in Gedanken.

Nachdenklich setzte Franzi ihren Weg fort. Mit jeder Stufe abwärts wurde ihr klarer, dass sie sich am liebsten auch ganz real bei ihm angelehnt hätte. *Angekuschelt,* um genau zu sein. Und was bedeutete das nun wieder?

Renate und Norbert ließen sich Zeit. Franzi hatte bereits zwei Tassen Automaten-Cappuccino intus und ausgiebig über Joost und ihre Gefühle für ihn gegrübelt, als die beiden bestens gelaunt die Cafeteria betraten. Insbesondere Norbert sah aus wie die Katze, die heimlich an der Sahne geschleckt hatte. Es fehlte nicht viel, und er hätte sich die Hände gerieben. Edda könne, berichteten sie strahlend, mit eingegipstem Arm am Stadtfest teilnehmen. Franzi war sicher, dass das Kleeblatt etwas ausgeheckt hatte, konnte den beiden aber nichts entlocken. Dann eben nicht. Die Erleichterung über den verhältnismäßig guten Ausgang des Unfalls überwog bei Weitem ihre Neugierde.

Am Abend desselben Tages trommelte sie die Beteiligten des Stadtfests zusammen und informierte sie über die Entscheidung der Stadtverwaltung bezüglich der Straßensperrung. Unmut machte sich breit, aber dann ergriff Norbert das Wort. Es gelang ihm, die Menschen davon zu überzeugen, das Fest trotzdem abzuhalten. Sie würden eben die Bürgersteige okkupieren, möglichst viele Autos umparken und die Besucher den Rest erledigen lassen, denn die würden die Mühlenstraße hoffentlich dank ihrer schieren Masse für Autos unpassierbar machen.

»Wir sollten den Stadtvätern zeigen, dass wir uns das Feiern nicht verbieten lassen«, schloss er und erntete fröhliche Zustimmung. Die Versammlung löste sich kurz darauf auf, denn es gab immer noch viel zu tun.

In der Nacht vor dem Fest schlief Franzi schlecht. Die letzten Tage waren von fröhlichem Chaos geprägt gewesen, doch das hatte nichts daran geändert, dass ihre Gedanken immer wieder zum Joost-Dilemma schweiften, wie sie es bei sich nannte. Je tiefer sie nämlich in sich hineinhorchte, desto heftiger fuhren ihre Gefühle Achterbahn. Mehr und mehr gelangte sie zu der Überzeugung, dass ihr Techtelmechtel mit Sönke ein Fehler gewesen war, und in demselben Maße wuchs ihre Scham darüber, Joosts Gefühle mit Füßen getreten zu haben. Als einzige Entschuldigung vor sich selbst ließ sie gelten, dass der Depp sich ja schließlich auch hätte äußern können, anstatt einen Eiertanz um sie herum aufzuführen. Aber das lag wohl an seiner zurückhaltenden Natur, die sie ja eigentlich so schätzte.

Sie stöhnte leise und drehte sich zum hundertsten Mal auf die andere Seite. Zum Glück war Bob nicht da, bestimmt wäre er beleidigt über die ständige Störung seines seligen Katerschlafs gewesen.

Bob? Plötzlich war Franzi hellwach. Wann hatte sie den Kater eigentlich zum letzten Mal gesehen? Sie dachte scharf nach. Gestern war er den ganzen Tag nicht zu Hause gewesen, sein Napf hatte noch am Abend unangetastet in der Küche gestanden. Das war ungewöhnlich, denn Bob war ziemlich verfressen. Nun, vielleicht hatte er bei Frau Hinrichsen ein Leckerli bekommen und war gleich bei ihr geblieben, um der seit Tagen herrschenden Unruhe in der *Wunderkiste* zu entgehen. So musste es sein, versuchte sich Franzi zu beruhigen, stand aber trotzdem auf und ging in die Küche.

Der Napf war noch immer voll. Sie schabte das angetrocknete Futter in den Mülleimer und löffelte einen frischen Klecks hinein, dann garnierte sie das Ganze mit seinen geliebten Vitamindrops. Er sollte sich willkommen fühlen, wenn er zurückkehrte. Sie öffnete das Küchenfenster und rief seinen Namen in die Nacht. Falls er durch die Nachbarschaft stromerte, würde er sie sicherlich hören. Hoffnungsvoll ließ sie den Blick die Straße entlangschweifen, doch nirgends löste sich ein geschmeidiger kleiner Körper aus den Schatten. Dafür vermeinte sie, ein leises Scheppern zu vernehmen. Sie beugte sich hinaus.

Tatsächlich, da war es wieder, gefolgt von einem kurzen Ausruf, der aber schnell unterdrückt wurde. Die Geräusche kamen aus der Richtung stadtauswärts, sehen konnte Franzi jedoch nichts. Kurz überlegte sie, der Sache auf den Grund zu gehen, entschied sich dann aber dagegen. Es war zu weit entfernt, um sie zu betreffen.

Sie fand dann doch noch in den Schlaf und fühlte sich fit genug für das Fest, als der Wecker um halb sieben klingelte. Ein Blick zum Himmel zeigte ihr, dass das Wetter mitspielen würde, hoch und weit wölbte sich ein tiefblauer, mit fluffigen Wolken gesprenkelter Himmel. Noch hatte die Sonne die Morgenfrische nicht vertrieben, aber das war für den Aufbau begrüßenswert. Sie würde noch genug schwitzen, wenn alles nach Plan lief.

Der einzige Dämpfer war Bobs voller Napf, er war noch immer abgängig. Franzi tröstete sich damit, dass er sich schon früher allein durchgeschlagen hatte, und im Übrigen war es nun mal die Angewohnheit von Katern, ab und zu für ein paar Tage auf die Walz zu gehen. Bestimmt stieg er einer attraktiven Katze nach.

Apropos attraktiv: Für den heutigen Tag hatte sie sich etwas ganz Besonderes ausgedacht. Jeans und T-Shirt, ihre übliche Alltagskleidung, blieben im Schrank. Sie war schon gespannt, wie die Freunde, Nachbarn und Festbesucher auf ihr Outfit reagieren würden. Voller Vorfreude zog sie sich an, schminkte sich dezent und steckte ihre Haare hoch. Als Krönung brachte sie ein paar selbst gehäkelte Blumenspangen in ihren Locken unter und prüfte das Ergebnis im Spiegel. Was auch immer die anderen sagen mochten, sie selbst fühlte sich pudelwohl.

Und dann ging es richtig los. In der ganzen Straße wurde geräumt und dekoriert, Pavillons und Stände wuchsen wie Pilze nach dem Regen zu beiden Seiten der Straße auf den Bürgersteigen, es wurde geschwatzt und geschwitzt, dass es eine Freude war. Fast alle an den Bordsteinen parkenden Autos verschwanden innerhalb kürzester Zeit in den Garagen der Grundstücke oder in Seitenstraßen, sodass die Straße nicht nur ungewohnt leer, sondern auch ungewohnt hübsch aussah.

Franzi war gerade dabei, Frau Hinrichsen und Peter beim Aufbau ihres Standes zur Hand zu gehen, als Jan die Straße heruntergeradelt kam, die Finger zum Victory-Zeichen gespreizt.

»Sie haben in letzter Minute klein beigegeben!«, rief er allen zu, die es hören wollten. »Der Verkehr wird tatsächlich umgeleitet. Norbert hatte recht, man muss auch mal auf den Putz hauen.«

Andere Nachbarn kamen hinzu. Jemand rief: »Einen Toast auf Norbert! Er lebe hoch!«

»Dreimal hoch«, bekräftigte Frau Oltmanns, »und wisst ihr was? Ich stelle meinen Tisch jetzt mitten auf die Straße. Noch reicht die Zeit.« Bevor sie ging, beugte sie sich zu Franzi. »Sie sehen toll aus«, flüsterte sie.

Als sie wieder allein waren, wandte auch Jan sich zu ihr. »Verrätst du mir, wie viele Komplimente du schon eingeheimst hast?«, fragte er. »Dreh dich mal.«

»Eine Menge«, sagte Franzi und tat wie geheißen. Der Rock ihres Dirndls schwang weit aus, eine Locke löste sich, und eine ihrer Blumenspangen flog in weitem Bogen davon. Jan hob sie auf und überreichte sie ihr galant. »Ist das eine Tracht aus Franken?«

»Keine richtige, nur ein ganz normales modernes Dirndl.« Sie zeigte auf ihre Schuhe, Zehensandalen aus ihrer eigenen blümchenverzierten Kollektion. »So etwas kombiniert man eigentlich auch nicht damit, aber ich fand es hübsch.«

»Mir gefällt es auch«, schaltete Frau Hinrichsen sich ein, »Sie sehen aus wie eine Mischung aus Bayerin und Hippie. Ich mag die bunten, fröhlichen Farben.«

»Tatsächlich?«, fragte Jan. »Das sieht man Ihrem Laden aber nicht an. Die Sachen sind alle so düster.«

Sie zuckte die Achseln. »Die Kundschaft will es so.«

»Hm, sind Sie sich da ganz sicher? Vielleicht müssen Sie den Männern einfach mal etwas Frischeres anbieten.«

»Aber die sind doch alle so alt. Die wollen Braun und Grau und Beige. Ihre Frauen finden das auch gut.«

Jan überlegte kurz. »Dann müssen wir eben Jüngere anlocken.«

»*Wir?*«, fragten Franzi und Frau Hinrichsen gleichzeitig.

»Jawohl, wir. Frau Hinrichsen, ich biete Ihnen hiermit an, Ihnen bei der Verjüngungskur von *Herrenausstatter Hinrichsen* zu helfen. Mit einem neuen Namen fangen wir gleich an. Wie wär's mit … mit … Frau Hinrichsen, wie heißen Sie eigentlich mit Vornamen?«

»Elise«, antwortete sie verdattert.

»Prima. Wie wär's also mit *Elises Männerparadies?* He, was gibt's da zu lachen?«

»Nichts, nichts«, ächzte Franzi, dann prustete sie wieder los. »*Elises Männerparadies?* Und was soll man deiner Meinung nach dort bekommen?«

Auch bei Frau Hinrichsen fiel der Groschen. Lauthals stimmte sie in Franzis Gelächter ein. Jan blickte verständnislos auf die beiden Frauen, dann wurde er blass. »So habe ich das doch nicht gemeint.«

»Schon gut.« Frau Hinrichsen beruhigte sich wieder. »Ich weiß Ihren Vorschlag wirklich sehr zu schätzen, Herr Jessen, aber die Sache mit dem Namen besprechen wir noch, in Ordnung?«

Die Nachricht über die Straßensperrung verbreitete sich wie ein Lauffeuer. Binnen kürzester Zeit wanderten die Pavillons in die Straßenmitte, Stühle und Tische kamen hinzu. Eine Anwohnerin verteilte schon mal für den Abend wunderschöne selbst gebastelte Windlichter aus umfunktionierten Senf- und Marmeladengläsern, eine zweite spannte Leinen mit Wimpeln zwischen den Straßenlaternen, Blumentöpfe zogen vorübergehend aus den Gärten auf die Straße, bunte Schirme wurden aufgespannt. Franzi schlenderte an den Ständen entlang und staunte nicht schlecht über das Angebot an Suppen und Häppchen, Kuchen und Quiches, gestrickten Babyschühchen und Mädchenkleidern, genähten Taschen und Schlafmasken, bedruckten Stoffservietten, gehäkelten Eierwärmern und tausend hübschen Sachen mehr. Richtig gut gefielen ihr auch die Dinge, die eine der Nachbarinnen aus ausrangierten Jeans nähte. Interessiert nahm sie einen kleinen Sack hoch. Er war überraschend schwer.

»Das ist mein Seesack-Türstopper«, erklärte die Frau. »Sie brauchen ein Hosenbein, ein paar Messingösen zum Verzieren, ein Tau, eine Plastiktüte und Vogelsand.«

Franzi bewunderte den kleinen Sack noch einmal und zog dann weiter. Innerhalb von zwei Stunden hatte sich die Mühlenstraße in einen farbenfrohen Basar verwandelt. Jetzt fehlten nur noch die Gäste.

Und sie kamen in Scharen! Die Werbung und die Verteilung der Handzettel und Plakate in den umliegenden Orten und Hotels war offensichtlich nicht unbemerkt geblieben. Franzi war überwältigt von dem Andrang, der bereits am Vormittag einsetzte. Eigentlich war der Startschuss für zwölf Uhr geplant, aber sie hießen natürlich jeden Gast willkommen. Schon zur Mittagszeit tummelten sich weitaus mehr Gäste als Ausrichter auf der Mühlenstraße, und die Lose für die Tombola gingen weg wie warme Semmeln. Der junge Mann vom Handyladen, der ebenfalls einen Stand aufgebaut hatte, auf dem auch von Franzi und anderen hergestellte Handyhüllen zum Verkauf auslagen, behielt recht: Das Smartphone als Hauptpreis war ein besonderer Anreiz und rechtfertigte einen Preis von immerhin fünf Euro für die Lose.

Am frühen Nachmittag überließ Franzi ihren Stand Renates und Norberts Obhut und drängelte sich zur Bratwurstbude am unteren Ende der Straße durch. Die Bude war so umlagert, dass sie kaum ihre Bestellung aufgeben konnte. Mit einer hart erkämpften Wurst und einem großen Glas Limonade gesellte sie sich schließlich zu zwei Männern und einer Frau an einem Stehtisch. Die drei rückten bereitwillig zusammen, um Platz zu schaffen. Wie schon zuvor sorgte Franzis Dirndl auch hier sofort für Gesprächsstoff und brach das Eis. Die drei arbeiteten in dem Reisebüro auf der anderen Seite der Altstadt, in das sich heute aber kein einziger Kunde verirrt hatte. Gegen Mittag hatte der Chef beschlossen, das Reisebüro vorzeitig dichtzumachen und zum Straßenfest zu schlendern. Sie waren wohlweislich zu Fuß gegangen, denn schon seit dem Morgen zeichnete sich ein totales Verkehrschaos ab.

»Ich vermute, es war der Praktikant, der die Umleitungen für Ihr Straßenfest geplant hat«, konstatierte der Chef, »die Stadt ist durch völlig unsinnige Schilder komplett dicht, kein Auto kommt mehr vor oder zurück. Es wird ewig dauern, das ganze Chaos zu entwirren.«

»In die Marktstraße zeigen Einbahnstraßenschilder von beiden Seiten«, warf die Frau kichernd ein, »da bewegt sich gar nichts mehr. Ich glaube, im ganzen Innenstadtbereich haben die Leute mittlerweile ihre Autos einfach da stehen gelassen, wo sie gerade stecken geblieben sind, und sind hierhergepilgert.« Sie beschrieb mit der Hand einen weiten Kreis. »Das Fest ist super! Ich habe schon ein paar tolle Geburtstagsgeschenke gekauft, und vielleicht gewinne ich ja sogar das Smartphone!«

Eine Frau vom Nachbartisch berichtete, ihr Auto sei nicht weit von der Mühlenstraße komplett eingekeilt. »Eigentlich wollte ich einkaufen«, erzählte sie, »und nun bin ich hier. Macht nichts, ich hoffe nur, dass sich die Stadtverwaltung bald kümmert. Irgendwann muss ich ja wieder nach Hause aufs Dorf.«

Franzi lauschte den Schilderungen mit wachsendem Unbehagen. Hatte die Stadtverwaltung wirklich so einen Bock geschossen, oder waren andere Mächte am Werk gewesen? Schlagartig fielen ihr das Scheppern und die unterdrückt rufenden Stimmen von letzter Nacht ein. Sie schlang ihre Bratwurst herunter und verabschiedete sich hastig. Wenn sich ihre Vermutung bestätigte, stand Ärger bevor. Riesengroßer Ärger.

»Da sind Sie ja!« Freudestrahlend drängelte sich eine elegant gekleidete Frau auf Franzi zu und drückte ihr die Hand. »Ich wollte schon früher hier sein, aber die Westersumer Verkehrsführung ist, diplomatisch ausgedrückt, kreativ. Mein Auto steht irgendwo da draußen.« Sie deutete vage stadtauswärts.

»Frau Leipold«, rief Franzi erfreut, »leider kann ich mich gerade nicht um Sie kümmern, da ich sofort zurück zur *Wunderkiste* muss. Ich fürchte, es braut sich schon wieder etwas Unangenehmes zusammen.«

»Dann nichts wie los.«

Sie kamen zu spät. Drei Polizisten waren kurz vor ihnen erschienen und hatten Norbert bereits Handschellen angelegt, neben ihm standen mit bedröppelten Gesichtern Theo und sein Assistent Malte, ebenfalls gefesselt. Türo, den Jan nur mühsam an der Leine in Schach hielt, drehte beinahe durch und trug mit seinem Knurren und Kläffen zur gereizten Stimmung bei. Renate hatte sich wie ein Racheengel vor den Polizisten aufgebaut und versprühte Gift und Galle. Franzi konnte sich gerade noch rechtzeitig durch den dichten Zuschauerring quetschen und sie zurückzerren, bevor sie handgreiflich wurde.

»Was ist hier los?«

»Sind Sie Frau Wolff?«

»Ja.«

»Sehr gut, dann kommen Sie auch gleich mit.« Der Polizist, ein junger Mann, den Franzi nicht kannte, zückte schon die Handschellen, als Frau Leipold sich einmischte.

»Guten Tag, ich bin die Anwältin von Frau Wolff«, sagte sie ruhig. Franzi stutzte. Frau Leipold war Notarin, keine Anwältin; in Bayern konnte man nicht beides sein. Ihr Auftreten war trotzdem überzeugend. Ein Raunen ging durch die Menge. »Bitte geben Sie mir Auskunft darüber, was meiner Mandantin vorgeworfen wird. Ich muss wissen, ob für eine Verhaftung ausreichend Gründe vorliegen.«

Das plötzliche Auftauchen einer Rechtsanwältin, die, um dem Ganzen die Krone aufzusetzen, auch noch mit einem süddeutschen Akzent sprach, brachte den jungen Polizisten aus dem Gleichgewicht. »Frau Wolff ist eine Unruhestifterin. Sie kommt mit. Und die da auch, wenn sie so weitermacht.« »Die da« war natürlich Renate, die genau wie Türo kaum noch zu bändigen war. Franzi musste unwillkürlich kichern. An der Stelle des Polizisten hätte sie ernsthaft Angst gehabt, von Renate gebissen zu werden.

Ihr Kichern brachte das Fass zum Überlaufen. Grob packte der Mann ihren Arm und wollte sie wegzerren.

»Unterstehen Sie sich«, sagte Frau Leipold kalt, »Sie haben keinerlei Recht dazu. Oder haben Sie Beweise für die ›Unruhestiftung‹ meiner Mandantin, wie Sie es so schön ausgedrückt haben?«

»Dieses Straßenfest ist auf Initiative von Frau Wolff ins Leben gerufen worden«, fauchte er, »es handelt sich um eine Störung der öffentlichen Ordnung.«

»Hört, hört!«, rief jemand. »Friedlich zu feiern gefährdet also die Ordnung. Ich bekenne mich schuldig.« Ein junger Mann trat aus der Menge und streckte den Polizisten die Hände entgegen. »Verhaften Sie mich.«

Sein Auftritt wurde mit Lachen quittiert. Ein weiterer Mann trat vor, ihm folgten eine Frau mit einem schokoladeverschmierten Mädchen und ein schick gekleidetes Ehepaar, sogar Frau Hinrichsen bezichtigte sich lautstark als Querulantin und Radauschwester, die auf nichts weniger aus sei, als die Grundfesten des Staates durch das Ausrichten eines Straßenfestes zu erschüttern. Franzi war beeindruckt.

Leider nutzte es alles nichts. Die Polizisten, wohl wissend, dass sie gerade eine veritable Schlappe erlitten, traten den Rückzug an, allerdings nahmen sie Norbert, Renate, Theo und Malte trotz der protestierenden Frau Leipold mit.

Nach ihrem Abzug, der von den Festgästen im Großen und Ganzen kommentarlos hingenommen wurde, entspann sich eine aufgeregte Diskussion. Niemand wusste, was den vieren konkret zur Last gelegt wurde, doch Franzi hatte eine Ahnung.

»Was habt ihr angestellt?«, fragte sie streng, als sie Edda entdeckte, die sich beim Auftauchen der Ordnungshüter in die *Wunderkiste* geflüchtet hatte und nun, als die Luft rein war, wieder herauswagte.

»Nichts.« Edda wand sich. »Na ja, jedenfalls nichts Schlimmes.«

»Ich höre.«

Während Edda beichtete, rückten die verbliebenen Zuschauer näher heran, um angesichts des Festlärms möglichst kein Wort zu verpassen. Bisher hatten nur wenige Besucher von dem Zwischenfall Kenntnis genommen, und Franzi hoffte, dass dies auch so blieb.

Das Kleeblatt habe die Sache am Montag im Krankenhaus ausgeheckt, berichtete Edda. Daraufhin habe Norbert drei volle Tage an einem Verkehrsplan getüftelt, der seiner Meinung nach den gesamten Westersumer Verkehr weiträumig und ohne Stau um die Mühlenstraße herumleiten sollte. Was ja auch super geklappt habe, warf ein Spaßvogel ein, wurde aber sofort zur Ruhe gebeten, da niemand sich die Räuberpistole entgehen lassen wollte. Ob das Ganze wegen Norberts Unvermögen oder aus anderen Gründen nicht funktioniert hatte, könne sie nicht sagen, fuhr Edda fort. Jedenfalls hätten sie einige junge Leute gefragt, ob sie mitmachen wollten, und die seien begeistert gewesen. Gestern Nacht hätten die anderen dann, sie selbst sei ja wegen des gebrochenen Arms außer Gefecht gesetzt, die Schilder vom Hof der Straßenmeisterei entliehen – erneutes Gelächter erscholl – und in einer zügigen Aktion aufgestellt. Dabei seien sie wohl beobachtet und angezeigt worden. Warum die Petze nicht gleich die Polizei gerufen habe, sei ihr allerdings unklar.

»Vielleicht war es mein Saboteur«, warf Franzi ein. »Es könnte doch sein, dass er die Schilder im Nachhinein umgestellt hat, um das Chaos heraufzubeschwören und uns noch weiter reinzureiten.«

»Gut möglich.« Edda wirkte ziemlich verunsichert. »Dass Norbert verhaftet wurde, ist nicht so schlimm, so etwas ist uns schon öfter passiert, aber ich mache mir große Sorgen wegen der Jungs. Wir hätten sie da nicht hineinziehen dürfen, sie waren doch gerade auf einem guten Weg.«

»Auf dem sie auch bleiben«, sagte Frau Leipold. »Wenn ich alles richtig verstanden habe, wird den Jungs nichts geschehen. Das Ganze hört sich für mich eher nach grobem Unfug als einer echten Straftat an. Außerdem sind sie minderjährig und von einem Erwachsenen angestiftet worden, richtig?«

Edda nickte unglücklich.

»Dann sehe ich kein Problem. Dafür sind die Polizisten in Erklärungsnot. Sie hätten die Jungen vorladen, aber nicht abführen dürfen.« Sie grinste. »Das wird ein Spaß!«

»Spaß? Was haben Sie sich nur dabei gedacht, meinen Sohn für so etwas zu missbrauchen?« Ein wütender Mann drängte sich plötzlich nach vorn. Aufgrund der Ähnlichkeit erkannte Franzi in ihm sofort Theos Vater. Der Mann wirkte so distinguiert, wie die Namenswahl für seinen Sohn nahegelegt hatte. Bestimmt hatten die Eltern sich für ihren Theodor-Wilhelm ein Jurastudium gewünscht, nun mussten sie um seine Malerlehre bangen.

Bevor sie etwas sagen konnte, nahm Frau Leipold ihn beiseite und redete beruhigend auf ihn ein, was schnell Wirkung zeigte. Diese Frau hat der Himmel geschickt, dachte Franzi. Sie ist kaum eine Stunde hier und erweist sich schon als Retterin in der Not.

»Wer ist das?«

Franzi drehte sich um. Rieke, die den Menschenauflauf vor der *Wunderkiste* gerade erst bemerkt hatte, war hinter Franzi getreten und musterte Teresa Leipold interessiert.

»Das ist die Notarin aus Nürnberg«, sagte sie, »ich stelle euch einander später vor, okay? Erst müssen wir Norbert, Renate und die Jungen aus den Klauen der Staatsgewalt befreien.«

»Das ist nicht dein Ernst, oder?«

»Leider doch.«

»Was hat das Kleeblatt denn jetzt schon wieder verzapft?«

Es waren bestimmt fünfundzwanzig oder dreißig Menschen, die sich nach einer hitzigen Diskussion auf den Weg zur örtlichen Polizeistation machten; die Zeugen der Verhaftung wollten natürlich wissen, wie sich die Sache weiterentwickelte. Während sie sich durch die Feiernden drängten, schlossen sich einige Westersumer und auch Touristen dem Zug an. Ein so wunderbarer Eklat wie dieser würde noch lange nach dem Urlaub für Gesprächsstoff sorgen.

Nach einem kurzen Marsch erreichten sie die Wache, ein hübsches Backsteinhaus mit Barockgiebel und Geranien vor den Fenstern, und verteilten sich auf dem kleinen kopfsteingepflasterten Platz davor. Die Stimmung war ausgelassen.

Aufgeschreckt durch das Getöse, erschien Polizeihauptmeister Ahlrichs vor der Tür und erstarrte angesichts der Menschenansammlung. Mit einer derartigen Solidaritätsbekundung für die verhafteten Unruhestifter hatte er offensichtlich nicht gerechnet. Er stellte sich auf die Bank neben dem Eingang und bat um Ruhe. Umgehend trat eine gespannte Stille ein.

»Bitte gehen Sie nach Hause!«, rief er. »Oder meinetwegen auf das Straßenfest. Ihre Demonstration ist nicht angemeldet, also illegal.«

»Wir gehen nicht ohne die Eingekerkerten!«, rief der junge Mann, der sich schon vorhin als Erster hatte verhaften lassen wollen.

»Eingekerkert?« Ahlrichs, der eigentlich ziemlich sympathisch und vielen auf dem Platz persönlich bekannt war, verschlug es vorübergehend die Sprache. »Leute, ihr übertreibt. Die vier sitzen friedlich bei Kaffee und Kuchen in unserer gemütlichen Arrestzelle.«

»Freilassen! Freilassen! Freilassen!« Der Ruf steigerte sich zu einem ohrenbetäubenden Crescendo, es war dem Polizisten unmöglich, sich Gehör zu verschaffen. Frustriert sprang er von der Bank und trat zu der Gruppe um Franzi.

»Ich kann Ihre Freunde nicht freilassen!«, brüllte er gegen den Lärm an. »Sie haben sich einfach zu starken Tobak geleistet.«

»Und die Jungen? Die sind minderjährig.«

»So minderjährig nun auch wieder nicht, sechzehn oder siebzehn, wenn ich mich nicht täusche. Ein paar Stunden sind da schon drin, außerdem muss ich ihre Identität feststellen. Die Kids weigern sich, den Mund aufzumachen.«

»Sie haben Angst um ihre Lehrstellen.«

»Das hätten sie sich überlegen sollen, bevor sie sich zu so einem Blödsinn haben überreden lassen. Sie wissen also, wer sie sind?«

»*Ich* weiß es!«, rief Theos Vater, der in der Nähe von Franzi stand. Nach kurzer Besprechung mit dem Polizeihauptmeister wurde er in die Wache gelassen. Eine Viertelstunde später kam er mit seinem Sohn und Malte wieder auf den Platz, wo die drei jubelnd empfangen wurden. Mühsam ein Grinsen unterdrückend, schob er die Jungen vor sich her. Offensichtlich fand er die Sache auch nicht so schlimm, musste vor seinem Theo jedoch Strenge demonstrieren.

Bevor sie den Platz verließen, drehte dieser sich noch einmal um und winkte Franzi zu. »Diese Rentner sind toll!«, rief er ihr zu. »Wir hätten uns so etwas nie getraut.«

Franzi winkte zurück. Theo hatte glasklares Hochdeutsch gesprochen und nicht ein einziges Mal »Digga« gesagt. Wer hätte gedacht, dass das möglich war?

Ein neuerlicher Tumult lenkte ihre Aufmerksamkeit zurück zum Eingang der Wache. Sie traute ihren Augen nicht: Edda hatte einen unbeobachteten Moment genutzt und ihre gesunde Hand mit Handschellen an die Tür gefesselt.

Der Polizeihauptmeister verlor endgültig die Fassung. Mit hochrotem Kopf befahl er der rundlichen Rentnerin, die Handschellen wieder aufzuschließen.

Edda schenkte ihm ein umwerfend naives Lächeln. »Das geht leider nicht. Den Schlüssel habe ich verschluckt. Ich bleibe hier, bis mein Mann und meine Freundin aus der Tür spazieren.«

Franzi wusste nicht, ob sie lachen oder weinen sollte. Konnten Edda, Renate und Norbert nicht lieb, nett und harmlos sein wie andere ältere Mitbürger auch? Stattdessen zogen sie alle Register des zivilen Ungehorsams.

»Eine Eisensäge! Sofort!«, blaffte Ahlrichs.

Die Polizisten rührten sich nicht.

»Worauf warten Sie noch?«

»So etwas haben wir nicht.«

»Dann besorgt eben jemand anders eine.« Er blickte in die Runde, aber niemand machte Anstalten, eine Säge zu holen. Stattdessen brach ein Blitzlichtgewitter los: Reporter Holst vom *Westersumer Boten* hatte sich bis ins Zentrum der Aufregung durchgeboxt und fotografierte nun, als ginge es um sein Leben.

Mit einem Satz war Franzi bei ihm und zerrte ihn am Jackenärmel zu Edda. »Auch schon da?«, ätzte sie. »Wunderbar, dann können Sie sich nützlich machen und die Dame fotografieren. Sehen Sie zu, dass sowohl Handschellen als auch Gipsarm gut zu erkennen sind. Die Artikelüberschriften liefere ich Ihnen frei Haus: ›Zwingt diese alte Dame die Polizei in die Knie?‹ Oder wie wäre es mit ›Geliebter Ehemann verhaftet: Invalidin stellt sich mutig der Staatsgewalt entgegen‹. Suchen Sie sich etwas aus.«

Polizeihauptmann Ahlrichs kapitulierte. Müde ließ er sich auf seine Bank fallen. »Sie sind schrecklich«, sagte er zu Franzi, »aber ich kann nichts machen. Mir sind ebenfalls die Hände gebunden.« Er warf einen Seitenblick auf Edda, die keine zwei Meter entfernt mit ihrer schönsten Leidensmiene für Holst posierte. Mit ihren grauen Locken, den Apfelwangen und dem geblümten Sommerkleid sah sie aus wie eine harmlose Oma. Kein Wunder, dass sie ständig unterschätzt wurde. »Sie macht das nicht zum ersten Mal, oder?«

»Nein. Edda und ihre Freunde haben schon gegen staatliche und sonstige Sauereien demonstriert, als ich noch im Sandkasten gespielt habe.«

»Habe ich mir gedacht. Sie kam mir gleich bekannt vor; wahrscheinlich habe ich sie irgendwann schon einmal festgenommen.«

»Stimmt genau!«, rief Edda vergnügt. »Und zwar im Juni 1980. Republik freies Wendland, während der Anti-Atom-Proteste. Da waren Sie noch ein ganz junger Spund mit schwarz bemaltem Gesicht. Die Wasserwerfer haben die Farbe aber abgewaschen, deshalb habe ich Sie gleich wiedererkannt, als Sie zum Polizeichef von Westersum ernannt wurden.«

Aufstöhnend begrub Ahlrichs sein Gesicht in den Händen. Nach einer langen Minute stand er abrupt auf und eskortierte Franzi durch den Vorraum der Wache in sein Büro. Rieke, Teresa Leipold und Jan folgten unaufgefordert. Gemeinsam setzten sie sich um seinen Schreibtisch. Die Sprechchöre waren nur noch gedämpft zu hören.

»Warum sind Ihnen die Hände gebunden?«, knüpfte Franzi an das vorangegangene Gespräch an.

»Es wurde Anzeige erstattet. Dem muss ich nachgehen, zumal der Diebstahl der Schilder sowie das unrechtmäßige Aufstellen derselben nicht wegzudiskutieren sind. Zu allem Überfluss hat der Baudezernent Druck gemacht.«

»Der Baudezernent? Was hat der denn damit zu schaffen?«

»Er ist auch für den Verkehr zuständig.«

»Aha. Und wer hat meine Freunde angezeigt?«

»Dietrich May…« Er unterbrach sich erschrocken. »Tut mir leid, das darf ich Ihnen nicht sagen.«

Jan hatte genug gehört. »*Der* Dietrich Mayer?«, fragte er ungläubig. »Mühlenstraße 36?«

Polizeihauptmeister Ahlrichs hob abwehrend die Hände. »Ich habe nichts gesagt.«

Franzis Gedanken rasten. Ihr seltsamer Nachbar also! Leider nutzte ihr das überhaupt nichts, solange sie keine Beweise besaß. Und selbst wenn er tatsächlich der Saboteur war, blieb ihr der Grund für seine Feindseligkeit schleierhaft.

»Das ist ja ein Ding«, ertönte plötzlich eine Stimme, »der hat bestimmt auch Ihre Hauswand besprüht.«

Sie fuhren herum. In die Tür stand Reporter Holst und rieb sich angesichts des zu erwartenden Skandals die Hände.

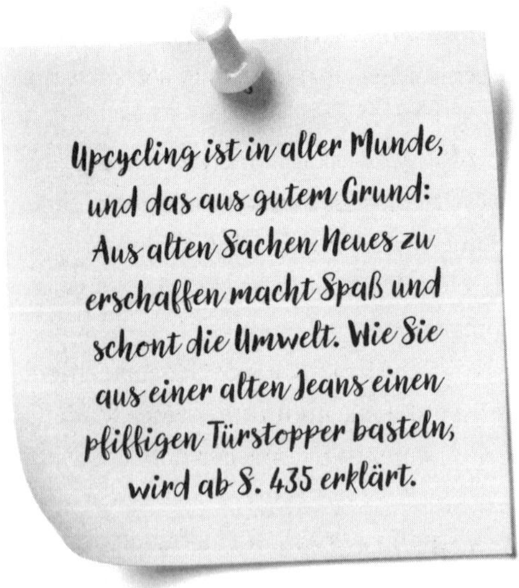

Kapitel 15

Es kostete Franzi und die anderen erhebliche Mühe, Holst davon zu überzeugen, die Sache vorerst für sich zu behalten. Großspurig bestand er auf seinem Recht auf Pressefreiheit, bis Polizeihauptmeister Ahlrichs der Geduldsfaden riss.

»Sollte ich auch nur ein Wort über Dietrich Mayer in der Montagsausgabe finden, verklage ich Sie höchstpersönlich wegen Verleumdung und übler Nachrede«, donnerte er. »Haben Sie denn keine Journalistenehre im Leib? Schon mal das Wörtchen ›Beweise‹ gehört?«

Holst zog den Kopf zwischen die Schultern und trat den geordneten Rückzug an. »Schon gut«, murmelte er, »ich schreibe nichts darüber. Aber die Story mit der Verhaftung kommt«, fügte er hinzu und suchte dann angesichts der Gewittermiene des Polizeichefs das Weite.

»Der heutige Tag«, konstatierte Ahlrichs, als der Reporter verschwunden war, »ist mit Abstand der schlimmste meiner Karriere. Tun Sie mir den Gefallen und gehen Sie mir ebenfalls aus den Augen.«

»Und die Inhaftierten?«, wagte Teresa Leipold zu fragen.

»Sofort!«

Rieke legte den Finger auf die Lippen. »Wir verschwinden dann wohl besser«, flüsterte sie. Eilig verließen die vier die Wache, vor der sich in der Zwischenzeit einiges getan hatte. Einer der Polizisten hatte doch noch eine Eisensäge aufgetrieben und mühte sich mit Eddas Handschellen ab, während Holst das Ganze fotografisch dokumentierte.

Als die Kette endlich entzwei war, wurde Edda, die Schelle noch immer am Handgelenk, während das Gegenstück am Türgriff baumelte, im Triumphzug zur Mühlenstraße zurückgeleitet. Renate und Norbert schmorten zwar noch in der Arrestzelle, aber das war nicht weiter schlimm. Laut Teresa Leipold würden sie spätestens nach vierundzwanzig Stunden wieder auf freiem Fuß sein. Wenn nicht, könne sich der Polizeihauptmeister warm anziehen, hatte sie hinzugefügt.

Franzi schloss zu der an der Spitze des kleinen Zuges gehenden Edda auf. »Woher hattest du eigentlich die Handschellen?«, fragte sie.

»Aus meiner Handtasche natürlich. Wieso?«

»Ach, wie dumm von mir. Handschellen gehören *natürlich* zur Grundausstattung einer Damenhandtasche.«

»Klar, man weiß ja nie, wann man sie braucht.«

»Allmächd. Hast du den Schlüssel tatsächlich verschluckt?«

»Nö. Der ist weg, schon seit Ewigkeiten.«

»Und wie willst du die Schelle loswerden?«

»Das macht der Hufschmied. Der kann das richtig gut.«

Franzi verdrehte die Augen. Kein Wunder, dass Ahlrichs die Nerven verloren hatte. Dem Kleeblatt war so schnell keiner gewachsen.

In der Mühlenstraße, wo das Fest noch in vollem Gange war, verlor sich die Kleeblatt-Befreiungsfront, wie Franzi ihre Gruppe insgeheim betitelt hatte, schnell wieder im Gedränge. Die Stimmung war fantastisch, und die Festgäste zerstreuten sich erst am Abend, um sich der Entwirrung des Verkehrsknäuels zu widmen. Das Husarenstück des Kleeblatts hatte natürlich die Runde gemacht und sowohl Kopfschütteln als auch Zuspruch geerntet. Im Großen und Ganzen bewiesen die Westersumer aber Humor; trotz ihrer eingekeilten Autos konnte die überwiegende Mehrheit der Affäre eine komische Seite abgewinnen. Das tolle Straßenfest hatte die Unannehmlichkeiten einfach ausgeglichen.

Später trafen sich die Mühlenstraßenbewohner zum großen Kassensturz in Frau Hinrichsens Laden. Leider mussten sie feststellen, dass die Einnahmen, wenn sie auch nicht wirklich schlecht waren, weit hinter ihren Erwartungen zurücklagen. So schön und aufregend das Fest gewesen war, finanziell hatte es sich nicht gelohnt.

»Das ist ja nur ein Tropfen auf dem heißen Stein«, bemerkte Frau Oltmanns, »es reicht nie und nimmer für die Dachreparatur. Da waren wir wohl ein wenig naiv.«

»Vielleicht«, sagte Franzi, »aber im Grunde hat doch niemand hier im Raum damit gerechnet, oder?« Zustimmendes Gemurmel erhob sich. »Ich möchte mich jedenfalls ganz herzlich für den Tropfen bedanken, der so klein gar nicht ist.«

Sie saßen noch eine Weile zusammen und ließen die Ereignisse des Tages Revue passieren. Alle waren sich einig, dass sie das Fest im nächsten Sommer wiederholen wollten. Mit einem ordentlichen Vorlauf würden sie die Straße auch auf legale Weise sperren können, sagte Frau Fröhlich und erntete stürmisches Gelächter. Wie aufs Stichwort ging die Tür auf, und Renate und Norbert betraten den Laden.

»Als ich mit Hinweis auf mein fortgeschrittenes Alter eine Spezialmatratze für meinen Rücken verlangt habe, hat Ahlrichs kapituliert«, erzählte Renate feixend. Da kein Stuhl mehr frei war, schwang sie sich mit einem Elan, der alle Anwesenden an ihrem Rückenleiden zweifeln ließ, auf die Ladentheke. »Und jetzt brauche ich dringend einen Schnaps«, sagte sie.

Auch wenn sich der Ausklang des Abends recht fröhlich gestaltet hatte, so war Franzi doch sehr erleichtert, als sie endlich die Tür der *Wunderkiste* hinter sich schließen konnte. Sie hatte den ganzen Abend gegen die Tränen gekämpft, denn der Erlös des Festes war tatsächlich nur ein Tropfen auf den heißen Stein, und ihre durch die unausweichliche Dachreparatur verursachten finanziellen Probleme, die sie während der hektischen Festvorbereitungen erfolgreich hatte ignorieren können, drängten sich mit Macht zurück in ihr Bewusstsein. Es dauerte lange, bis sie in den Schlaf fand, und daran hatte auch Bob Schuld. Besser gesagt: seine Abwesenheit. Er stieg offensichtlich immer noch den Damen nach. Sorgen machte sie sich trotzdem.

Schon am Sonntagmittag, nach einer emsigen Aufräumaktion, sah die Mühlenstraße aus, als hätte niemals ein Fest stattgefunden. Lediglich die parkenden Autos fehlten, aber niemand vermisste sie. Nach und nach fanden sich die Nachbarn bei Franzi ein und drückten ihre Hoffnung aus, dass sie die *Wunderkiste* weiterführen könne. Franzi wusste nichts zu antworten. Immer wieder schweifte ihr Blick zum Haus der Mayers, das mit seinen verrammelten Fenstern und der hässlichen Fassade abweisend und unheilbringend auf sie wirkte. Warum hatte Mayer sie angeschwärzt? Zu gern hätte sie die Antwort gewusst, ihn zur Rede gestellt, aber was sollte das bringen? Er würde ohnehin alles abstreiten.

Als auch noch das Kleeblatt bei ihr aufkreuzte, schickte sie die drei fort, ebenso Rieke und Teresa Leipold, die sich offensichtlich blendend verstanden. Franzi hatte keine Kraft mehr, wollte allein sein, ihre Wunden lecken und sich mit dem Gedanken abfinden, dass sie aufgeben musste. Ihr ostfriesisches Abenteuer war vorbei.

⚓

Am Montagabend hatte Franzi sich immer noch nicht zu irgendeiner Tätigkeit aufraffen können. Apathisch lag sie auf dem Sofa, als das Telefon klingelte. Sie ignorierte es, bis es nach dem zwanzigsten Klingeln abbrach, nur um nach wenigen Sekunden wieder von vorn zu beginnen. Der Anrufer war hartnäckig. Bei seinem fünften Versuch hob sie ab.

»Wer stört?«, fragte sie unfreundlich.

»Holst hier, vom *Boten*.«

»Sie haben mir gerade noch gefehlt.«

»Legen Sie nicht auf, bitte. Ich muss Ihnen unbedingt etwas erzählen.«

»Verschonen Sie mich mit Ihrem Tratsch.«

Er lachte bitter auf. »Glauben Sie, rasender Reporter für ein Käseblatt zu sein ist mein Traumberuf? Westersum ist nun mal nicht die Großstadt mit ihren gleißenden Lichtern und tiefen Schatten, in denen sich finstere Gestalten ein Stelldichein geben.«

»Kommen Sie zur Sache.«

»Nicht am Telefon. Können wir uns treffen?«

Eine halbe Stunde später saß er ihr am Küchentisch gegenüber und schnupperte entzückt an seinem grünen Tee.

»Der Geruch erinnert mich an meine Zeit als Chinakorrespondent«, sagte er, »aber dieser Tee ist feiner. Aus Japan?«

»Treffer«, bestätigte Franzi, erstaunt über seine Weltläufigkeit. Verstohlen musterte sie den Reporter; zum ersten Mal nahm sie ihn bewusst wahr. Holst mochte um die fünfzig sein, aber sie konnte sich auch täuschen. Er wirkte seltsam alterslos, was zum einen seiner sehnigen Figur, zum anderen seiner überaus lebhaften Mimik und den wachen grauen Augen geschuldet war. Seine Kleidung war im besten Falle salopp zu nennen, andere hätten sie als schlampig bezeichnet, und Jan schlug angesichts seiner sich über den Ohren kringelnden grauen Haare regelmäßig die Hände über dem Kopf zusammen. Franzi fand es eigentlich ganz charmant, zumindest bot der Mann eine stimmige Gesamterscheinung.

»Zufrieden mit der Musterung?«, fragte er.

Ertappt. Sie nickte beschämt. »Sorry.«

»Kein Problem. Wir hatten ja keinen guten Start. Lassen Sie uns einfach noch einmal von vorn beginnen, in Ordnung?« Er atmete tief durch. »Ich habe in den letzten beiden Tagen meine Kontakte aktiviert und sehr tief gegraben. Dabei habe ich eine erstaunliche Story zutage gefördert, in der Sie unfreiwillig eine zentrale Rolle spielen. Sind Sie bereit?«

Auch das noch. »Ich bin ganz Ohr.«

Zwei Stunden später hatte Holst ihr die ganze ungeheuerliche Geschichte aufgedröselt, untermauert mit Kopien, Plänen und Listen, die ihm seine Quellen beschafft hatten. Franzis Empörung war grenzenlos, ihre Lebensgeister erwachten.

»Und jetzt?«, fragte sie kampfeslustig.

»Jetzt muss ich Ihr Badezimmer aufsuchen. Der Tee«, fügte er erklärend hinzu.

Wenige Minuten später kam er in die Küche zurück. »Ihr Haus ist sehr hübsch«, sagte er, »allerdings würde mich das Katzenjaulen stören. Ich habe einen sehr leichten Schlaf.«

»Katzenjaulen?« Wie elektrisiert sprang Franzi auf.

»Ja, irgendwo in den rückwärtigen Gärten. Wieso?«

Franzi nahm sich nicht die Zeit zu antworten. Hoffnungsvoll

rannte sie ins Badezimmer und riss das Fenster, das ebenso wie ihr Schlafzimmerfenster zum Garten zeigte, sperrangelweit auf. Sie hörte das Jaulen sofort. »Bob!«, schrie sie. Das Jaulen wurde lauter.

Holst war ihr gefolgt. »Wer ist Bob?«

»Mein Kater. Er ist seit Tagen nicht nach Hause gekommen. O mein Gott, hören Sie doch: Das ist kein normales Katergeschrei. Er leidet!«

Gemeinsam lauschten sie in die Dunkelheit.

»Das kommt aus dem Nachbargarten«, sagte Holst. Er stutzte. »Ist das nicht der Garten der Mayers?«

Sie sahen sich erschrocken an.

»Haben Sie eine Taschenlampe?«, fragte er.

Das Gestrüpp in Franzis Garten machte alle Hoffnung auf ein lautloses Anschleichen zunichte, aber die Mayers waren entweder nicht zu Hause oder mit tiefem Schlaf gesegnet. Alles blieb dunkel. Vorsichtig kletterten Franzi und Holst über den niedrigen Zaun, der die Grundstücke voneinander trennte. Wegen ihres eigenen dichten Dschungels hatte sie nie einen richtigen Blick in den Garten der Nachbarn werfen können und war überrascht, auch das Grundstück der Mayers stark vernachlässigt vorzufinden.

Die Deckung unbeschnittener Büsche nutzend, huschten sie und Holst dahin, wo das herzerweichende Maunzen und Jaulen herkam – ein fast vollständig von Efeu überwucherter Schuppen.

»Mist. Die Tür ist mit einem Vorhängeschloss gesichert.«

Holst schob Franzi beiseite. »Lassen Sie mich mal machen.«

Kurz darauf schnappte das Schloss auf. Franzi wollte gar nicht wissen, wie er es angestellt hatte, stieß die Tür auf und leuchtete in den Raum.

Bob sah erbarmungswürdig aus. Franzi kniete sich neben ihren struppigen, völlig verängstigten Kater. Er war so schwach, dass er keine Anstalten machte davonzulaufen, sondern sich Schutz suchend gegen ihre Beine drängte. Gerührt hob sie ihn hoch und drückte ihn an sich.

Holst nahm ihr die Taschenlampe ab und inspizierte das Schuppeninnere. Bald fand er eine lose, ziemlich verrottete Holzplanke und zog prüfend daran.

»Er ist wahrscheinlich hereingekommen, indem er die Planke nach innen gedrückt hat. Für den Rückweg war die Lücke aber nicht ausreichend groß, schließlich konnte er die Planke ja nicht zu sich heranziehen. Und hier ist des Rätsels Lösung, warum er weder verhungert noch verdurstet ist: eine Pfütze vom letzten Regen und der Rest einer Maus. Ich schätze, dieser Schuppen ist jetzt komplett mäusefrei.«

Holst erhob sich wieder und wedelte ein paar Spinnweben von seinem Gesicht. Erneut ließ er die Taschenlampe herumwandern.

Franzi zog hörbar die Luft ein, als der Lichtkegel eine ganze Batterie Sprühdosen mit karminrotem Farblack erfasste.

»Wir haben ihn«, sagte sie trocken.

Franzi hatte ihre liebe Not, ihre Ungeduld zu bezähmen. Holst hatte sie gebeten, bis zur Veröffentlichung des Artikels niemandem ein Sterbenswörtchen darüber zu verraten, was er ihr offenbart hatte, und sie hielt sich daran. Er rief sie am Dienstag und Mittwoch mehrmals an, um sie über den Stand der Dinge und das Fortschreiten seines Artikels zu informieren, bis die Bombe schließlich am Donnerstag frühmorgens platzte.

Franzi träumte gerade von über eine Wiese tollenden rosa-gelb gestreiften Schafen, als es Sturm klingelte. Schlaftrunken wankte sie in die Küche und stieß das Fenster auf. Unten stand Frau Oltmanns und wedelte mit dem druckfrischen *Westersumer Boten,* den sie in ihrer Bäckerei als Erste geliefert bekam.

»Das müssen Sie lesen!«, rief sie. »Was für eine Sauerei!«

Endlich! Noch im Pyjama sprang Franzi nach unten, schnappte sich Frau Oltmanns' Zeitung und setzte sich auf die Bank, um den Artikel zu überfliegen, während die Bäckerin sie gespannt beobachtete.

Franzi war beeindruckt. Holst hatte alle Register seines Könnens gezogen, der Artikel erhob sich tatsächlich weit über das gewohnte Niveau des *Boten.*

»Tja«, sagte sie schließlich und ließ die Zeitung sinken. »Das ist wirklich ein starkes Stück.«

In den folgenden Tagen gab es kein anderes Thema in Westersum als den »Sum-Sumpf«, die Kurzform von »Wester*sum-Sumpf*«, wie Holst die Affäre griffig betitelt hatte. Franzis Telefon klingelte unablässig. Sie nahm nicht ab in der Befürchtung, irgendwann Sönke in der Leitung zu haben – den Letzten, den sie sprechen wollte. Den Allerletzten, um genau zu sein.

Wohl zum zehnten Mal strich sie die Donnerstagsausgabe des *Boten* glatt und betrachtete eines der Fotos, die den langen Artikel zierten: Sönke Lauberg in Begleitung von Frau und Kindern bei der feierlichen Eröffnung eines Einkaufszentrums. Obwohl es ein stark verkleinertes Foto war, erkannte sie die Frau aus Bremen wieder, seine angebliche Schwester. Sönke hatte sie von vorn bis hinten belogen, um sie zu manipulieren und seinen Plan durchzusetzen. Von wegen hessische Kunden, er hatte sich schlicht nicht aus dem Kreis seiner Familie fortschleichen können. Gleichermaßen wütend wie beschämt schlug Franzi mit der flachen Hand auf das Bild. Sie war unendlich froh, außer Rieke niemandem von Sönke erzählt zu haben. Ihr siebter Sinn hatte sie nicht getrogen: Irgendetwas war von Anfang an seltsam gewesen, nicht richtig greifbar, eher wie eine leicht verstimmte Saite in einem ansonsten zuckersüßen Streichquartett.

Sie las den Artikel ein weiteres Mal und war erneut verblüfft über die Verstrickungen, die Holst in der kurzen Zeit entwirrt hatte: Vor etwa zwei Jahren hatte der Immobilieninvestor, für den Sönke arbeitete, einen begehrlichen Blick auf die Mühlenstraße geworfen, genauer gesagt auf die Grundstücke 34, 36 und 38, also die *Wunderkiste*, das Haus der Mayers und das seit Langem leer stehende Haus daneben, um dort ein kombiniertes Wohn- und Einkaufszentrum zu bauen. Der *Westersumer Bote* hatte die Pläne abgedruckt – der vierstöckige Bau hätte alle drei Grundstücke eingenommen, ein überdimensioniertes Monstrum, das niemand brauchte, niemand wollte, und das die Mühlenstraße gründlich verschandelt hätte. Für die Baugenehmigung hatte ein dicker Batzen Geld gesorgt, den Sönke Lauberg stilecht in einem schwarzen Aktenkoffer ins Bauamt gebracht hatte, wo er auf Nimmerwiedersehen verschwand. Ein dichtes Geflecht von Abhängigkeiten und Gefälligkeiten hatte dafür gesorgt, dass nichts durchsickerte. Das Schmiergeld kam den Beteiligten gelegen, außerdem wohnte keiner von ihnen in der Mühlenstraße.

Die Nummer 38 war für den Investor kein Problem gewesen; eine Erbengemeinschaft, die sich nicht grün war, veräußerte der Firma das Grundstück nach kurzer Verhandlung zum Spottpreis. Die Mayers wiederum sahen ihre Chance gekommen, sich den Traum vom Alterssitz auf Mallorca zu erfüllen, und feilschten wie die Teppichhändler. Man einigte sich schließlich auf eine hohe Summe, allerdings sollte der Verkauf erst zustande kommen, sobald auch die *Wunderkiste* den Besitzer gewechselt hatte. Und damit begann der Ärger. Erst lehnte Gerlinde den Verkauf ab, dann Franzi, womit insbesondere bei Franzi niemand gerechnet hatte.

Sönke wurde von seinen Vorgesetzten unter Druck gesetzt, sich gefälligst etwas einfallen zu lassen, und er war skrupellos genug gewesen, sich mit den Mayers zusammenzutun. Gemeinsam heckten sie eine Strategie aus, um Franzi aus Westersum zu vertreiben.

Franzi knirschte mit den Zähnen. Die drei hatten wirklich nichts ausgelassen.

Der Artikel wirbelte ordentlich Staub auf. Das komplette Baudezernat war bereits stillgelegt; Bürgermeister Murschelknautz schäumte und versprach umfassende Aufklärung. Die Westersumer warteten gespannt auf neue Enthüllungen aus dem Sum-Sumpf und fragten sich, was wohl alles unter den Teppich gekehrt werden würde.

Holst zumindest hatte sich auf alte Zeiten besonnen und den seit Jahrzehnten in ihm schlummernden investigativen Journalisten wiederbelebt. Verschwunden war der schmierige Lokalreporter, stattdessen blühte er angesichts der sich offenbarenden Seilschaften und Intrigen regelrecht auf.

Wie dem Baudezernenten standen auch den Mayers unangenehme Zeiten bevor. Selbst wenn sie nicht verurteilt wurden, was mangels Zeugen wahrscheinlich war, würden sie wegziehen müssen. Die Schmierereien, zerstochene Autoreifen und andere Gehässigkeiten mehr hätte man ihnen irgendwann verziehen, aber die Sache mit dem angesägten Ast ging zu weit, denn hier war billigend in Kauf genommen worden, dass Franzi zu Schaden kam. Die den *Boten* erreichenden Leserbriefe, aber auch die aufmunternden Worte der Nachbarn sprachen diesbezüglich eine eindeutige Sprache. Franzi war gerührt über die Welle der Sympathie und Solidarität, aber es änderte leider nichts an der Tatsache, dass sie unaufhaltsam auf die Insolvenz zuschlitterte. Da Mayer der Sabotage nicht überführt werden konnte, konnte sie auch keinen Schadenersatz von ihm einfordern.

Nach langem Ringen entschied sie sich, die *Wunderkiste* zu verkaufen, es war unvermeidlich. Natürlich nicht an die Aasgeier von Sönkes Firma; es hatte sich glücklicherweise bereits der Anwalt eines privaten Interessenten gemeldet, der über genügend Kleingeld für die Dachreparatur und einiges mehr verfügte.

Franzi seufzte. Die *Wunderkiste* aufzugeben tat ihr in der Seele weh, und sie hoffte, dass das Haus wenigstens in gute Hände gelangte.

Und dann? Zurück nach Nürnberg? In Westersum oder Aurich eine Anstellung als Physiotherapeutin suchen? Eine Weltreise machen, wie Tante Gerlinde es ihr in ihrem Abschiedsbrief nahegelegt hatte? Sie wusste es nicht, hatte sich aber fest vorgenommen, sich bis zu ihrem Geburtstag in zwei Wochen zu einem Entschluss durchzuringen.

♡

»Lebt wohl!« Franzi schluckte. Sie hatte nicht damit gerechnet, dass ihr der Abschied so nahegehen würde.

Jorine, die Wollfärberin, klopfte ihr tröstend auf die Schulter. »Denk immer daran, dass es ihnen hier richtig gut geht«, sagte sie.

»Das weiß ich doch.« Wehmütig strich sie dem letzten der Entenkinder übers Köpfchen und setzte es dann zu seinen Eltern und Geschwistern auf den an Jorines Grundstück grenzenden See. Aufgeregt quakend inspizierten Janis und Jim ihre neue Umgebung. Bald streckte Janis gründelnd ihren Po in die Höhe, und es dauerte nicht lange, bis die Kleinen, die gar nicht mehr klein, sondern schon fast so groß wie ihre Eltern waren, es ihr nachtaten. Franzi beobachtete sie noch eine Weile, dann verließ sie gemeinsam mit Jorine den Steg und fuhr wieder nach Hause. In der *Wunderkiste* wartete eine Menge Arbeit auf sie.

Nachdem sie den letzten Papier-Pompon an einen Ast der Rotbuche geknotet hatte, überblickte Franzi vom erhöhten Standpunkt der Leiter aus ihren Garten. In der vergangenen Woche hatte sie gemeinsam mit Theo und seinen Kumpels einen Teil des Unterholzes gerodet, um Platz für mehrere zu einer langen Tafel zusammengestellte Tische zu schaffen, die nun festlich gedeckt auf Franzis Geburtstagsgäste warteten. Überall in den Bäumen und Büschen hingen Papiergirlanden und Windlichter, dazu Dutzende der riesigen, selbst gebastelten Pompons, die sich leise im warmen Spätsommerwind drehten. Franzi hatte sogar aus Pappmaschee eine Piñata in Fischform gebastelt und randvoll mit Süßigkeiten gefüllt. Nun war sie gespannt, ob sie die Gäste, die ja alle längst dem Kindesalter entwachsen waren, zu späterer Stunde zum Topfschlagen auf mittelamerikanische Art überreden konnte.

Für die Vorbereitungen hatte sie mehr Zeit gehabt, als ihr lieb war, da die *Wunderkiste* weiterhin geschlossen blieb und sich auch der Stand vor der Tür auf Dauer als nicht praktikabel erwiesen hatte. Solange die Sonne schien, lief alles prima, aber bei Wind und Regen bot der Marktschirm nicht genügend Schutz für die empfindlichen Waren, und Franzi musste sie wieder in den Laden räumen. Um Geld zu sparen, hatte sie mit Teresa Leipolds Unterstützung das erste Gutachten angefochten, aber es würde Wochen, vielleicht Monate dauern, bis das Haus wieder für den Publikumsverkehr freigegeben wurde. Leider hatte sie diese Zeit nicht. Zwar hatte sie die Dachreparatur vorerst abgeblasen, aber das Geld zerrann ihr trotzdem unter den Fingern. Ein offizielles Gegengutachten war sehr teuer. Hinzu kamen die laufenden Kosten, damit ihr nicht Wasser und Strom abgedreht wurden. Ihr gesamtes gespartes Geld steckte in den Waren, und die konnte sie nicht verkaufen. Es war zum Haareraufen.

Sie hatte sich sehr viel Mühe mit der Vorbereitung ihres Geburtstagsfestes gegeben, denn es würde gleichzeitig ihr Abschiedsfest sein, aber das wusste noch niemand. Der Gedanke versetzte Franzi einen Stich. Es würde ihr unendlich schwerfallen, ihre neu gewonnenen Freunde wieder zu verlassen. Dank ihnen war ihr Ostfriesland in kürzester Zeit eine zweite Heimat geworden, aber sie sah keine Perspektive für sich. Im weiteren Umkreis von Westersum hatte sie keine Anstellung als Physiotherapeutin gefunden, wohl aber lag ihr ein sehr attraktives Angebot aus Nürnberg vor, was sie als Fingerzeig des Schicksals betrachtete. Sie war Fränkin, und sie gehörte nach Franken. Dafür würde sie jeden Urlaub in Westersum verbringen, ganz bestimmt.

Eine Bewegung lenkte sie ab. »Bob! Runter vom Tisch!«

Der Kater sah sich suchend um, bis er Franzi im Baum entdeckte und maunzte. In aller Seelenruhe setzte er seinen Rundgang fort, schnüffelte an Tellern und Blumensträußen, spielte kurz mit einem Serviettenring und trollte sich dann ins nach wie vor für Menschen undurchdringliche Gebüsch im hinteren Teil des Gartens.

Bob hatte seine selbst verschuldete Gefangenschaft unbeschadet überstanden und war dank der nicht versiegenden Flut von Leckerlis, die er von allen Seiten bekam, dicker und zufriedener als je zuvor. Franzi hoffte sehr, dass der geheimnisvolle Mann, der die *Wunderkiste* gestern gekauft hatte und der leider nach wie vor nur über seinen Anwalt mit ihr kommunizierte, den Kater übernahm.

Sie kletterte von der Leiter, arrangierte hier und da noch ein paar Dinge um und befüllte dann die an der Hauswand stehende Badewanne mit kaltem Wasser, um Saft, Wein und Bier darin zu kühlen. Erneut wurde sie wehmütig; in der letzten Zeit hatten die Enten die Wanne häufig genutzt.

Eine Stunde später bogen sich die Tische unter friesischem Butterkuchen und süßen japanischen Reisbällchen, unter malaysischem Fischcurry, cremigem venezolanischem Thunfischsalat, fränkischem Schäuferla, vietnamesischer Suppe und vielem mehr aus Tante Gerlindes weltumspannender Rezeptsammlung. Die Gäste konnten kommen.

Das Kleeblatt kam als Erstes. Renate und Norbert waren zu Sozialstunden verdonnert worden und hatten den Vormittag im Kinderheim verbracht, eine Arbeit, die ihnen offensichtlich Spaß machte. Sie hörten gar nicht auf zu erzählen, bis Edda sie zu ihren Plätzen schob. Direkt im Kielwasser des Kleeblatts war schon die vollzählige, fünf Mann starke Gurkentruppe erschienen. Theo und seine Freunde hatten zur Feier des Tages ihre besten Sachen angezogen: Jeans mit möglichst tiefem Schritt, übergroße T-Shirts und Baseball-Caps, natürlich mit dem Schild nach hinten. Selbst Türo war mit einem grünen Bandana geschmückt und sichtlich stolz darauf. Leider verstand sich der Hund nach wie vor nicht mit Bob und musste an die Rotbuche geleint werden. Die Jungs hatten zusammengelegt und überreichten Franzi ein kleines, in sternenübersätes Geschenkpapier gewickeltes Päckchen. Während Franzi noch vorsichtig an den großzügig verwendeten Tesafilm-Streifen herumzupfte, erschienen Rieke, Teresa Leipold und, zu ihrer besonderen Freude, Joost. Er nickte ihr kurz zu und verdrückte sich dann ans äußerste Ende der Tafel.

Unter den ungeduldigen Blicken der Kids befreite Franzi endlich eine kleine Schachtel aus dem Sternchenpapier. Sie öffnete sie und blickte ratlos auf einen unscheinbaren, etwa kirschgroßen Stein. »Vielen Dank«, sagte sie unsicher.

»Das is 'ne echte Sternschnuppe«, erklärte Theo. »Wir ham uns gedacht, weil Sie doch so viel Pech hatten und so, und weil Sternschnuppen doch Glück bringen, da schenken wir Ihnen eine.« Verlegen zog er den Kopf ein. Malte überreichte ihr ebenso verlegen eine Urkunde.

»Das ist der Beweis, dass sie echt ist«, sagte er und tippte auf einen handgeschriebenen Text. »Wir ham auch was draufgeschrieben.«

Franzi las:

Liebe Frau Wolff, wir wünschen Ihnen alles Gute zum Geburtstag, und dazu ganz viel Glück. Wir möchten uns ganz herzlich für Ihre Freundlichkeit bedanken.
Theodor, Malte, Andy, Lennard, Yannik und Türo

Ihr fehlten die Worte, so gerührt war sie. Ehe die Jungs sich's versahen, hatte sie sie reihum fest an sich gedrückt. Nach Jungenart versteiften sie sich, ließen die Umarmungen aber tapfer über sich ergehen. Mit so etwas musste man wohl rechnen, wenn man nett war. Glücklich darüber, dass ihre Sternschnuppe gut angekommen war, suchten sie sich Plätze an der langen Tafel und wurden sofort vom Kleeblatt in ein Gespräch über den Stand der Dinge bei der Lehrstellensuche verwickelt.

Die Gäste gaben sich jetzt die Klinke in die Hand, und bald hallte der Garten von Gelächter und angeregten Gesprächen wider. Nachdem alle ihren ersten Appetit gestillt hatten, stand Franzi auf und ließ ihren Blick über die Runde schweifen. Bis auf einen waren alle gekommen: Jan und Natascha, Frau Hinrichsen und Peter, Jorine und ihr Mann, das Kleeblatt und die Gurkentruppe. Als Nächstes verweilte ihr Blick lange auf Rieke, Teresa und Joost. Die beiden Frauen hatten Joost in ihre Mitte genommen und redeten auf ihn ein. Er sah ziemlich unglücklich aus und schien sich weit weg zu wünschen. Franzi war plötzlich zum Heulen zumute. Bevor sie endgültig abreiste, musste sie unbedingt mit ihm sprechen, und wenn er sich noch so sehr sperrte. Warum nur hatte sie erst so spät erkannt, was er wirklich für sie empfand – und sie für ihn? Er wäre der Grund gewesen, zu bleiben, aber wahrscheinlich war es besser so. Was, wenn sie gar nicht zusammenpassten? Bestimmt würde sie ob seiner Schweigsamkeit irgendwann durchdrehen, und dann? Ohne Job und ohne *Wunderkiste* in Ostfriesland festzusitzen, war schließlich auch keine Option.

Sie zwang sich, den Blick von der Dreiergruppe zu lösen und weiterwandern zu lassen. Zu Marek. Zu Tomasz und seiner schwangeren Frau, die überraschend aus Polen gekommen war. Zu den Oltmanns. Und zu dem letzten Platz, der unbesetzt geblieben war. Sie hätte sich sehr über das Kommen dieses Gastes gefreut, aber wahrscheinlich hatte sie zu viel erwartet.

Sie räusperte sich und schlug mit der Gabel mehrfach gegen ihr Weinglas. Nach und nach verstummten die Gespräche, alle Augen richteten sich erwartungsvoll auf sie. Sie schluckte. Es war an der Zeit, die Katze aus dem Sack zu lassen.

Franzi hielt eine lange Rede. Mit tief empfundener Herzlichkeit bedankte sie sich für all die Hilfe und Unterstützung, die sie erfahren hatte, betonte, wie froh sie sei, so wunderbare neue Freunde gefunden zu haben, und leitete dann vorsichtig zu dem unerfreulichen Teil über. Und nachdem sie der gespannt lauschenden Gesellschaft ihre Situation in aller Offenheit dargelegt hatte, sagte sie schließlich: »Deshalb werde ich nach Nürnberg zurückgehen. Ich habe die *Wunderkiste* gestern verkauft. Zu einem sehr guten Preis übrigens, sodass ich insbesondere euch, Rieke, Marek und Tomasz, endlich ordentlich entlohnen kann.«

Ein Sturm brach los. Fragen und ungläubige Ausrufe flogen hin und her, bis sich eine Stimme über das Tohuwabohu erhob.

»Wer hat die *Wunderkiste* gekauft?«, donnerte Norbert. Er sah nicht amüsiert aus. Es wurde still, alle warteten auf Franzis Antwort. Sie öffnete gerade den Mund, um zuzugeben, dass sie es nicht wusste, als ihr jemand anders zuvorkam.

»Ich war's.«

Alle Köpfe fuhren ruckartig zum Gartentor herum, in dem ein riesiger Mann und eine ebenso riesige schwarze Hündin standen. Breit grinsend trat der Mann an die große Tafel. Ein festlich geschmückter Esel trottete hinter ihm her.

»Ich wäre pünktlich gekommen«, sagte Onno Ehmken, »aber das störrische Vieh brauchte eine Extraeinladung, bis es sich endlich auf den Anhänger bequemt hat.«

Unter den Augen der Gäste, die angesichts der erneuten Wendung der Geschehnisse verstummt waren, überreichte er Franzi eine flache, mit einer knallgelben Schleife zusammengehaltene Mappe. »Mein Geburtstagsgeschenk für Sie«, knurrte er, »nun machen Sie's schon auf.«

Sie zog die Schleife wie in Trance auf. Ehmken hatte das Haus gekauft? Was wollte er damit? Sie verstand überhaupt nichts mehr, auch dann nicht, als sie einen offiziell aussehenden Vertrag aus der Mappe zog. Sie brauchte eine Weile, bis die Buchstaben auf dem Deckblatt einen Sinn ergaben. Hörbar schnappte sie nach Luft.

Es war tatsächlich Ehmken, der die *Wunderkiste* gekauft hatte. Zu einem überhöhten Preis. Und der ihr nun das Haus mit allem Drum und Dran zum Geburtstag zurückschenkte.

Um sie herum begann sich alles zu drehen.

Franzi wusste nicht, wie sie auf ihren Stuhl gekommen war. Rieke hielt ihre Hand, neben ihr saß Jorines Mann.

»Sind Sie wieder aufnahmefähig?«, fragte er.

Sie nickte, woraufhin er ihr einen Kugelschreiber in die Hand drückte und den Vertrag aufgefächert vor sie legte. »Wunderbar. Unterschreiben Sie hier, hier und hier, damit ist die Schenkung rechtskräftig.«

Mit großen Augen sah sie erst auf die Papiere, dann auf Jorines

Mann. »Sie sind Ehmkens Anwalt! Warum bin ich nicht gleich darauf gekommen?«

»Schulze heißen viele«, sagte er trocken. »Und nun unterschreiben Sie endlich, mein Klient wird sonst unleidlich. Das wollen wir doch nicht, oder?«

»Nein, ganz sicher nicht.« Franzi setzte ihre Unterschrift an die entsprechenden Stellen, dann sprang sie auf und warf ihre Arme um den überrumpelten Ehmken. »Das kann ich nie wiedergutmachen«, flüsterte sie in sein Ohr. Sie musste sich dafür auf Zehenspitzen stellen. »Haben Sie das für Gerlinde getan?«

Bei der Nennung des Namens zuckte er kurz zusammen, dann hob er Franzi mit Leichtigkeit hoch. »Für Gerlinde auch«, flüsterte er zurück, »vor allem aber für dich. Du bist es wert.« Unter allgemeinem Jubel drückte er sie fest an sich.

Über seine Schulter hinweg traf Franzi den Blick von Joost. Er hielt sich noch immer im Hintergrund, wirkte aber erleichtert. Zaghaft lächelte sie ihm zu.

Er lächelte zurück.

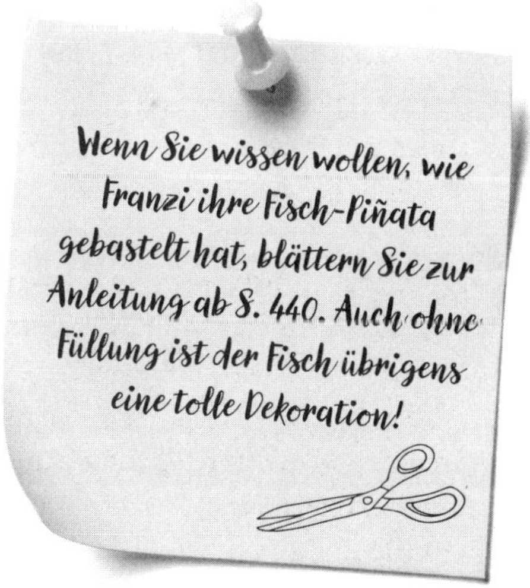

Epilog

Heulend fuhr der Wind ums Haus und fegte die letzten Blätter von der Rotbuche. Franzi kuschelte sich in ihre Bettdecke und genoss die Wärme und Sicherheit unter dem frisch sanierten Dach der *Wunderkiste*. Zum ersten Mal würde sie die dunkle Jahreszeit im Norden verbringen, mit den kurzen, grauen Tagen und den heftigen Stürmen, die ungebremst über das kahle Land fegten. Mit Schnee solle sie besser nicht rechnen, hatten die Freunde sie gewarnt, aber jetzt begänne die Boßel-Saison, und das sei mindestens so gut wie Skifahren.

Franzi war gespannt. Morgen würde sie gemeinsam mit Joost, Rieke und Teresa, die so oft wie möglich aus Nürnberg heraufkam, zum ersten Mal Boßeln gehen, und sie freute sich wie eine Schneekönigin darauf, auch ohne Schnee.

Ein Klopfen und Klacken ließ sie auffahren. Bob spitzte alarmiert die Ohren. Schlichen etwa wieder irgendwelche Plagegeister ums Haus? Das durfte doch nicht wahr sein! Franzi schlüpfte aus dem Bett, warf sich eine warme Strickjacke über, schnappte sich ihren Besen und huschte nach unten. Die Geräusche hatten ihren Ursprung eindeutig an der hinteren Ladentür. Jemand hämmerte von außen gegen die Katzenklappe, die sie wegen des Sturms verriegelt hatte.

Ihren Besen zur Verteidigung vor sich haltend, riss sie die Tür auf und ging in Angriffshaltung.

Kalter Wind pfiff herein und brachte trockenes Laub, kleine Äste – und eine große Überraschung. Franzi lachte lauthals los. Wie hieß es so schön? Je später der Abend, desto schöner die Gäste. Und diese waren wirklich hübsch.

Freudig quakend watschelten Janis und Jim herein.

Glossar

Auricher Platt und weitere typische plattdeutsche, niederdeutsche und allgemein norddeutsche Ausdrücke

Snack	Gespräch (plattdeutsch)
Kluntje	weißes Kandiszuckerstück (norddeutsch)
Moin!	norddeutscher Gruß, wörtlich »Schön!«, eine Verkürzung des plattdeutschen Ausdrucks »Moijen/Moien Dag!«, also »Schönen Tag!«
Plöör	dünnes, fades Getränk (norddeutsch)
Kann ik di watt helpen?	Kann ich dir helfen?
dumm Tüüch	dummes Zeug, Unsinn, Geschwätz (plattdeutsch)
Dööntje(s)	Anekdote(n), kleine lustige Geschichte(n) (plattdeutsch)
lütt(je)	klein(e) (plattdeutsch)

updröcht Bohnen	traditioneller ostfriesischer Eintopf aus gedörrten bzw. getrockneten Bohnen, Speck, Mettwürsten und Kartoffeln
Peerstall	Pferdestall (plattdeutsch)
Schnösel	überheblicher junger Mann (aus dem Niederdeutschen)
Jung van't Küst	Junge von der Küste
Priel	schmale Rinne im Wattenmeer, in der auch bei Ebbe noch Wasser fließt (plattdeutsch)
mien Wicht	mein Mädchen (plattdeutsch)
Kloogschkieter	Klugscheißer (plattdeutsch, Aurich)
Boßeln	in Ostfriesland traditioneller Mannschaftssport, bei dem schwere Kugeln (früher aus Hartholz, heute aus Gummi) mit einem Durchmesser von 8 bis 12 Zentimeter in konkurrierenden Teams stundenlang und kilometerweit über befahrene, asphaltierte Straßen geworfen (geboßelt) werden. Dorfvereine treten in Kreis- und Landesliegen gegeneinander an. Boßeln ist in Ostfriesland noch wichtiger und ernst zu nehmender als Fußball – und viel mehr als ein Spiel, das schon zu schlimmen Dorffehden und zerbrochenen Beziehungen geführt hat.

Fränkisch und typische süddeutsche oder österreichische Ausdrücke

Köichla	frittiertes Hefeteiggebäck
Bloz	Hefekuchen
Weggla	Brötchen
Bambergerla	Hörnchen
Des is fei schee	Das ist schön
Saure Zipfel	Nürnberger Bratwürste in saurem Zwiebel-Essig-Sud
Broudwerschd	Bratwurst
Drei im Weggla	drei Nürnberger Rostbratwürste im Brötchen
Schäuferla	Schweineschulter mit Kümmel und Biersoße
Gniedla	Klöße
Allmächd!	Allmächtiger!
Auswäddicher	Auswärtiger, Nicht-Franke
deppert	dumm, einfältig, blöd (süddeutsch, österreichisch)
granteln	brummen, knurren, muffeln (süddeutsch, österreichisch)
Grantler	jemand, der zum Granteln neigt (süddeutsch, österreichisch)

Basteln macht lustig

Liebe Do-it-yourself-Fans,

ob aus Wolle, Papier oder Holz, ob Stricken, Basteln, Filzen oder Batiken – Dinge mit den eigenen Händen zu erschaffen macht nicht nur bunte Finger, sondern ziemlich gute Laune. Es tut einfach gut, dem Computer oder Smartphone mal den Rücken zu kehren und allen Sinnen etwas zu bieten. Deshalb kneten und matschen wir Do-it-yourself-Fans nach Herzenslust mit Kleister, Ton oder Kuchenteig, bei uns riecht es wahlweise nach nasser Wolle, Vanillearoma oder Terpentin, und wir nehmen auch kleine Blessuren in Kauf, wenn wir mit Laubsäge, Filznadeln und Teppichmesser hantieren. Jede und jeder hat andere Vorlieben für Materialien und Techniken, aber die Leidenschaft, mit der wir unserem Hobby frönen, verbindet uns. Dabei ist es uns oft gar nicht wichtig, perfekte Ergebnisse zu erzielen, denn schon der Schaffensprozess macht zutiefst zufrieden.

Im Folgenden stellen Franzi und ihre Freundinnen einige DIY-Projekte zum Nacharbeiten vor. Es ist ein bunter Strauß an unterschiedlichen Techniken, die Sie dazu einladen, auch mal Neues auszuprobieren. Sie benötigen keine oder nur sehr wenige Grundkenntnisse, um zum Beispiel eine pfiffige Mütze zu stricken, einen Teddy aus Socken zu zaubern oder eine alte Jeans zu neuem Leben zu erwecken.

In diesem Sinne wünsche ich Ihnen viel Spaß!

Ihre Steffi Hochfellner

Material und Werkzeug

Sie basteln und handarbeiten gern? Dann haben Sie Basics wie Scheren, Nadeln, Papier, Lineal, Klebstoffe, Bleistift und mehr sicherlich im Haus. Um Platz zu sparen, habe ich diese Sachen in den Material- und Werkzeuglisten nicht aufgeführt.

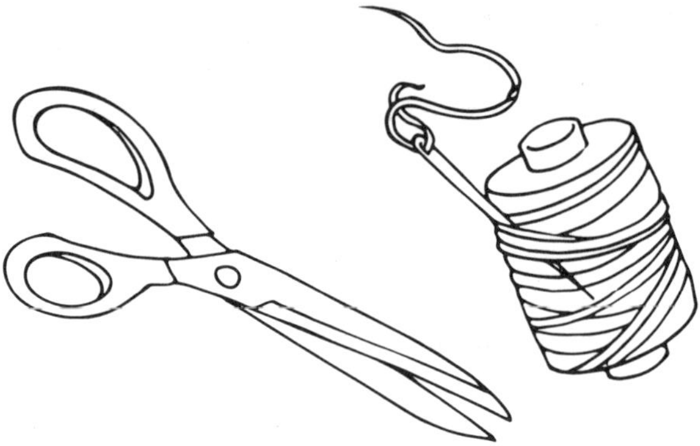

Futterhäuschen

Ein buntes Häuschen für die Vögel: Mit Farbe, Holzperlen, Baumwollgarn und ein wenig Geduld putzen Sie einfache Futterhäuschen aus dem Bastellladen oder Baumarkt zu Schmuckstücken heraus. Das gefällt nicht nur den Meisen, sondern auch den Nachbarn, die bestimmt auch bald ein Häuschen bei Ihnen in Auftrag geben.

Material und Werkzeug

- Futterhaus aus unbehandeltem Holz aus dem Bastelladen oder Baumarkt
- Holzperlen in verschiedenen Größen und Formen (ø ca. 6 mm bis 12 mm)
- Plastik-Schmucksterne
- Baumwoll- oder Acrylgarnreste
- Acrylfarbe in Türkis, Weiß und Rot
- optional: Klarlack zum Sprühen
- mindestens sieben kleine Ringschrauben, 8 × 3 mm
- Malerkrepp 18 mm
- Borstenpinsel

So geht's

1. Das Häuschen nach Lust und Laune mit der Acrylfarbe bemalen. Für einen Verlaufseffekt die Hauptfarbe (Türkis) auf einem alten Teller nach und nach mit immer mehr weißer Farbe vermischen oder direkt auf dem Häuschen mischen. Blechdach, falls vorhanden, nicht anmalen. Farbe gut trocknen lassen (ca. 1 bis 2 Stunden). Ggf. noch ein zweites Mal streichen, erneut gut trocknen lassen.

2. Für die Streifen, die auf dem Musterhäuschen zu sehen sind, den unteren Teil in regelmäßigen Abständen mit Malerkrepp bekleben und dann die Zwischenräume in sehr stark mit Weiß abgemischtem Türkis streichen. Malerkrepp erst nach dem Trocknen abziehen.

3. Wenn die Farbe völlig trocken ist, das Häuschen mit Klarlack wetterfest machen. Bei Verwenden von Sprühlack das Häuschen in einen alten Karton stellen, dessen Öffnung zur Seite zeigt, um Schäden an Möbeln und Fußboden zu vermeiden. Draußen oder im Bastelkeller sprühen. Trocknen lassen.

4. Für die Quasten jeweils ca. 15 Fäden von ca. 15 cm Länge zuschneiden. Mit einem längeren Faden das Fadenbündel in der Mitte fest zusammenknoten. Faden nicht abschneiden, später werden hier die Perlen aufgezogen. Fadenbündel in der Mitte, also dort, wo es zusammengeknotet ist, falten. Mit einem neuen Faden das doppelt liegende Fadenbündel etwa 1 cm vom Knoten entfernt mehrfach fest umwickeln, fest verknoten. Fadenenden durch die Wicklung verstechen. Quaste auf gewünschte Länge zurechtschneiden.

5. Perlen in bunter Folge auf den langen Faden fädeln, bis der Perlenstrang etwa 8 cm lang ist. Insgesamt sechs Quasten mit Perlenschnüren anfertigen.

6. Insgesamt sieben Ringschrauben unter den Häuschenboden schrauben: eine genau in die Mitte, die anderen sechs in gleichmäßigem Abstand voneinander etwa 5 mm von der Außenkante entfernt. Die Positionen vorher anzeichnen und ggf. mit einem Nagel ein kleines Loch vorstechen.

7. In jede der äußeren Ringschrauben eine der vorbereiteten Perlenschnüre knoten und Faden kurz abschneiden. In die zentrale Ringschraube wird eine lange Schnur gefädelt, an der wiederum ein Meisenknödel oder -ring befestigt werden kann.

8. Das Blechdach mit einigen roten Sternen bekleben, Vogelhäuschen draußen aufhängen, befüllen und auf gefiederte Gäste warten!

Batik-Kissen

Es muss ja nicht gleich eine komplette Bettwäsche-Garnitur sein: Wer noch nie Stoffe mit der Abbindetechnik vorbereitet und gefärbt hat, probiert es am besten zuerst an einem kleinen Projekt aus. Für Sofa- und Kuschelkissen findet sich immer ein Platz – ob bei Ihnen oder Ihren Freundinnen. Die Abbindetechnik lädt zum Experimentieren ein, deshalb erkläre ich hier nur, wie Sie gleichmäßige weiße Ringe auf Ihren Stoff zaubern. Für weitere Muster lassen Sie einfach Ihrer Fantasie freien Lauf!

Material und Werkzeug

- weißer Baumwollstoff, pro Kissenhülle für ein 40 × 40 cm großes Inlet ca. 50 × 100 cm, pro Kissenhülle für ein 50 × 50 cm großes Inlet ca. 60 × 120 cm
- Alte Bettlaken oder Tischdecken eignen sich ebenfalls, oder Sie verwenden fertige weiße Kissenhüllen mit Reißverschluss.
- Achtung: Der Stoff darf nur einen Kunstfaseranteil von maximal 20 Prozent haben, sonst nimmt er die Farbe nicht an.
- je ein Kissen-Inlet in 40 × 40 cm und 50 × 50 cm mit waschbarer Füllung
- Batik und Färbefarbe, z. B. »Easy Color« von Marabu oder »Simplicol« in Karminrot, Türkis und Azurblau
- zur Farbe passender Fixierer
- Baumwoll- oder Acrylgarn zum Abbinden
- 36 Perlen, ø 8 mm

- 72 Knöpfe, ø ca. 15 mm (Ich habe meine Sammlung von alten Knöpfen geplündert – da sie die Farbe beim Färben nicht annehmen, können sie hinterher weiterverwendet werden.)
- Trickmarker (Stift, dessen Farbe nach wenigen Stunden verbleicht; zu finden im Schneiderbedarf)
- Eimer zum Färben
- 2 Kochlöffel (die Löffel dürfen danach nicht mehr für Lebensmittel verwendet werden!) oder schmale Holzlatten zum Umrühren
- Einmalhandschuhe
- Nähgarn
- Nähmaschine

Tipp 1

Beim Färben mit zwei oder mehr Farben grundsätzlich mit der hellsten Farbe beginnen. Kalkulieren Sie Mischfarben mit ein: So ergibt beispielsweise Blau über Rot gefärbt Violett.

So geht's

1. Neue Kissenhüllen oder Stoffe vor dem Färben im normalen Waschgang bei 40 Grad waschen, um die Appretur zu entfernen.

2. Für das größere rote Kissen habe ich eine fertige weiße Kissenhülle von 50 × 50 cm verwendet. Auf eine der Kissenseiten mit dem Trickmarker ein Raster von 8 × 8 cm zeichnen. 5 cm vom Kissenrand bzw. falls vorhanden 4 cm von der Ziernaht entfernt mit dem Raster beginnen.

3. Nacheinander an jede der 36 Linienschnittstellen des Rasters eine Perle legen, mit dem Stoff ummanteln und direkt unterhalb der Perle den Stoff sehr fest mit Garn umwickeln,

bis ein etwa 1,5 cm langer Steg entstanden ist. Das Garn soll den Stoff komplett abdecken und somit verhindern, dass er an dieser Stelle gefärbt wird. Fadenenden fest verknoten und kurz abschneiden. Je mehr Perlen Sie einwickeln, desto mehr rafft sich die Kissenhülle zusammen und sieht nach einiger Zeit ziemlich lustig aus. Die Rückseite muss nicht abgebunden werden, man sieht sie ja nicht.

4. Für das kleinere blaue Kissen eine Stoffbahn von 50 × 100 cm zuschneiden. Mit dem Trickmarker auf den gesamten Stoff ein Raster von 7 × 7 cm zeichnen. Nun nacheinander an jeder Linienschnittstelle des Rasters einen Knopf einwickeln wie in Punkt 3 für die Perlen beschrieben.

5. Die rote und türkisfarbene Batikfarbe nach Packungsbeilage anrühren. Beide abgebundenen Stoffe gut anfeuchten. Dann das große Kissen komplett in das rote Farbbad, das blaue Kissen komplett in das türkisfarbene Farbbad tauchen. Für eine gleichmäßige Färbung die Stoffe ständig mit dem Kochlöffel bewegen und mindestens 20 Minuten im Farbbad belassen, um satte, strahlende Farben zu erzielen. Experimentieren Sie später auch mit anderen Mischungsverhältnissen und Zeiten, um beispielsweise Pastelltöne und Mischfarben zu erzielen.

6. Beide Stoffe gründlich unter kaltem Wasser ausspülen, bis das Wasser beinahe klar ist. Die Abbindungen noch nicht lösen!

7. Fixiermittel nach Packungsbeilage anrühren und den roten Stoff darin baden, dabei regelmäßig bewegen. Die Abbindun-

gen sind nach wie vor intakt. Nach der angegebenen Zeit herausnehmen, gut ausdrücken und trocknen lassen.

8. Die Abbindebänder abwickeln, wenn der Stoff noch etwas feucht ist, und diesen dann einigermaßen trocken bügeln. Komplett trocknen lassen, ggf. noch einmal bügeln und das Inlet einfügen – fertig ist das erste Kissen!

9. Azurblaues Farbbad nach Packungsbeilage anrühren. Den bereits türkis gefärbten Stoff zu etwa zwei Dritteln in das Farbbad tunken und mit Wäscheklammern am Eimerrand befestigen. Die zu färbenden Partien des Stoffs immer wieder vorsichtig mit dem Kochlöffel bewegen, dabei darauf achten, dass nicht der ganze Stoff hineinfällt.

10. Nach 20 Minuten oder mehr den Stoff herausnehmen und spülen, fixieren, Fäden lösen und bügeln wie unter Punkt 6 bis 8 beschrieben.

11. Die Stoffbahn gut bügeln. Mit dem Trickmarker ein Rechteck von 41 × 82 cm anzeichnen. Die langen Seiten mit einer Nahtzugabe von ca. 12 mm, die kurzen Seiten mit einer Nahtzugabe von ca. 25 mm zuschneiden. (Das Endformat ist passend für ein 40 × 40 cm Inlet.)

12. Stoffbahn ringsherum mit der Nähmaschine versäubern.

13. Stoffbahn quer in der Mitte falten und ausgehend vom Falz die erste Seitennaht sowie ca. 7 cm der dem Falz gegenüberliegenden Naht zusammensteppen.

14. Ausgehend vom Falz die noch offene Seitennaht sowie ca. 7 cm der dem Falz gegenüberliegenden Naht zusammensteppen. Es verbleibt eine etwa 26 cm lange Öffnung. Die Hülle auf rechts wenden, das Inlet vorsichtig hineinstopfen und die Öffnung zuerst zusammenheften und dann mit sehr kleinen Überwendlingsstichen mit farblich passendem Nähgarn schließen.

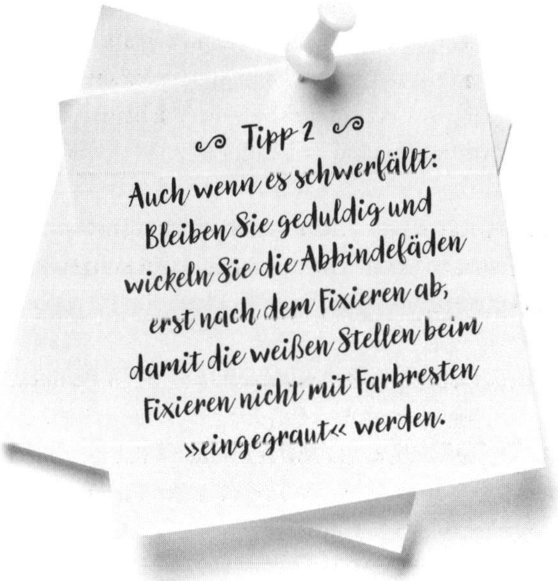

Seemannsmütze

Franzis Seemannsmütze mit dem lustigen Pompon ist der Hit für alle, die den maritimen Look lieben. Die Mütze gelingt übrigens auch Strickanfängern, denn es werden insgesamt nur drei linke Maschen gestrickt, versprochen!

Material und Werkzeug

→ *GRÜNDL Nordica* (Lauflänge 125 m/50 g) je ein Knäuel in Weiß (Farbe 01), Mittelblau (Farbe 05) und Rot (Farbe 11). Die Mütze wiegt inklusive des Pompons ca. 70 Gramm, das heißt, Sie können aus den drei Knäueln zwei Mützen mit unterschiedlichen Farbgebungen stricken. Ein Farbvorschlag wird angegeben.
Sie können jedes Garn verwenden, mit dem Sie die unten aufgeführte Maschenprobe erreichen. Das klappt am besten mit Garnen aus demselben Material (100 % Schurwolle) und mit derselben Lauflänge (125 m/50 g). Gute Alternativen sind beispielsweise folgende Garne:
- Rowan Pure Wool Superwash DK (125 m/50 g)
- Schachenmayr Wool 125 (125 m/50 g)
- Cascade 220 Superwash Sport (120 m/50 g)
- Rico Essentials Merino DK (125 m/50 g)
- Lana Grossa Cool Wool Big (120 m/50 g)
- Schachenmayr Merino Extrafine 120 (120 m/50 g)
- Lang Yarns Merino 120 (120 m/50 g)

- Rundstricknadel oder starre Stricknadeln 3,5 mm
- dicke Stopfnadel oder dicke Nadel mit Spitze
  für den Pompon: entweder ein Pompon-Maker-Set oder Pappe und Zirkel

Maschenprobe

Erstellen Sie die Maschenprobe im Kraus-rechts-Muster, also Hin- und Rückreihen jeweils rechts stricken. Dafür 28 Maschen anschlagen und 48 Reihen stricken, dann abketten. Es ist einfacher, die Kraus-rechts-Rippen zu zählen. Jede Rippe besteht aus einer Hin- und einer Rückreihe. Sollte Ihre Maschenprobe nicht mit der unten genannten übereinstimmen, verwenden Sie bitte eine dickere oder dünnere Nadel. Heben Sie die Maschenprobe auf, Sie können später mit ihr das Auffassen der Maschen üben.

- 10 × 10 cm = 22 M × 44 Reihen (= 22 Rippen)

Größe und Maße

Die Mütze hat ungedehnt einen Umfang von ca. 50 bis 51 cm und passt gut für einen Kopfumfang von ca. 52 bis 57 cm. Dies entspricht einem normalen Erwachsenen (Männer und Frauen). Die gestreifte Borte misst inklusive der kontrastfarbigen Kante ungedehnt 50 bis 51 cm in der Länge und ca. 7,5 cm in der Breite. Mützenhöhe gesamt: Frauen 20 cm, Männer 21 cm.

Farbgebungen

Mütze von Seite 369

- **Borte:** blau-weiß gestreift
- **Patentrand:** rot
- **Mützenkörper Hauptfarbe:** weiß
- **Mützenkörper oberes Stück:** blau
- **Pompon:** rot

Zweite Mütze

(für diese Mütze reicht das vorhandene Garn)

- **Borte:** rot-weiß gestreift
- **Patentrand:** blau
- **Mützenkörper Hauptfarbe:** rot
- **Mützenkörper oberes Stück:** weiß
- **Pompon:** blau

Erklärungen und Abkürzungen

- abheben = die Maschen von der linken auf die rechte Nadel heben, ohne sie zu stricken oder ihre Ausrichtung zu verändern
- auffassen = aus der Kante eines Strickstücks mit der Stricknadel und Garn neue Maschen herausstricken, dabei liegt die Vorderseite des Strickstücks Ihnen zugewandt. Dafür mit der Stricknadel von vorne nach hinten durch die Kante stechen und eine Garnschlaufe nach vorn holen. Die entstandene Schlaufe ist die neue Masche. Verwenden Sie ggf. eine Häkelnadel für die erste Masche, da diese oft schlecht zu greifen ist.

- li = links/linke Masche(n) (z. B.: 3 li = 3 Maschen links stricken)
- re = rechts/rechte Masche(n)
- M = Masche(n)
- str = stricken
- 2 M zus.str = 2 Maschen (rechts) zusammenstricken
- Hinr = Hinreihe
- Rückr = Rückreihe
- (…) 8 × = Die Angaben in Klammern werden insgesamt achtmal gearbeitet.

Gestreifte Borte mit Patentrand

Die Kante wird seitwärts gearbeitet. Der hübsche Rand in Kontrastfarbe (Rot) wird gleich angestrickt. Es handelt sich dabei um einen sogenannten Patentrand oder angestrickten I-Cord, der sich sauber einrollt. Dafür werden die Maschen immer nur in der Hinreihe gestrickt. In der Rückreihe werden die Maschen abgehoben, und der Arbeitsfaden wird nach links gezogen. Dies erklärt sich gleich bei der Reihe-für-Reihe-Anleitung.

Schlagen Sie 14 M in Weiß an und direkt im Anschluss 3 Maschen in Rot. (= 17 M)
– **Aufbaureihe:** 3 li in Rot, nun den roten und den weißen Arbeitsfaden **vor** der Arbeit verkreuzen, 14 re in Weiß
– **Reihe 1 (Hinr):** 14 re in Weiß, nun den roten und den weißen Arbeitsfaden **hinter** der Arbeit verkreuzen, 3 re in Rot
– **Reihe 2 (Rückr):** 3 M abheben (es sind die roten M!), Arbeitsfäden **vor** der Arbeit verkreuzen, 14 re in Weiß

Ab jetzt die Reihen 1 und 2 ständig wiederholen, dabei ein Streifenmuster stricken. Sie stricken immer 4 Reihen (= 2 Rippen) in Weiß und 4 Reihen (= 2 Rippen) in Blau. Der rote Patentrand wird weitergestrickt. Sie stricken die Reihen 3 und 4 noch in Weiß, dann die Reihen 5 bis 8 in Blau, die Reihen 9 bis 12 in Weiß usw.

Stricken Sie insgesamt 208 Reihen = 104 Rippen = 52 Streifen (26 weiße und 26 blaue Streifen). Dann alle Maschen, auch die des roten Randes, abketten. Die Kante hat jetzt ungedehnt eine Länge von ca. 50 bis 51 cm.

Mützenkörper

Aus der Kante insgesamt 105 Maschen mit der weißen Wolle auffassen (wie das geht, steht oben bei den Erklärungen und Abkürzungen). Fassen Sie dafür zwischen jeder Kraus-rechts-Rippe 1 Masche auf, Sie fassen also pro Farbstreifen 2 Maschen auf. Dazu kommt noch eine allerletzte Masche ganz am Ende, Sie fassen also aus dem allerletzten Streifen 3 Maschen auf. Die Mütze wird in Hin- und Rückreihen gearbeitet, nicht in Runden.
Diese aufgefassten Maschen bilden bereits die **Reihe 1**.

Reihe 2 bis 24 (= 12 Kraus-rechts-Rippen): Alle M re str in Weiß
In die letzte Reihe einen bunten Faden als Markierung setzen.
Achtung: Sollte die Mütze für einen Mann gedacht sein, stricken Sie bitte 4 bis 6 Reihen (= 2 bis 3 Rippen) mehr und setzen dann die Markierung.

Jetzt beginnen die Abnahmen. Diese erfolgen immer in den Rückreihen, da sie so weniger sichtbar sind. Es wird die einfachste Abnahmemethode verwendet – stricken Sie einfach zwei Maschen rechts zusammen. Es wird weiterhin in Weiß gestrickt. Die Zählung beginnt wieder bei 1, gezählt ab der vorher gesetzten Markierung.

- **Reihe 1 (Hinr):** Alle M re str
- **Reihe 2 (Rückr):** (6 re, 2 M zus.str, 5 re) 8 ×, 1 re (= 97 M)
- **Reihe 3–5:** Alle M re str
- **Reihe 6 (Rückr):** (5 re, 2 M zus.str, 5 re) 8 ×, 1 re (= 89 M)
- **Reihe 7–9:** Alle M re str
- **Reihe 10 (Rückr):** (5 re, 2 M zus.str, 4 re) 8 ×, 1 re (= 81 M)
- **Reihe 11–13:** Alle M re str
- **Reihe 14 (Rückr):** (4 re, 2 M zus.str, 4 re) 8 ×, 1 re (= 73 M)

Den weißen Arbeitsfaden auf etwa 40 cm Länge abschneiden; Sie nutzen ihn später, um die Seitennaht zu schließen. Mit Blau weiterarbeiten.

- **Reihe 15–17:** Alle M re str
- **Reihe 18 (Rückr):** (4 re, 2 M zus.str, 3 re) 8 ×, 1 re (= 65 M)
- **Reihe 19 (Hinr):** Alle M re str
- **Reihe 20 (Rückr):** (3 re, 2 M zus.str, 3 re) 8 ×, 1 re (= 57 M)
- **Reihe 21 (Hinr):** Alle M re str

- **Reihe 22 (Rückr):** (3 re, 2 M zus.str, 2 re) 8 ×, 1 re (= 49 M)
- **Reihe 23 (Hinr):** Alle M re str
- **Reihe 24 (Rückr):** (2 re, 2 M zus.str, 2 re) 8 ×, 1 re (= 41 M)
- **Reihe 25 (Hinr):** Alle M re str
- **Reihe 26 (Rückr):** (2 re, 2 M zus.str, 1 re) 8 ×, 1 re (= 33 M)
- **Reihe 27 (Hinr):** Alle M re str
- **Reihe 28 (Rückr):** (1 re, 2 M zus.str, 1 re) 8 ×, 1 re (= 25 M)
- **Reihe 29 (Hinr):** Alle M re str
- **Reihe 30 (Rückr):** (2 M zus.str) 12 ×, 1 re (= 13 M)

Nun den Arbeitsfaden auf etwa 40 cm abschneiden und in eine Stopfnadel fädeln. Die verbliebenen 13 Maschen zur linken Stricknadelseite schieben. Die Stopfnadel von links nach rechts durch alle Maschen führen, die Stricknadel entfernen und den Faden anziehen, sodass sich alle verbliebenen Maschen komplett zusammenziehen. Ggf. die Stopfnadel noch ein weiteres Mal im Kreis durch alle Maschen ziehen, dann Faden sichern.

Die Seitennaht im Matratzenstich schließen. Strickteile werden grundsätzlich von Hand auf der rechten Seite, also der »guten« Seite, zusammengenäht, da dadurch die Naht flacher wird und Sie die Kontrolle über das Aussehen der Naht haben. Zum Zusammennähen dasselbe Garn verwenden wie beim Gestrickten. Sollten Sie diese Art des Nähens nicht kennen, suchen Sie bitte im Netz nach den Stichwörtern »Matratzenstich kraus rechts«. Sie werden sehr gute Video- und Bilder-Tutorials finden. Alle noch hängenden Fäden auf der Innenseite vernähen.

Pompon

Den Pompon arbeiten wie bei den Ostertieren (S. 376 ff.) beschrieben. Franzis Mütze hat einen roten Pompon, der mit einem Pappkreis bzw. Pompon-Maker von 7 cm Außendurchmesser und 3 cm Lochdurchmesser gewickelt ist. Locker wickeln, damit der Pompon nicht zu schwer wird. Den Pompon gut auf der Mütze befestigen, Fäden in den Pompon verstechen und abschneiden.

Ostertiere

Franzi hat ein Händchen fürs Basteln von niedlichen Tieren, die nun ihren Ostertisch bevölkern. Schauen Sie doch in Ihre Wollrestekiste – dort findet sich bestimmt passendes Garn. Alle Wollqualitäten können munter gemixt werden; zu bunten Bommeln verarbeitet, entfalten sie oft einen ganz eigenen Reiz. Die Tierchen eignen sich nicht zum Spielen, da sich die Pompons in Kinderhänden leicht auflösen, deshalb wird hier auch mal geklebt und nicht genäht.

Material und Werkzeug

- 1 Set Pompon-Maker mit den Größen ø 3,5 cm, ø 5,5 cm, ø 7 cm und ø 9 cm. Wer die Pompons auf die traditionelle Art machen möchte, benötigt einen Zirkel und reichlich mittelstarke Pappe, zum Beispiel die Rückseiten von Collegeblöcken.
- Trickmarker oder Filzstift
- für die Augen: Halbperlen aus Kunststoff in 6 mm (Küken) und 8 mm (Hase und Schafe) von Rayher Hobby
- Bastelfilz in Weiß, Rosa, Pink, Braun und Hellbraun, Reste reichen
- 1 Strang Stickgarn, passend zu den Hasenohren
- sehr kleine Menge Füllwatte
- dicker Filz (2 mm) für die Schafbeine in Braun oder Grau und ggf. Rosa, pro Schaf 20 × 5 cm

- pro Hase ca. 35 g dickes Garn aus der Restekiste (hier: dicke Filzwolle), ein Rest dünnes weißes Garn fürs Schwänzchen
- pro Schaf ca. 40 g dickes Garn aus der Restekiste (hier: Acrylwolle und Filzwolle) in Wollweiß oder einem Pastellton, ca. 20 g dünneres Garn für Kopf und Beine in Hellbraun, Wollweiß und/oder einem sehr dunklen Ton (fürs »schwarze Schaf«)
- pro Küken ca. 15 g dünnes oder mitteldickes Garn in Gelb

Pompons basteln mit dem Pompon-Set

Bei diesem Stecksystem werden die Kreishälften separat umwickelt und erst dann zusammengeklappt. Alle Wolllagen am Außenrand durchschneiden, dafür die Schere zwischen die beiden Plastikscheiben führen. Einen reißfesten Faden zwischen die Scheiben führen und mehrfach sehr fest herumwickeln, gut verknoten. Auf diese Art ist ein Pompon sehr schnell hergestellt, da der Faden nicht durchs Mittelloch gezogen werden muss. Die Scheiben entfernen und den Pompon rund schneiden.

Pompons basteln auf traditionelle Art

Aus der Pappe zwei runde Scheiben ausschneiden und in der Mitte der Scheiben ein Loch ausschneiden, dann die Ringe aufeinanderlegen. Die entstandenen Ringe mit langen Wollfäden umwickeln, bis das Loch in der Mitte fast geschlossen ist. Die Wolllagen an der Außenkante aufschneiden, dazu die Schere zwischen die beiden Papplagen bringen. Einen reißfesten Wollfaden zwischen den Papplagen mehrfach sehr fest um alle Wollstränge wickeln. Sehr fest verknoten. Pappe entfernen und Pompon zurechtschneiden.

Für alle, die die gute alte Pappscheibenmethode bevorzugen, habe ich die Durchmesserangaben für den Lochdurchmesser der Pappkreise in Klammern gesetzt.

Schaf

1. Einen Pompon ø 9 cm (Loch ø 4 cm) aus dickem wollweißen Garn wickeln und in Form schneiden. An eine Seite eine kleine Mulde schneiden, wie bei einem abgebissenen Apfel, nur nicht so tief.

2. Einen Pompon ø 5,5 cm (Loch ø 2,5 cm) aus dünnem Garn in der gewählten Kopffarbe herstellen. Die Sicherungsfäden lang hängen lassen.

3. Den Kopf an den Körper nähen, dabei liegt der Kopf in der zuvor freigeschnittenen kleinen Mulde. Dafür die noch hängenden Wickelfäden des Kopfs nacheinander komplett durch das Zentrum des Bauchs stechen. Die beiden Fäden verknoten und dabei Kopf und Bauch zusammenziehen. Die Fäden durch den Körper stechen und abschneiden.

4. Für die Beine aus dem dicken Filz vier Quadrate von 5 × 5 cm schneiden. Je ein Quadrat aufrollen und fest mit Garn umwickeln, am besten in der Farbe des Kopfes. Unten darf ein wenig Filz herausschauen, das ist der Huf. Wenn alles umwickelt ist, Faden abschneiden und vernähen. Dafür einfach unter die gewickelte Wolle stechen, das hält.

5. Wenn alle vier Beine fertig sind, die Position der Beine festlegen. Ca. ⅓ des ersten Beins großzügig mit Klebstoff einstreichen. Nun die Wolle des Pompons an der gewünschten Stelle auseinanderschieben, das Bein mit der Klebstoffseite hineindrücken und die Wolle andrücken. Mit den anderen Beinen ebenso verfahren. Prüfen Sie, ob das Schaf gut steht, noch können Sie korrigieren. Dann das Schaf auf den Rücken drehen und den Klebstoff mindestens eine Stunde durchhärten lassen.

6. Die Schablone für das Ohr (Seite 381) auf den Bastelfilz übertragen. Den Filz doppelt legen und beide Ohren auf einmal ausschneiden. Nun etwas Klebstoff unten in die Mitte auftragen und das Ohr zu einem Drittel umklappen. Wieder Klebstoff auftragen und das zweite Drittel von der anderen Seite umklappen. Unteren Teil des Ohrs beschweren und Klebstoff durchhärten lassen.

7. Freihändig zwei Kreise aus weißem Filz bei doppelter Lage gleichzeitig ausschneiden, damit sie identisch sind. Die Filzkreise gespiegelt auf den Kopf kleben. Plastikhalbperlen als Pupillen aufkleben. Die Pupillen können auch mit Stofffarbe oder Filzstift gemalt oder aus schwarzem Filz ausgeschnitten werden.

8. Ein kleines stumpfes Dreieck für die Nase aus Bastelfilz ausschneiden und aufkleben.

9. Das untere Viertel der vorbereiteten Ohren seitlich zwischen Kopf und Körper kleben.

Küken

1. Einen Pompon ø 5,5 cm (Loch ø 2,5 cm) und einen in ø 3,5 cm (Loch ø 1,5 cm) in Gelb herstellen. Die Sicherungsfäden des Kopfes lang hängen lassen.

2. Den Kopf an den Körper nähen. Dafür die noch hängenden Wickelfäden des Kopfs nacheinander komplett durch das Zentrum des Bauchs stechen. Die beiden Fäden verknoten und dabei Kopf und Bauch zusammenziehen. Die Fäden durch den Körper stechen und abschneiden.

3. Die Augen wie beim Schaf beschrieben arbeiten.

4. Für den Schnabel ein kleines spitzes Dreieck aus Filz ausschneiden, etwas Klebstoff ans hintere Ende streichen. Die Wolle des Kopf-Pompons an gewünschter Stelle auseinanderschieben, Schnabel hineinkleben und Wolle zusammendrücken.

5. Die Schablone (Seite 381) für die Füße auf Bastelfilz übertragen, ausschneiden und unter das Küken kleben.

Schablonen in Originalgröße

Osterhase

1. Einen Pompon ø 7 cm (Loch ø 3 cm) und einen in ø 5,5 cm (Loch ø 2,5 cm) in gewählter Hasenfarbe herstellen. Die Sicherungsfaden des Kopfes lang hangen lassen.

2. Den Kopf auf den Körper nähen wie beim Küken beschrieben.

3. Ohren nach Schablone zweimal aus rosafarbenem Bastelfilz und zweimal aus Bastelfilz in der gewählten Ohrfarbe ausschneiden. Dafür den Filz in den unterschiedlichen Farben übereinanderlegen und gleichzeitig ausschneiden.

4. Die beiden Filzlagen ringsherum mit Stickgarn im Knopflochstich (auch Schlingstich oder Langettenstich genannt) zusammennähen. Die Seitenkanten vom unteren Viertel des Ohres zu einer Röhre zusammennähen. Untere Seite so flach legen, dass die Naht in der Mitte liegt.

5. Die Ohren auf den Kopf nähen. Dazu mit der langen Nadel mehrmals durch den Kopf und wieder zurück stechen. Es ist ratsam, zusätzlich zu kleben.

6. Die Augen wie beim Schaf beschrieben arbeiten.

7. Für die Nase einen Kreis von ø 5 cm aus Bastelfilz ausschneiden. Mit Stickgarn ringsherum kleine Heftstiche setzen. Ein wenig Füllwatte zu einem Ball kneten und in die Mitte setzen. Den Heftfaden zusammenziehen und verknoten. Nase aufs Gesicht nähen oder kleben.

8. Füße nach Schablone (Seite 381) viermal ausschneiden. Dafür den Filz doppelt übereinanderlegen und jeweils gleichzeitig ausschneiden.

9. Die beiden Filzlagen ringsherum mit Stickgarn im Knopflochstich zusammennähen. Bevor die Naht ganz geschlossen ist, etwas Füllwatte in den vorderen Teil des Fußes einbringen. Naht schließen, Füße unter den Körper kleben.

10. Einen Pompon ø 3,5 cm (Loch ø 1,5 cm) in Weiß herstellen. Die Sicherungsfäden des Schwänzchens lang hängen lassen. Schwanz-Pompon anbringen wie beim Küken beschrieben.

Umfilzte Seife

Ob selbst hergestellte oder gekaufte Seife – eingefilzt mit Wollvlies oder Kammzug und hübsch dekoriert wird daraus ein ganz besonderes Geschenk. Der Wollfilz ist übrigens hygienisch unbedenklich, da reine Wolle schmutz- und keimabweisend ist. Der Filz wirkt als sanftes Peeling, und die Seife schäumt sehr üppig.

Material und Werkzeug

- Seifenstücke in beliebiger Form, Größe und Qualität, wobei Bio-Seife zu bevorzugen ist
- Wollvlies und/oder Kammzug in Ihren Lieblingsfarben
- optional: Filzwolle zum Stricken in passenden Farben; Reste von wenigen Metern reichen aus
- Nadeln zum Nadelfilzen in mittlerer oder grober Stärke
- optional: großes Plastiktablett
- Schüssel
- Handtuch

Allgemeine Anleitung für einfarbiges Umfilzen

1. Entweder über der Spüle oder einem Plastiktablett mit höherem Rand arbeiten. Ein wenig Seifenlauge vorbereiten. Die zu umfilzende Seife kann genutzt werden, indem etwas Seife in einer Schüssel mit warmem Wasser heruntergewaschen wird.

2. Sollte die Seife Kanten und Ecken haben, diese mit einem Küchenmesser etwas abrunden.

3. Mit trockenen Händen zwei Filzbahnen zurechtzupfen. Die Bahnen sollten etwas breiter sein als das Seifenstück.

4. Die Seife fest in die erste Filzbahn wickeln und das Ende mit der Filznadel vorläufig fixieren, dafür mit der Filznadel mehrfach vorsichtig in die Wolle stechen, dabei etwas von der Seite stechen, damit die Nadel nicht in der Seife abbricht. Dann die Seife um 90 Grad drehen und mit der zweiten Filzbahn umwickeln, auch hier das Ende mit der Filznadel leicht fixieren. Das Seifenstück muss komplett eingewickelt sein. Darauf achten, dass auch die Ecken gut bedeckt sind.

5. Die Hände in die Seifenlauge tunken und sanft über den trockenen Filz streichen. Langsam den Druck erhöhen. Die Wolle beginnt zu verfilzen. Die Seife nun wie beim Händewaschen bewegen. Sollte zu viel Schaum entstehen, diesen unter kaltem Wasser abspülen.

6. Wenn die Seife fest eingefilzt ist, überschüssige Lauge unter dem Wasserhahn ausspülen. Seifenstück zum Trocknen auf ein Sieb oder Ähnliches legen. Es dauert bis zu zwei Tage, bis der Filz trocken genug ist, um ihn mit der Filznadel bearbeiten zu können.

Muster sofort einfilzen

Die Seife kann natürlich von vornherein mit Wollvlies in verschiedenen Farben eingewickelt werden.

- **Marmorieren:** Mit trockenen Händen einige Stränge Wollvlies abzupfen und vor dem Anfeuchten kreuz und quer um die bereits eingewickelte Seife legen. Nicht mit der Nadel anfilzen, sondern vorsichtig mit feuchten Händen anstreichen. Dann weiterfilzen wie oben beschrieben.
- **Streifen:** Mit trockenen Händen Farbbänder vom Wollvlies abzupfen. Hier empfiehlt es sich, die Farbbänder mit der Filznadel leicht anzufilzen und dadurch zu fixieren. Anfeuchten und weiterfilzen wie oben beschrieben.
- **Halbe-halbe:** Die Seife in die erste Wolllage wie oben beschrieben einwickeln. Die zweite Lage zur Hälfte mit Wolle der ersten Farbe, die andere Hälfte mit Wolle der zweiten Farbe umwickeln. Leicht mit der Nadel fixieren, anfeuchten und weiterfilzen wie oben beschrieben.

Muster nachträglich mit der Nadel auffilzen

Wenn die eingefilzte Seife gut durchgetrocknet ist, lassen sich mit der Nadel Motive auffilzen. Dafür kleine Stücke vom Wollvlies abzupfen, grob in die gewünschte Form bringen und auf die eingefilzte Seife legen. Dann mit der Filznadel langsam und konzentriert immer wieder durch die neue Wolle und den Filzmantel stechen, bis sich beides verbindet. Dabei darauf achten, nicht zu fest in die Seife zu stechen, da die Nadel leicht abbricht. Erfahrungsgemäß ist es besser, leicht schräg einzustechen. Es können nun immer weitere Filzlagen und Farben aufgebracht werden, bis hin zu winzigen Motiven wie beispielsweise Augen.

Eine interessante Variante ist auch das Aufbringen von filzender Strickwolle. Die Fäden in Formen legen oder um die Seife wickeln und dann mit der Nadel auffilzen.

Franzis Seifen im Einzelnen

- **Seifen mit Fisch, Seestern, Punkten und Rettungsring:** Seifenstücke ein- oder zweifarbig einfilzen, dann die Motive mit der Nadelfilz-Technik aufbringen. Für den Rettungsring einen dicken Strang weißes Wollvlies um die bereits fertig eingefilzte Seife wickeln und mit der Nadel leicht anfilzen. Rote Wolle auf den weißen Ring filzen. Der Ring darf durchaus etwas dicker sein, um einen dreidimensionalen Effekt zu erzielen.
- **Weiß eingefilzte Seife mit Marmoreffekt und orangefarbenem Ring:** Der Mamoreffekt wurde mit der oben beschriebenen Technik erreicht. Nach dem Trocknen einen orangefarbenen Faden kreisförmig auf die Seife legen und mit der Nadel anfilzen.
- **Weiße Seife mit dickem roten und feinen blauen Streifen:** Vor dem Nassfilzen einen breiten roten Strang um die Seife wickeln und mit der Nadel leicht anfilzen. Nassfilzen wie oben beschrieben. Nach dem Trocknen einen Faden blaue Filzwolle um die Seife wickeln und mit der Nadel auffilzen.
- **Türkisfarbene Seife mit weiß-orangefarbenem Webmuster und Kordel:** Zuerst aus der Strickfilzwolle eine Kordel von

ca. 50 cm Länge flechten. Beim Einwickeln der Seife mit dem Wollvlies die Kordel mit einwickeln. Einen weißen Faden mehrfach um die Seife wickeln, Enden mit der Nadel fixieren. Einen orangefarbenen Faden in eine dicke Stopfnadel fädeln, um die Seife wickeln und dabei mit dem weißen Faden verweben – dafür abwechselnd über und unter den weißen Faden gehen. Dann Nassfilzen wie oben beschrieben.

Buchstützen »Schaf«

Jetzt bekommen Ihre Nordseebücher stilechte Buchstützen im Schaf-Design! Das Sägen ist ein bisschen mühsam, aber das Ergebnis kann sich sehen lassen, oder? Die Schafe sind dank der dicken Bretter, aus denen sie hergestellt werden, übrigens auch ohne Metallfuß recht standfest.

Material und Werkzeug

- für 2 Buchstützen eine Kieferleimholzplatte, mindestens 20 × 40 cm, ca. 14 bis 18 mm stark
- 2 Platten dünnes Aluminiumblech oder Ähnliches, 16 × 16 cm, ggf. aus einer größeren Platte ausschneiden
- Abstandhalter aus Holz, ca. 5 mm dick, z. B. von einem Besenstil abgesägte Scheiben oder Sperrholzreste. Bitte lesen Sie dazu Punkt 5 in der Anleitung.
- 4 Holzschrauben, ca. ø 3 mm, 20 mm lang
- Holzbeize in Braun
- Bastelfilzreste für die Ohren in Naturweiß und Braun
- Rohwolle (Vlies oder Kammzug), je eine Handvoll in Naturweiß und Naturbraun
- Cuttermesser und/oder Schere
- Laubsäge
- Eisen-Bügelsäge
- Schleifpapier und/oder Schleifklotz, grob und fein
- Akkuschrauber

- Holzbohrer in 2 mm und 8 mm
- HSS-Bohrer (zum Bohren von Metall) in 3 mm
- zum Aufsenken des Schraubenlochs im Blech entweder einen 8-mm-HSS-Bohrer oder einen Senker/Aufreiber
- zu den Schrauben passender Schraubendreher
- Schraubzwingen oder Klemmzwingen
- Holzleim oder PE-Weißleim (Bastelkleber)
- Filznadel und Unterlage fürs Nadelfilzen

So geht's

1. Die Schablonen von Körper und Kopf (Seite 393) um 181 % vergrößern und je zweimal mit Bleistift auf das Holz übertragen.

2. Das Holz mit Schraubzwingen an den Arbeitstisch klemmen. Die Außenformen mit der Laubsäge aussägen. Die Laubsäge so gerade wie möglich halten. Nicht verzweifeln: Die Sägekante wird nie ganz gerade werden, aber genau dies macht den Charme von Handarbeit aus!

3. Die Augen mit dem 8-mm-Holzbohrer bohren.

4. Kanten und Oberflächen mit dem Schleifpapier glätten. Je einen Körper und Kopf dunkelbraun beizen. Die Teile *nicht* einölen, da sonst die Wolle nicht aufgeklebt werden kann!

5. Einen etwa 4 bis 5 mm dicken Abstandhalter, z. B. Holzscheibe, dicken Filz, mehrere Papplagen etc, mittig auf die Rückseite des Kopfes kleben. Die Position des Kopfes auf dem Körper festlegen und aufkleben. Antrocknen lassen.

6. Aus dem Wollvlies unterschiedlich große Kugeln formen und leicht mit der Filznadel anfilzen. Die Kugeln sollen nicht zu kompakt werden, sondern fluffig-leicht bleiben. Wenn die Kugeln auf der Filzunterlage gefilzt werden, ergibt sich eine flache Grundfläche, diese bitte so lassen – mit dieser Fläche können die Kugeln gut auf das Holz geklebt werden.

7. Die Filzkugeln mit reichlich Bastel- oder Holzleim dicht an dicht auf den Körper kleben. Es dauert einige Stunden, bis der Leim trocken und die Wollkugeln wirklich fest sind.

8. Die Ohrenschablone (Seite 393) auf Bastelfilz übertragen, ausschneiden. Mittig falten und unten zusammenkleben. Trocknen lassen. Dann eine Rundung in den unteren, nun doppellagigen Teil schneiden, die sich gut an die seitliche Rundung des Kopfes anschmiegt. Schnittkante und Unterseite des Ohr mit Leim bestreichen und mit der Schnittkante auf Stoß seitlich an den Kopf kleben. Leicht auf die Filzkugeln drücken, damit die Ohren auch hier kleben. Trocknen lassen.

9. Das Blech mit der Eisensäge auf das in der Materialliste genannte Maß zurechtsägen. Wer hat, kann natürlich auch einen Trennschleifer benutzen. Unbedingt vorher die Holzteile messen. Falls sie etwas schmaler geraten sind, müssen auch die Platten schmaler werden, damit sie bundig abschließen.

10. Bei beiden Blechen auf jeweils einer Seite 2 Löcher von 3 mm bohren. Die Löcher müssen mittig unter den Schafbeinen sitzen. Vom Rand beträgt der Abstand ca. 7 mm (die Hälfte der Holzstärke, damit die Schraube später mittig ins Holz geht).

11. Die vorgebohrten Löcher im Blech mit einem Senker oder dem 8-mm-HSS-Bohrer so groß aufreiben, dass die Schraubenköpfe nicht hindurchfallen, aber trotzdem bündig mit dem Blech abschließen.

12. Das Blech bündig auf die Unterseite eines der Holzteile legen, mit einem Bleistift durch die Löcher im Blech die zu bohrenden Löcher im Holz auf dem Holzteil anzeichnen. Mit dem Holzbohrer 2 mm die Löcher maximal 20 mm tief vorbohren.

13. Die Bleche unter die Holzteile schrauben.

Buchstütze Schablone

(verkleinert, bitte um 181 % vergrößern)

Upcycling-Loop zum Wenden

Wer die Nordsee liebt, weiß, was das Wort »Sommerfrische« bedeutet, denn selbst an manchen Juli- und Augusttagen bläst der Seewind kühl genug für eine ordentliche Gänsehaut. Da kommt der praktische Wende-Loop genau richtig. Für einen Loop benötigen Sie lediglich zwei ausgediente T-Shirts oder etwas Jerseystoff, und in null Komma nichts trotzen Sie auch steifen Seebrisen! Die Anleitung ist für Handnäherinnen gedacht. Erfahrene Näherinnen, die mit Jerseystoff umgehen können, benutzen natürlich ihre Nähmaschine, und wer gar eine Overlock-Maschine sein Eigen nennt, dem genügt wahrscheinlich ein Blick auf die Schemazeichnung.

Material und Werkzeug

- pro Loop 2 ausgediente, nicht zu kleine und vor allem nicht zu kurze T-Shirts
- Statt T-Shirts kann auch Stoff vom Meter verwendet werden. Es werden zweimal 80 cm Breite × 35 cm Höhe (Erwachsenengröße) oder zweimal 70 cm Breite × 30 cm Höhe (Kindergröße) in zueinanderpassenden Farben und Mustern benötigt. Neue Musterstoffe lassen sich gut mit farblich passenden einfarbigen T-Shirts kombinieren.
- farblich passendes sowie kontrastierendes Nähgarn
- Schneiderkreide oder Trickmarker

So geht's

1. Schablone nach der Schemazeichnung auf Papier zeichnen und ausschneiden, ggf. mehrere Schreibmaschinenseiten mit Tesafilm zusammenkleben. Tipp: Für eine symetrische Rundung ist es besser, die Schablone mittig längs zu falten und die beiden Papierlagen gleichzeitig auszuschneiden.

2. Die Ärmel der T-Shirts herausschneiden, Schulter- und Seitennähte aufschneiden. Stoff bügeln.

3. Die Schablone je zweimal mit Trickmarker oder Schneiderkreide auf die beiden unterschiedlichen Stoffe bzw. T-Shirts übertragen.

4. Alle vier Teile mit einer Nahtzugabe von ca. 12 mm ausschneiden.

Upcycling-Wendeloop
Erwachsenengröße und Kindergröße
Schemazeichnung

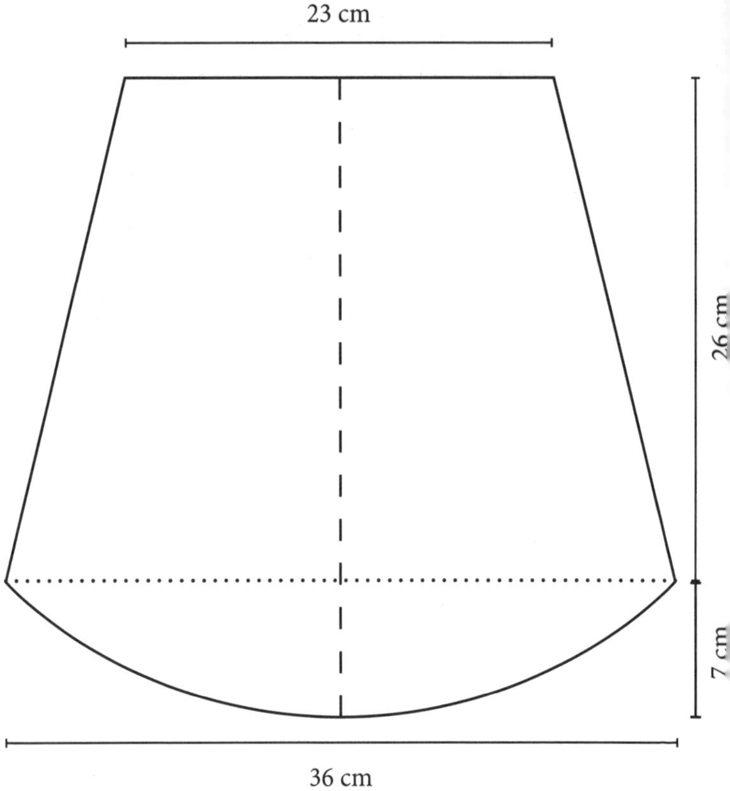

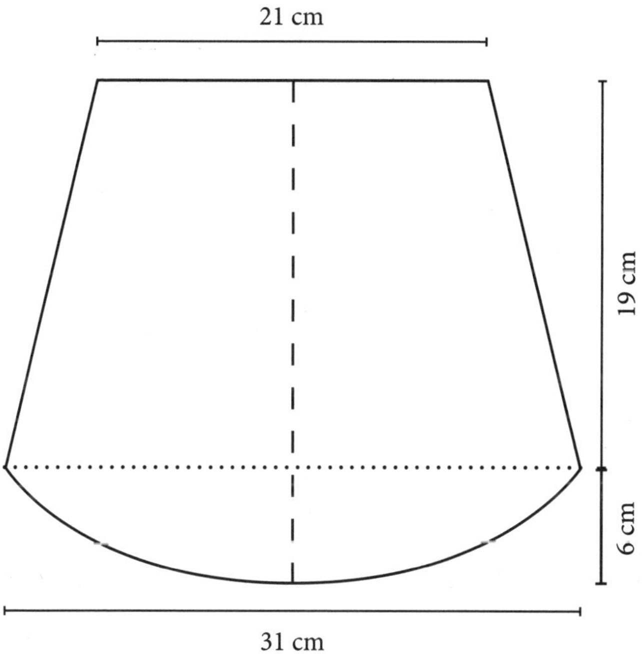

→ Zuschneiden mit zusätzlich
12 mm Nahtzugabe ringsherum

5. Wer eine Nähmaschine besitzt, sollte nun alle Teile ringsherum mit Zickzackstich versäubern. Wer von Hand näht, belässt die Kanten unversäubert.

6. Jeweils ein Teil von Stoff (a) und ein Teil von Stoff (b) rechts auf rechts aufeinanderlegen.

7. Jeweils die oberen und die unteren Kanten entlang der angezeichneten Linien zusammenheften, dann jeweils beide Stofflagen zusammennähen.

8. Nur eines der vorbereiteten Teile auf rechts wenden.

9. Das auf rechts gewendete Teil so in das noch auf links liegende Teil stecken, dass Stoff (a) auf Stoff (a) zu liegen kommt und Stoff (b) auf Stoff (b). Die rechten Seiten liegen einander zugewandt (Bild 1).

10. Jetzt die erste Seitennaht mit Nähgarn in Kontrastfarbe wie folgt zusammenheften: Zuerst die beiden Stofflagen (a) zusammenheften und dann die beiden Stofflagen (b). Es wird also einmal in der Runde geheftet, und es formt sich eine Röhre (Bild 2). Anfang und Ende des Heftfadens sichern.

11. Weiter geht es mit der gegenüberliegenden Seitennaht. Auch bei dieser Naht erst die beiden Stofflagen (a) und dann die beiden Stofflagen (b) zusammenheften, aber dabei etwa 8 bis 10 cm der Naht offen lassen. Anfang und Ende des Heftfadens sichern (Bild 3).

Upcycling-Wendeloop
Wendeschema

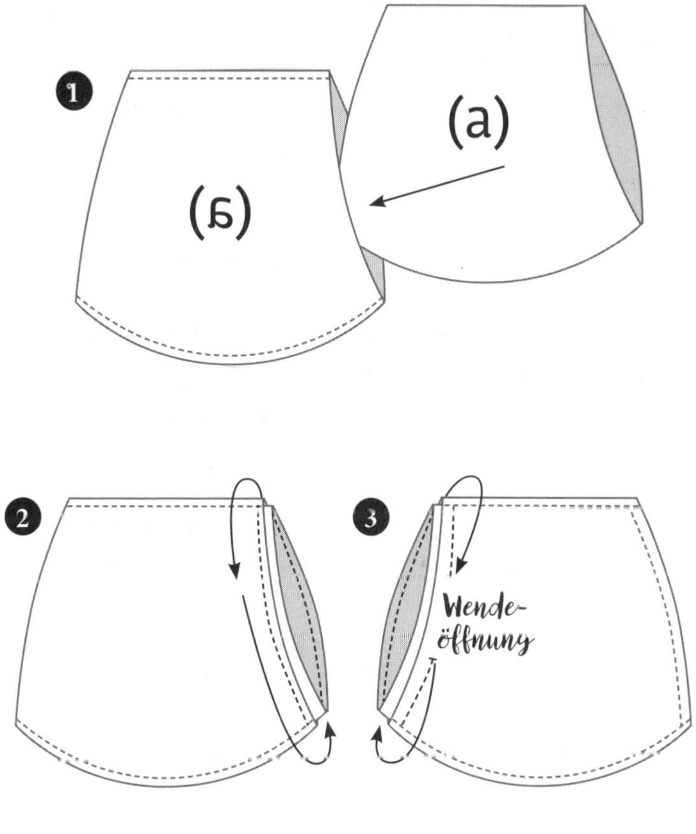

12. Den Loop durch die Öffnung wenden. Wenn alle Lagen richtig zusammengefügt wurden, sollte der Loop nun auf einer Seite komplett aus Stoff (a) bestehen und auf der anderen aus Stoff (b).

13. Loop wieder auf links wenden. Die beiden Seitennähte von Hand oder mit der Maschine zusammensteppen. Dabei die Öffnung auf der einen Seite aussparen!

14. Den Loop wieder auf die richtige Seite wenden. Die Öffnung mit feinen Stichen von Hand schließen. Dazu eignen sich der Matratzenstich oder Überwendlingsstich.

Topflappen-Fische

Topflappen braucht jeder, und wenn sie dann auch noch so modern und lustig aussehen, werden sie zur Zierde jeder Küche. Häkeln Sie gleich einen ganzen Schwarm, die coolen Topflappen sind wunderbare Mitbringsel!

Material und Werkzeuge

- Schachenmayr Catania (100 % Baumwolle, Lauflänge 125 m/50 g) in Hellgrau (00172), Hellgelb (00280), Dunkelblau (00164 oder 00124), Mittelblau (00247), Natur (00105), ggf. ein Rest Schwarz für die Pupillen. Diese Garnmenge reicht für etwa fünf bis sechs Topflappen mit unterschiedlichen Farbverteilungen.
- Häkelnadel 3 mm

Abkürzungen

- fM = feste Masche
- Lftm = Luftmasche
- Km = Kettmasche
- 2-fM-in-1 = in eine Masche der Vorreihe bzw. Vorrunde 2 feste Maschen häkeln
- 3-fM-in-1 = in eine Masche der Vorreihe bzw. Vorrunde 3 feste Maschen häkeln
- Fb = Farbe
- Hinr = Hinreihe
- Rückr = Rückr

Farbschema Fisch 1: Fb1 = Hellgrau, Fb2 = Gelb, Fb3 = Dunkelblau, Fb4 = Weiß
Farbschema Fisch 2: Fb1 = Dunkelblau, Fb2 = Mittelblau, Fb3 = Gelb, Fb4 = Weiß

Körper

Begonnen wird mit dem Fischmaul, das gleichzeitig als Schlaufe fungiert. Sofern nicht anders beschrieben, werden die fM durch beide Maschenglieder der Vorreihe gestochen.
11 Lftm in Fb1 häkeln und mit einer Km zur Runde schließen.

Runde 1: 1 Lftm, dann den Luftmaschenring mit 21 fM umhäkeln, die Runde mit einer Km in die erste fM der Runde schließen. Die Luftmaschen komplett umhäkeln, nicht in die Maschen einstechen!

Runde 2: 1 Lftm, (2 fM, 2-fM-in-1) 7 ×, die Runde mit einer Km in die 1. fM schließen. Die Km bereits mit Fb2 häkeln. (= 28 M) Den Faden Fb1 nicht abschneiden! Nun wird in Reihen mit Fb2 weitergehäkelt.

- **Reihe 1 (Hinr):** 1 Lftm, 2 fM, 2-fM-in-1, 3 fM, 3-fM-in-1, 2 fM, 3-fM-in-1, 2 fM (= 17 M)
- **Reihe 2 (Rückr):** 1 Lftm, 8 fM, 3-fM-in-1, 8 fM (= 19 M)
- **Reihe 3 (Hinr):** 1 Lftm, 9 fM, 3-fM-in-1, 9 fM (= 21 M)
- **Reihe 4 (Rückr):** 1 Lftm, 10 fM, 3-fM-in-1, 10 fM (= 23 M)
- **Reihe 5 (Hinr):** 1 Lftm, 11 fM, 3-fM-in-1, 11 fM (= 25 M)
- **Reihe 6 (Rückr):** 1 Lftm, 12 fM, 3-fM-in-1, 12 fM (= 27 M)

Das Prinzip setzt sich fort: In jeder Reihe werden 2 Maschen zugenommen, indem in die mittlere Masche 3 fM gehäkelt werden. Nach diesem Prinzip weiterhäkeln bis Reihe 16. Zur Kontrolle ist hier für jede Reihe die Maschenzahl angegeben, die vor bzw. nach der Dreifachzunahme gehäkelt werden muss. Setzen Sie einfach ein Häkchen hinter die bereits gehäkelten Reihen.

Hinr 7 = 13 fM ■ **Rückr 8** = 14 fM ■ **Hinr 9** = 15 fM ■
Rückr 10 = 16 fM ■ **Hinr 11** = 17 fM ■ **Rückr 12** = 18 fM ■
Hinr 13 = 19 fM ■ **Rückr 14** = 20 fM ■ **Hinr 15** = 21 fM ■

Reihe 16 (Rückr): 1 Lftm, 22 fM, 3-fM-in-1, 22 fM (= 47 M)
Faden abschneiden und im Streifenmuster weiterarbeiten.
Streifenfolge: Je vier Reihen in Fb3 und zwei Reihen in Fb4 häkeln.
Gut zu wissen: Bei einem Farbwechsel wird bei der letzten fM der Vorreihe der letzte Arbeitsschritt (Schlinge durch beide Schlaufen ziehen) bereits mit der neuen Farbe gearbeitet. Die nicht benötigte Farbe nicht abschneiden, sondern den Faden einfach nach oben ziehen, wenn die Farbe wieder benutzt wird, dabei darauf achten, dass die Fadenspannung nicht zu stark ist. Die Spannfäden verschwinden später in der Umrandung.

Reihe 17 (Hinr, Fb3): 1 Lftm, 23 fM, 3-fM-in-1, 23 fM (= 49 M)

Reihe 18 (Rückr, Fb3): 1 Lftm, 24 fM, 3-fM-in-1, 24 fM (= 51 M)
Achtung! **Ab jetzt wird bei jeder Hinreihe nur in die hinteren Maschenglieder der Vorreihe eingestochen** – das ergibt einen schönen Rippeneffekt, der ein wenig an Fischschuppen erinnert. Bei den Rückreihen wie gewohnt durch beide Maschenglieder der Vorreihe stechen.

Das Prinzip der Dreifachzunahme in die Mittelmasche wird fortgesetzt bis Reihe 38. Zur Kontrolle ist für jede Reihe die Maschenzahl angegeben, die vor bzw. nach der Dreifachzunahme gehäkelt werden muss. Setzen Sie einfach ein Häkchen hinter die bereits gehäkelten Reihen.

Hinr 19, Fb3 = 25 fM ▪ **Rückr 20,** Fb3 = 26 fM ▪
Hinr 21, Fb4 = 27 fM ▪ **Rückr 22,** Fb4 = 28 M ▪
Hinr 23, Fb3 = 29 fM ▪ **Rückr 24,** Fb3 = 30 fM ▪
Hinr 25, Fb3 = 31 fM ▪ **Rückr 26,** Fb3 = 32 M ▪
Hinr 27, Fb4 = 33 fM ▪ **Rückr 28,** Fb4 = 34 fM ▪
Hinr 29, Fb3 = 35 fM ▪ **Rückr 30,** Fb3 = 36 M ▪
Hinr 31, Fb3 = 37 fM ▪ **Rückr 32,** Fb3 = 38 fM ▪
Hinr 33, Fb4 = 39 fM ▪ **Rückr 34,** Fb4 = 40 M ▪
Hinr 35, Fb3 = 41 fM ▪ **Rückr 36,** Fb3 = 42 fM ▪
Hinr 37, Fb3 = 43 fM ▪

Reihe 38 (Rückr, Fb3): 1 Lftm, 44 fM, 3-fM-in-1, 44 fM (= 91 M)
Die Fäden von Fb3 und Fb4 abschneiden. Alle Fäden auf der Rückseite vernähen. Vernähen Sie nicht in den Rand, da das Umhäkeln sonst schwierig wird. Das Knäuel vom Fischmaul in Fb1 nach wie vor nicht abschneiden.

Schwanzflosse

Die Mittelmasche der zuletzt gehäkelten Reihe markieren. Die Vorderseite des Topflappens ist Ihnen zugewandt. Nun von der Mittelmasche aus 12 Maschen abzählen (die Mittelmasche zählt nicht mit). In diese Masche 1 Lftm mit Fb4 häkeln. Die erste fM wird in dieselbe fM gehäkelt. Bei den Hinreihen weiterhin nur ins hintere Maschenglied stechen. Reihe 1 wird also gehäkelt wie folgt:

- **Reihe 1 (Hinr, Fb4):** 1 Lftm in die zuvor abgezählte zwölfte Masche häkeln, 12 fM (die erste fM wird in dieselbe Masche der Vorreihe gehäkelt wie die Lftm!), 3-fM-in-1, 12 fM (= 27 M)
- **Reihe 2 (Rückr, Fb4):** 1 Lftm, 13 fM, 3-fM-in-1, 13 fM (= 29 M)
- **Reihe 3 (Hinr, Fb3):** 1 Lftm, 14 fM, 3-fM-in-1, 14 fM (= 31 M)
- **Reihe 4 (Rückr, Fb3):** 1 Lftm, 15 fM, 3-fM-in-1, 15 fM (= 33 M)
- **Reihe 5 (Hinr, Fb3):** 1 Lftm, 16 fM, 3-fM-in-1, 16 fM (= 34 M)
- **Reihe 6 (Rückr, Fb3):** 1 Lftm, 17 fM, 3-fM-in-1, 17 fM (= 35 M)

Fäden abschneiden und auf der Rückseite vernähen. Nicht in die Kanten vernähen!

Umrandung

Jetzt kommt endlich das Knäuel in Fb1 wieder zum Einsatz. Der gesamte Topflappen wird mit **zwei Runden** festen Maschen in Fb1 umhäkelt. Dabei bitte Folgendes beachten:
Die Vorderseite (»gute Seite«) des Topflappenfisches liegt Ihnen zugewandt.
Die Runde startet dort, wo der Faden hängt, also beim Ansatz des Körpers ans Fischmaul. Es wird vom Maul weg gearbeitet.
An den Ecken jeweils 3-fM-in-1, damit die Kante sich nicht zieht.
An den Ansatzpunkten der Flosse jeweils eine fM abnehmen oder überspringen, damit die Kante sich nicht wellt.
Beim Umhäkeln des Fischmauls zwei- bis dreimal in regelmäßigen Abständen 2-fM-in-1. Die Schlaufe soll sich weder wellen noch zusammenziehen.

Die zweite Runde bereits vor dem Fischmaul mit einer Km beenden. Faden vernähen.
Den Topflappen mit dem Dampfbügeleisen in Form bügeln.

Auge

Das Auge wird mit einem magischen Fadenring gestartet. Wenn Sie diese Technik noch nicht kennen, suchen Sie bitte im Netz nach diesen Stichwörtern: »Fadenring häkeln«, »magischen Ring häkeln«. Es gibt unterschiedliche Techniken, suchen Sie sich die aus, die Ihnen am liebsten ist.

Alternativ können Sie auch zwei Luftmaschen anschlagen und dann in die erste Lftm 6 fM häkeln.

Wenn nicht anders angegeben, wird durch beide Maschenglieder der Vorrunde gestochen.

Runde 1, Pupillenfarbe: Fadenring legen, in diesen erst 1 Lftm, dann 6 fM häkeln. Runde mit 1 Km schließen (Km in die 1. fM der Runde häkeln).

Runde 2, Pupillenfarbe: 1 Lftm, 6 × in jede fM der Vorrunde jeweils 2 fM häkeln, die Runde mit 1 Km schließen. (= 12 M)
Pupillenfaden abschneiden. Damit die Pupille sich gut von der zweiten Farbe absetzt, wird die Arbeit nun umgedreht, das heißt, die Rückseite der Pupille ist Ihnen nun zugewandt.

Runde 3, Farbe des Außenrings: 1 Lftm, (1 fM, 2-fM-in-1) 6 ×, die Runde mit 1 Km schließen. Nur in dieser Runde nur durch die hinteren Maschenglieder der Vorrunde stechen. (= 18 M)

Runde 4, Farbe des Außenrings: 1 Lftm, (2 fM, 2-fM-in-1) 6×, die Runde mit 1 Km schließen. (= 24 M)

Runde 5, Farbe des Außenrings: 1 Lftm, (1 fM, 2-fM-in-1, 2 fM) 6×, die Runde mit 1 Km schließen. (= 30 M)

Faden lang abschneiden und dazu nutzen, das Auge auf den Fisch zu nähen. Vorher die anderen Fäden auf der Rückseite vernähen – das ist die Seite, die nicht so schön aussieht. Nun das Auge aufnähen; dafür eine Nadel mit Spitze verwenden und nur durch die obere Materialschicht stechen, damit auf der Rückseite keine Fäden zu sehen sind.

Sockenbär

Sockentiere sind einfach unwiderstehlich, denn sie sind schnell gemacht und absolute Unikate! Außerdem sind sie eine tolle Verwendungsmöglichkeit für all die einzelnen Socken, die sich traurig in der hinteren Ecke der Sockenschublade verstecken, weil ihnen der Partner auf unerklärliche Weise abhandengekommen ist. Natürlich können Sie auch durch die Läden stöbern und lustige neue Socken kaufen, denn bestimmt wird es nicht bei einem Bären bleiben – Sockentiere sind sehr gesellig!

Material und Werkzeuge

- 1 Ringelsocke mit normalem Schaft, möglichst mit einfarbiger Spitze
- 1 einfarbige Socke mit normalem Schaft
- optional: 1 Socke in kontrastierender Farbe
- Füllmaterial, am besten Polyesterhohlfaser-Flocken, wie sie für Kissenfüllungen verwendet werden
- kleiner Rest Bastelfilz oder Feincord in Braun für die Nase (ca. 5 × 5 cm)
- 2 schwarze Perlen
- Nähgarn, passend zu den Socken
- Stickgarn in Braun
- Zwirn in Schwarz und Weiß
- Trickmarker
- Wangenrouge

Tipp

Da sich Socken stark dehnen, sollten Sie für Sockentiere möglichst Kindersocken oder Socken in kleineren Damengrößen verwenden. Sie werden erstaunt sein, wie viel Füllmaterial trotzdem hineinpasst.

So geht's

1. Die Socken auf links wenden und mit der Ferse nach oben flach hinlegen. Mit dem Trickmarker wie auf der Schemazeichnung (S. 412) ersichtlich die einzelnen Teile freihändig aufmalen. Die Schemazeichnung dient nur als Richtlinie, auf einen Millimeter mehr oder weniger kommt es nicht an.

2. Mit der Ringelsocke beginnen. Sockenspitze für die Schnauze abschneiden, beiseitelegen.

3. Die angezeichneten Beine mit Steppstich von Hand absteppen. Überschüssiges Material bis auf ca. 3 mm abschneiden.

4. Beine und Körper auf rechts wenden und mit Füllwatte ausstopfen. Nicht zu fest stopfen. Beiseitelegen.

5. Die angezeichneten Ohren mit Steppstich von Hand absteppen. Die untere Öffnung nicht schließen. Überschüssiges Material bis auf ca. 3 mm abschneiden. Ohren auf rechts wenden und beiseitelegen.

6. Weiter geht es mit der unifarbenen Socke. Die angezeichneten Arme mit Steppstich von Hand absteppen. Die untere Öffnung nicht schließen. Überschüssiges Material bis auf ca. 3 mm abschneiden. Arme auf rechts wenden, nicht zu fest mit Füllwatte stopfen und beiseitelegen.

7. Für den Kopf den Sockenfuß wie auf der Schemazeichnung ersichtlich abschneiden. Auf rechts wenden und mit Füllwatte ausstopfen. Wenn der Kopf richtig schön rund ist und

proportional gut zum Körper passt, das Sockenmaterial unten zusammenhalten und fest mit Bindfaden oder Zwirn umwickeln. Der Kopf sieht jetzt aus wie ein Luftballon. Überschüssiges Material bis auf ca. 4 cm abschneiden.

8. Nun den Kopf probehalber auf den Körper legen. Wahrscheinlich ist der Körper zu lang, deshalb ggf. etwas Füllwatte entfernen. Nun die Halskante so nach innen umlegen, dass die gewünschte Körperhöhe erreicht wird.

9. Mit Zwirn einmal rings um den Hals heften, dabei beide Stofflagen erfassen. Die Halsöffnung mit dem Heftfaden etwas zusammenziehen, dabei sicherstellen, dass das untere Stoffbüschel vom Kopf noch bequem hineingeführt werden kann. Mit Knoten sichern. Ggf. noch etwas Füllwatte nachstopfen.

10. Den Kopf auf den Hals setzen, dabei das untere Stoffbüschel vom Kopf in die Halsöffnung führen. Den Kopf mit kontrastfarbigem Nähgarn in großen Stichen auf den Körper heften, dann mit farblich passendem Nähgarn mit kleinen Stichen annähen. Hierbei ist Matratzenstich empfehlenswert. Heftfaden entfernen.

11. Die bereits für die Schnauze abgeschnittene Sockenspitze vorn auf den Kopf stecken. Die untere Kante nach innen umschlagen und die Schnauze mit kontrastfarbigem Nähgarn anheften. Dies erfordert etwas Fingerspitzengefühl. Die Naht nicht ganz schließen. Füllwatte durch die verbliebene Öffnung einbringen. Nun die Schnauze mit farblich passendem Nähgarn mit kleinen Stichen im Matratzenstich annähen. Heftfaden entfernen.

Sockenbär Schemazeichnung

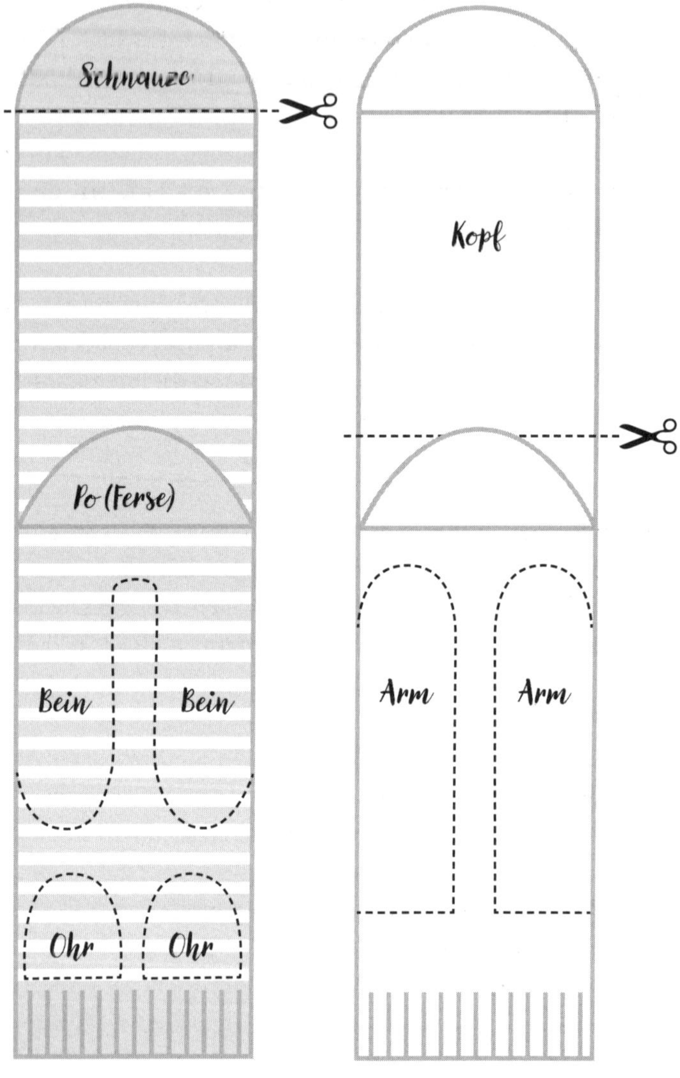

12. Für die Nase aus braunem oder schwarzem Bastelfilz oder Stoff ein stumpfes Dreieck mit abgerundeten Ecken ausschneiden. Mittig auf der Schnauze platzieren und mit Textilkleber aufkleben oder mit farblich passendem Nähgarn im Schlingstich (auch Knopflochstich oder Langettenstich genannt) applizieren.

13. Den Mund mit mehreren Spannstichen mit Stickgarn aufsticken.

14. Die Unterkante der Ohren nach innen legen und mit einigen Stichen mit farblich passendem Nähgarn fixieren. Die Ohren an der gewünschten Position mit Stecknadeln fixieren, dann ggf. anheften oder gleich ringsherum mit kleinen Stichen im Matratzenstich annähen.

15. Die Position der Augen festlegen und mit dem Trickmarker oder Stecknadeln markieren. Für die Augenhöhlen mit Zwirn einmal von der rechten Markierung zur linken und wieder zurück stechen. Die Fadenenden verknoten und dabei die Tiefe der Augenhöhlen festlegen. Schwarze Perlen mit dem schwarzen Zwirn in die Höhlen nähen.
Achtung! Sollten Sie den Bären für ein Kind von unter drei Jahren nähen, bitte die Augen aufsticken. Perlen können leicht eingeatmet oder verschluckt werden!

16. Nach Geschmack vorsichtig etwas Wangenrouge auf die Bärenwangen aufbringen.

17. Als Letztes werden die Arme angebracht. Dafür die Kante nach innen schlagen und mit einigen Heftstichen flach zusammennähen. Dann mit Matratzenstich seitlich an den Körper nähen.

18. Franzis Sockenbär hat noch einen hübschen Kragen in Kontrastfarbe. Dafür einfach eine Socke etwa 2 cm unterhalb des Bündchens abschneiden und dieses Bündchen über den Kopf stülpen – fertig!

Sitzunterlage

Für alle, die das Weben schon immer reizte, die sich aber nicht extra einen Webrahmen kaufen oder bauen wollten, gibt es eine einfache und günstige Methode, es auszuprobieren: das Weben auf Karton. Ein ausgedienter Umzugskarton oder, für kleine Teile, eine Kekspackung reichen als »Webrahmen«, selbst eine Streichholzschachtel kann umfunktioniert werden. Franzis Sitzunterlage aus Filz ist ein prima »Übungsstück«, denn es kommt weder auf die Endmaße noch die Perfektion an, weil kleine Fehler nach dem Filzen in der Waschmaschine ohnehin verschwinden.

Material und Werkzeug

- Filzwolle (100 % Schafwolle, Dochtgarn, Lauflänge ca. 50 m/50 g). Ca. 450 g in unterschiedlichen Farben (hier: Türkis 200 g, Grün 150 g, Weiß 100 g) sind ausreichend für eine Sitzunterlage mit einer Endgröße von etwa 35 × 55 cm (Größe nach dem Verfilzen).
- zweiwellige Wellpappe 70 × 70 cm, ca. 5 mm stark. Diese Sorte ist stabil genug, dass sie auch bei größeren Flächen nicht knickt. Hinweis: Nehmen Sie auf keinen Fall Rollenwellpappe! Wenn Sie keine Wellpappe in dieser Größe bekommen, basteln Sie sich aus großen Kartons eine entsprechende Größe. Wie das geht, beschreibe ich unten.
- sehr dicke, möglichst lange Stopfnadel mit stumpfer Spitze oder lange Kinder-Plastiknadel
- Teppichmesser
- grobzinkiger Kamm
- Lineal oder Maßband
- 2 bis 3 Tennisbälle

Filzproben-Archiv

Zum Filzen eignen sich locker gehäkelte, gestrickte oder gewebte Textilien – locker, damit der Wolle Raum zum Schrumpfen gegeben wird. Zum Filzen verwenden Sie Schafswolle oder anderes Tierhaar. Die Wolle darf keine sogenannte Superwash-Ausrüstung haben.

Führen Sie am besten ein Filztagebuch, da sich jede Faser anders verhält und auch jede Technik andere Ergebnisse bringt. Fotografieren Sie das Häkel-, Strick- oder Webprojekt vor dem Verfilzen. Notieren Sie folgende Fakten: Material (Wolle, Hersteller,

Lauflänge), Technik und Technikdetails (Häkeln und Maschenart, Stricken und Strickart, Weben), Maschenprobe, Maße vor dem Waschen, Gewicht, Waschdetails (Temperatur, Tennisbälle in der Trommel, Handtücher etc.), Besonderheiten (z. B. doppelter Faden beim Weben, Abstand der Kettfäden, Sticktechniken). Nach dem Waschen fotografieren Sie das Projekt erneut und tragen die neuen Maße nach.

Wenn Sie Proben arbeiten, können Sie diese mit einem Zettel mit allen Details versehen und in einer Kiste archivieren – irgendwann finden Sie bestimmt Ihre Lieblingswolle zum Filzen.

Grundanleitung Kartonweben

Bevor Sie ein so großes Projekt wie das Sitzkissen beginnen, ist es ratsam, an einem kleineren Stück zu üben. Sie können das Probestück später zum Beispiel als Topfuntersetzer nutzen, denn reine Wolle ist nur schwer entflammbar, und das dicke Material isoliert auch Hitze.

1. Ein ca. 35 × 35 cm großes Stück aus der Wellpappe anzeichnen und mit dem Teppichmesser zuschneiden.

2. Wichtig ist nun die Laufrichtung der Pappe. Betrachten Sie die Pappe genau und markieren Sie die beiden sich gegenüberliegenden Kanten, an denen der Wellenquerschnitt im Inneren der Pappe deutlich zu sehen ist. Die Streifen der Pappe treffen im rechten Winkel auf diese Kanten. In jeden Streifen mit der Schere etwa 1 cm lange Schlitze schneiden. Die Schlitze sind ca. 7,5 mm voneinander entfernt. Sollte Ihre Pappe anders aufgebaut sein, nehmen Sie einen Abstand von ca. 6 bis 8 mm.

3. Als Erstes werden die Kettfäden aufgezogen. Das Fadenende an beliebiger Seite von hinten nach vorn in den ganz außen liegenden Schlitz drücken. *Faden zur anderen Seite der Pappe führen. Von vorne nach hinten in den gegenüberliegenden Schlitz drücken. Faden auf der Hinterseite zum nächsten Schlitz führen und von hinten nach vorn in diesen Schlitz drücken.* Von * bis * wiederholen, bis die gesamte Pappe mit parallel laufenden Kettfäden bespannt ist. Die Kettfäden sollten für Filzprojekte kaum Spannung haben.

4. Jetzt wird gewebt. Die im rechten Winkel zu den Kettfäden laufenden Fäden werden »Schuss« oder »Schussfäden« genannt. Einen Faden von maximal 5 Meter Länge abwickeln, durch die dicke Nadel fädeln und von rechts nach links immer abwechselnd oberhalb eines Kettfadens und unterhalb eines Kettfadens führen, also »auf und ab«. Am linken Ende angekommen, den Faden komplett durchziehen bis auf ein etwa 15 cm langes Ende an der linken Seite, dies wird später in den Webstoff gezogen. Mit dem grobzinkigen Kamm den ersten Schussfaden nach unten zur Kante hin schieben.

5. Nun von links nach rechts den Schussfaden immer abwechselnd oberhalb eines Kettfadens und unterhalb eines Kettfadens führen, dabei muss der Faden versetzt zur Vorreihe geführt werden. Das heißt, wenn der Faden in der Vorreihe unter dem Kettfaden lief, muss er in der Folgereihe über dem Kettfaden laufen und umgekehrt. Nicht vergessen, den Schussfaden auch um den ganz außen liegenden Kettfaden herumzuführen. An der rechten Seite angekommen, den Schussfaden ganz hindurchziehen, dabei darauf achten, keine Spannung aufzubauen. Dies wird Ihnen zu Anfang nur schwer

gelingen, und das Gewebe wird zur Mitte hin schmaler werden. Doch je mehr Übung Sie haben, desto gerader werden die Kanten. Zuletzt den neuen Schussfaden mit dem Kamm nach unten gegen den vorigen Schussfaden schieben.

6. In der folgenden, von rechts nach links geführten Reihe genauso vorgehen wie in Punkt 5 beschrieben.

7. Punkt 5 und 6 fortlaufend wiederholen, bis Sie auf der gegenüberliegenden Seite angekommen sind.

8. Das Gewebe von der Pappe nehmen. Dafür die Pappzinken nach vorne knicken und/oder die Pappe in der Mitte knicken, um die Spannung von den Kettfäden zu nehmen. Die Schlaufen vorsichtig lösen. Nicht erschrecken: Die Schlaufen sind groß und unsauber. Das macht aber nichts, denn beim Filzen in der Waschmaschine ergibt sich eine schöne glatte Kante.

9. Alle losen Fäden vernähen.

10. Stecken Sie das Gewebe mit anderen Filzprojekten, Handtüchern und zwei bis drei Tennisbällen in die Waschtrommel. Die Waschmaschine nur sehr locker füllen. Mit normalem Waschmittel für Farbe im Vollwaschgang bei 30 oder 40 Grad waschen und auch ganz normal schleudern. Bei meiner Waschmaschine erziele ich bereits bei 30 Grad sehr gute Filzergebnisse, bei anderen funktioniert 40 Grad besser. Das müssen Sie bitte ausprobieren.

11. Verfilztes Gewebe nach dem Waschen in Form ziehen und flach liegend an der Luft trocknen lassen.

Anleitung Sitzunterlage

1. Ein ca. 70 × 70 cm großes Stück aus der Wellpappe anzeichnen und mit dem Teppichmesser zuschneiden.

2. Falls Sie kein entsprechend großes Stück kaufen konnten, basteln Sie eines aus alten Verpackungskartons wie folgt: Eine ca. 70 × 70 cm große Fläche aus mehreren Kartonstücken Stoß an Stoß zusammenlegen, dabei unbedingt darauf achten, dass die sich durch die Wellen ergebenden Streifen bei allen Teilstücken in dieselbe Richtung zeigen. Mit breitem Paketklebeband zusammenkleben. Zur Verstärkung lange Kartonstreifen von ca. 5 cm Breite abschneiden und im rechten Winkel mit Paketklebeband über die Stoßkanten kleben, um die Fläche zu stabilisieren.

3. Nun in die beiden Kanten einschneiden, an denen die Streifen im rechten Winkel auf die Schnittkante treffen (siehe auch Punkt 2 der Grundanleitung). In jeden zweiten Streifen mit der Schere etwa 1 cm tief einschneiden. Die Schnitte sind ca. 15 mm voneinander entfernt. Sollte Ihre Pappe anders aufgebaut sein, versuchen Sie, einen Schnittabstand von ca. 12 bis 16 mm einzuhalten. Auch andere Abstände sind natürlich möglich, können aber eventuell das Filzergebnis und den Wollverbrauch verändern.

4. Kettfäden spannen und weben wie in der Grundanleitung von Punkt 3 bis 9 beschrieben. Als Besonderheit bei den Sitzunterlagen werden sowohl die Kettfäden als auch die Schussfäden doppelt genommen. Für die abgebildete Sitzunterlage habe ich die Kettfäden in Türkis gespannt und dann ein einfaches Streifenmuster gewebt.

5. Wer mag, kann ein Bindeband anbringen: Aus der Filzwolle sechs Fäden von jeweils 140 cm Länge zuschneiden. Die Fäden in die Mitte einer der kurzen Seiten einziehen, sodass zwölf Fäden von ca. 70 cm Länge herabhängen. Mit diesen Fäden einen Zopf bis fast zum Ende flechten. Einen Pompon (ø 7 cm) aus Filzwolle wickeln (siehe Anleitung für Ostertiere). Den Pompon mit den Enden des Flechtbands an das Band nähen, dafür zweimal jeweils zwei Einzelfaden durch den Pompon stechen und verknoten. Restliche Fäden durch den Pompon stechen und abschneiden.

6. Wenn alles fertig ist, das Projekt in der Waschmaschine verfilzen wie in Punkt 10 und 11 der Grundanleitung beschrieben.

Treibgut-Mobile

Ob Kinder oder Erwachsene, die meisten von uns lieben es, stundenlang am Strand entlangzulaufen, den Blick zu Boden gerichtet, um nur ja keinen der Schätze zu übersehen, die das Meer angespült hat. Wieder zu Hause, landen die schönen Muscheln, bizarren Steine und andere seltsame Dinge schnell im Keller und werden vergessen. Machen Sie doch einfach ein Mobile aus den schönsten Funden – ob groß oder klein, Urlaubsstimmung verbreitet es garantiert! In der folgenden Anleitung gebe ich nur ein paar Tipps, denn es liegt in der Natur der Sache, dass jedes Mobile individuell ist.

Material und Werkzeug

- Treibholz oder knorrige Äste in verschiedenen Größen
- natürliche Fundstücke wie Muscheln und Schneckenhäuser, Federn, abgeschliffene Kiesel und Ähnliches
- menschengemachtes Treibgut, zum Beispiel rund geschliffenes Glas, aber auch von den Wellen »angenagte« Kunststoff- und Metallteile, Fliesenbruchstücke und was das Meer sonst noch hergibt – selbst eine leere Sonnencremetube kann zum Kunstobjekt werden
- weitere Dekostücke, zum Beispiel Blinker aus dem Anglerbedarf oder gekaufte oder selbst gebastelte Fische aus Holz, Filz, Stoff, Pappmaschee – hierfür benötigen Sie dann das entsprechende Material

- je nach Geschmack dünne Paketschnur, Nylonfaden, rot-weißes Bäckergarn oder Ähnliches
- Dremel oder Akkuschrauber mit feinen, für die jeweiligen Materialien geeigneten Bohrern
- Büroklammern

So geht's

1. Alle Schätze auf einem großen Tisch ausbreiten. Lassen Sie sich unbedingt Zeit beim Aussuchen der schönsten Fundstücke!

2. Einen Ast oder ein Stück Treibholz wählen, von dem die Fundstücke herabhängen sollen, und auf den Tisch legen. Die

gewählten Fundstücke so lange hin und her schieben, bis Ihnen das Arrangement gefällt.

3. Mit dem Dremel oder Akkuschrauber Löcher in die Fundstücke bohren oder andere Möglichkeiten finden, sie an einem Faden zu befestigen.

4. Den Trägerast so aufhängen, dass Sie bequem daran arbeiten können. Hängen Sie den Träger zum Beispiel mit zwei langen Schnüren von einem Deckenhaken, von einer Stehlampe mit Arm oder Ähnlichem. Es findet sich immer eine Möglichkeit, aber zugegebenermaßen ist es im Sommer leichter, denn bei schönem Wetter können Sie das Mobile erst mal im Garten an einem Ast aufhängen.

5. Die Fundstücke auf Schnüre ziehen. An jeden Faden sollten mehrere Stücke mit nicht zu großen Abständen geknotet werden.

6. Die vorbereiteten Schnüre einmal um den Ast wickeln und mit Büroklammern vorläufig fixieren. Durch Variieren der Schnurlängen sowie durch ihre Positionierung das Gleichgewicht immer wieder neu herstellen. Es ist ein Geduldspiel, macht aber viel Spaß!

7. Wenn die Positionen der Schnüre mit den angeknoteten Fundstücken festgelegt sind, am besten ein Foto machen. Die Positionen markieren. Nun ggf. an den jeweiligen Positionen ein Loch durch den tragenden Ast bohren; dafür muss der Ast natürlich ausreichend dick und stabil sein. Die Schnüre durch diese Löcher fädeln und verknoten. Sollte das Treib-

holz zu dünn sein oder Sie es nicht verletzen wollen, knoten Sie die Schnüre einfach darum herum.

8. Wer noch mehr Geduld mitbringt, kann natürlich auch mehrstufige Mobiles mit mehreren Trageästen basteln, bis hin zu raumfüllenden Installationen.

Zehensandalen

Die Lieblingsschuhe für den Sommer werden jetzt noch fröhlicher! Mit einfachen Mitteln lassen sich schmucklose Schlappen zu kleinen Kunstwerken aufpeppen, die genau zu Ihrem Sommerkleid passen.

Material und Werkzeug

- → einfache Zehensandalen aus Kunststoff, Gummi oder Naturmaterialien
- → Baumwoll- oder Acrylgarn zum Umwickeln der Sandalenriemen in einer oder mehreren Farben, z. B. Catania (100 % Baumwolle, Lauflänge 125 g/100 m) von Schachenmayr, aber es funktionieren auch andere Garne – schauen Sie in Ihre Restekiste! Gezeigte Sandalen: Modell »Maritim« je 10 m Baumwollgarn in Rot und Weiß, Modell »Flower Power« je 10 m Baumwollgarn in Rosa und Maigrün.
- → PE-Filz 3 bis 4 mm dick, kleine Reste von ca. 8 × 8 cm in verschiedenen Farben (Modell »Maritim«: Rot und Orange, Modell »Flower Power«: Gelb und Pink). Diesen Filz gibt es in gut sortierten Bastelgeschäften und Stoffläden. Eine gute Alternative sind auch die momentan beliebten Filzuntersetzer und Tischsets (höherpreisige sind meist aus Wollfilz, die günstigeren und besser geeigneten bestehen aus PE-Filz).
- → dünne Bastelfilzreste in verschiedenen Farben und Weiß
- → 3 kleine schwarze Perlen für Modell »Maritim«

- 2 bunte Knöpfe für Modell »Flower Power«
- Zwirn in Schwarz
- tropffreier Alleskleber

So geht's

1. Für gestreift umwickelte Riemen etwa 5 m Garn pro Farbe und pro Schuh zu einem kleinen Knäuel wickeln, ggf. auf einen kleinen Pappstreifen. Das maritime Modell ist rot-weiß gestreift, das Flower-Power-Modell grün-rosa.

2. Beginnend am Sohlenansatz den Riemen auf einer Seite über eine Länge von etwa 2 cm dünn mit Alleskleber bestreichen.

3. Faden der ersten Farbe an der mit Klebstoff bestrichenen Stelle um den Riemen legen, verknoten. Nun den Faden etwa zwölfmal dicht an dicht um den Riemen wickeln. Faden hängen lassen.

Sandalen
Schablonen in Originalgröße

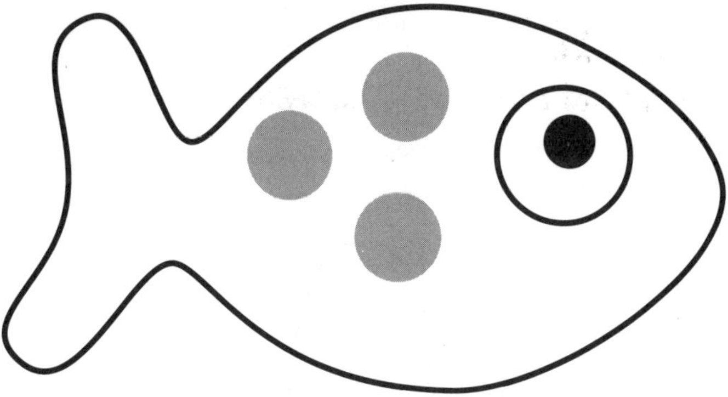

4. Zweiten Faden anknoten. Wieder ein kurzes Stück des Riemens mit Klebstoff bestreichen. Den Faden der ersten Farbe mit einem Finger der linken Hand gegen den Riemen drücken. Nun Faden der zweiten Farbe dicht an dicht etwa zwölfmal um den Riemen und den ersten Faden wickeln, d.h. der erste Faden läuft mit und braucht nicht neu angeknotet zu werden.

5. Beim erneuten Farbwechsel die beiden Fäden miteinander verkreuzen. Im immer gleichen Rhythmus weiterarbeiten: Ein kurzes Stück mit Klebstoff einstreichen, mit erstem Faden den Riemen *und* den zweiten Faden umwickeln, Fäden verkreuzen, ein kurzes Stück mit Klebstoff einstreichen, mit zweitem Faden den Riemen *und* den ersten Faden umwickeln, Fäden verkreuzen usw.
   Beim Zehenriemen angekommen, einfach über den Knick arbeiten (es bleibt ein Stückchen ohne Wicklung, aber das sieht man später nicht mehr) und bis zum Ende am Ansatzpunkt zur Sohle weiterwickeln. Alle losen Fäden in die Wicklung verstechen und abschneiden.

6. Die Schablonen (Seite 428 f.) durchpausen, ausschneiden und auf den dicken Filz übertragen (bei den Blumen nur die äußere Blütenform). Formen ausschneiden.

7. Modell »Maritim«: Aus dem weißen Filz Kreise für die Augen ausschneiden und auf die fertigen Formen kleben. Mit dem schwarzen Zwirn die schwarzen Perlen als Pupillen aufnähen. Bunte Filzpunkte ausschneiden und auf den Fisch kleben. Fisch und Seestern vorn auf den Punkt nähen, an dem die Sandalenriemen einen Knick machen. Dabei den

Zwirn um die Riemen führen, aber auch durch die Wicklung stechen, bis die Ornamente fest angenäht sind. Fäden verstechen.

8. Modell »Flower Power«: Kreise aus dünnem Bastelfilz ausschneiden und mittig auf die vorbereiteten Blüten aus dickem Filz kleben. Bunte Knöpfe in die Mitte nähen und die Blüten wie in Punkt 7 beschrieben auf die Sandalen nähen.

Smartphone-Hülle

Das Smartphone ist vielen ein lieber und teurer Begleiter – da liegt es nahe, ihm eine schicke Schutzhülle zu basteln. Und weil's so viel Spaß macht und ganz einfach ist, können Sie gleich für alle Ihre Lieben ein individuelle Hülle gestalten!

Material und Werkzeug

- Polyester-Filz in zwei zueinander passenden Farben, 2 mm dick, für die Vorderseite mindestens 15 × 20 cm, für die Rückseite mindestens 15 × 25 cm. Der tatsächliche Verbrauch variiert je nach Smartphonegröße.
- farblich passendes Baumwollgarn, z. B. Catania von Schachenmayr
- dünner Bastelfilz, Reste in unterschiedlichen Farben für die Dekoration
- farblich passendes Nähgarn
- kleiner Knopf oder Perle in Schwarz
- Magnetverschluss oder Druckknopf zum Annähen oder Einnieten

So geht's

1. Smartphone ausmessen. Vorderseite: In der Breite 3 cm addieren, in der Höhe 1,5 cm. Ein Rechteck mit den errechneten Maßen auf den Filz in der Farbe der Vorderseite zeichnen, ausschneiden. Die Ecken leicht abrunden.

2. Rückseite: Die für die Vorderseite errechneten Maße auf den Filz in der Farbe der Rückseite zeichnen. An eine der kurzen Seiten mittig eine Lasche von 3 cm Breite und ca. 8 cm Länge anzeichnen. Das Rückenteil mit Lasche ausschneiden, dabei jeweils den Übergang von der Lasche zum Rückenteil rund schneiden. Alle Ecken, auch die der Lasche, abrunden.

3. Wenn Sie einen Druckknopf zum Einnieten verwenden wollen, muss dieser jetzt nach Packungsbeilage angebracht werden. Unbedingt vor dem Einnieten des Ober- und Unter-

teils jeweils ein Loch vorstanzen. Zuerst das Loch in der Lasche stanzen, dann Vorder- und Rückenteil übereinanderlegen, die Lasche ohne Zug locker nach vorn biegen und mit einem Stift durch das vorgestanzte Loch hindurch die Position des Druckknopf-Gegenstücks markieren.

4. Vorder- und Rückenteil nach Lust und Laune dekorieren. Für die Hülle vom Foto die Fischschablone von den Zehensandalen verkleinern und auf dünnen Bastelfilz übertragen. Ausschneiden, mit Alleskleber aufkleben. Für besseren Halt noch mit kleinen Überwendlingsstichen mit Nähgarn annähen. Knopf oder Perle für das Auge aufnähen.
Sie können natürlich auch andere Formen applizieren: Sterne, Herzen, Schiffe, Katzen, allerdings sollten die Formen nicht zu kompliziert sein.

5. Vorder- und Rückenteil wieder übereinanderlegen. Die beiden Teile an drei Seiten mit Überwendlingsstichen mit etwa 5 mm Stichabstand zusammennähen. Verwenden Sie Baumwollgarn.

6. Falls Sie einen Magnetverschluss verwenden, diesen nun annähen.

Türstopper

Die tollen Jeans-Türstopper vom Mühlenstraßen-Sommerfest punkten nicht nur mit coolem Aussehen, sondern auch mit Upcycling: Fast alle Materialien sind gebraucht, und wer keine neuen Ösen verwenden will, kann den Sack nach Lust und Laune mit Textilfarbe, selbst gemachten Patches aus Stoffresten und vielem mehr dekorieren.

Material und Werkzeug

- alte Jeans mit geradem Bein, Beinweite unten ca. 46 bis 52 cm (pro Sack 1 Hosenbein)
- 1 Packung (10 Stück) Ösen mit Scheiben von Prym, Messing, zum Einschlagen, ø 14 mm
- dünner Bastelfilz in Blau oder Grau, ca. 20 × 20 cm
- dicke Plastiktüte oder Gefrierbeutel
- Vogelsand, ca. 1,5 kg
- unbedruckter, ungefärbter Jute-Einkaufsbeutel, gern auch alt und löcherig
- zwei Hände voll Füllflocken (z. B. Kissenfüllung)
- dicke Kordel, ca. 1 m, ø 6 bis 8 mm
- dicker Bastelfilz 10 × 10 cm, 3 bis 4 mm dick
- weiße und rote Filzwolle, pro Farbe ca. 10 m
- Hammer
- feste Unterlage (altes Holzbrett o. Ä.)
- Zirkel

- Kreppband oder Tesafilm
- Lineal
- Trickmarker oder Filzstift
- Taschenrechner

So geht's

1. Die unteren 33 cm des Hosenbeins gerade abschneiden.

2. Den Abschnitt auf links wenden. Mit dem Trickmarker oder Filzstift 8 cm von der Schnittkante entfernt eine parallel zur Kante verlaufende Linie anzeichnen. Den kompletten Hosenumfang messen, die ermittelte Zahl durch neun teilen. Nun in gleichmäßigem Abstand neun Markierungen auf die Linie zeichnen, dabei die Seitennähte vermeiden.

3. Die Ösen an den Markierungen einschlagen. Wenn Sie keine Erfahrung damit haben, probieren Sie es erst mit der überzähligen Öse an einem Stoffrest aus. Ich habe die Ösen von Prym verwendet. Die Beschreibung auf der Packungsrückseite ist leider nicht eindeutig und verleitet zu Fehlern, deshalb gibt's hier eine genaue Anleitung. Achtung, verwenden Sie unbedingt eine stoßfeste Unterlage, z. B. ein altes Brett, um Schäden an Tisch oder Fußboden zu vermeiden!
   Pro Öse von dem Bastelfilz ein ca. 4 × 4 cm großes Stück abschneiden.
   Das Filzstück mit dem der Packung beigelegten Werkzeug mittig lochen: Den silbernen Metallring mit der geriffelten Seite nach oben auf die stoßfeste Unterlage legen. Filz auf den Metallring legen, das mitgelieferte Werkzeug wie auf der Packungsrückseite zu sehen auf das Filz drücken, es rutscht

nun leicht in den Metallring darunter. Mit dem Hammer mehrfach fest auf das Werkzeug schlagen. In jedes Filzstück ein Loch stanzen.
Nun auch die neun Löcher in den Hosenbein-Abschnitt an den zuvor angebrachten Markierungen stanzen. Das Hosenbein wieder auf rechts wenden.
Zum Anbringen der Ösen den silbernen Metallring nun mit der geriffelten Seite nach unten auf die stoßfeste Unterlage legen. Das Unterteil der Öse, erkennbar an dem hohen Mittelsteg, in den Metallring legen. Ein gelochtes Filzstück über den Mittelsteg des unteren Ösenteils stülpen, danach eines der gestanzten Löcher des Hosenbeins ebenfalls darüberstülpen. Die rechte Seite des Hosenbeins zeigt nach oben, der Mittelsteg des unteren Ösenteils ragt über die beiden Stofflagen. Nun noch den oberen Ösenring über den Mittelsteg legen, dabei liegt die Seite ohne Kante oben (siehe auch Packungsrückseite). Das mitgelieferte Werkzeug in die Öffnung des Mittelstegs gleiten lassen und die Öse mit einigen beherzten Hammerschlägen vernieten.

4. Kreisdurchmesser für den Boden berechnen wie folgt: Umfang des Hosenbeins geteilt durch 3,14159 = Kreisdurchmesser
Die Hälfte des Kreisdurchmessers (also den Radius) beim Zirkel einstellen. Aus Erfahrung weiß ich, dass es besser ist, einen etwas kleineren Kreis zu schlagen. Wenn Sie also z. B. einen Radius von 70 mm ermittelt haben, schlagen Sie besser einen Kreis von 67 mm. Kreis auf Papier schlagen, ausschneiden und Schablone auf den verbliebenen Stoff des Hosenbeins übertragen. Mit ca. 10 mm Nahtzugabe ausschneiden.

5. Hosenbein auf links wenden. Kreis rechts auf rechts in die Beinöffnung heften, und zwar auf der Seite der Schnittkante. Die bereits abgenähte Saumkante zeigt am Ende nach oben. Wenn der Boden gut sitzt, Naht mit der Nähmaschine oder von Hand im Steppstich schließen. Fertigen Beutel auf rechts wenden.

6. Vogelsand in eine Plastiktüte füllen. Mit Tesafilm oder Kreppband die Öffnung fest schließen, dabei soll der Sand aber noch Bewegungsspielraum haben, damit er sich an die Beutelform anschmiegen kann. Die vorbereitete Plastiktüte in den Jutebeutel stecken und beides wiederum in den Jeansbeutel. Ggf. die Henkel vom Jutebeutel oder sogar etwas Stoff abschneiden. Füllwatte bzw. Füllflocken in den Jutebeutel legen, bis der Sack eine schöne Form hat.

7. Jeansbeutel mit der dicken Kordel zusammenknoten. Im Netz gibt's viele Anleitungen für tolle Seemannsknoten – probieren Sie es aus. Die Kordel auf die gewünschte Länge schneiden, ggf. mit etwas Baumwollgarn vor dem Aufribbeln sichern.

8. Wer mag, bastelt noch einen dekorativen Rettungsring und hängt ihn an den Türstopper. Ich habe aus dickem Filz einen Ring mit Außendurchmesser 10 cm und Innendurchmesser 5 cm ausgeschnitten, sechs gleich große Segmente markiert und die Segmente abwechselnd mit roter und weißer Filzwolle umwickelt. Am Ende die Fäden vernähen und bei 30 Grad in der Waschmaschine verfilzen (am besten bei einer Buntwäsche mitwaschen). Sie können auch einen Holz- oder Styroporring mit anderen Wollresten umwickeln oder mit Bastelfarbe bemalen, einen Rettungsring aus Bastelfilz nähen oder aus Pappmaschee oder Modelliermasse formen – bestimmt finden Sie in Ihrer Bastelkiste passendes Material!

Piñata

Keine Party ohne Piñata! Franzi hat für ihr Abschiedsfest natürlich auch eine gebastelt und mit Süßigkeiten gefüllt. Dabei ist ihr der Pappmaschee-Fisch so gut gelungen, dass sich zuerst niemand fand, der ihn zerschlagen wollte. Piñatas stammen übrigens aus Mittelamerika und sind vor allem für Kinder ein großer Spaß. Es funktioniert im Grunde wie Topfschlagen: Die Piñata wird über die Köpfe der Kinder (oder der Erwachsenen) gehängt. Mit verbundenen Augen versuchen die Gäste nun nacheinander, die Figur mit einem Stock zu zerschlagen und die Leckereien herausregnen zu lassen.

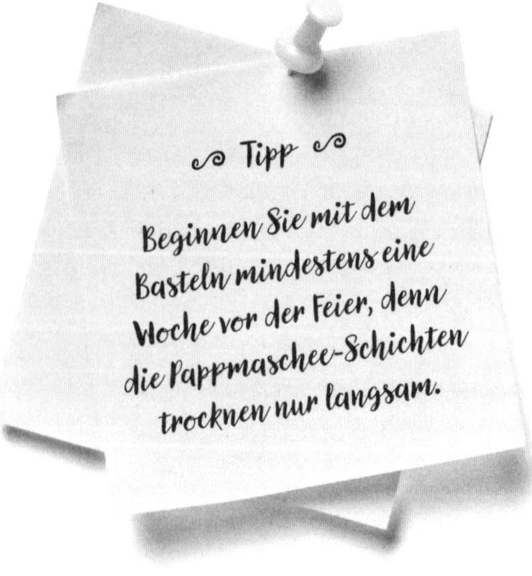

Material und Werkzeug

- 1 großer Luftballon
- alte Zeitungen
- Krepppapier in aufeinander abgestimmten Farben, für Franzis Fisch Blau-, Grün- und Gelbtöne. Achten Sie auf gute Qualität, günstiges Krepppapier ist oft zu dünn und lässt sich nicht gut aufkleistern.
- Einmalhandschuhe
- Tapetenkleister
- breiter Pinsel
- Acrylfarbe für Mund und Augen in Weiß, Gelb und Schwarz
- Zeichenpinsel
- Tonpapier in Gelb und Hellgrün
- 2 große Holzperlen
- Zahnstocher, Schaschlikspieß aus Holz
- Cuttermesser
- Süßigkeiten

So geht's

1. Kleister nach Packungsanleitung anrühren. Pro Piñata benötigen Sie nur etwa ein bis anderthalb Marmeladengläser Kleister. In einem geschlossenen Glas hält sich der angerührte Kleister mehrere Tage.

2. Luftballon aufpusten, verknoten und an einem Faden aufhängen. Zeitungspapier in etwa handgroße Stücke zerreißen, nicht schneiden.

3. Ballon mit Kleister einstreichen. Dafür den Pinsel oder besser noch die Hände nehmen. Nun die erste Lage Zeitungspapier auflegen und immer wieder anstreichen, bis das Papier gut durchgefeuchtet ist. Etwa drei bis vier Lagen Zeitungspapier aufbringen, der Ballon soll bis auf das Loch am Mundstück komplett ummantelt sein. Über Nacht trocknen lassen.

4. Erst weiterarbeiten, wenn das Zeitungspapier fast bzw. ganz trocken ist. Nun etwa einen halben Meter von jeder Farbe des Krepppapiers in handtellergroße Stücke reißen. Die Farben in einzelne Stapel sortieren.

5. Einweghandschuhe anziehen und einen Eimer mit klarem Wasser zum Abspülen der Hände bereitstellen.

6. Die Krepppapierstücke nach und nach auf den Zeitungspapier-Ballon kleistern. Auf der dem Mundstück gegenüberliegenden Seite mit der hellsten Farbe starten und zum Mundstück vorarbeiten, wobei die Farben graduell dunkler werden. Zwischendurch immer wieder die behandschuhten Hände abspülen, um Farbverunreinigungen zu minimieren. Fertigen Ballon trocknen lassen, was bis zu zwei Tage dauern kann.

7. Erst weiterarbeiten, wenn das Papier komplett trocken ist. Der Ballon ist jetzt von einem harten, aber noch immer leicht elastischen Mantel umgeben. Den Luftballon zerstechen und entfernen. Die Öffnung am hinteren Ende sollte groß genug sein, dass man kleinere Süßigkeiten hindurchstecken kann. Ggf. die Öffnung mit der Schere *leicht* vergrößern.

8. In die Mitte oben zwei etwa 7 cm auseinanderliegende Löcher bohren. Dafür eignet sich eine spitze Schere o. Ä. Einen längeren Faden abschneiden und an beide Enden einen Zahnstocher knoten; der Knoten liegt dabei in der Mitte des Zahnstochers. Jeweils die spitzen Enden der Zahnstocher abknipsen und einen durch jedes der zuvor gebohrten Löcher stecken. Wenn der Faden jetzt angezogen wird, verhindern die Zahnstocher das Herausrutschen des Fadens. Den Pappmaschee-Ballon in Arbeitshöhe aufhängen.

9. Mit der Acrylfarbe Augen und Mund aufpinseln.

10. Pro Seitenflosse aus dem gelben Tonpapier einen Streifen von 15 × 50 cm schneiden und zur Ziehharmonika falten. Die Falten sollen etwa 2 cm breit sein. An einer Seite zusammenhalten und mit durchsichtigem Klebeband umwickeln. Zu einem Fächer aufziehen. In jede Seite des Pappmaschee-Ballons sehr vorsichtig einen horizontalen Schlitz von etwa 4 bis 5 cm Länge schneiden. Die Flossen mit der Klebeband-Seite in die Schlitze schieben – sie halten von selbst.

11. Für die Schwanzflosse aus dem hellgrünen Tonpapier einen Streifen von 20 × 50 cm schneiden und zur Ziehharmonika falten. Die Falten sollen etwa 2 cm breit sein. An einer Seite zusammenhalten, mit durchsichtigem Klebeband umwickeln und dann ein kleines Loch durch alle Lagen bohren. Zu einem Fächer aufziehen.

12. Piñata mit Süßigkeiten füllen. Darauf achten, dass sie nicht zu schwer wird, damit die Aufhängung nicht aufreißt. Ober- und unterhalb der Mundstücköffnung des Pappmaschee-Ballons jeweils ein kleines Loch bohren. Schaschlikspieß auf der stumpfen Seite mit Klebstoff einschmieren, eine große Holzperle aufstecken und trocknen lassen. Dann den Schaschlikspieß erst durch das obere Loch, dann durch die vorgelochte Schwanzflosse und dann durch das untere Loch stechen. Spieß so weit kürzen, dass unten noch etwa 2 cm herausstehen, mit Klebstoff einstreichen und zweite Perle aufstecken. Trocknen lassen – fertig!

Bildnachweis

Fotos und Schablonen / Zeichnungen der DIY-Projekte: Steffi Hochfellner
Illustrative Elemente:
S. 5, 21, 43, 68, 91, 113, 161, 189, 286, 307, 347, 355, 258 Mureu / Shutterstock.com
S. 6, 355, 446 Nadine Clemens
S. 91, 113, 136, 161, 189, 208, 234, 261, 286, 307, 328, 347, 363, 367, 409, 440 Picsfive / Shutterstock.com
S. 136 ilham / Shutterstock.com
S. 423 Marcus Krauss / Shutterstock.com
S. 446 Sergi Martin / Shutterstock.com

Wichtiger Hinweis

Die im Buch veröffentlichten Ratschläge wurden von Verfasserin und Verlag mit größter Sorgfalt erarbeitet und geprüft. Eine Garantie kann jedoch nicht übernommen werden. Ebenso ist eine Haftung der Verfasserin bzw. des Verlags und seiner Beauftragten für Personen-, Sach- oder Vermögensschäden ausgeschlossen.